PÁJARO BLANCO

UNA HISTORIA MARAVILLOSA

Escrita e ilustrada por **R. J. PALACIO**

Traducción de Noemí Sobregués

NUBE **DE TINTA**

Para Mollie, sus antepasados y sus descendientes.
R. J. P.

Pájaro blanco

Título original: *White Bird. A Wonder Story*

Primera edición en España: noviembre, 2019
Primera edición en México: enero, 2020

D. R. © 2019, R. J. Palacio, por el texto y las ilustraciones
D. R. © 2019, Ruth Franklin, por el epílogo
D. R. © 2019, Kevin Czap, por el color

D. R. © 2019 Penguin Random House Grupo Editorial, S. A. U.
Travessera de Gràcia, 47-49, 08021, Barcelona

D. R. © 2020, derechos de edición mundiales en lengua castellana:
Penguin Random House Grupo Editorial, S. A. de C. V.
Blvd. Miguel de Cervantes Saavedra núm. 301, 1er piso,
colonia Granada, alcaldía Miguel Hidalgo, C. P. 11520,
Ciudad de México

www.megustaleer.mx

D. R. © 2019, Noemí Sobregués, por la traducción

Los créditos de las imágenes aparecen en la página 223
"Fourth Elegy: The Refugees," extraído de The Collected Poems of Muriel Rukeyser

ISBN: 978-607-318-829-6

Impreso en México – *Printed in Mexico*

Esta obra se terminó de imprimir en los talleres de Impresora Tauro, S.A. de C.V. Av. Año de
Juárez 343, col. Granjas San Antonio, c.p. 09070, Ciudad de México

El papel utilizado para la impresión de este libro ha sido fabricado a partir de madera
procedente de bosques y plantaciones gestionadas con los más altos estándares ambientales,
garantizando una explotación de los recursos sostenible con el medio ambiente
y beneficiosa para las personas.

Penguin
Random House
Grupo Editorial

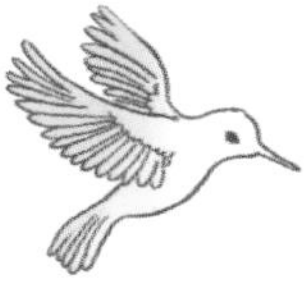

Son los niños. Tienen sus juegos.
Hicieron un círculo en un mapa del tiempo,
entraron saltando y levantaron la ágata riéndose.
Te traeré un gato naranja y un cerdo que se llama Mandarina.
El pájaro de la alegría se golpea las alas contra un cristal opaco.
Hay un pájaro blanco en lo alto del árbol.
Dejan sus juegos y pasan.

Muriel Rukeyser, "Cuarta elegía: Los refugiados"

PRÓLOGO

Aquellos que no recuerdan el pasado están
condenados a repetirlo.
George Santayana

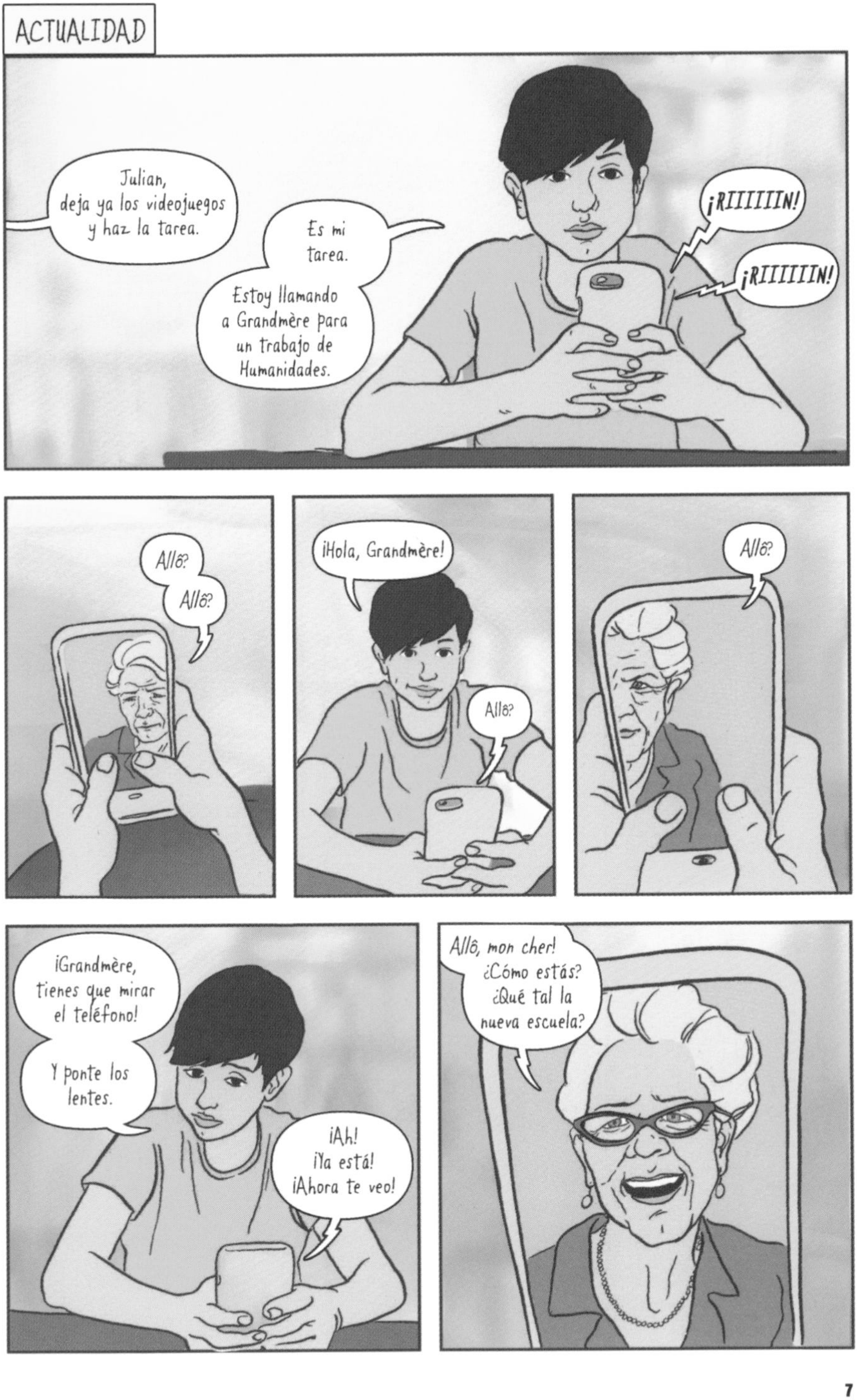
ACTUALIDAD
Julian, deja ya los videojuegos y haz la tarea.
Es mi tarea.
Estoy llamando a Grandmère para un trabajo de Humanidades.
¡RIIIIIIN!
¡RIIIIIIN!
Allô?
Allô?
¡Hola, Grandmère!
Allô?
Allô?
¡Grandmère, tienes que mirar el teléfono!
Y ponte los lentes.
¡Ah! ¡Ya está! ¡Ahora te veo!
Allô, mon cher! ¿Cómo estás? ¿Qué tal la nueva escuela?

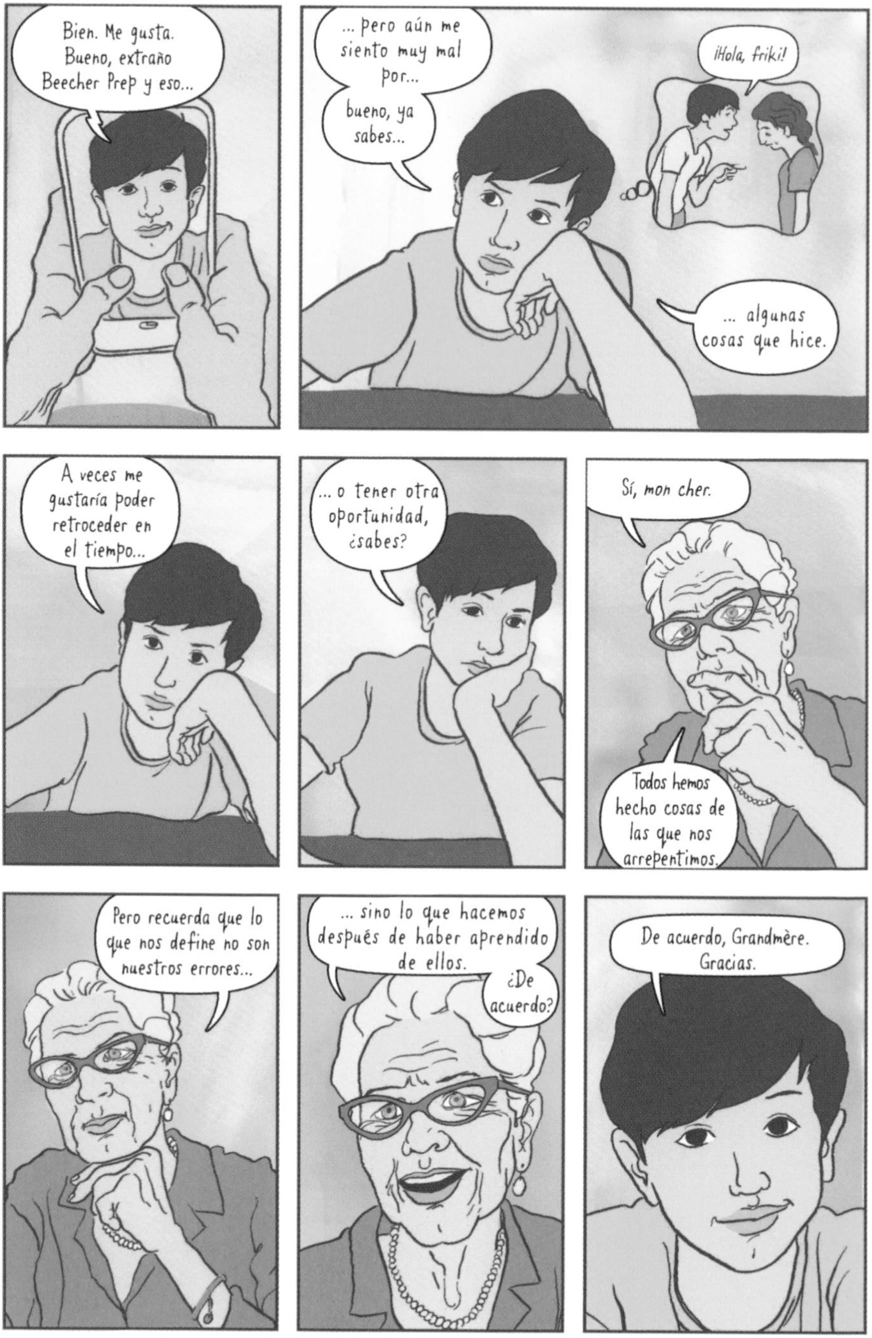
Bien. Me gusta. Bueno, extraño Beecher Prep y eso...
... pero aún me siento muy mal por...
bueno, ya sabes...
¡Hola, friki!
... algunas cosas que hice.
A veces me gustaría poder retroceder en el tiempo...
... o tener otra oportunidad, ¿sabes?
Sí, mon cher.
Todos hemos hecho cosas de las que nos arrepentimos.
Pero recuerda que lo que nos define no son nuestros errores...
... sino lo que hacemos después de haber aprendido de ellos.
¿De acuerdo?
De acuerdo, Grandmère. Gracias.

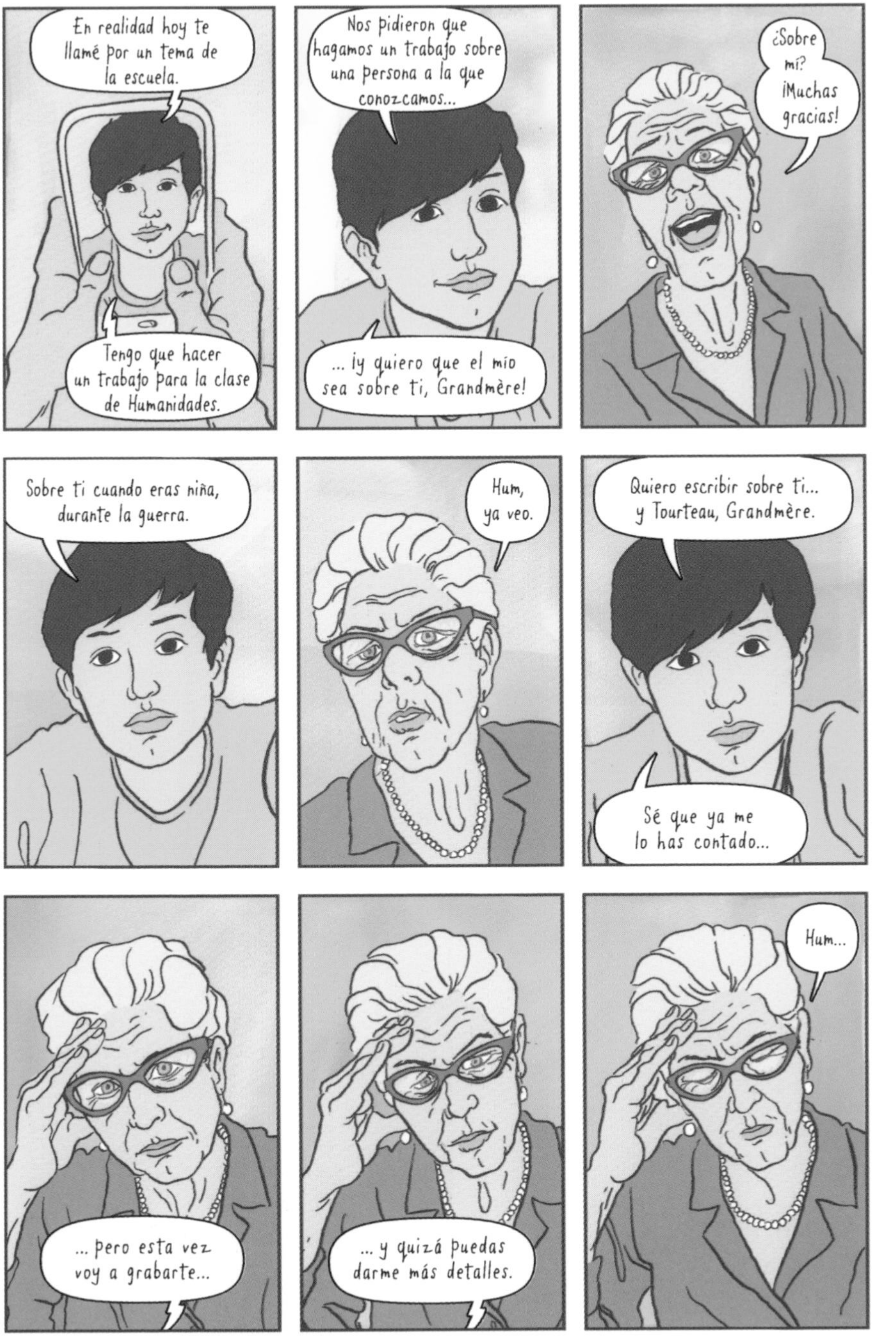
En realidad hoy te llamé por un tema de la escuela.
Tengo que hacer un trabajo para la clase de Humanidades.
Nos pidieron que hagamos un trabajo sobre una persona a la que conozcamos...
... ¡y quiero que el mío sea sobre ti, Grandmère!
¿Sobre mí? ¡Muchas gracias!
Sobre ti cuando eras niña, durante la guerra.
Hum, ya veo.
Quiero escribir sobre ti... y Tourteau, Grandmère.
Sé que ya me lo has contado...
... pero esta vez voy a grabarte...
... y quizá puedas darme más detalles.
Hum...

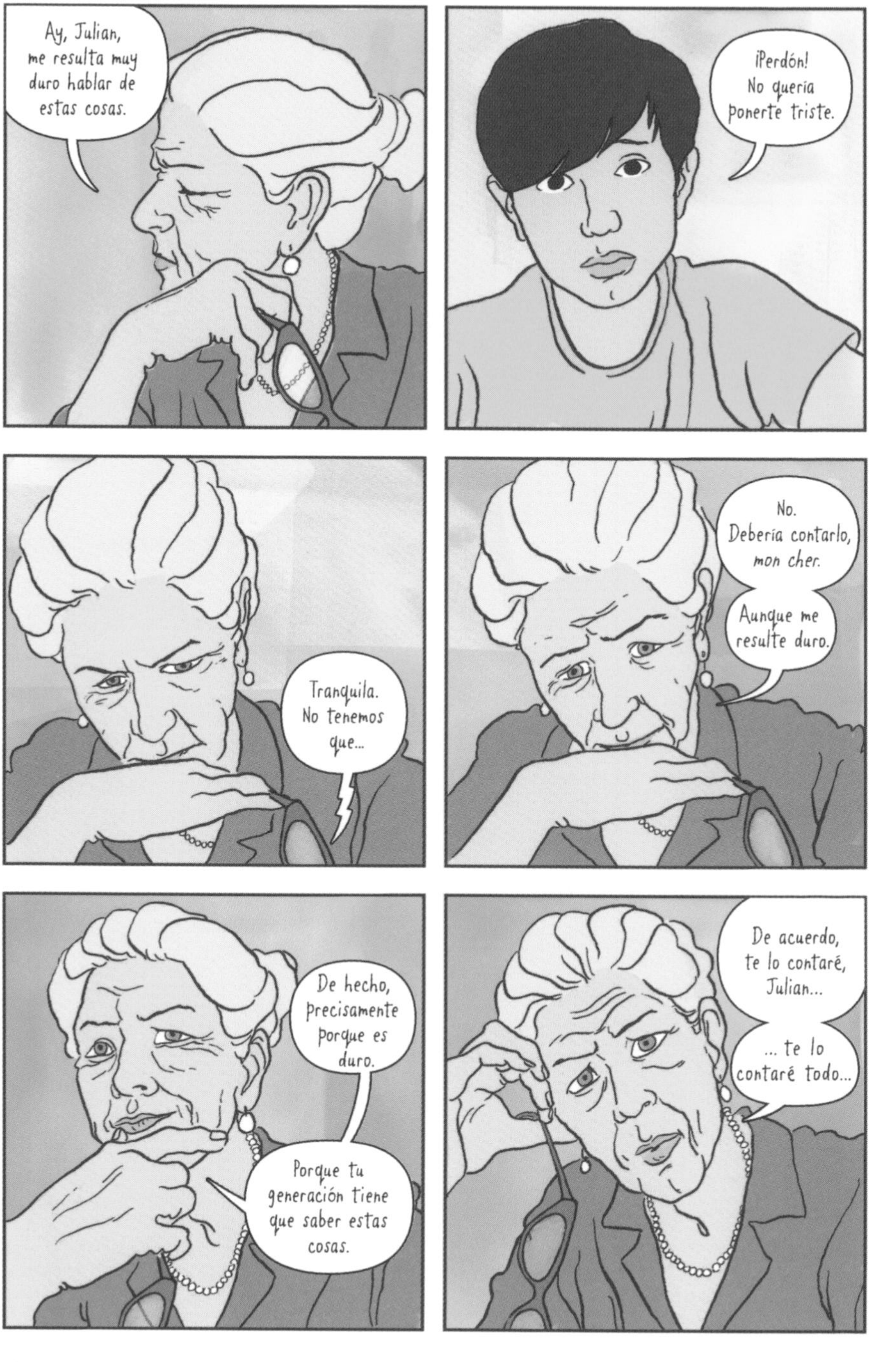
Ay, Julian, me resulta muy duro hablar de estas cosas.
¡Perdón! No quería ponerte triste.
Tranquila. No tenemos que...
No. Debería contarlo, *mon cher.*
Aunque me resulte duro.
De hecho, precisamente porque es duro.
Porque tu generación tiene que saber estas cosas.
De acuerdo, te lo contaré, Julian...
... te lo contaré todo...

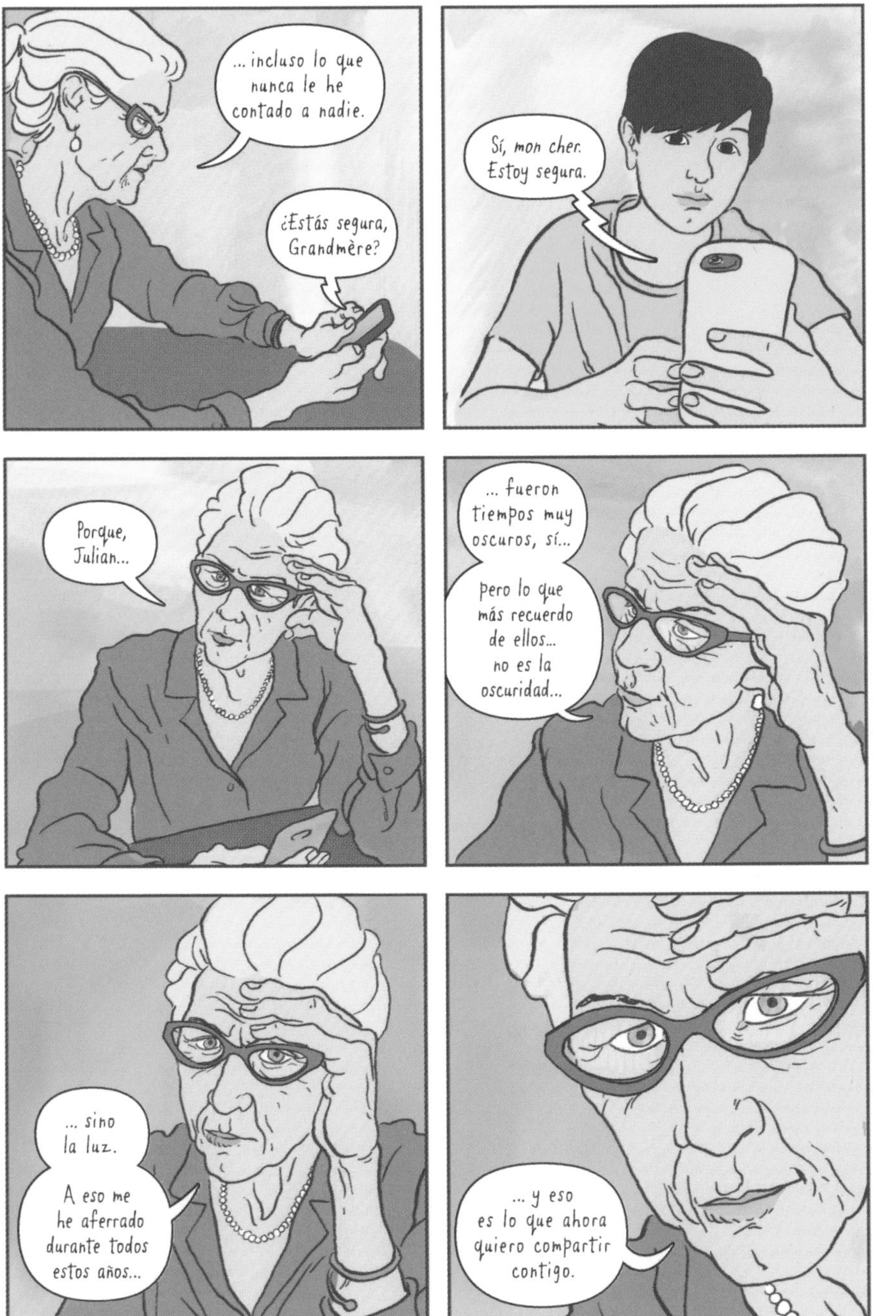
... incluso lo que nunca le he contado a nadie.
¿Estás segura, Grandmère?
Sí, mon cher. Estoy segura.
Porque, Julian...
... fueron tiempos muy oscuros, sí...
pero lo que más recuerdo de ellos... no es la oscuridad...
... sino la luz.
A eso me he aferrado durante todos estos años...
... y eso es lo que ahora quiero compartir contigo.

PRIMERA PARTE

Los pájaros conocen montañas con las que no hemos soñado...
Muriel Rukeyser, "Quinta elegía: El viento cambia"

CAPÍTULO 1

CASI TODOS LOS CUENTOS DE HADAS EMPIEZAN DICIENDO "HABÍA UNA VEZ". ASÍ EMPEZARÉ TAMBIÉN A CONTARTE MI HISTORIA, PORQUE MI VIDA DE VERDAD EMPEZÓ COMO UN CUENTO DE HADAS.

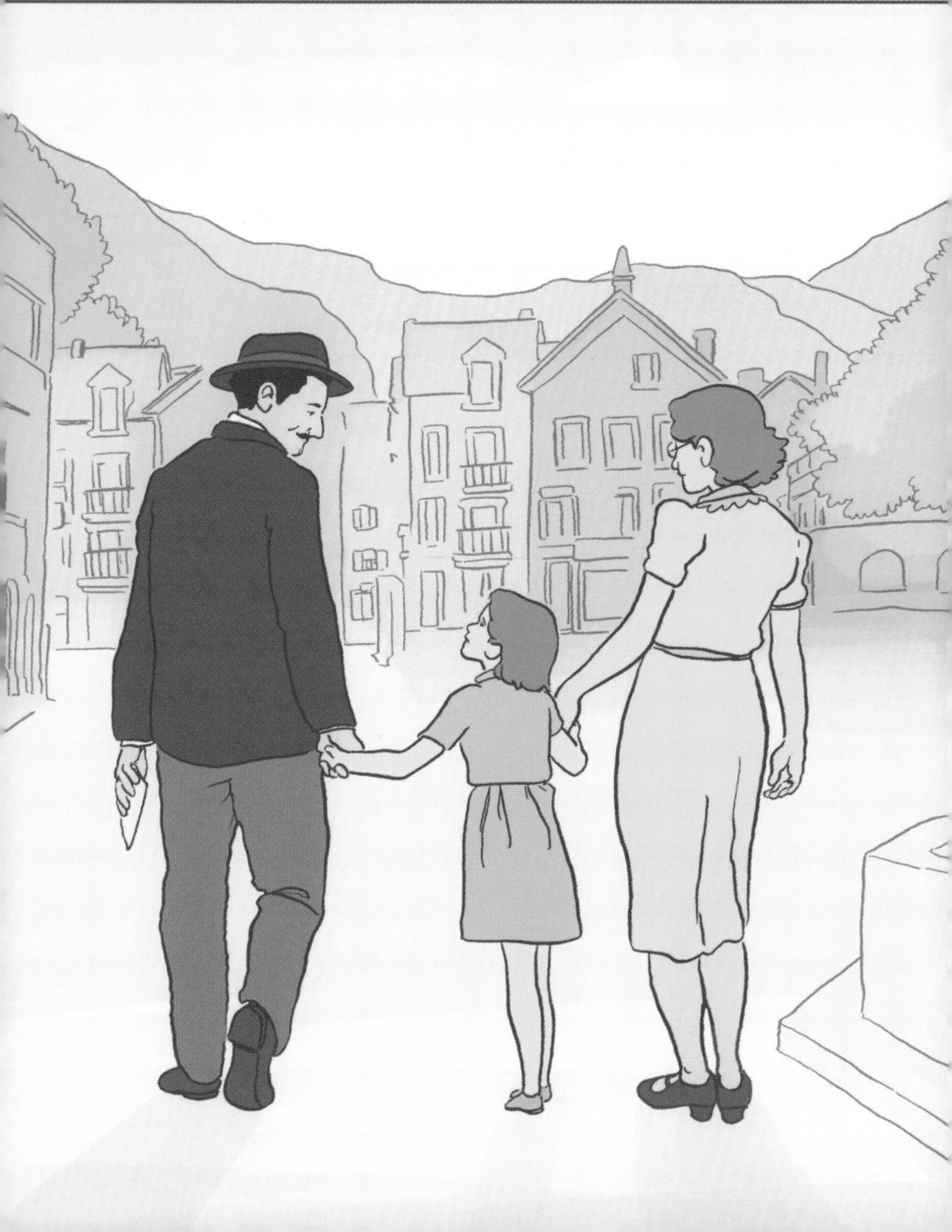

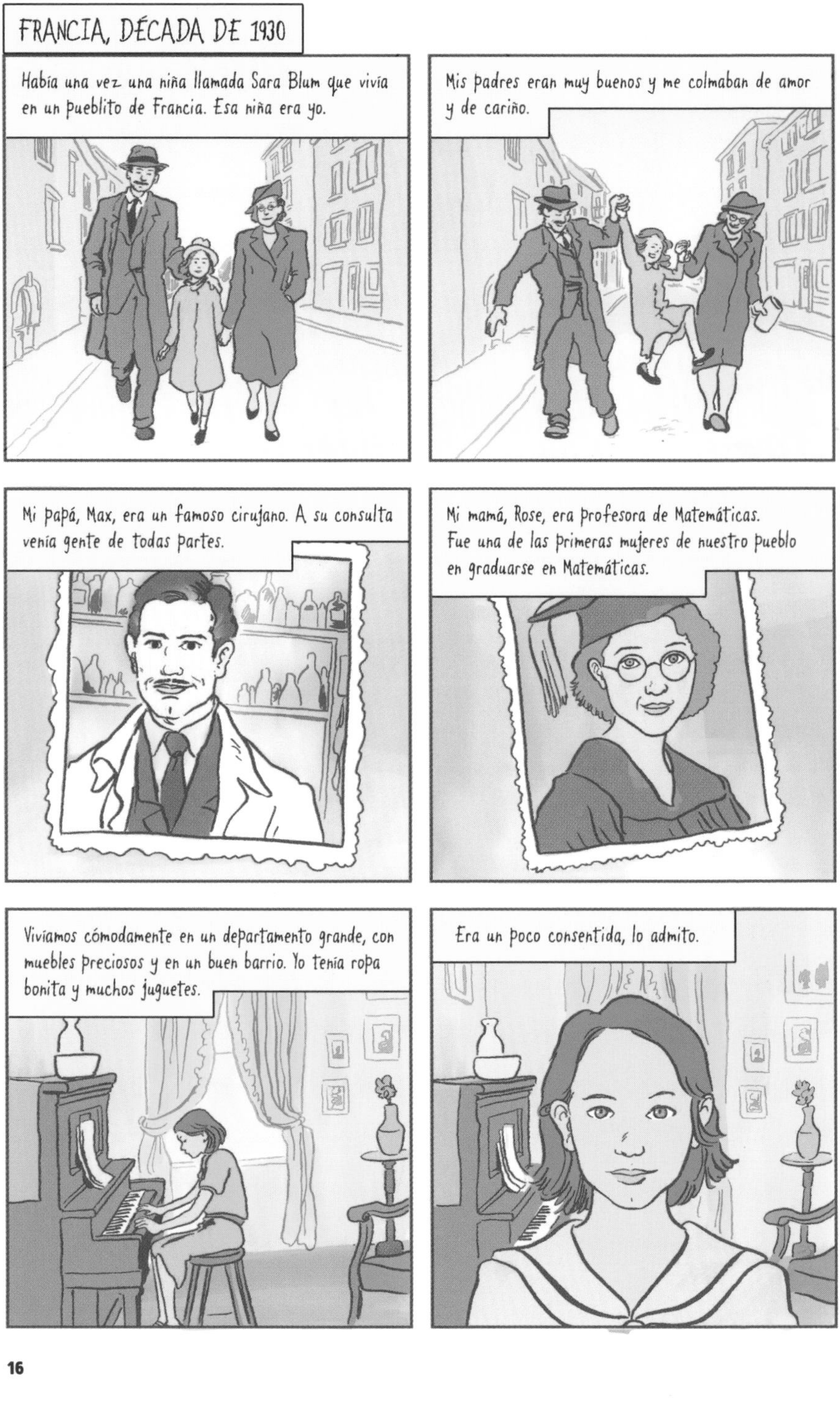
FRANCIA, DÉCADA DE 1930
Había una vez una niña llamada Sara Blum que vivía en un pueblito de Francia. Esa niña era yo.
Mis padres eran muy buenos y me colmaban de amor y de cariño.
Mi papá, Max, era un famoso cirujano. A su consulta venía gente de todas partes.
Mi mamá, Rose, era profesora de Matemáticas. Fue una de las primeras mujeres de nuestro pueblo en graduarse en Matemáticas.
Vivíamos cómodamente en un departamento grande, con muebles preciosos y en un buen barrio. Yo tenía ropa bonita y muchos juguetes.
Era un poco consentida, lo admito.

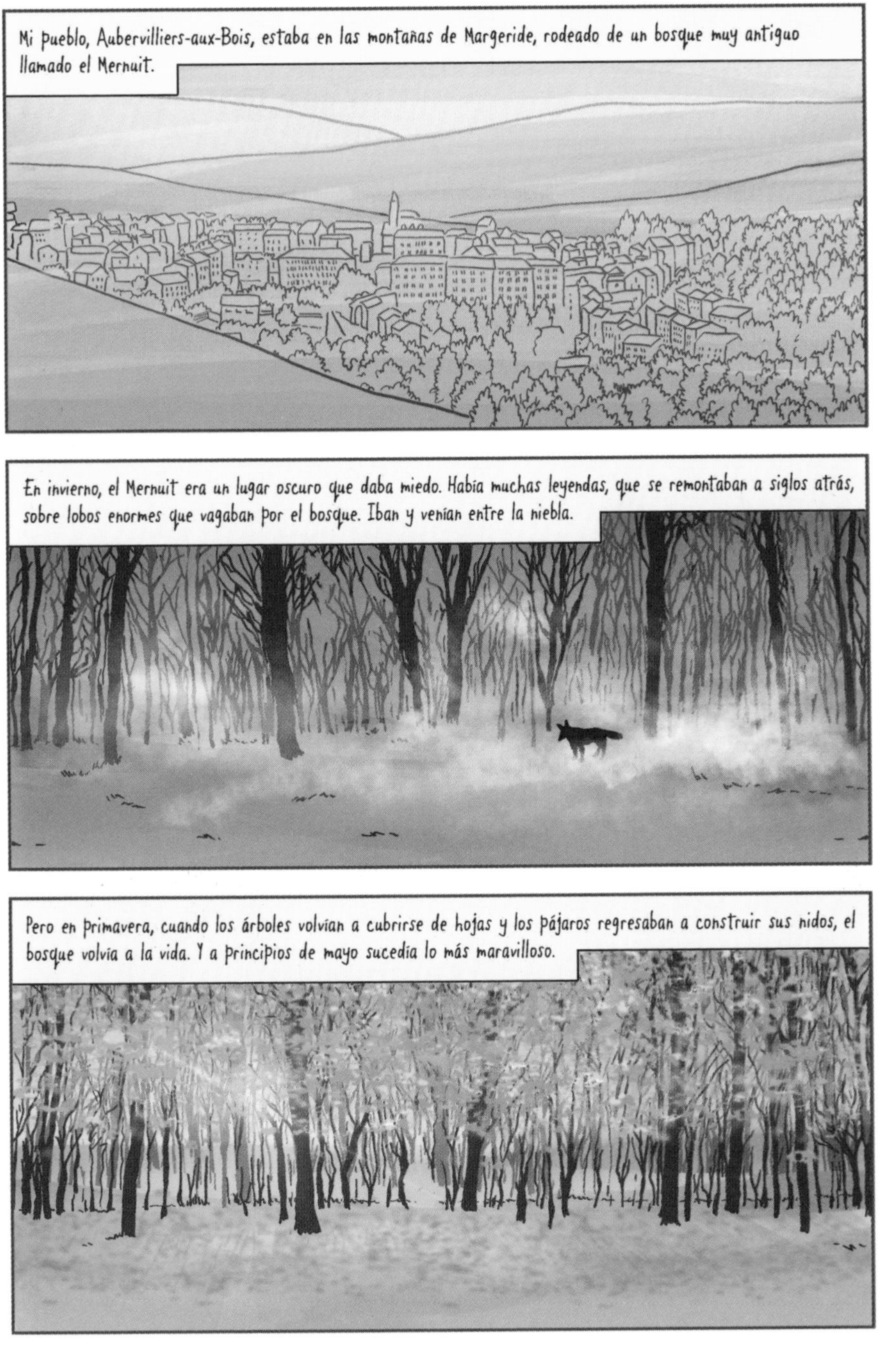
Mi pueblo, Aubervilliers-aux-Bois, estaba en las montañas de Margeride, rodeado de un bosque muy antiguo llamado el Mernuit.
En invierno, el Mernuit era un lugar oscuro que daba miedo. Había muchas leyendas, que se remontaban a siglos atrás, sobre lobos enormes que vagaban por el bosque. Iban y venían entre la niebla.
Pero en primavera, cuando los árboles volvían a cubrirse de hojas y los pájaros regresaban a construir sus nidos, el bosque volvía a la vida. Y a principios de mayo sucedía lo más maravilloso.

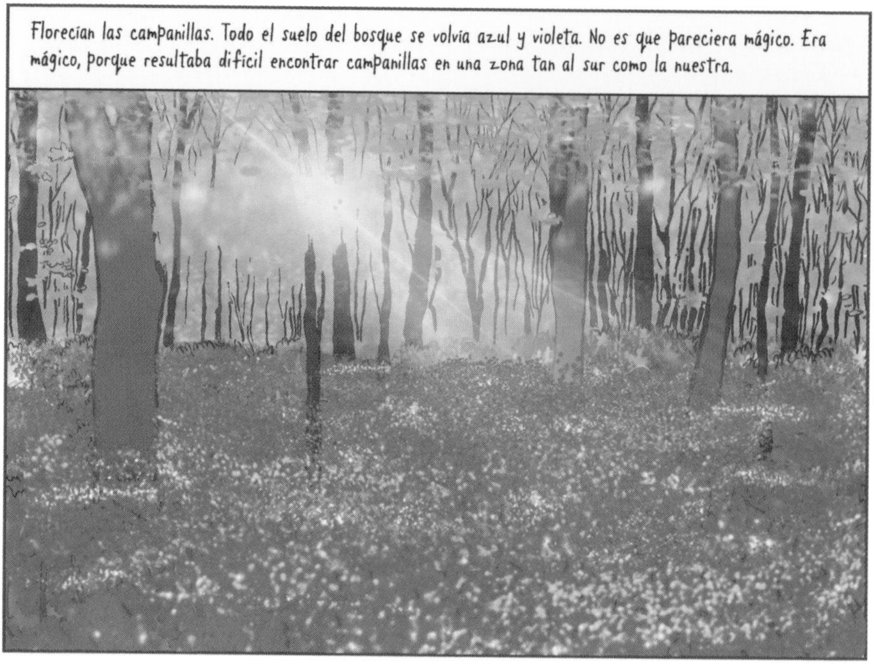
Florecían las campanillas. Todo el suelo del bosque se volvía azul y violeta. No es que pareciera mágico. Era mágico, porque resultaba difícil encontrar campanillas en una zona tan al sur como la nuestra.

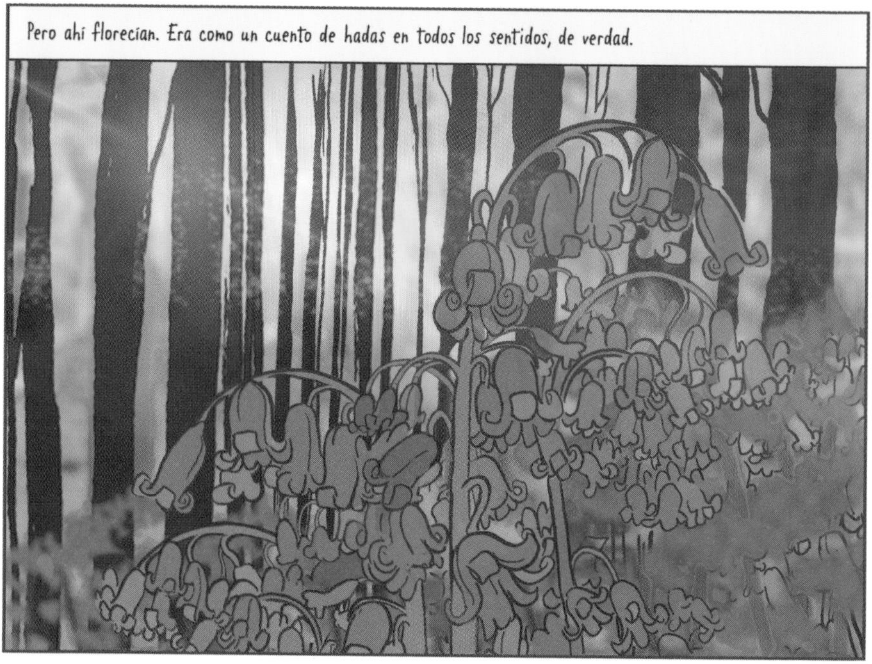
Pero ahí florecían. Era como un cuento de hadas en todos los sentidos, de verdad.

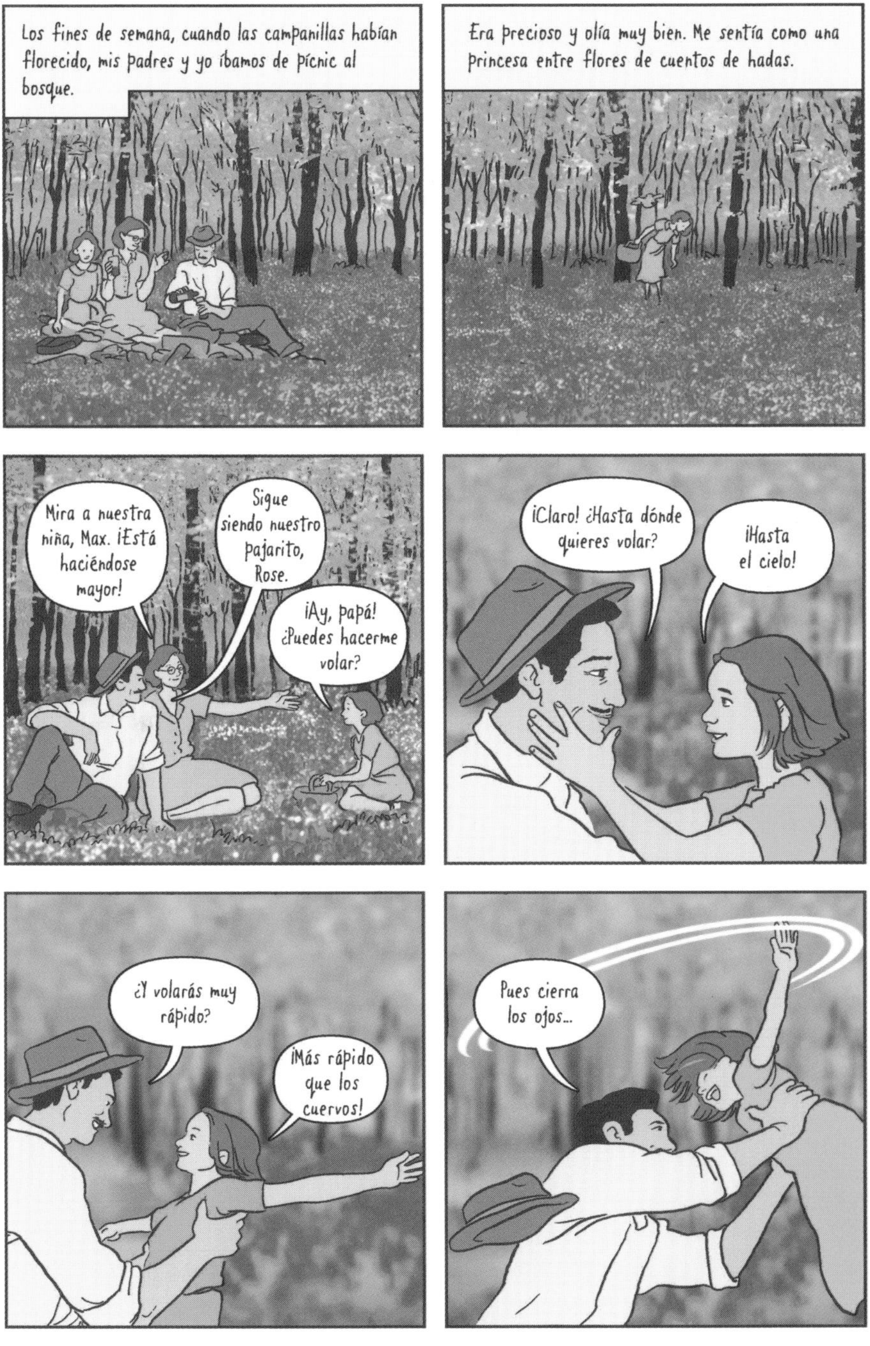
Los fines de semana, cuando las campanillas habían florecido, mis padres y yo íbamos de pícnic al bosque.
Era precioso y olía muy bien. Me sentía como una princesa entre flores de cuentos de hadas.
Mira a nuestra niña, Max. ¡Está haciéndose mayor!
Sigue siendo nuestro pajarito, Rose.
¡Ay, papá! ¿Puedes hacerme volar?
¡Claro! ¿Hasta dónde quieres volar?
¡Hasta el cielo!
¿Y volarás muy rápido?
¡Más rápido que los cuervos!
Pues cierra los ojos...

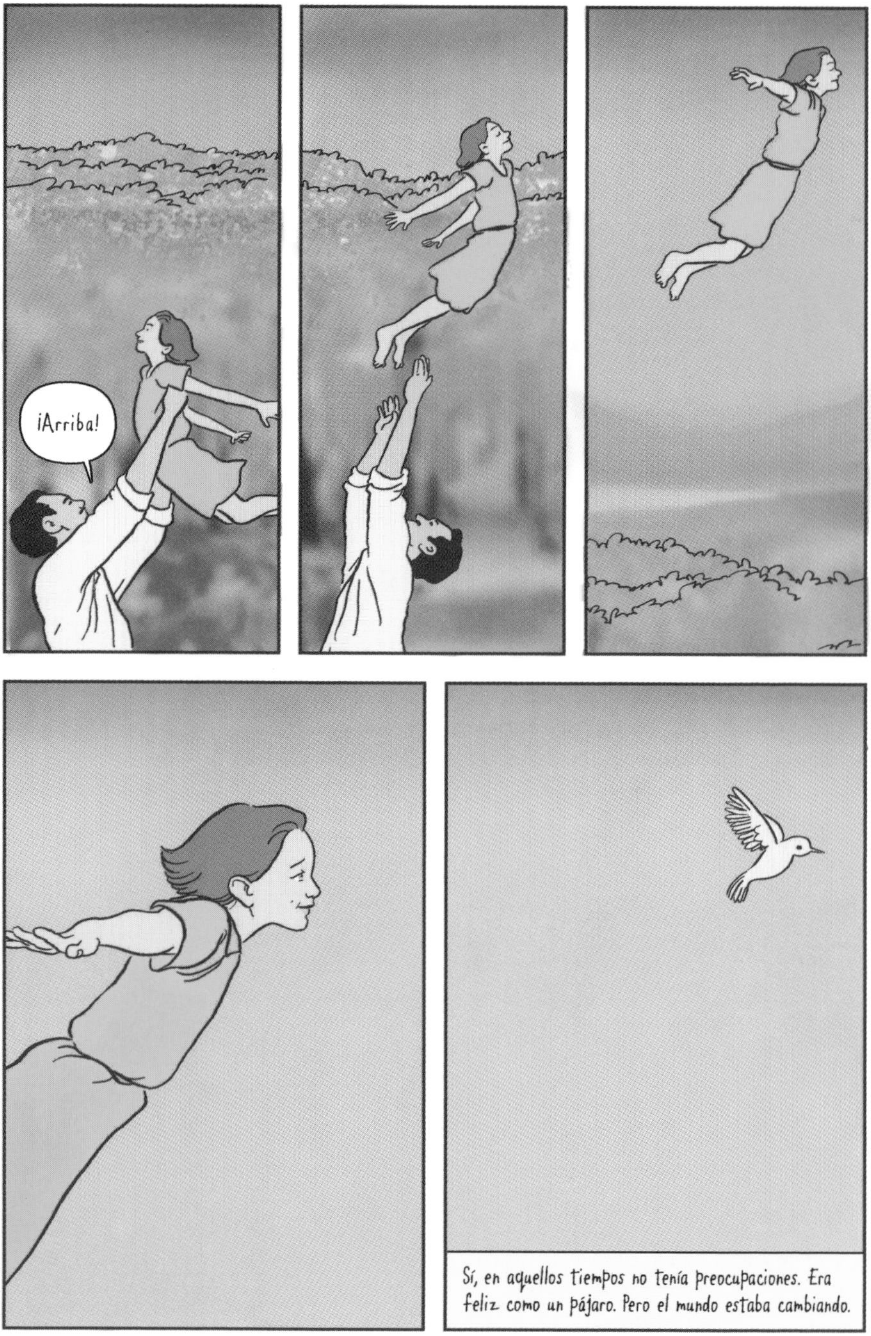
¡Arriba!
Sí, en aquellos tiempos no tenía preocupaciones. Era feliz como un pájaro. Pero el mundo estaba cambiando.

CAPÍTULO 2

FRANCIA SE RINDIÓ ANTE ALEMANIA EN JUNIO DE 1940, Y EL PAÍS QUEDÓ DIVIDIDO EN DOS ZONAS: LA ZONA OCUPADA Y LA ZONA LIBRE.

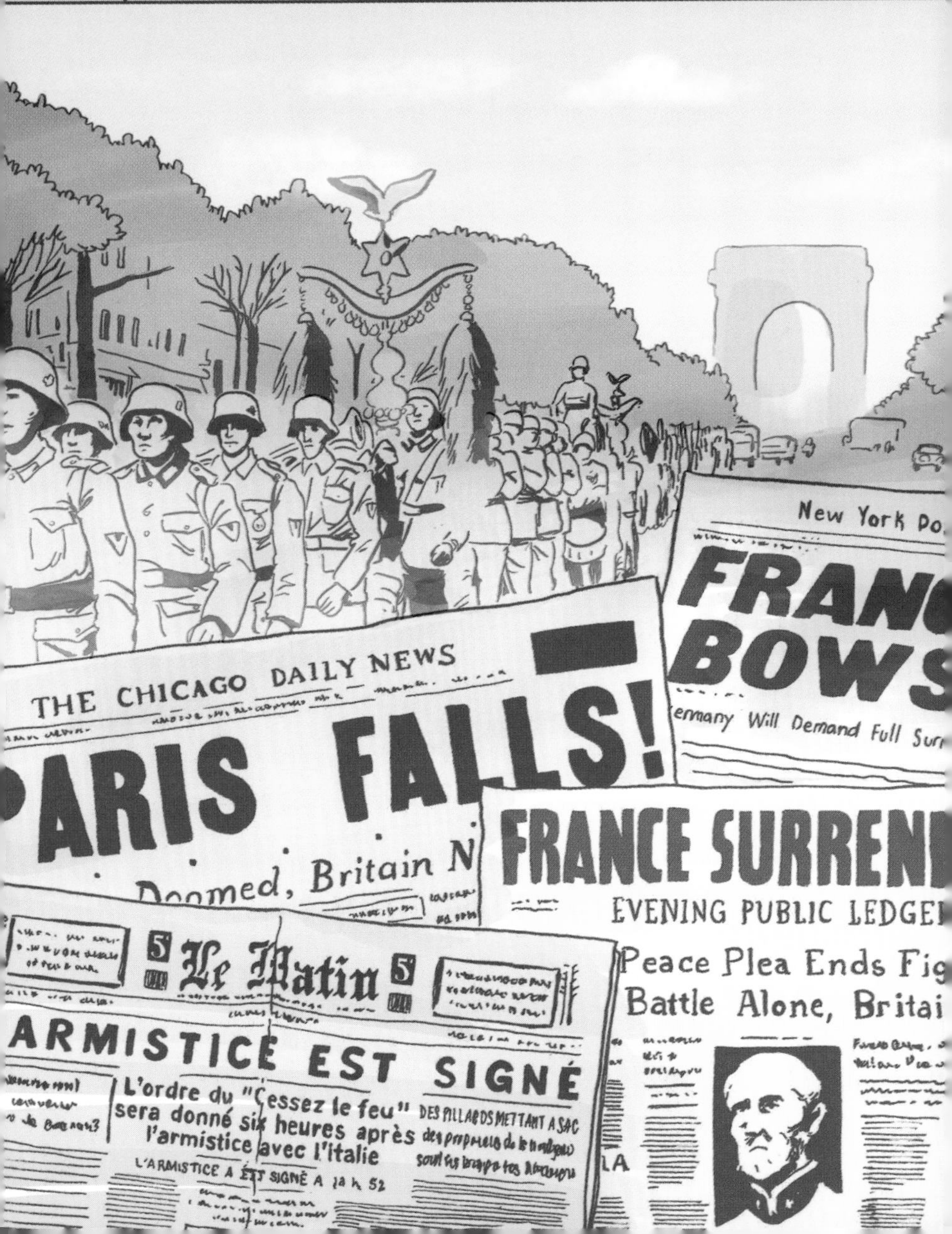
New York Po
FRANC
BOWS
ermany Will Demand Full Surr
THE CHICAGO DAILY NEWS
PARIS FALLS!
Doomed, Britain N
FRANCE SURREN
EVENING PUBLIC LEDGE
Peace Plea Ends Fig
Battle Alone, Britai
Le Matin
ARMISTICE EST SIGNÉ
L'ordre du "Cessez le feu" sera donné six heures après l'armistice avec l'Italie
L'ARMISTICE A ÉTÉ SIGNÉ A 18 h. 52

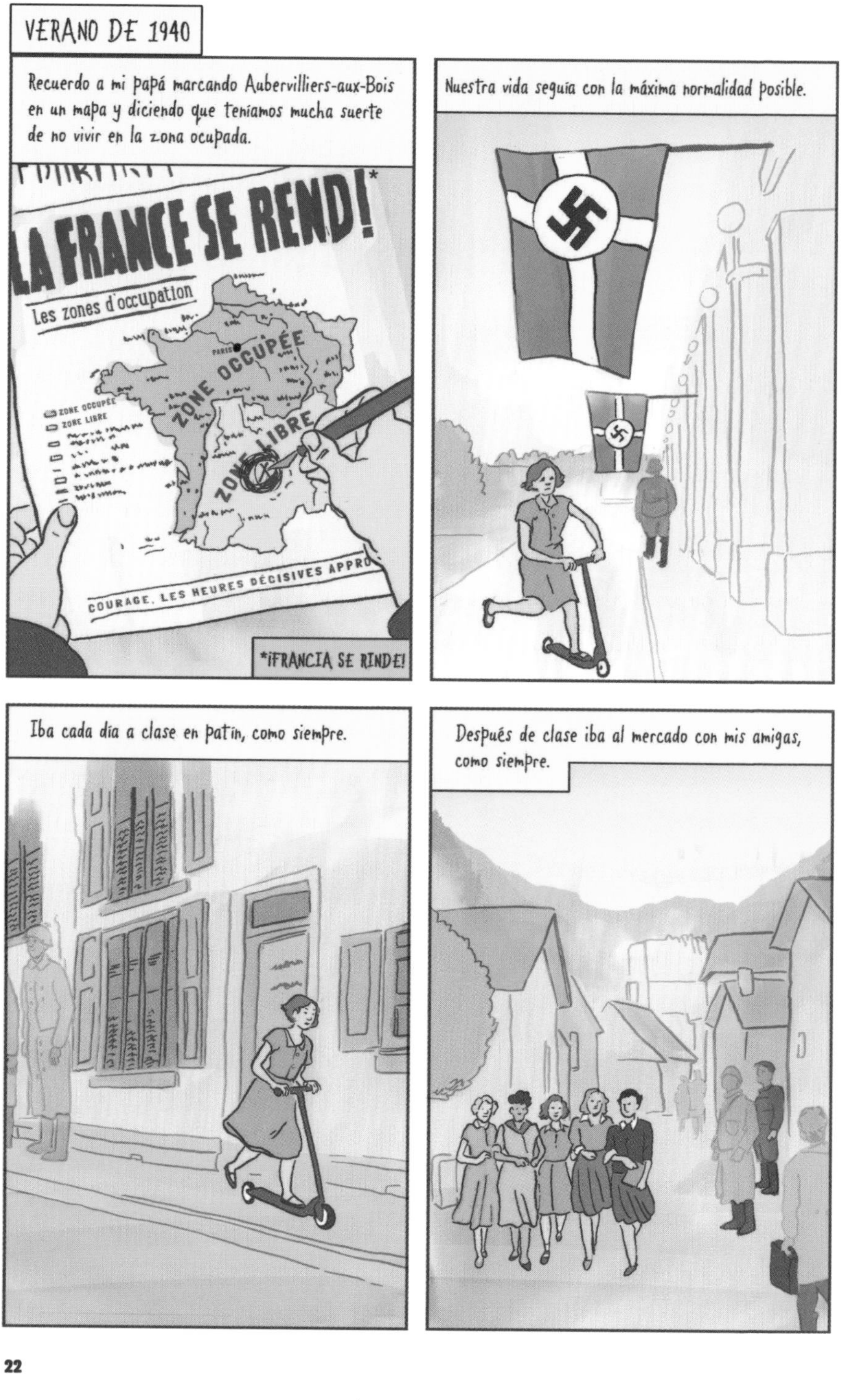
VERANO DE 1940
Recuerdo a mi papá marcando Aubervilliers-aux-Bois en un mapa y diciendo que teníamos mucha suerte de no vivir en la zona ocupada.
LA FRANCE SE REND!*
Les zones d'occupation
PARIS
ZONE OCCUPÉE
ZONE LIBRE
ZONE OCCUPÉE
ZONE LIBRE
COURAGE, LES HEURES DÉCISIVES APPRO
*¡FRANCIA SE RINDE!
Nuestra vida seguía con la máxima normalidad posible.
Iba cada día a clase en patín, como siempre.
Después de clase iba al mercado con mis amigas, como siempre.

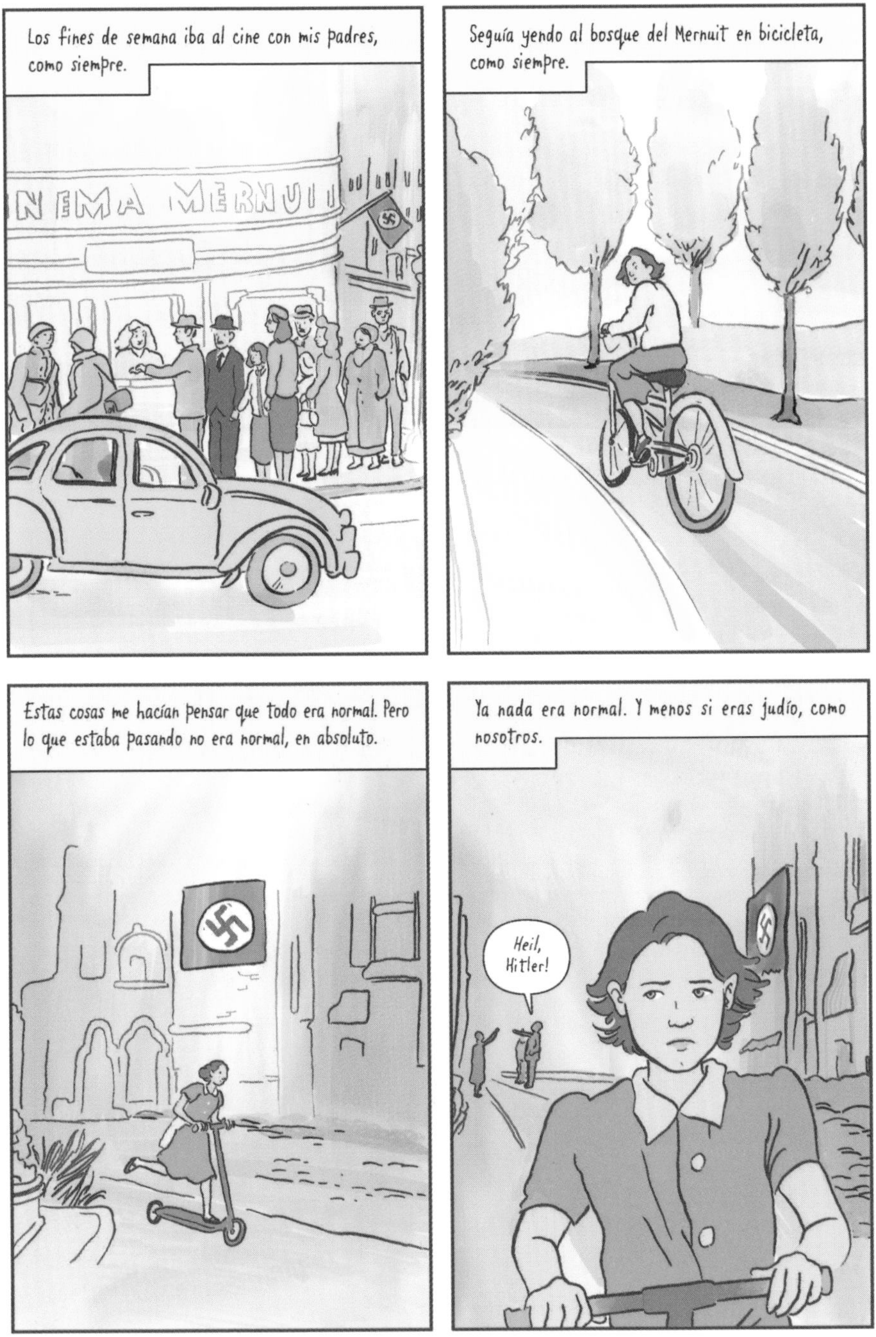
Los fines de semana iba al cine con mis padres, como siempre.
Seguía yendo al bosque del Mernuit en bicicleta, como siempre.
Estas cosas me hacían pensar que todo era normal. Pero lo que estaba pasando no era normal, en absoluto.
Ya nada era normal. Y menos si eras judío, como nosotros.
Heil, Hitler!

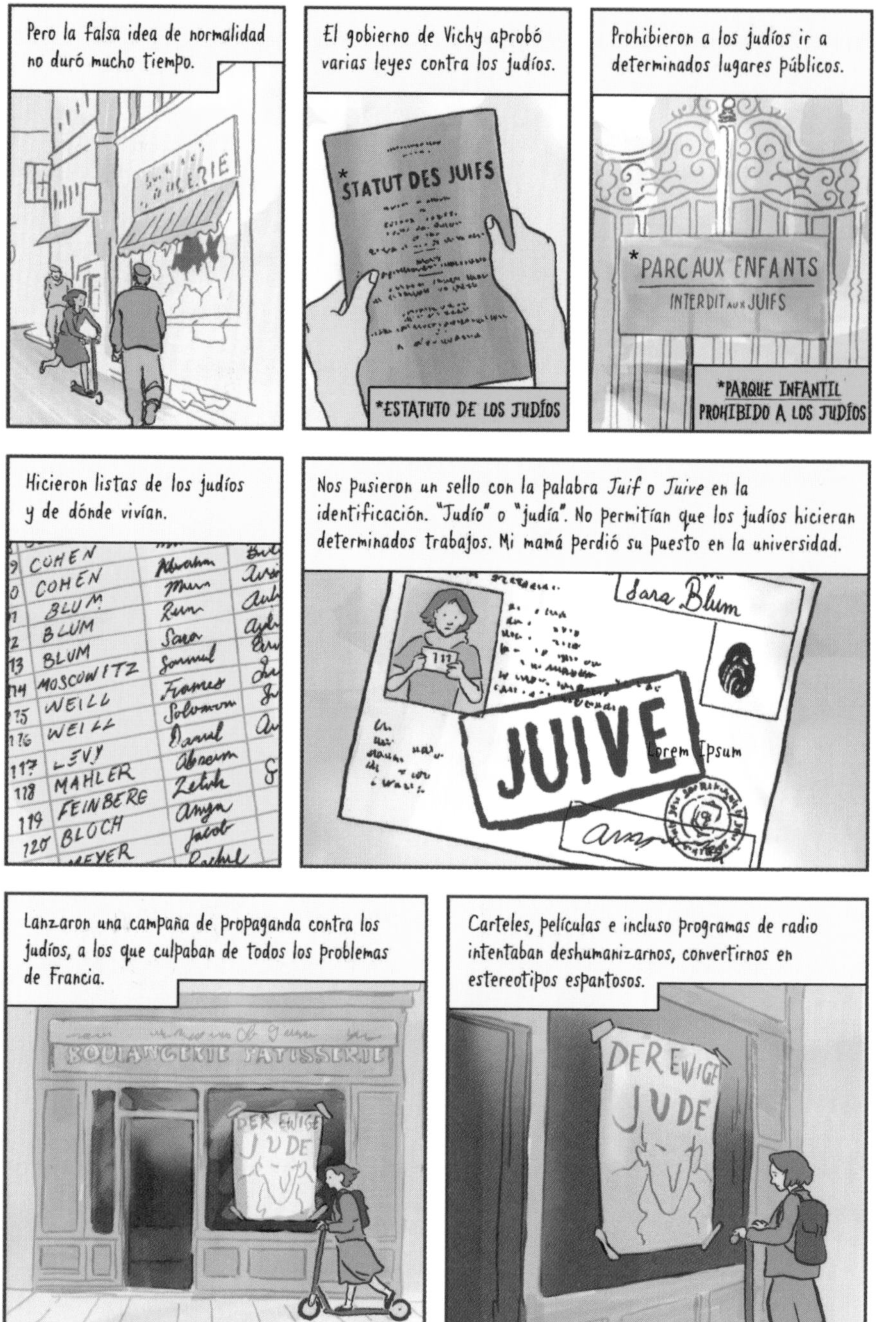

Pero la falsa idea de normalidad no duró mucho tiempo.
El gobierno de Vichy aprobó varias leyes contra los judíos.
*STATUT DES JUIFS
*ESTATUTO DE LOS JUDÍOS
Prohibieron a los judíos ir a determinados lugares públicos.
*PARC AUX ENFANTS
INTERDIT AUX JUIFS
*PARQUE INFANTIL
PROHIBIDO A LOS JUDÍOS
Hicieron listas de los judíos y de dónde vivían.
COHEN
COHEN
BLUM
BLUM
BLUM
MOSCOWITZ
WEILL
WEILL
LEVY
MAHLER
FEINBERG
BLOCH
MEYER
Nos pusieron un sello con la palabra *Juif* o *Juive* en la identificación. "Judío" o "judía". No permitían que los judíos hicieran determinados trabajos. Mi mamá perdió su puesto en la universidad.
Sara Blum
JUIVE
Lorem Ipsum
Lanzaron una campaña de propaganda contra los judíos, a los que culpaban de todos los problemas de Francia.
BOULANGERIE PATISSERIE
DER EWIGE JUDE
Carteles, películas e incluso programas de radio intentaban deshumanizarnos, convertirnos en estereotipos espantosos.
DER EWIGE JUDE

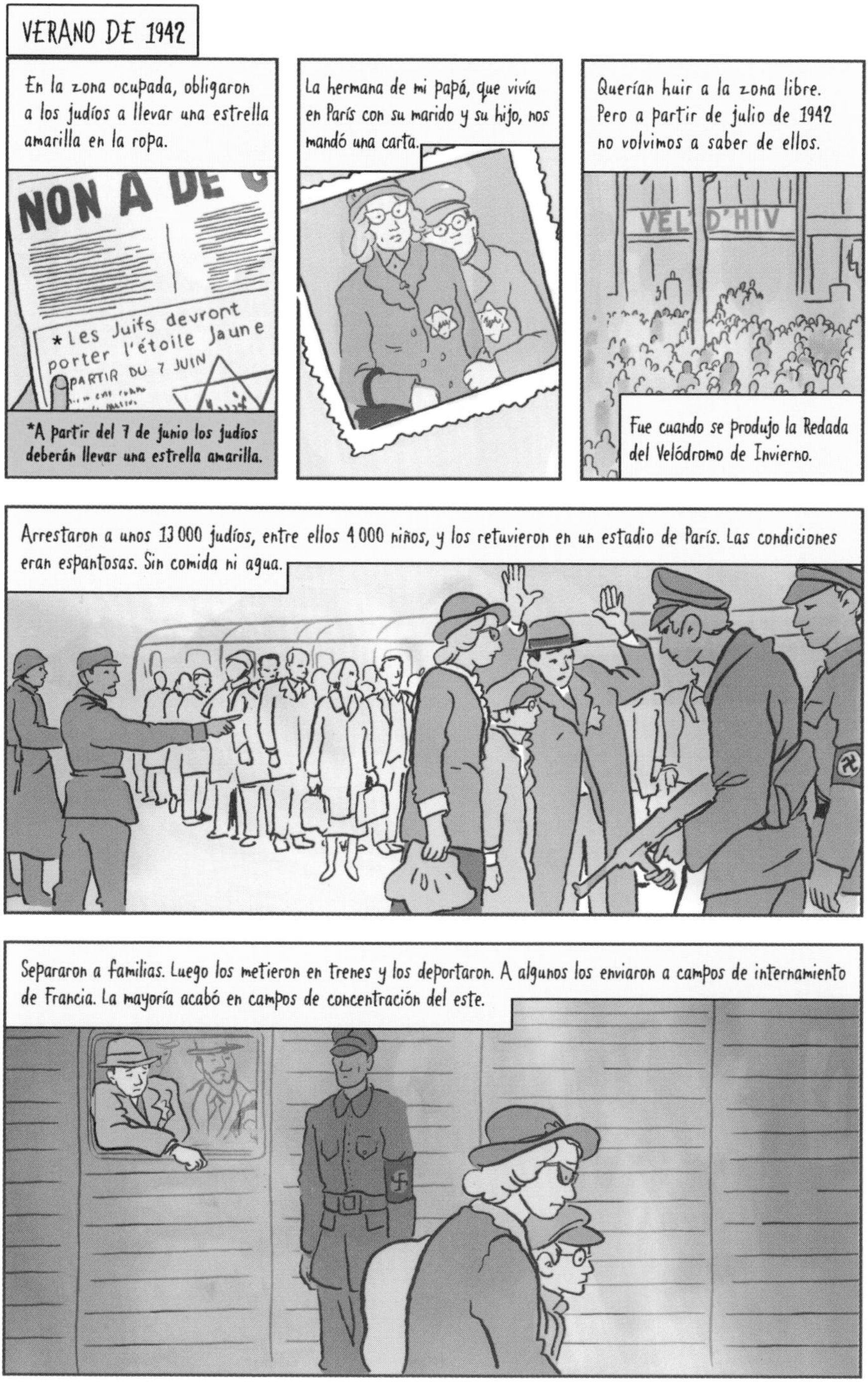
VERANO DE 1942
En la zona ocupada, obligaron a los judíos a llevar una estrella amarilla en la ropa.
NON A DE
*Les Juifs devront porter l'étoile Jaune
A PARTIR DU 7 JUIN
*A partir del 7 de junio los judíos deberán llevar una estrella amarilla.
La hermana de mi papá, que vivía en París con su marido y su hijo, nos mandó una carta.
Querían huir a la zona libre. Pero a partir de julio de 1942 no volvimos a saber de ellos.
VEL' D'HIV
Fue cuando se produjo la Redada del Velódromo de Invierno.
Arrestaron a unos 13 000 judíos, entre ellos 4 000 niños, y los retuvieron en un estadio de París. Las condiciones eran espantosas. Sin comida ni agua.
Separaron a familias. Luego los metieron en trenes y los deportaron. A algunos los enviaron a campos de internamiento de Francia. La mayoría acabó en campos de concentración del este.

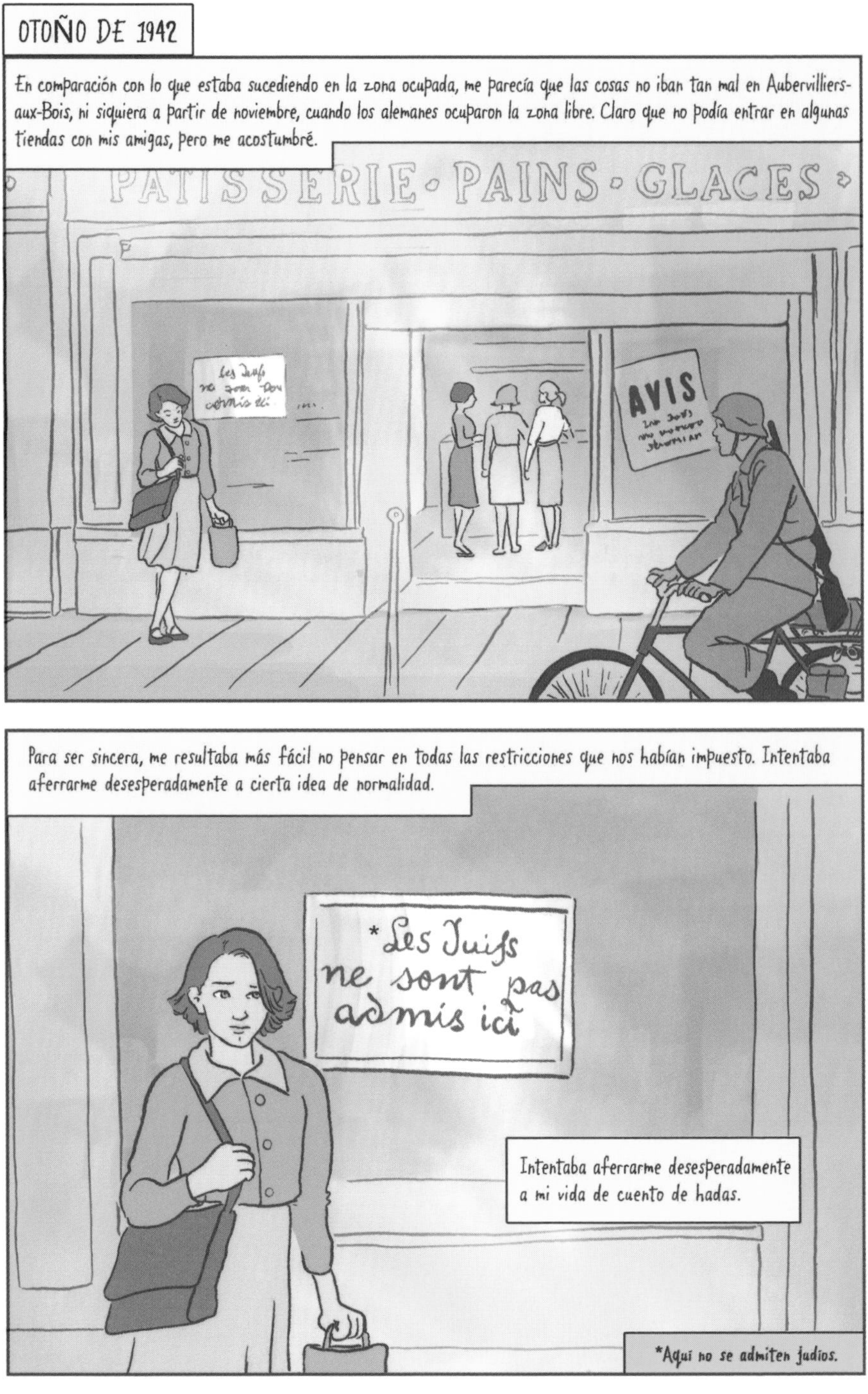
OTOÑO DE 1942
En comparación con lo que estaba sucediendo en la zona ocupada, me parecía que las cosas no iban tan mal en Aubervilliers-aux-Bois, ni siquiera a partir de noviembre, cuando los alemanes ocuparon la zona libre. Claro que no podía entrar en algunas tiendas con mis amigas, pero me acostumbré.
PATISSERIE • PAINS • GLACES
AVIS
Para ser sincera, me resultaba más fácil no pensar en todas las restricciones que nos habían impuesto. Intentaba aferrarme desesperadamente a cierta idea de normalidad.
*Les Juifs ne sont pas admis ici
Intentaba aferrarme desesperadamente a mi vida de cuento de hadas.
*Aquí no se admiten judíos.

POR SUERTE, MI ESCUELA ERA MI REFUGIO. LA ÉCOLE LAFAYETTE SE BASABA EN LOS PRINCIPIOS DE LA ILUSTRACIÓN. ACEPTABA A NIÑOS DE CUALQUIER RELIGIÓN.

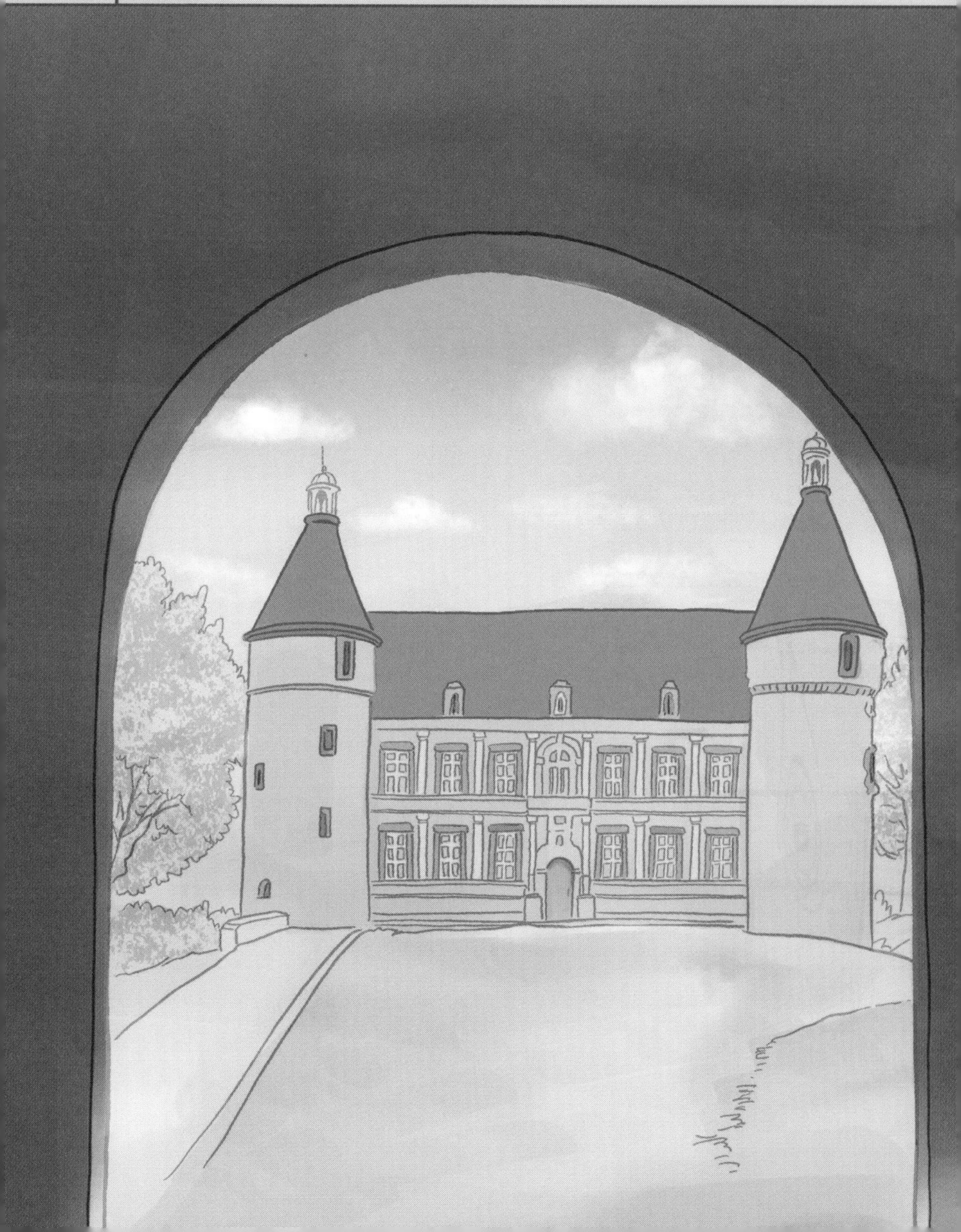

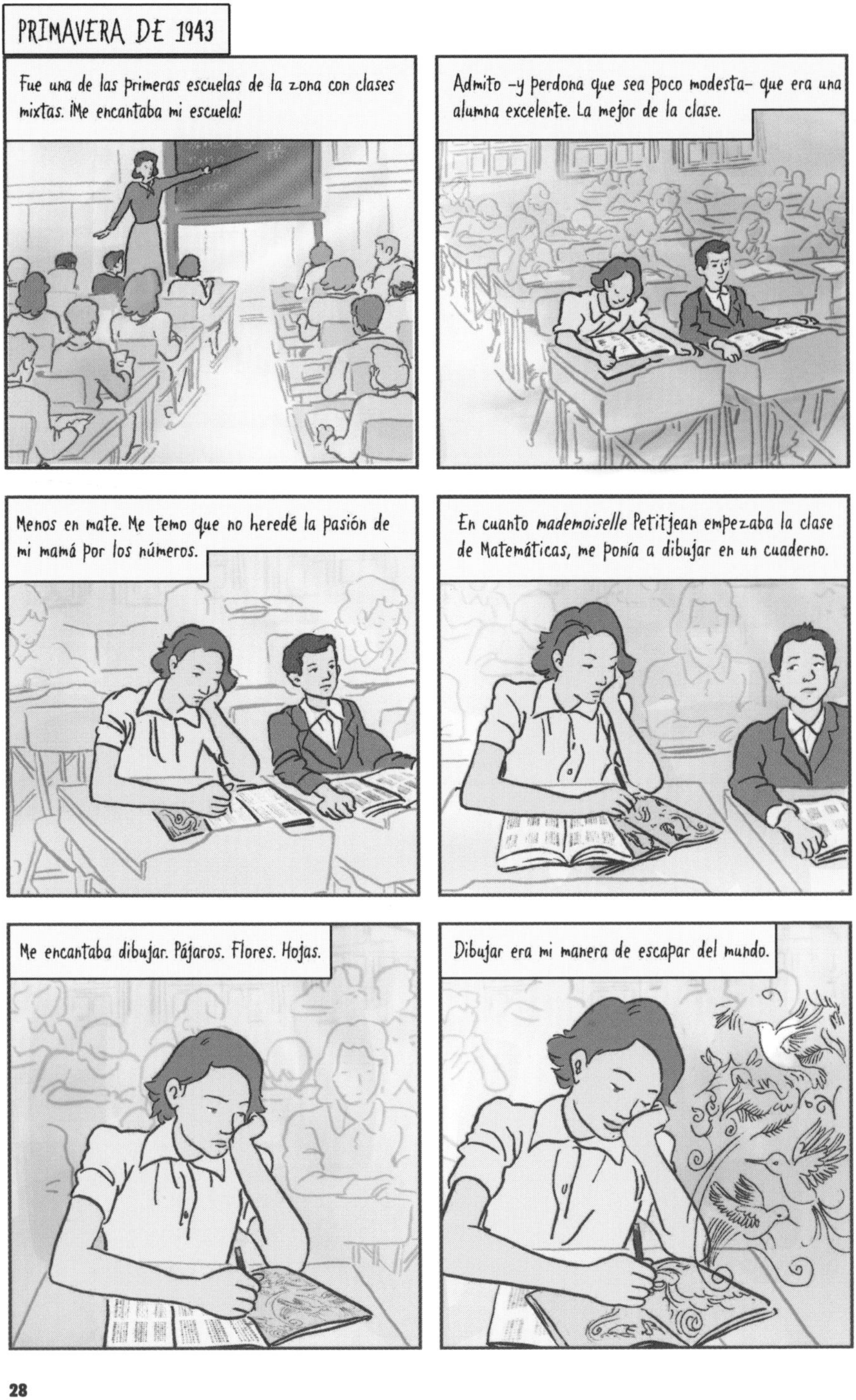
PRIMAVERA DE 1943
Fue una de las primeras escuelas de la zona con clases mixtas. ¡Me encantaba mi escuela!
Admito –y perdona que sea poco modesta– que era una alumna excelente. La mejor de la clase.
Menos en mate. Me temo que no heredé la pasión de mi mamá por los números.
En cuanto *mademoiselle* Petitjean empezaba la clase de Matemáticas, me ponía a dibujar en un cuaderno.
Me encantaba dibujar. Pájaros. Flores. Hojas.
Dibujar era mi manera de escapar del mundo.

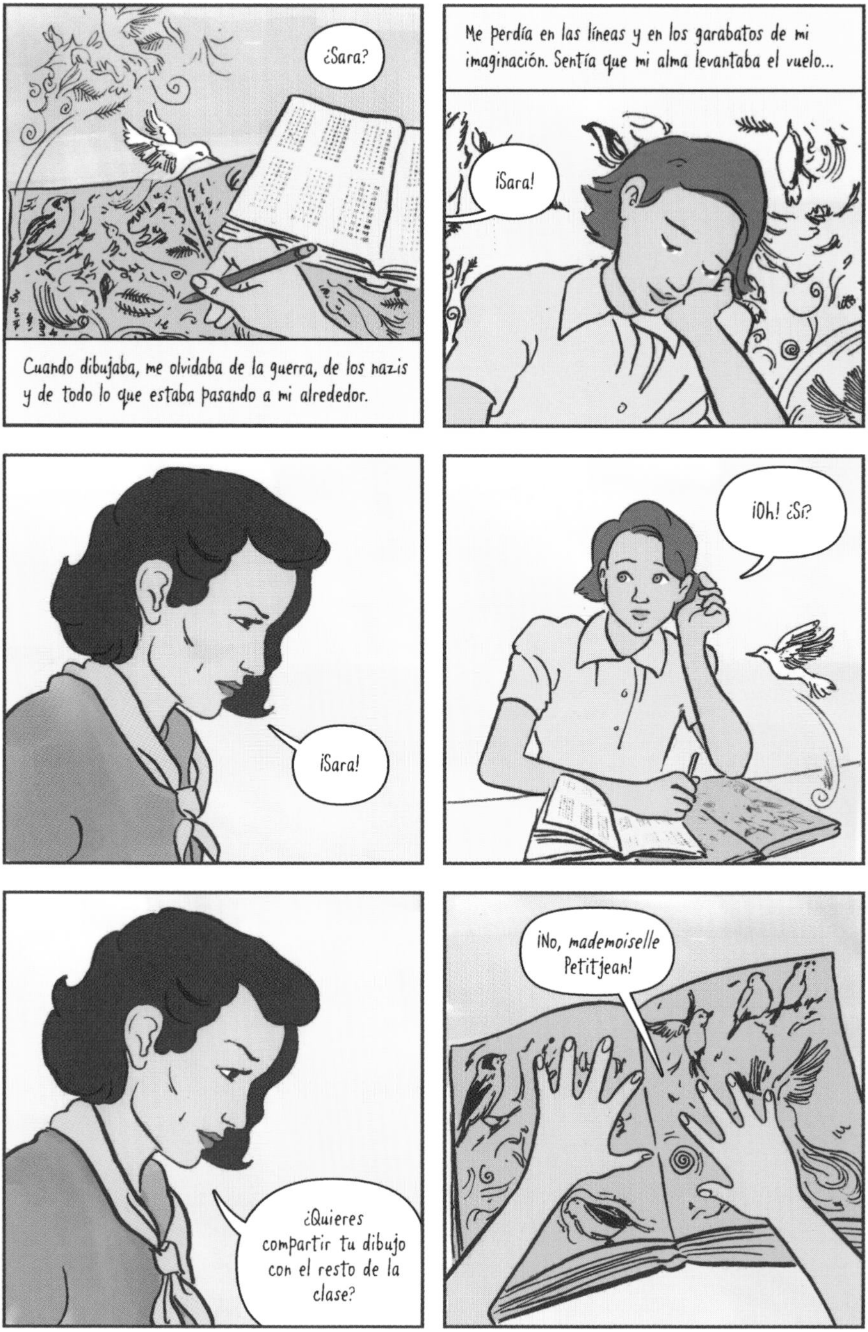
¿Sara?
Cuando dibujaba, me olvidaba de la guerra, de los nazis y de todo lo que estaba pasando a mi alrededor.
Me perdía en las líneas y en los garabatos de mi imaginación. Sentía que mi alma levantaba el vuelo...
¡Sara!
¡Sara!
¡Oh! ¿Sí?
¿Quieres compartir tu dibujo con el resto de la clase?
¡No, *mademoiselle* Petitjean!

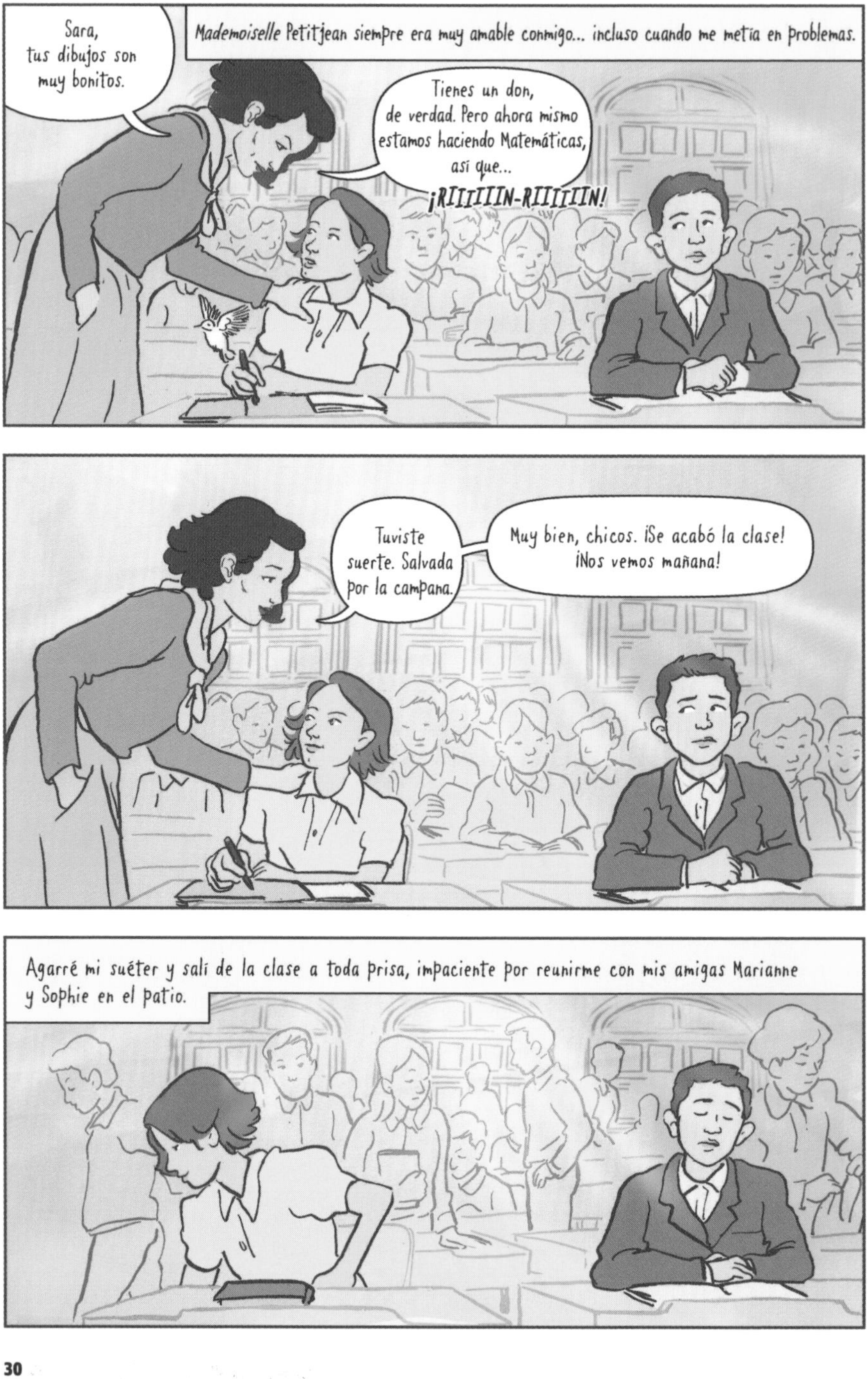

Sara, tus dibujos son muy bonitos.
Mademoiselle Petitjean siempre era muy amable conmigo... incluso cuando me metía en problemas.
Tienes un don, de verdad. Pero ahora mismo estamos haciendo Matemáticas, así que...
¡RIIIIIIN-RIIIIIIN!
Tuviste suerte. Salvada por la campana.
Muy bien, chicos. ¡Se acabó la clase! ¡Nos vemos mañana!
Agarré mi suéter y salí de la clase a toda prisa, impaciente por reunirme con mis amigas Marianne y Sophie en el patio.

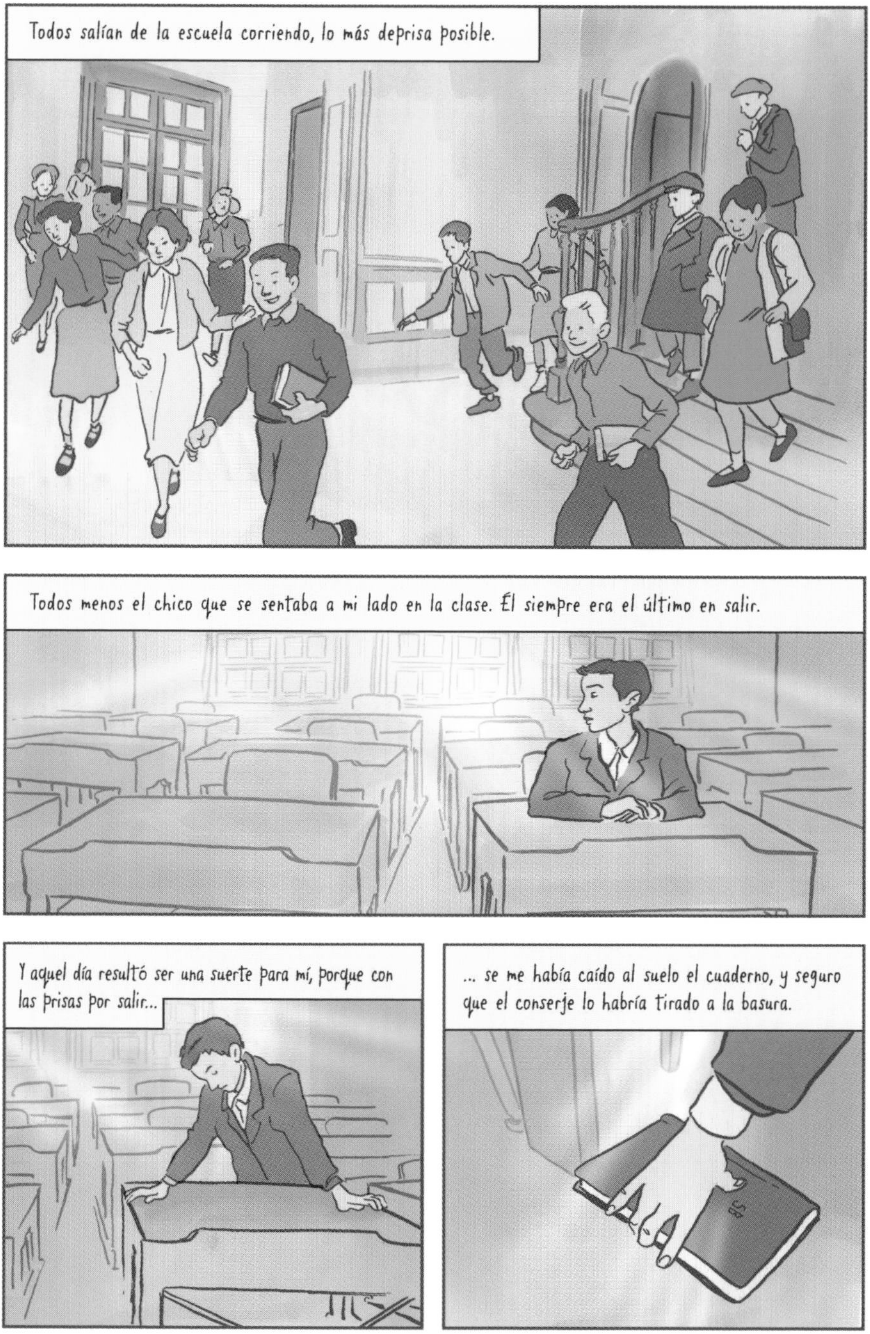
Todos salían de la escuela corriendo, lo más deprisa posible.
Todos menos el chico que se sentaba a mi lado en la clase. Él siempre era el último en salir.
Y aquel día resultó ser una suerte para mí, porque con las prisas por salir...
... se me había caído al suelo el cuaderno, y seguro que el conserje lo habría tirado a la basura.

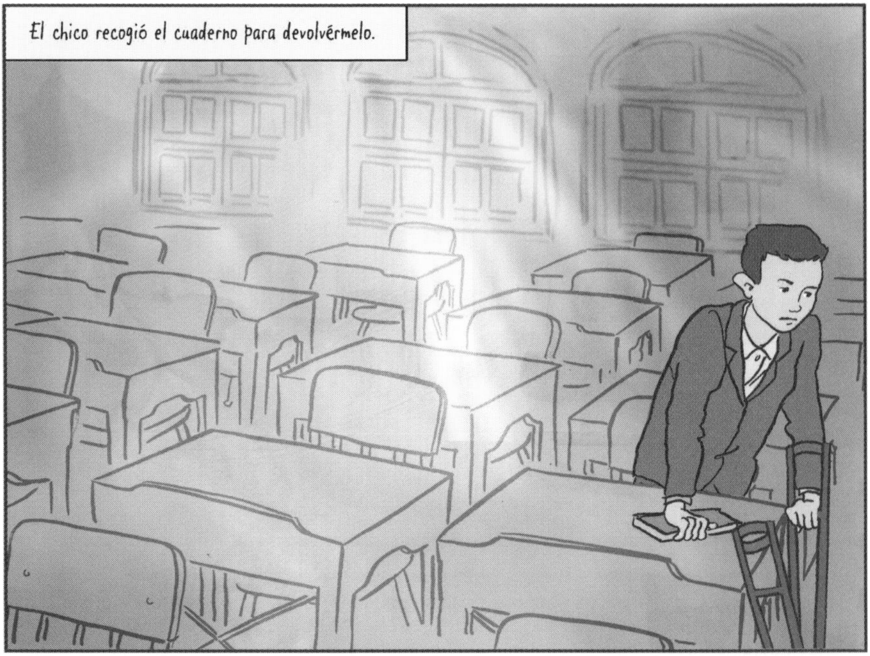
El chico recogió el cuaderno para devolvérmelo.

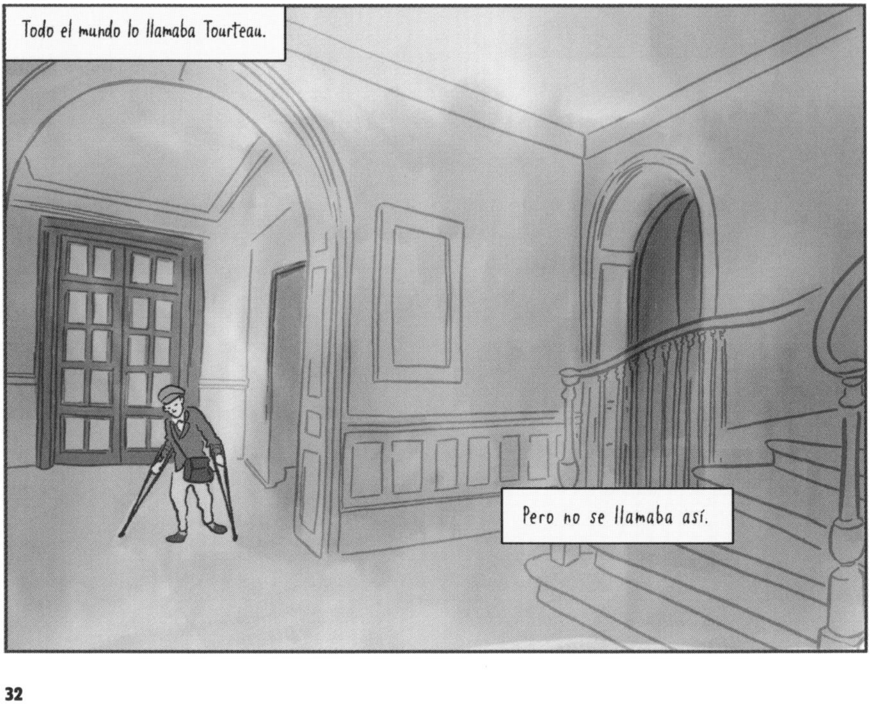
Todo el mundo lo llamaba Tourteau.
Pero no se llamaba así.

TOURTEAU SIGNIFICA "CANGREJO" EN FRANCÉS. UN APODO CRUEL PARA UN CHICO CUYO ÚNICO "DELITO" ERA HABER CONTRAÍDO LA POLIO DE NIÑO.

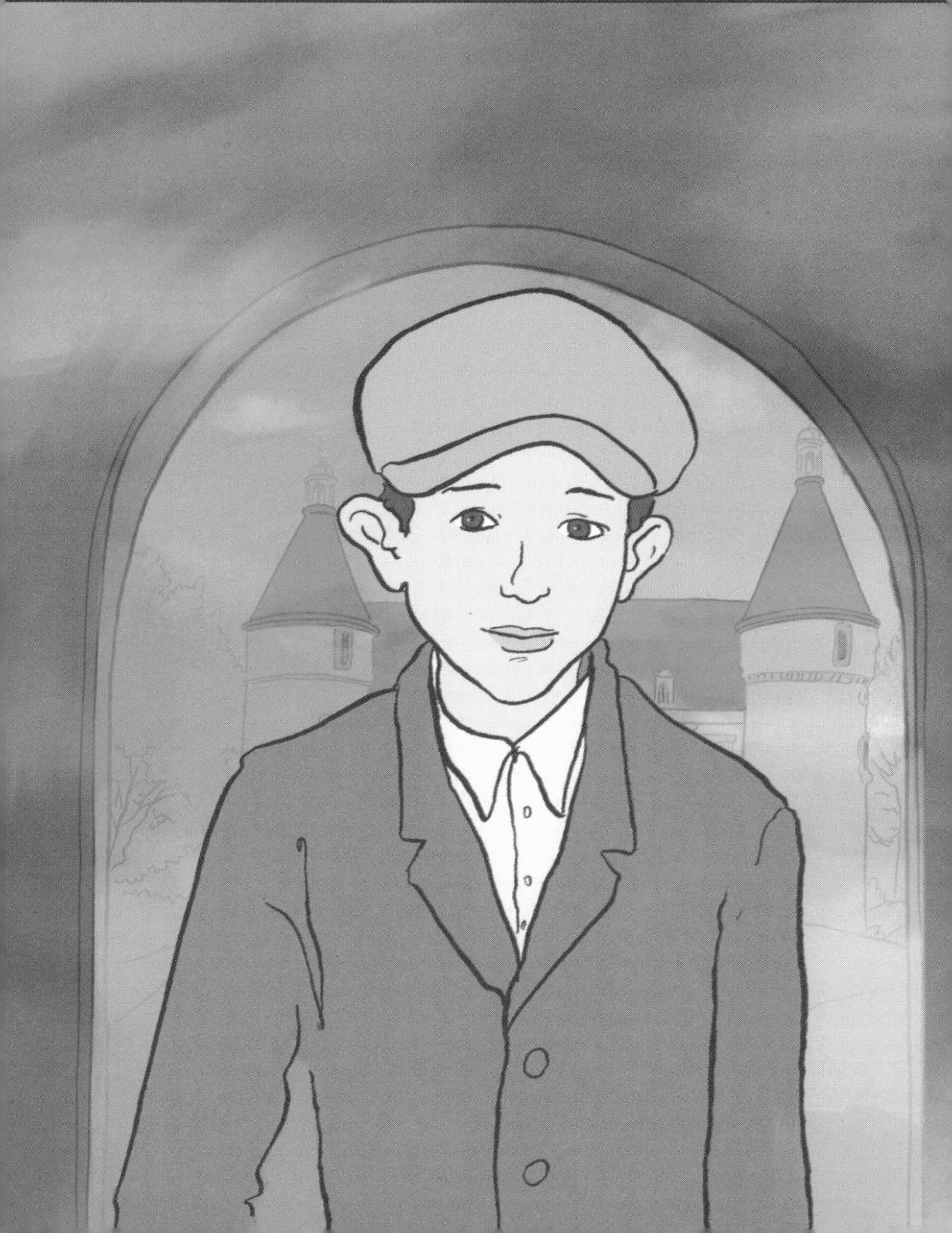

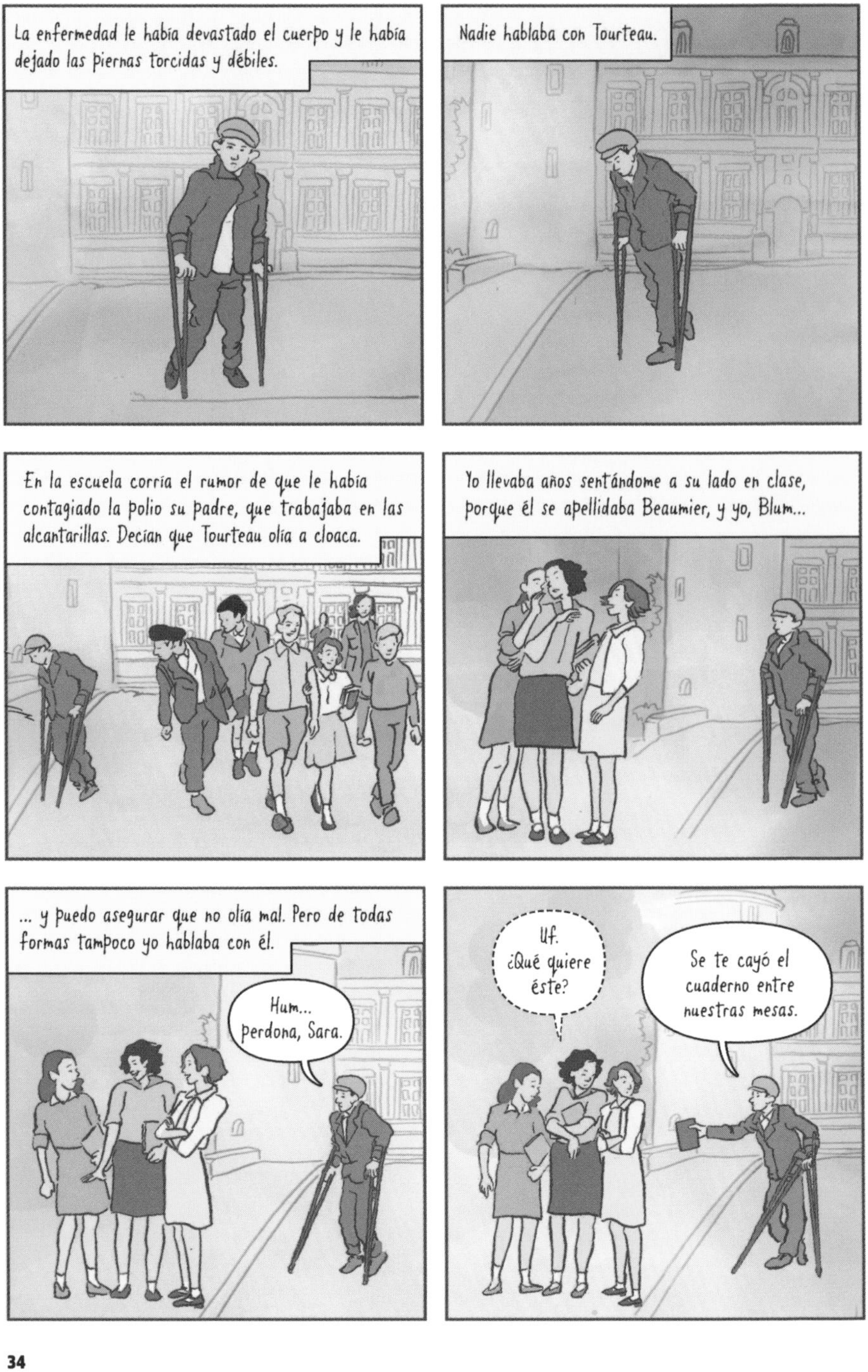
La enfermedad le había devastado el cuerpo y le había dejado las piernas torcidas y débiles.
Nadie hablaba con Tourteau.
En la escuela corría el rumor de que le había contagiado la polio su padre, que trabajaba en las alcantarillas. Decían que Tourteau olía a cloaca.
Yo llevaba años sentándome a su lado en clase, porque él se apellidaba Beaumier, y yo, Blum...
... y puedo asegurar que no olía mal. Pero de todas formas tampoco yo hablaba con él.
Hum... perdona, Sara.
Uf. ¿Qué quiere éste?
Se te cayó el cuaderno entre nuestras mesas.

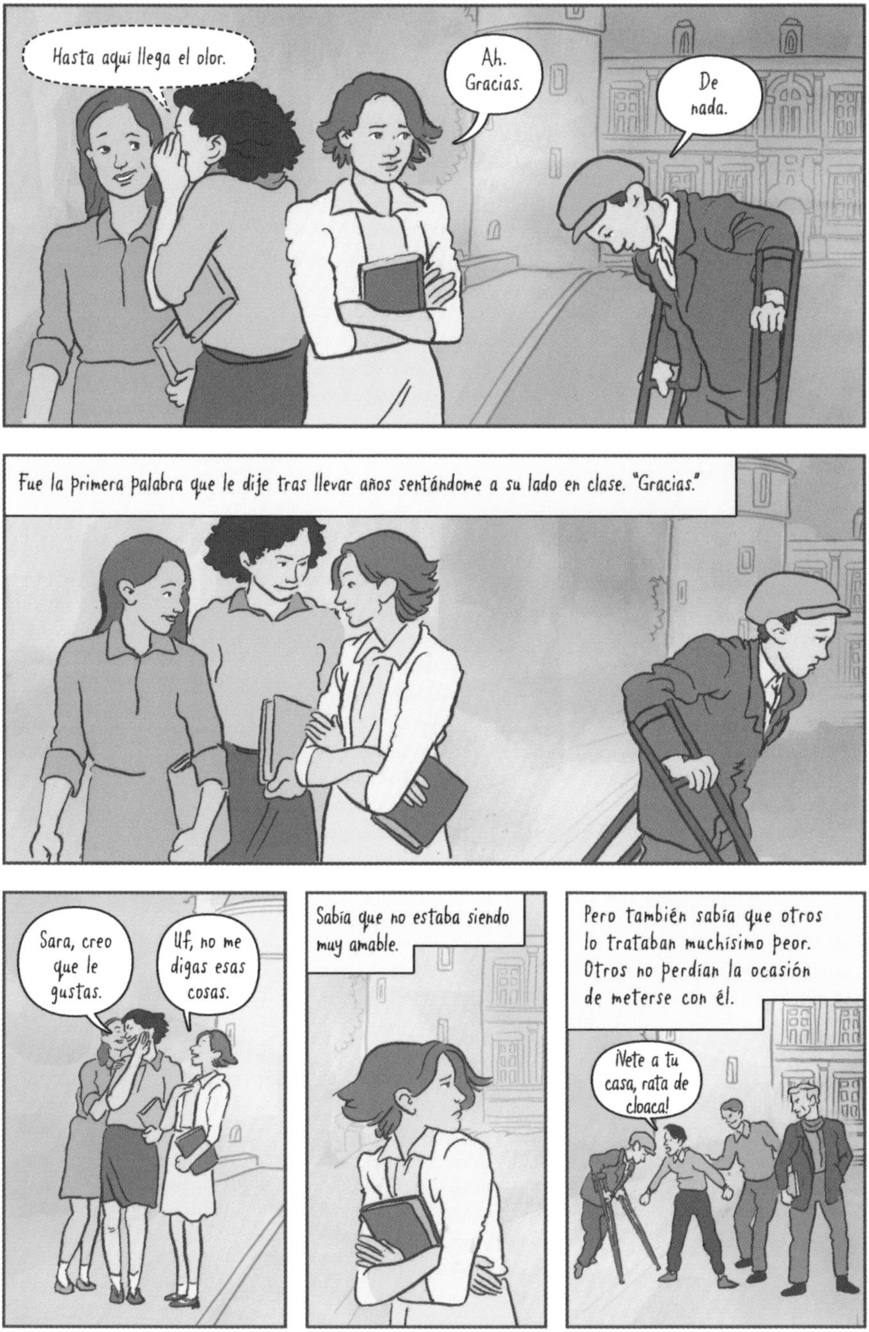
Hasta aquí llega el olor.
Ah. Gracias.
De nada.
Fue la primera palabra que le dije tras llevar años sentándome a su lado en clase. "Gracias."
Sara, creo que le gustas.
Uf, no me digas esas cosas.
Sabía que no estaba siendo muy amable.
Pero también sabía que otros lo trataban muchísimo peor. Otros no perdían la ocasión de meterse con él.
¡Vete a tu casa, rata de cloaca!

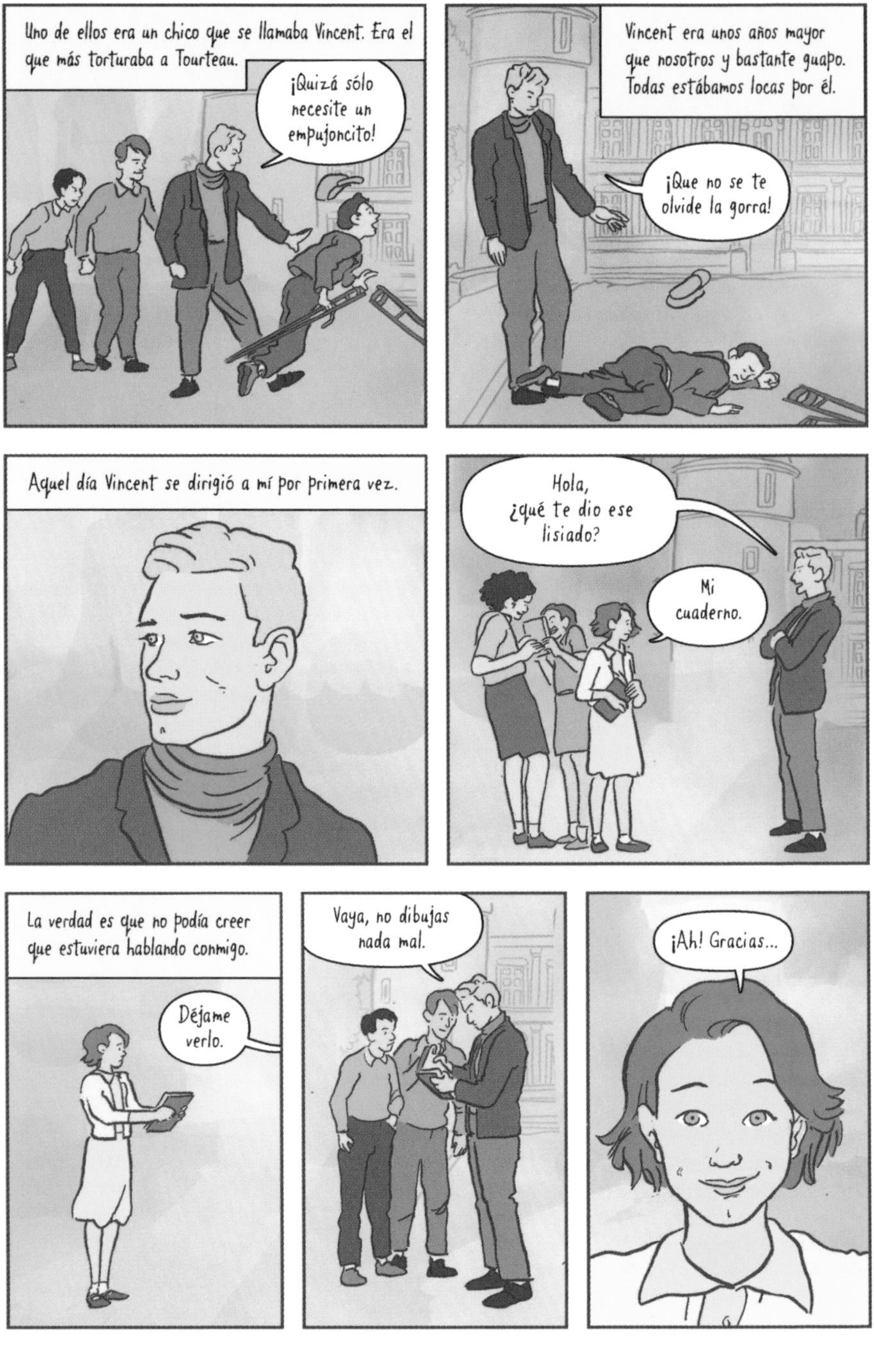
Uno de ellos era un chico que se llamaba Vincent. Era el que más torturaba a Tourteau.
¡Quizá sólo necesite un empujoncito!
Vincent era unos años mayor que nosotros y bastante guapo. Todas estábamos locas por él.
¡Que no se te olvide la gorra!
Aquel día Vincent se dirigió a mí por primera vez.
Hola, ¿qué te dio ese lisiado?
Mi cuaderno.
La verdad es que no podía creer que estuviera hablando conmigo.
Déjame verlo.
Vaya, no dibujas nada mal.
¡Ah! Gracias...

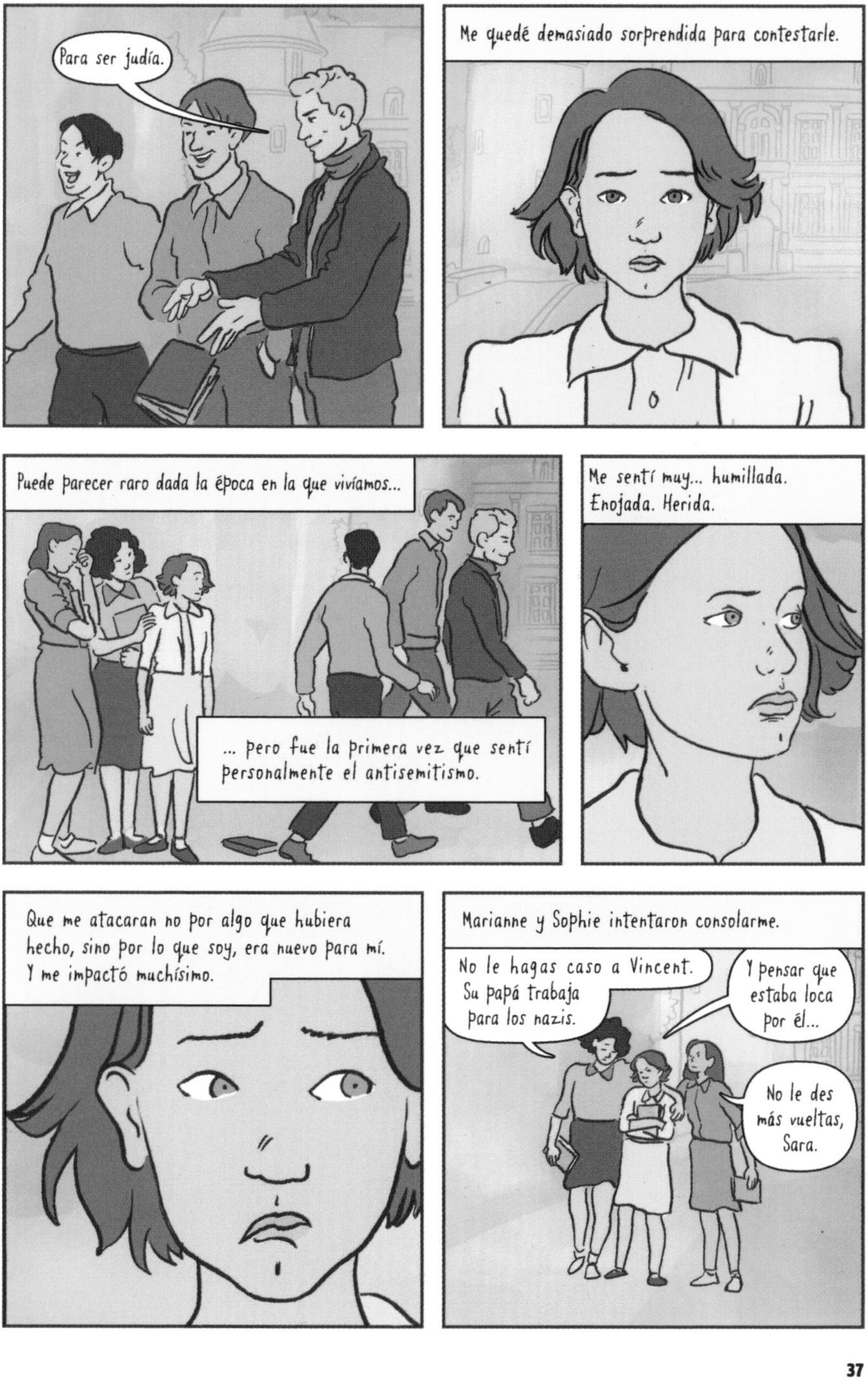
Para ser judía.
Me quedé demasiado sorprendida para contestarle.
Puede parecer raro dada la época en la que vivíamos...
... pero fue la primera vez que sentí personalmente el antisemitismo.
Me sentí muy... humillada. Enojada. Herida.
Que me atacaran no por algo que hubiera hecho, sino por lo que soy, era nuevo para mí. Y me impactó muchísimo.
Marianne y Sophie intentaron consolarme.
No le hagas caso a Vincent. Su papá trabaja para los nazis.
Y pensar que estaba loca por él...
No le des más vueltas, Sara.

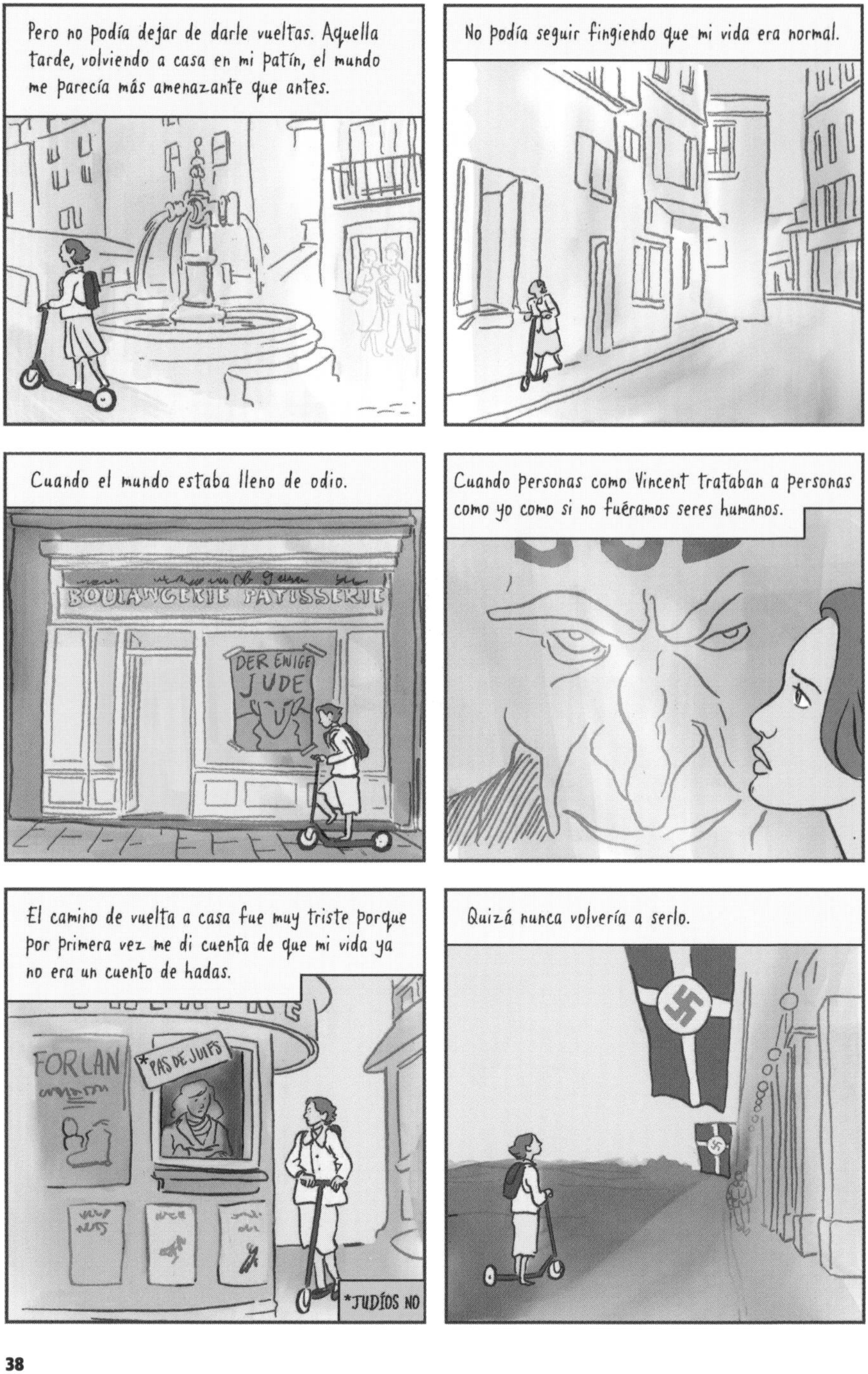
Pero no podía dejar de darle vueltas. Aquella tarde, volviendo a casa en mi patín, el mundo me parecía más amenazante que antes.
No podía seguir fingiendo que mi vida era normal.
Cuando el mundo estaba lleno de odio.
BOULANGERIE PATISSERIE
DER EWIGE JUDE
Cuando personas como Vincent trataban a personas como yo como si no fuéramos seres humanos.
El camino de vuelta a casa fue muy triste porque por primera vez me di cuenta de que mi vida ya no era un cuento de hadas.
FORLAN
*PAS DE JUIFS
*JUDÍOS NO
Quizá nunca volvería a serlo.

LES CONTÉ A MIS PADRES LO QUE HABÍA PASADO CON VINCENT. Y VOLVIÓ A SURGIR UN TEMA QUE LLEVABAN MESES DISCUTIENDO. MI PAPÁ QUERÍA QUE NOS MARCHÁRAMOS DE FRANCIA. MI MAMÁ NO.

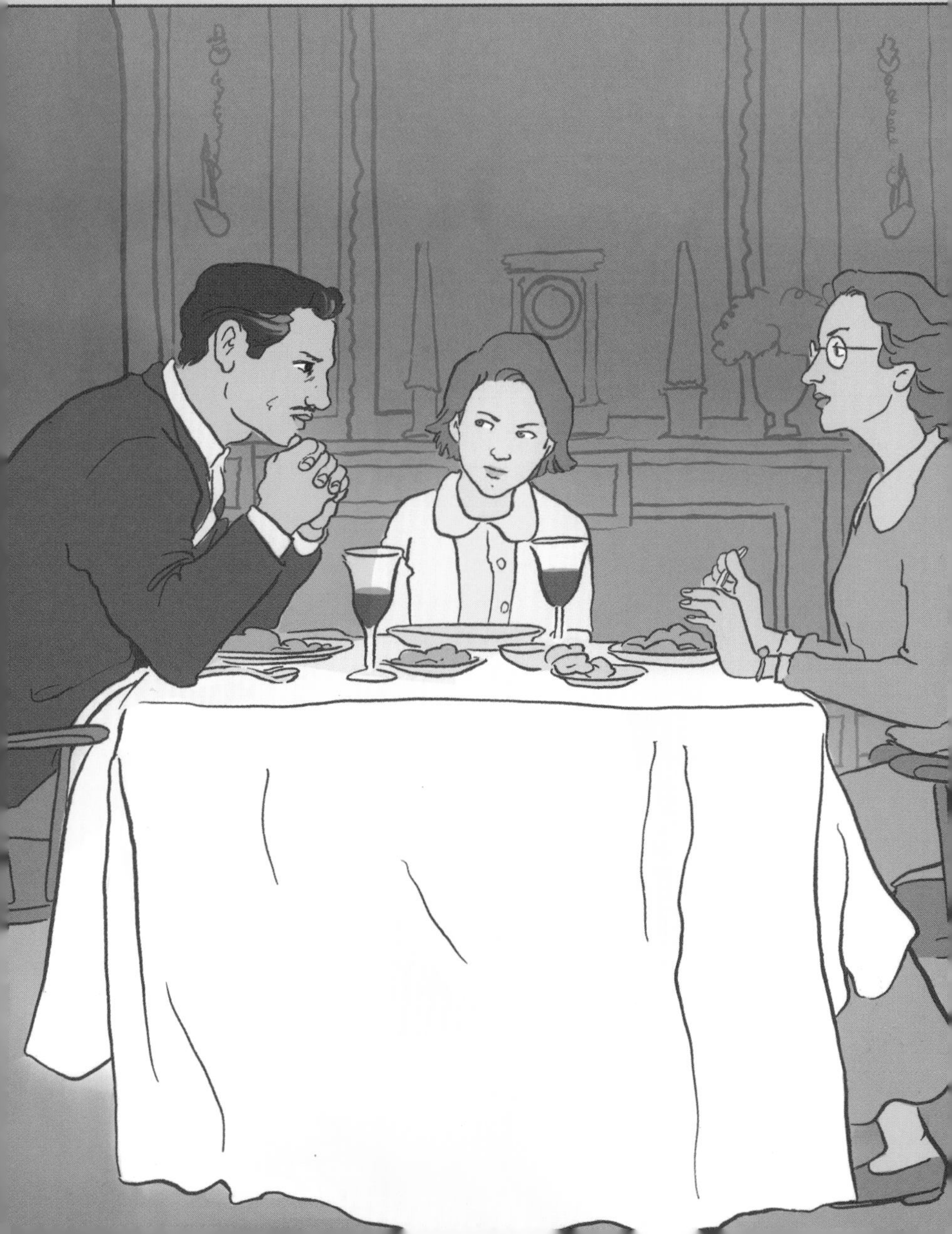

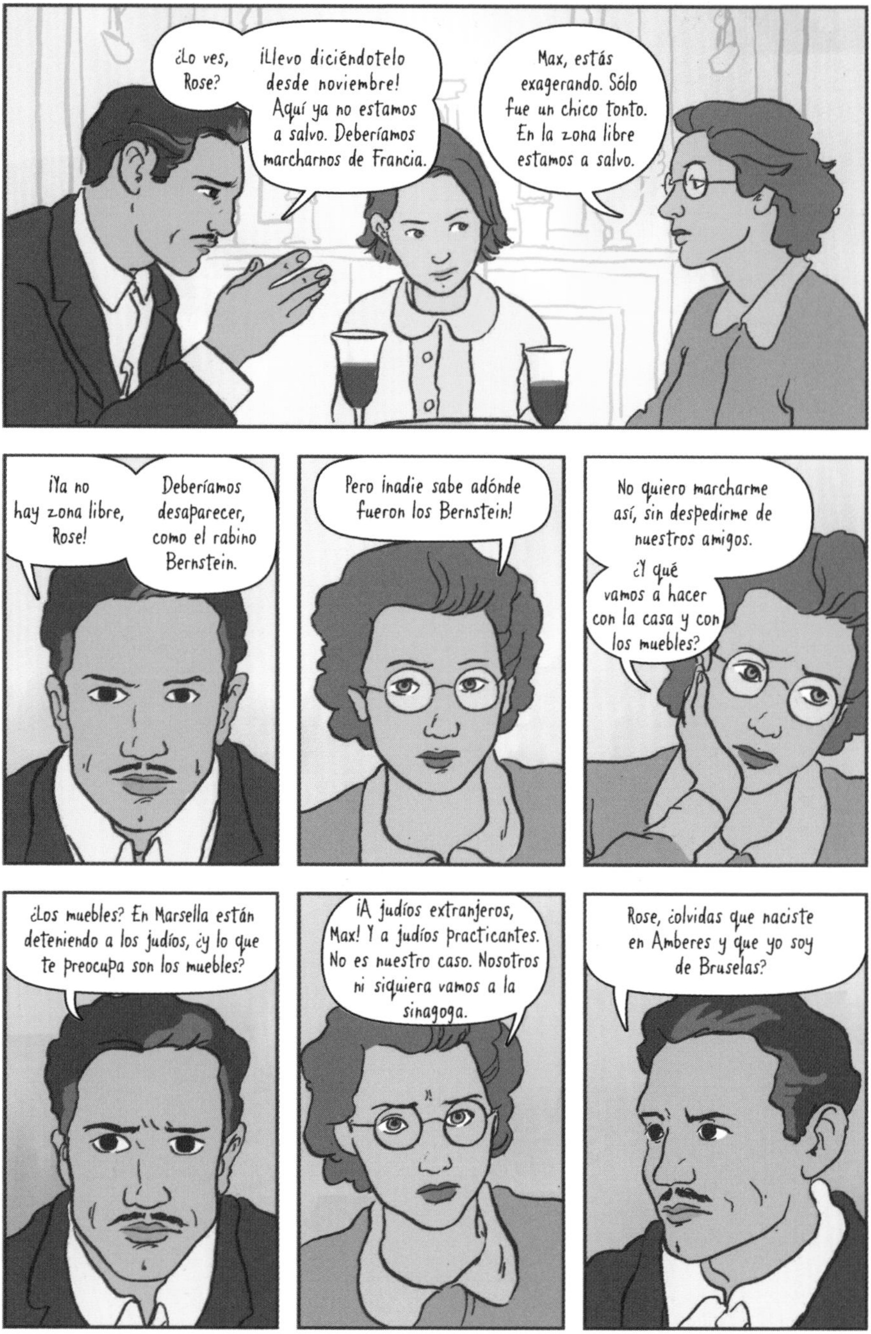
¿Lo ves, Rose?
¡Llevo diciéndotelo desde noviembre! Aquí ya no estamos a salvo. Deberíamos marcharnos de Francia.
Max, estás exagerando. Sólo fue un chico tonto. En la zona libre estamos a salvo.
¡Ya no hay zona libre, Rose!
Deberíamos desaparecer, como el rabino Bernstein.
Pero ¡nadie sabe adónde fueron los Bernstein!
No quiero marcharme así, sin despedirme de nuestros amigos.
¿Y qué vamos a hacer con la casa y con los muebles?
¿Los muebles? En Marsella están deteniendo a los judíos, ¿y lo que te preocupa son los muebles?
¡A judíos extranjeros, Max! Y a judíos practicantes. No es nuestro caso. Nosotros ni siquiera vamos a la sinagoga.
Rose, ¿olvidas que naciste en Amberes y que yo soy de Bruselas?

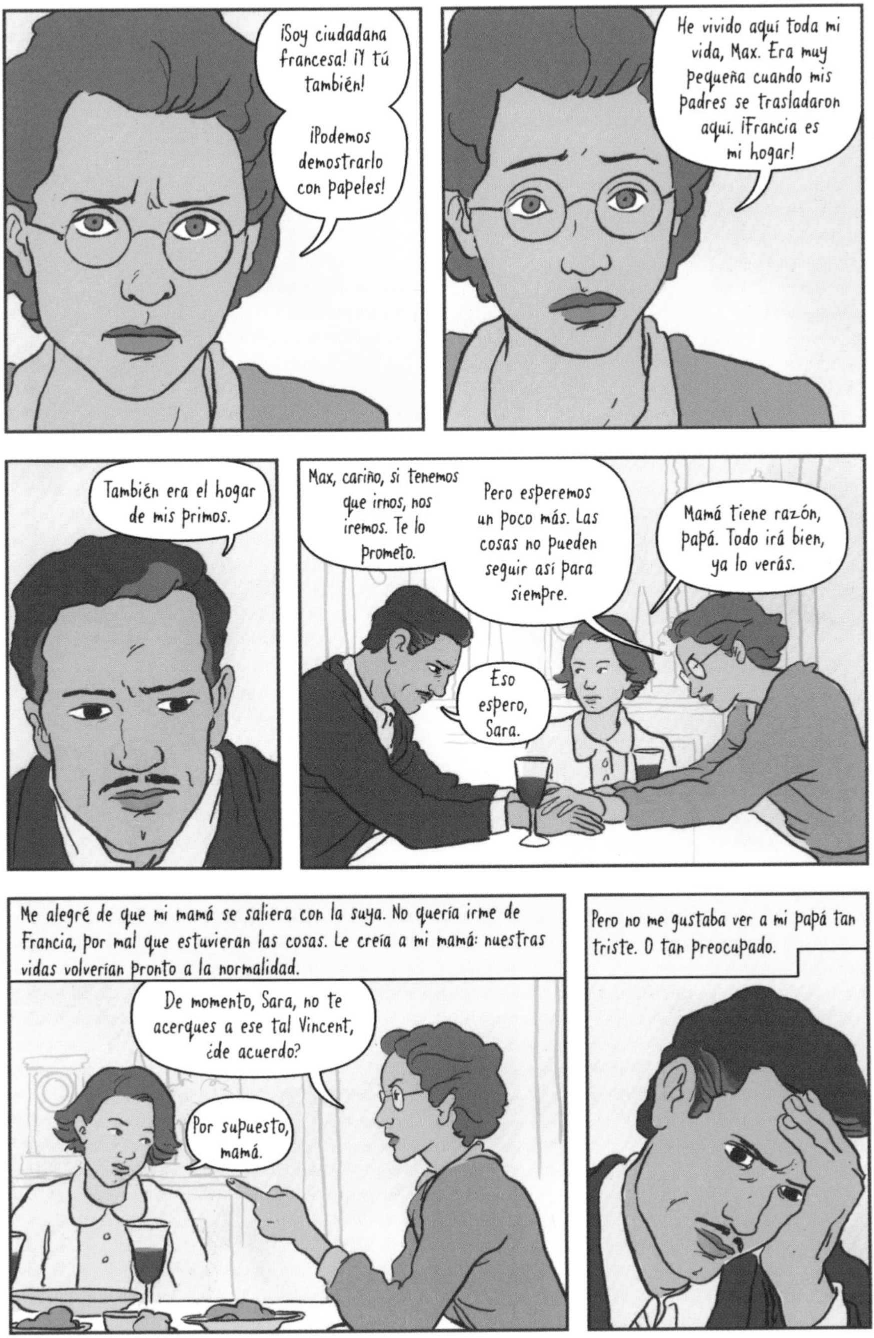
¡Soy ciudadana francesa! ¡Y tú también!
¡Podemos demostrarlo con papeles!
He vivido aquí toda mi vida, Max. Era muy pequeña cuando mis padres se trasladaron aquí. ¡Francia es mi hogar!
También era el hogar de mis primos.
Max, cariño, si tenemos que irnos, nos iremos. Te lo prometo.
Pero esperemos un poco más. Las cosas no pueden seguir así para siempre.
Mamá tiene razón, papá. Todo irá bien, ya lo verás.
Eso espero, Sara.
Me alegré de que mi mamá se saliera con la suya. No quería irme de Francia, por mal que estuvieran las cosas. Le creía a mi mamá: nuestras vidas volverían pronto a la normalidad.
De momento, Sara, no te acerques a ese tal Vincent, ¿de acuerdo?
Por supuesto, mamá.
Pero no me gustaba ver a mi papá tan triste. O tan preocupado.

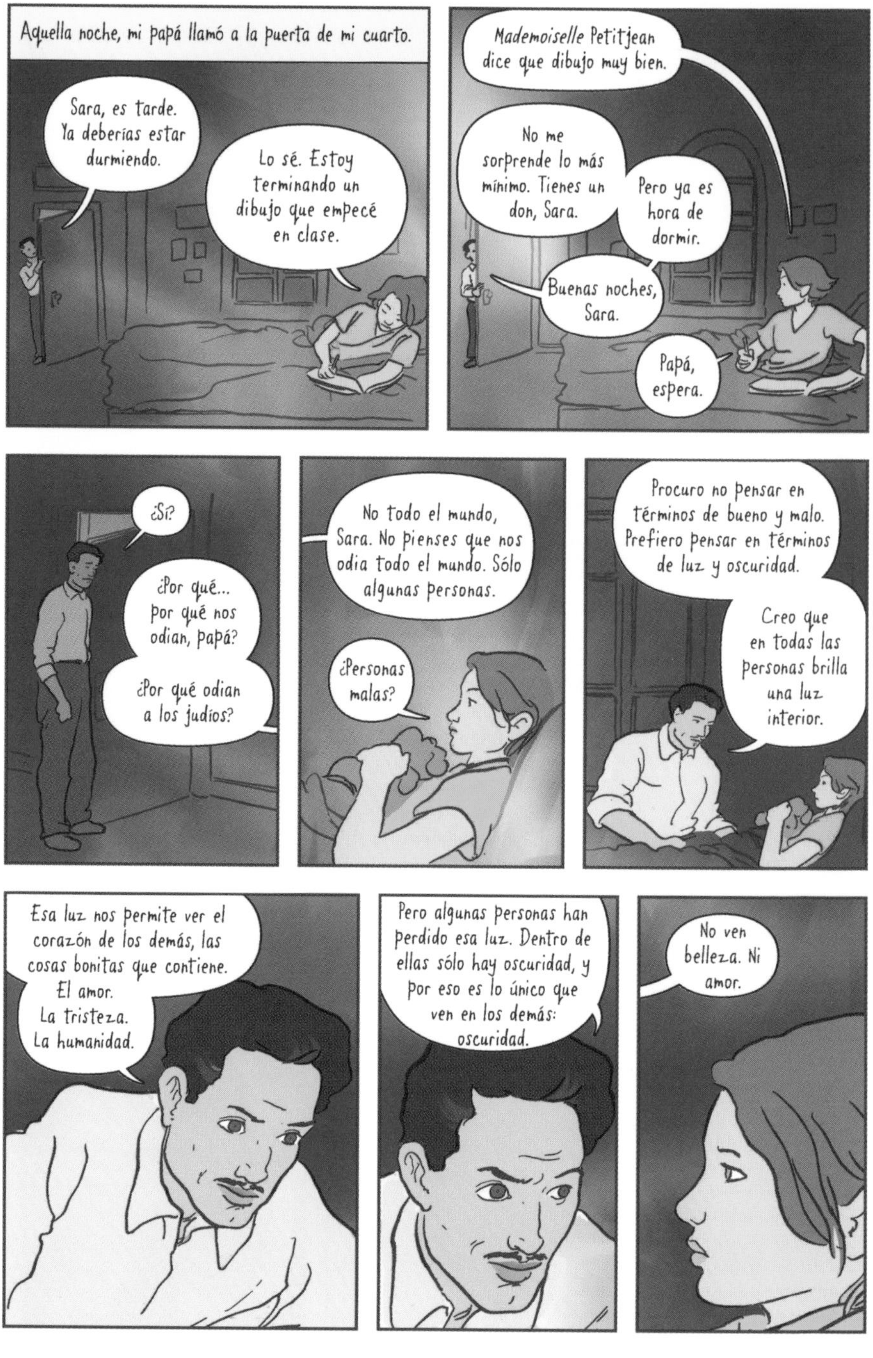
Aquella noche, mi papá llamó a la puerta de mi cuarto.
Sara, es tarde. Ya deberías estar durmiendo.
Lo sé. Estoy terminando un dibujo que empecé en clase.
Mademoiselle Petitjean dice que dibujo muy bien.
No me sorprende lo más mínimo. Tienes un don, Sara.
Pero ya es hora de dormir.
Buenas noches, Sara.
Papá, espera.
¿Sí?
¿Por qué... por qué nos odian, papá?
¿Por qué odian a los judíos?
No todo el mundo, Sara. No pienses que nos odia todo el mundo. Sólo algunas personas.
¿Personas malas?
Procuro no pensar en términos de bueno y malo. Prefiero pensar en términos de luz y oscuridad.
Creo que en todas las personas brilla una luz interior.
Esa luz nos permite ver el corazón de los demás, las cosas bonitas que contiene. El amor. La tristeza. La humanidad.
Pero algunas personas han perdido esa luz. Dentro de ellas sólo hay oscuridad, y por eso es lo único que ven en los demás: oscuridad.
No ven belleza. Ni amor.

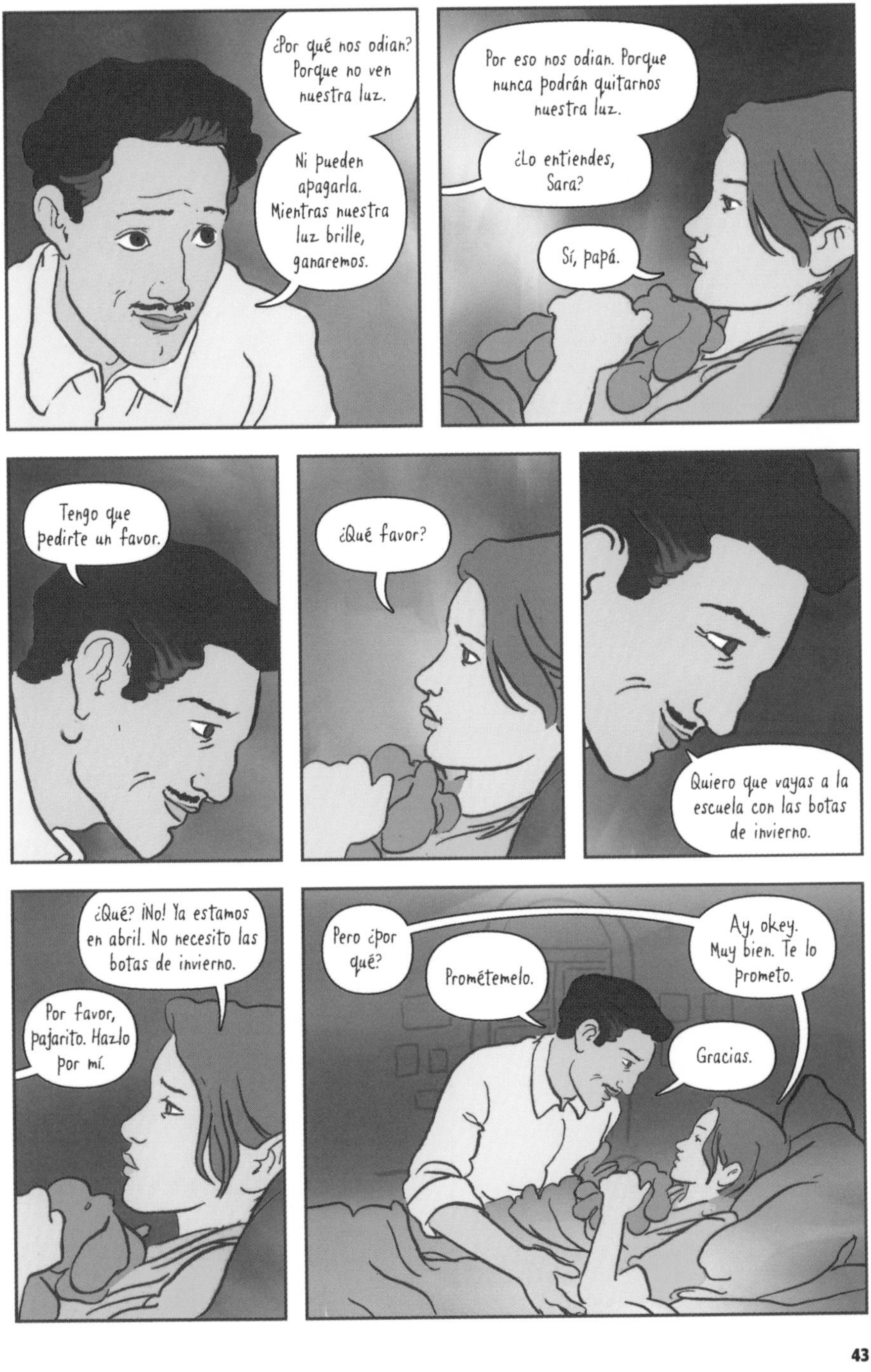
¿Por qué nos odian? Porque no ven nuestra luz.
Ni pueden apagarla. Mientras nuestra luz brille, ganaremos.
Por eso nos odian. Porque nunca podrán quitarnos nuestra luz.
¿Lo entiendes, Sara?
Sí, papá.
Tengo que pedirte un favor.
¿Qué favor?
Quiero que vayas a la escuela con las botas de invierno.
¿Qué? ¡No! Ya estamos en abril. No necesito las botas de invierno.
Por favor, pajarito. Hazlo por mí.
Pero ¿por qué?
Prométemelo.
Ay, okey. Muy bien. Te lo prometo.
Gracias.

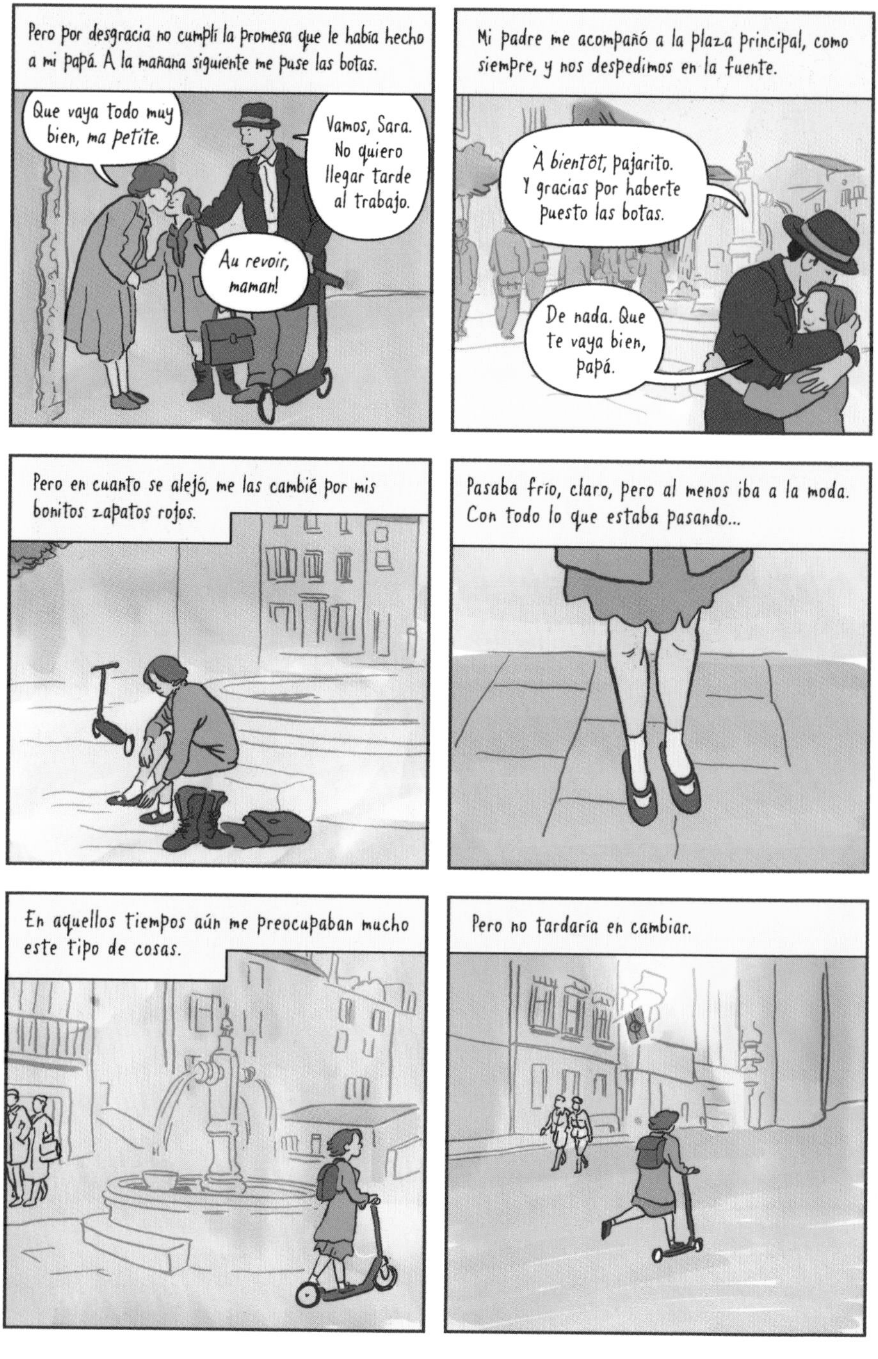
Pero por desgracia no cumplí la promesa que le había hecho a mi papá. A la mañana siguiente me puse las botas.
Que vaya todo muy bien, *ma petite.*
Vamos, Sara. No quiero llegar tarde al trabajo.
Au revoir, maman!
Mi padre me acompañó a la plaza principal, como siempre, y nos despedimos en la fuente.
À bientôt, pajarito. Y gracias por haberte puesto las botas.
De nada. Que te vaya bien, papá.
Pero en cuanto se alejó, me las cambié por mis bonitos zapatos rojos.
Pasaba frío, claro, pero al menos iba a la moda. Con todo lo que estaba pasando...
En aquellos tiempos aún me preocupaban mucho este tipo de cosas.
Pero no tardaría en cambiar.

CAPÍTULO 6

EL DÍA EMPEZÓ COMO CUALQUIER OTRO.
ERA MIÉRCOLES. EL AIRE ERA FRESCO. AUNQUE OFICIALMENTE HABÍA EMPEZADO LA PRIMAVERA, AÚN PARECÍA INVIERNO.

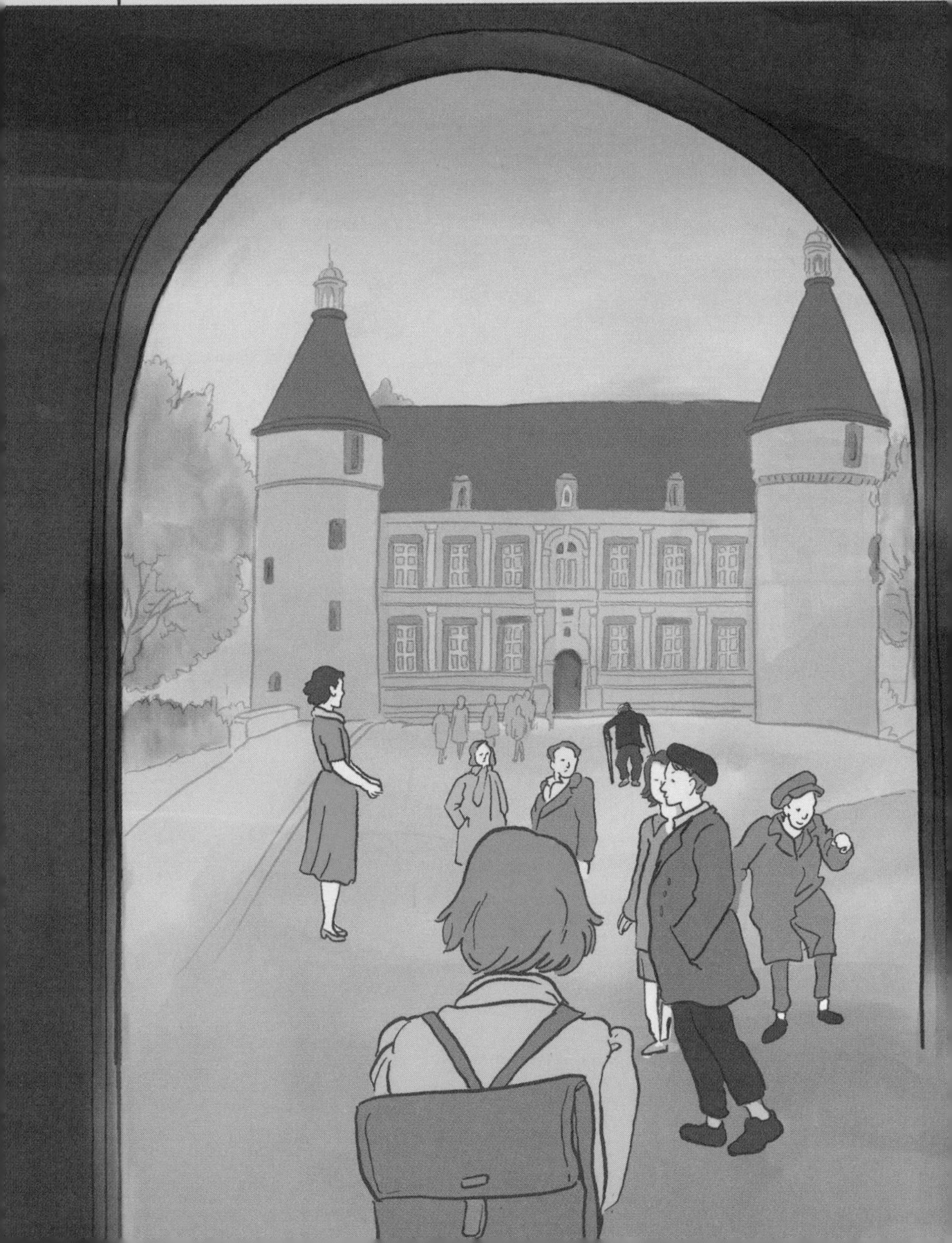

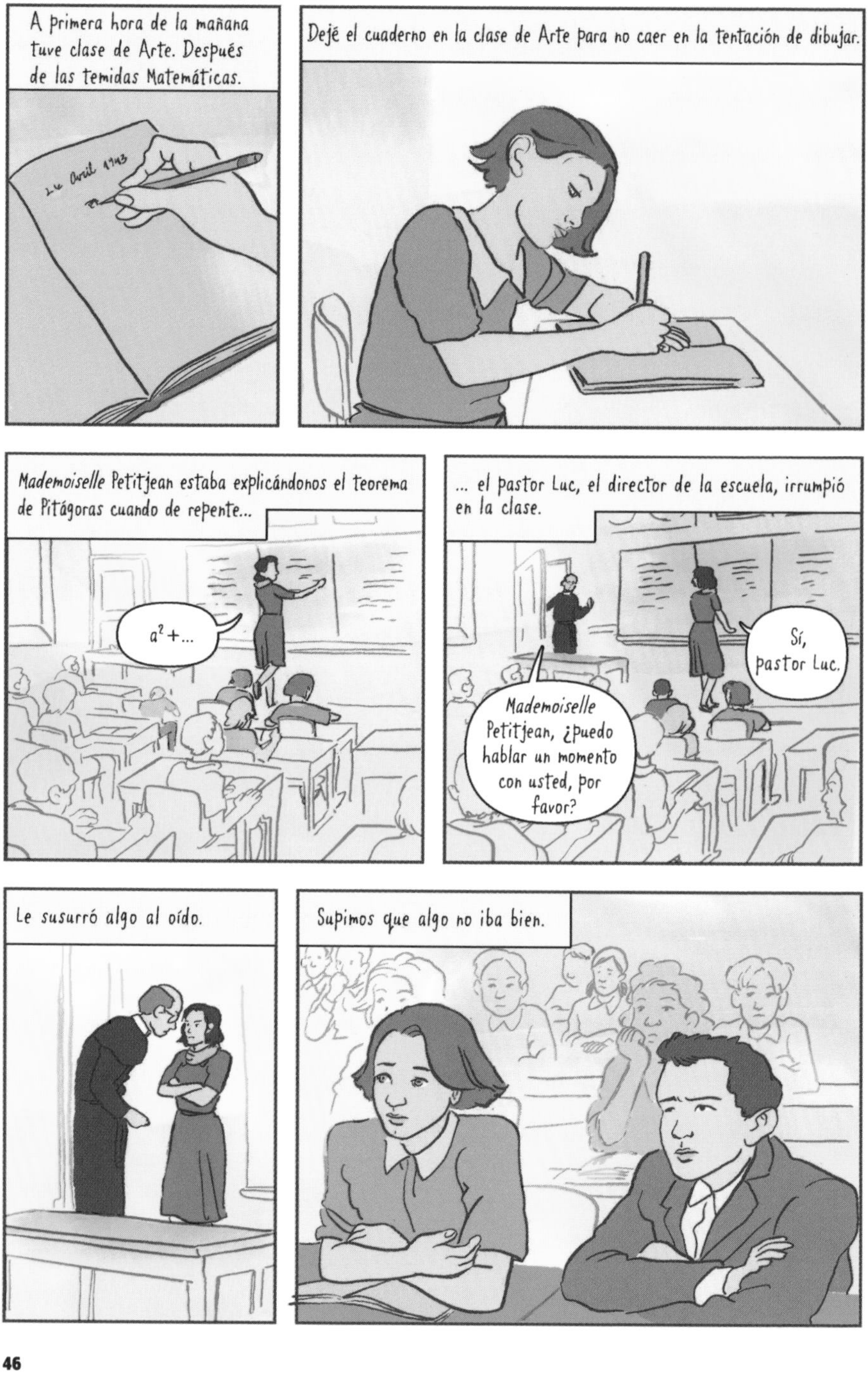

A primera hora de la mañana tuve clase de Arte. Después de las temidas Matemáticas.
24 avril 1943
Dejé el cuaderno en la clase de Arte para no caer en la tentación de dibujar.
Mademoiselle Petitjean estaba explicándonos el teorema de Pitágoras cuando de repente...
a^2+...
... el pastor Luc, el director de la escuela, irrumpió en la clase.
Mademoiselle Petitjean, ¿puedo hablar un momento con usted, por favor?
Sí, pastor Luc.
Le susurró algo al oído.
Supimos que algo no iba bien.

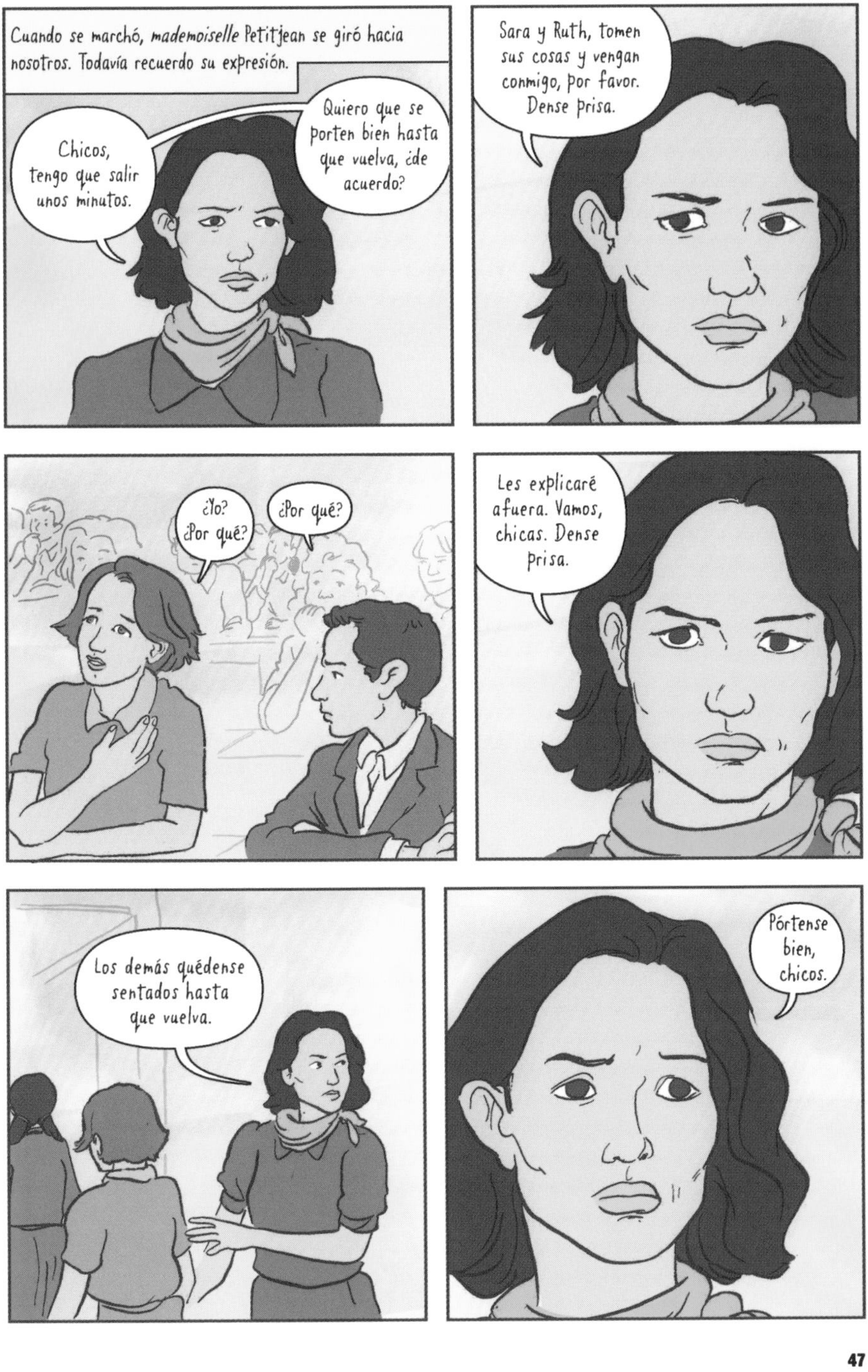
Cuando se marchó, *mademoiselle* Petitjean se giró hacia nosotros. Todavía recuerdo su expresión.
Chicos, tengo que salir unos minutos.
Quiero que se porten bien hasta que vuelva, ¿de acuerdo?
Sara y Ruth, tomen sus cosas y vengan conmigo, por favor. Dense prisa.
¿Yo? ¿Por qué?
¿Por qué?
Les explicaré afuera. Vamos, chicas. Dense prisa.
Los demás quédense sentados hasta que vuelva.
Pórtense bien, chicos.

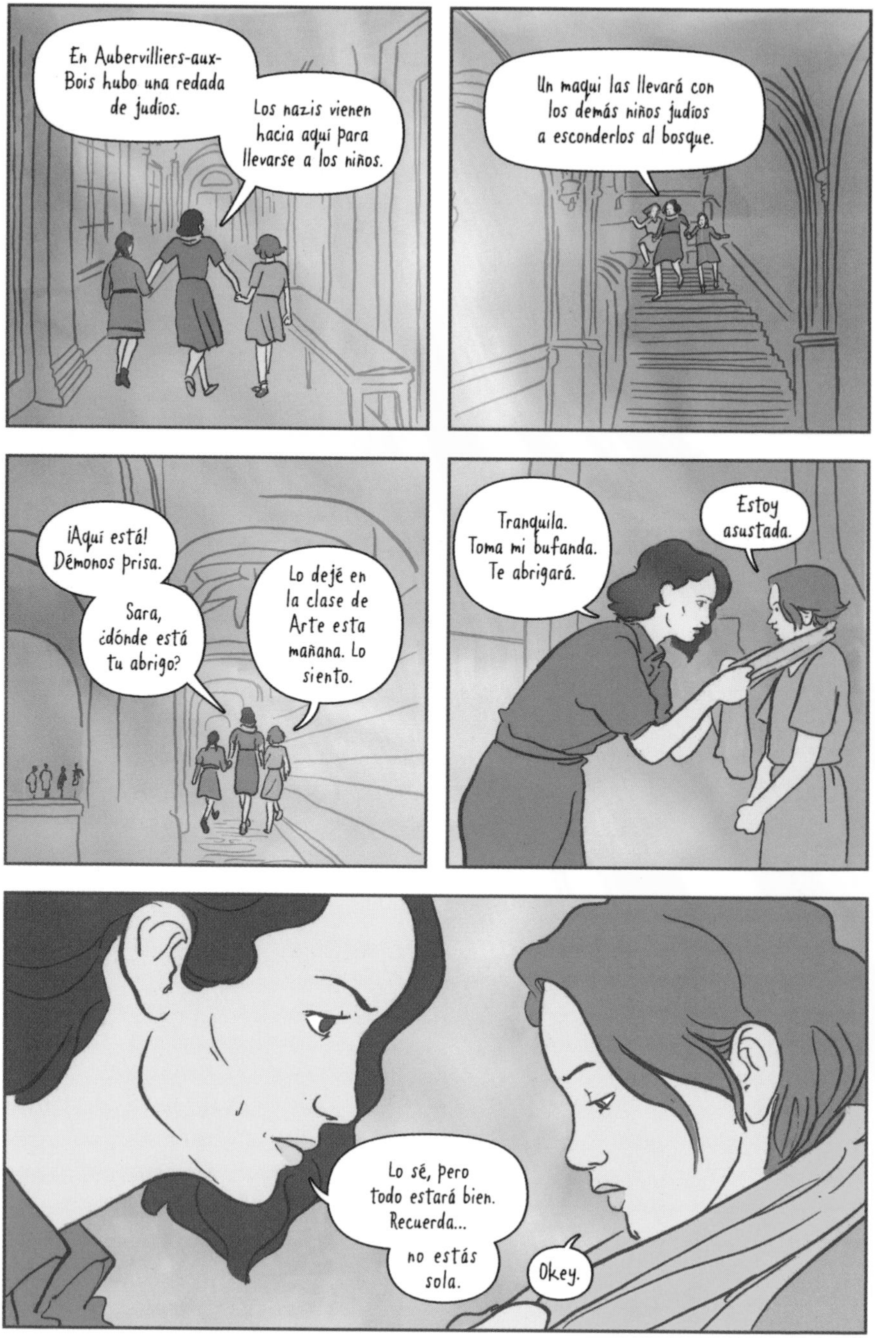
En Aubervilliers-aux-Bois hubo una redada de judíos.
Los nazis vienen hacia aquí para llevarse a los niños.
Un maqui las llevará con los demás niños judíos a esconderlos al bosque.
¡Aquí está! Démonos prisa.
Sara, ¿dónde está tu abrigo?
Lo dejé en la clase de Arte esta mañana. Lo siento.
Tranquila. Toma mi bufanda. Te abrigará.
Estoy asustada.
Lo sé, pero todo estará bien. Recuerda...
no estás sola.
Okey.

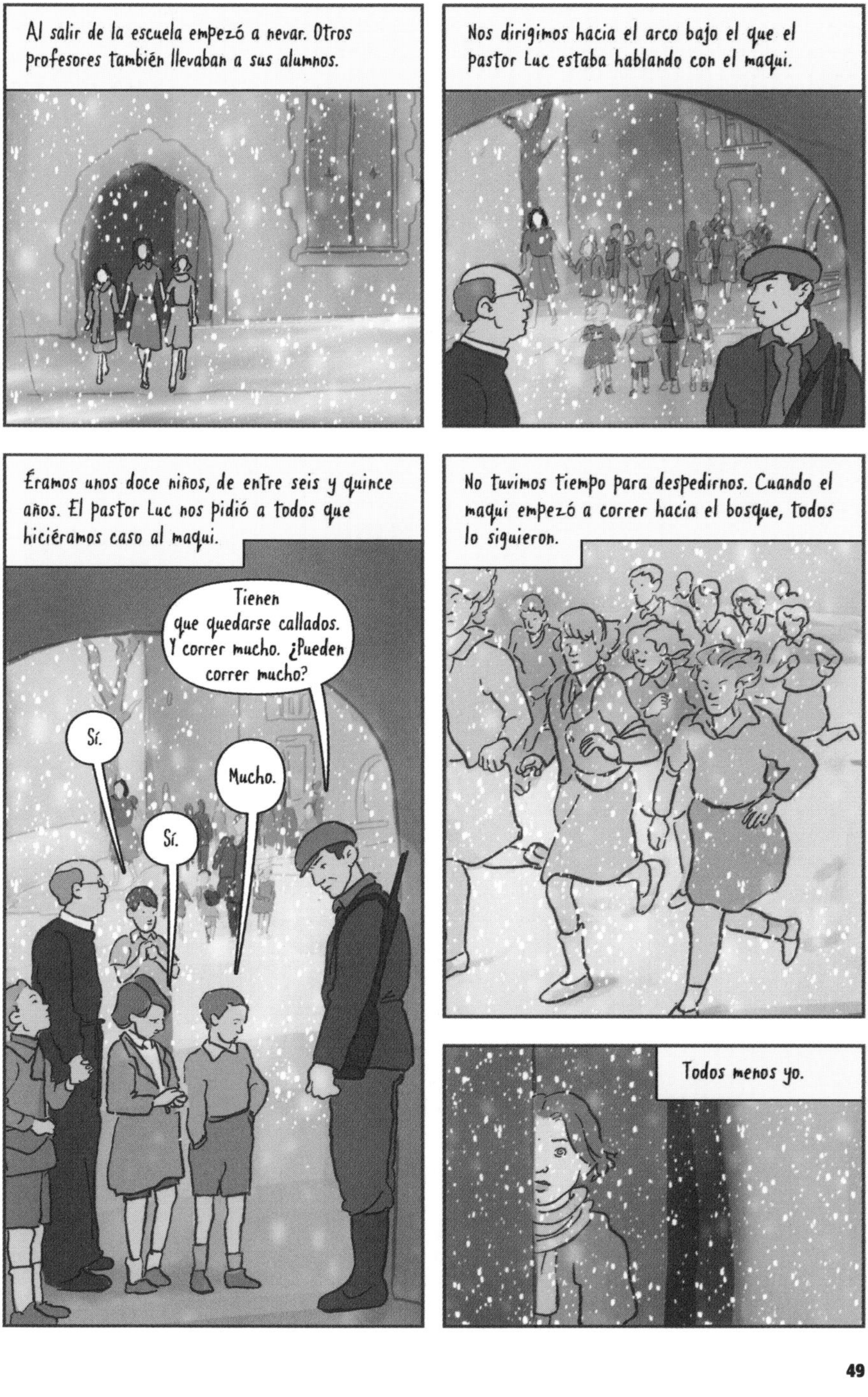
Al salir de la escuela empezó a nevar. Otros profesores también llevaban a sus alumnos.
Nos dirigimos hacia el arco bajo el que el pastor Luc estaba hablando con el maqui.
Éramos unos doce niños, de entre seis y quince años. El pastor Luc nos pidió a todos que hiciéramos caso al maqui.
Tienen que quedarse callados. Y correr mucho. ¿Pueden correr mucho?
Sí.
Mucho.
Sí.
No tuvimos tiempo para despedirnos. Cuando el maqui empezó a correr hacia el bosque, todos lo siguieron.
Todos menos yo.

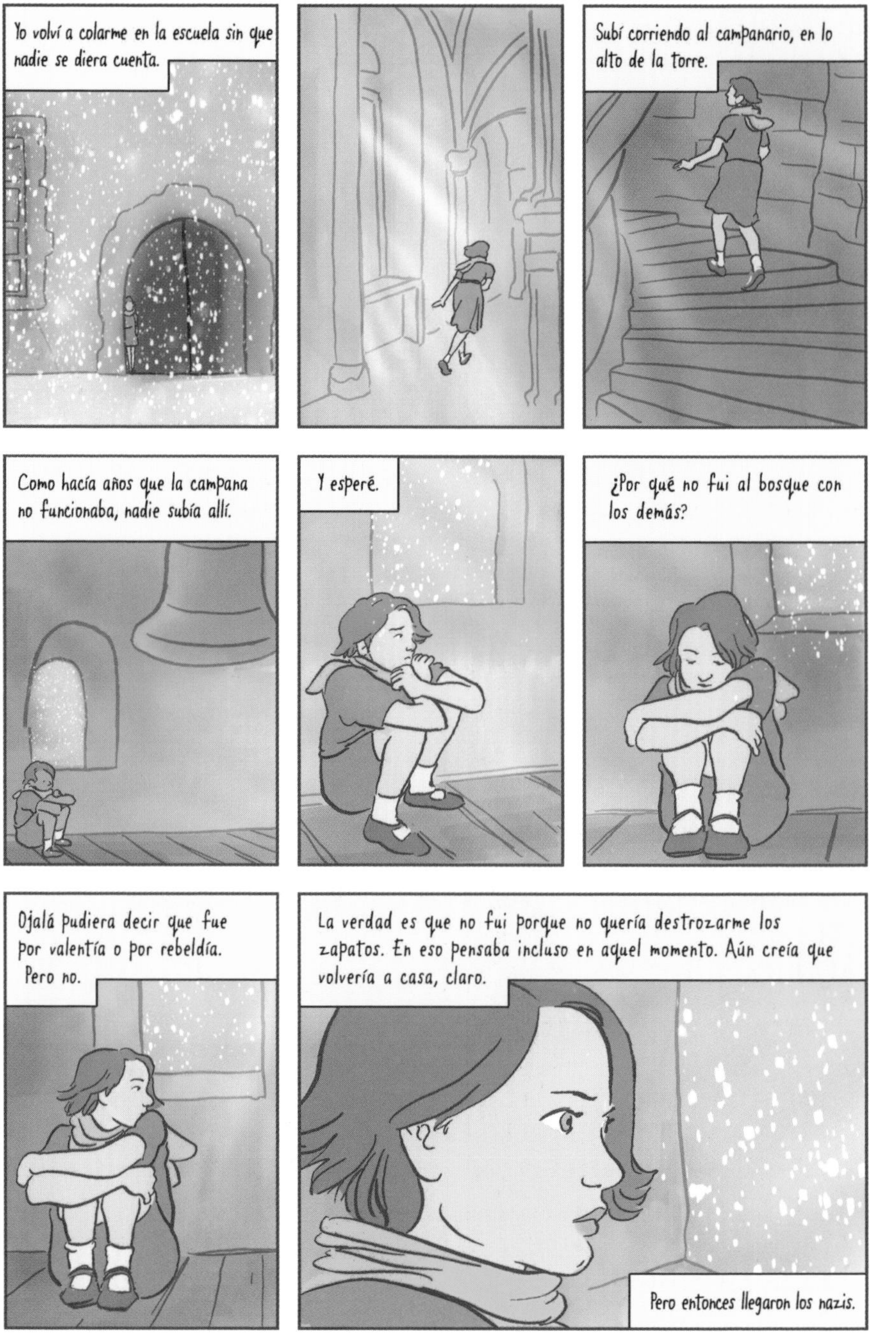
Yo volví a colarme en la escuela sin que nadie se diera cuenta.
Subí corriendo al campanario, en lo alto de la torre.
Como hacía años que la campana no funcionaba, nadie subía allí.
Y esperé.
¿Por qué no fui al bosque con los demás?
Ojalá pudiera decir que fue por valentía o por rebeldía.
Pero no.
La verdad es que no fui porque no quería destrozarme los zapatos. En eso pensaba incluso en aquel momento. Aún creía que volvería a casa, claro.
Pero entonces llegaron los nazis.

CAPÍTULO 7

NO LO ENTENDÍ HASTA QUE LLEGÓ UN CAMIÓN DE LOS NAZIS, SEGUIDO DE OTRO CAMIÓN DE LOS GENDARMES: ESE DÍA NO VOLVERÍA A CASA.

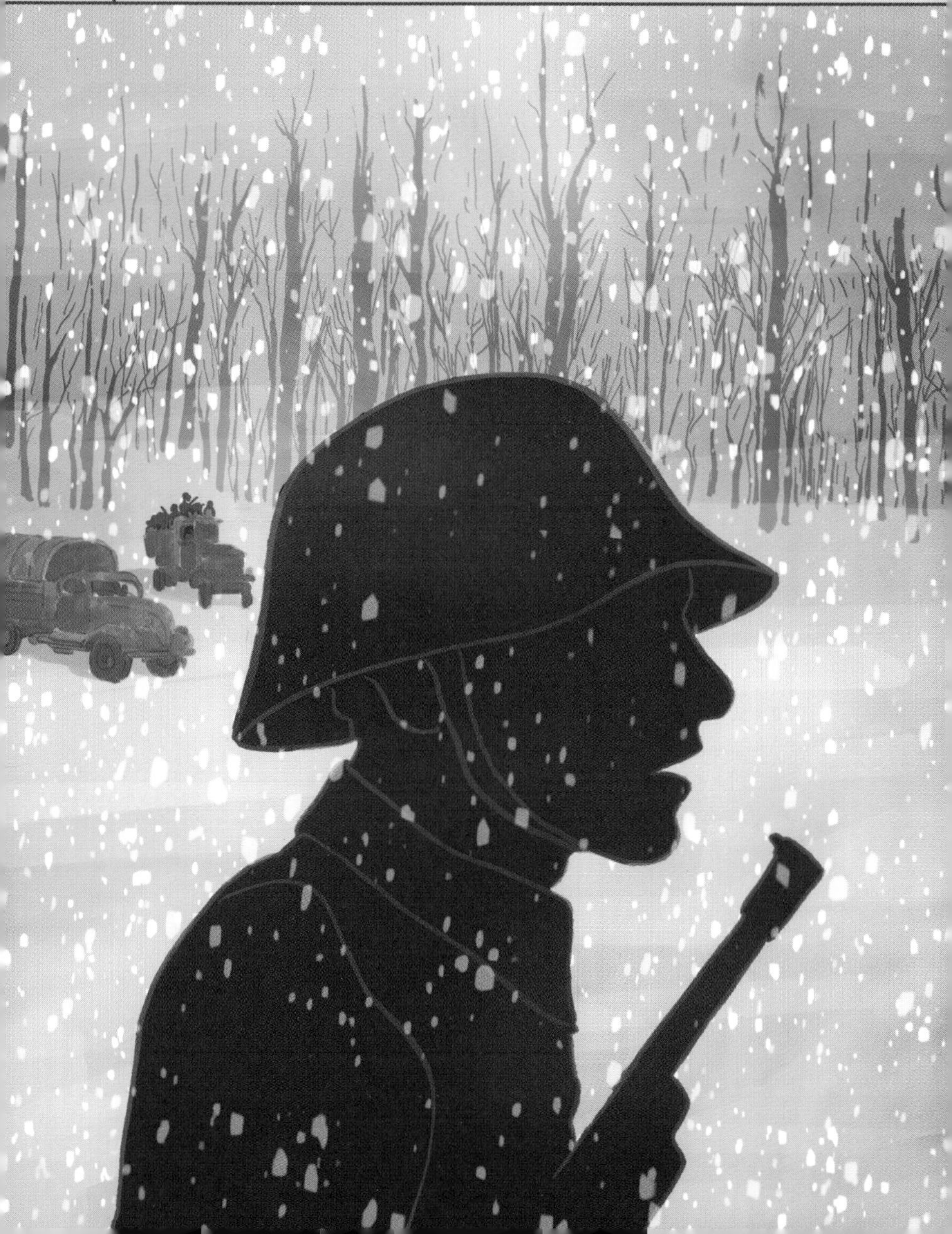

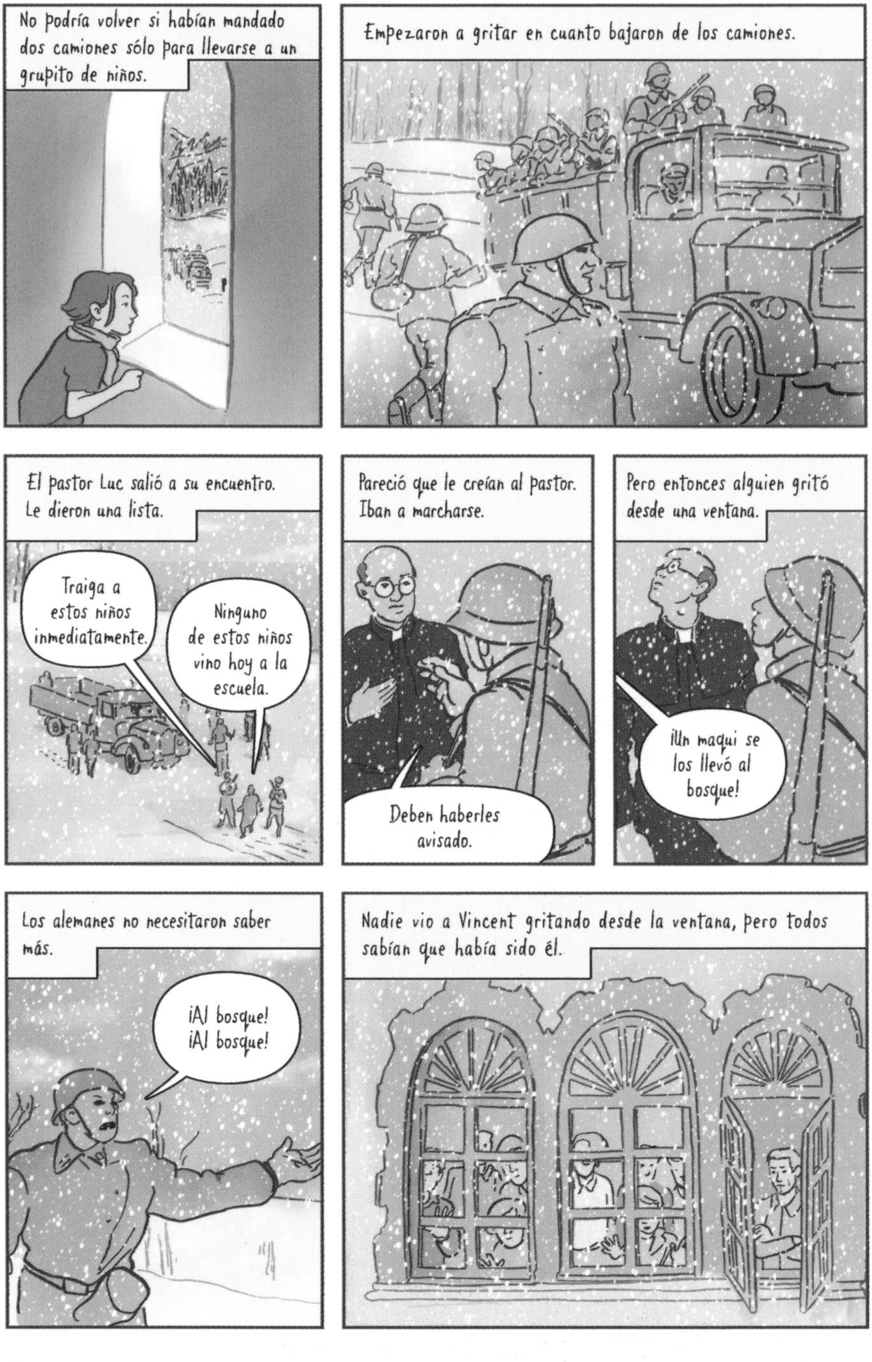
No podría volver si habían mandado dos camiones sólo para llevarse a un grupito de niños.
Empezaron a gritar en cuanto bajaron de los camiones.
El pastor Luc salió a su encuentro. Le dieron una lista.
Traiga a estos niños inmediatamente.
Ninguno de estos niños vino hoy a la escuela.
Pareció que le creían al pastor. Iban a marcharse.
Deben haberles avisado.
Pero entonces alguien gritó desde una ventana.
¡Un maqui se los llevó al bosque!
Los alemanes no necesitaron saber más.
¡Al bosque! ¡Al bosque!
Nadie vio a Vincent gritando desde la ventana, pero todos sabían que había sido él.

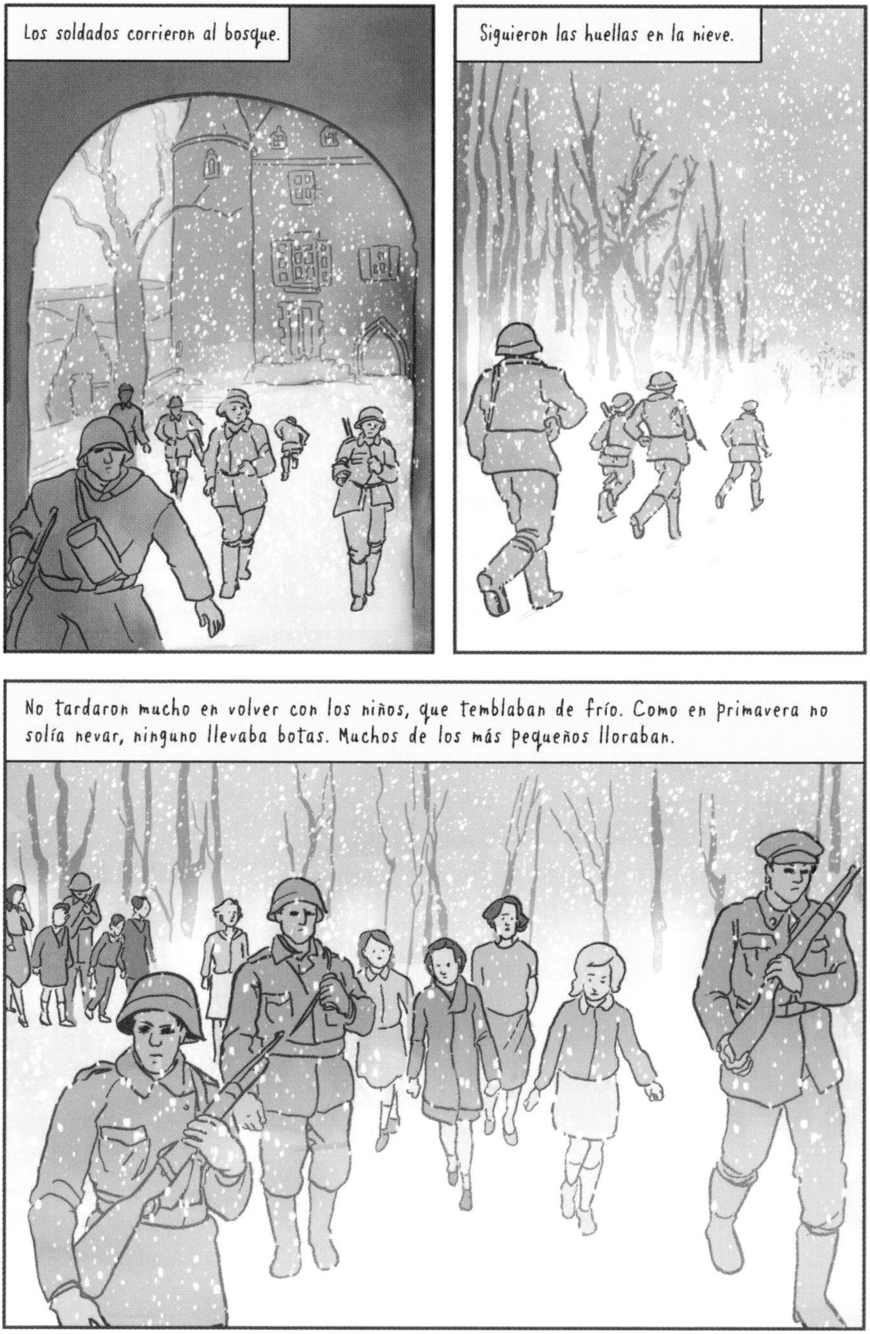
Los soldados corrieron al bosque.
Siguieron las huellas en la nieve.
No tardaron mucho en volver con los niños, que temblaban de frío. Como en primavera no solía nevar, ninguno llevaba botas. Muchos de los más pequeños lloraban.

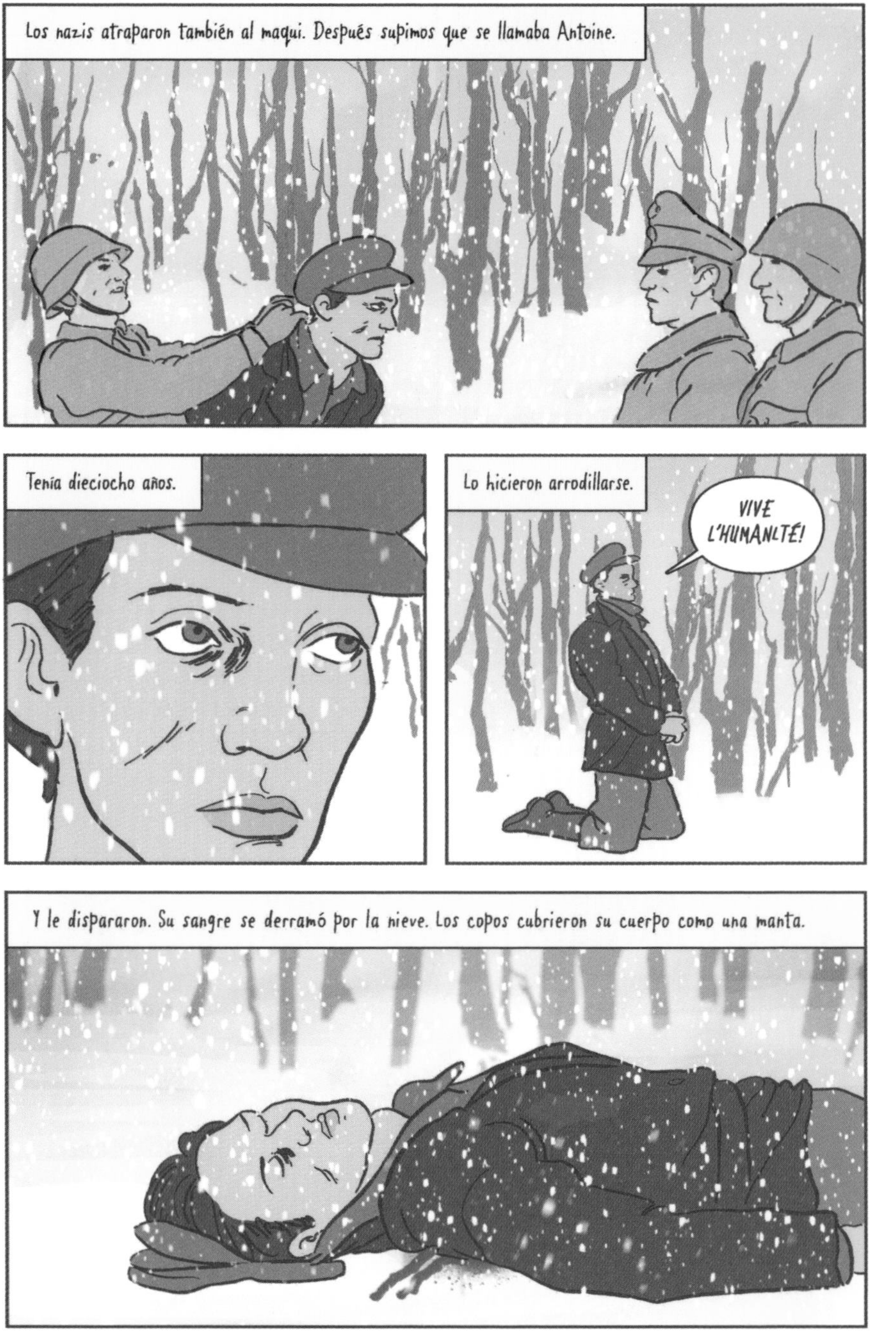
Los nazis atraparon también al maqui. Después supimos que se llamaba Antoine.
Tenía dieciocho años.
Lo hicieron arrodillarse.
VIVE L'HUMANITÉ!
Y le dispararon. Su sangre se derramó por la nieve. Los copos cubrieron su cuerpo como una manta.

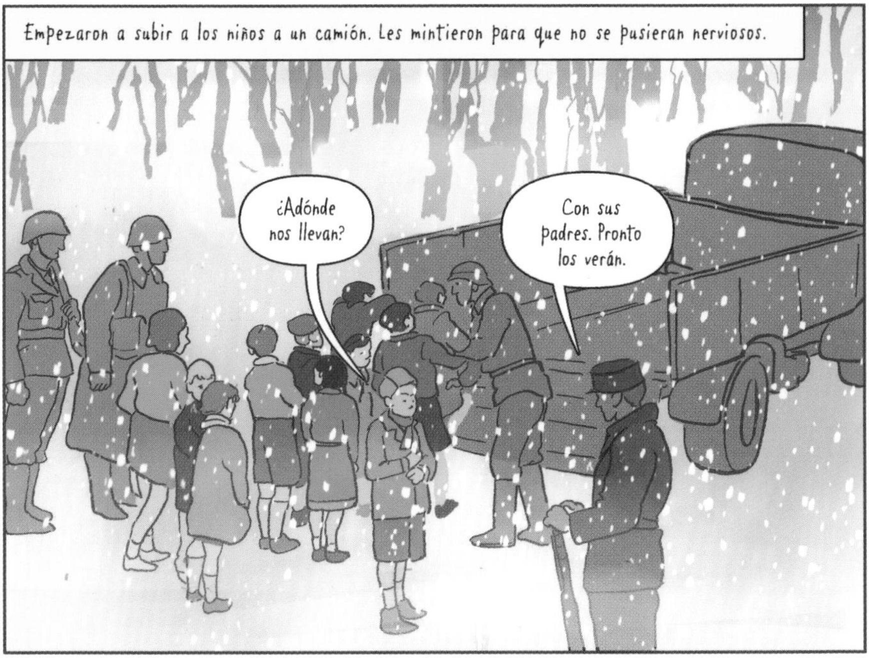
Empezaron a subir a los niños a un camión. Les mintieron para que no se pusieran nerviosos.
¿Adónde nos llevan?
Con sus padres. Pronto los verán.

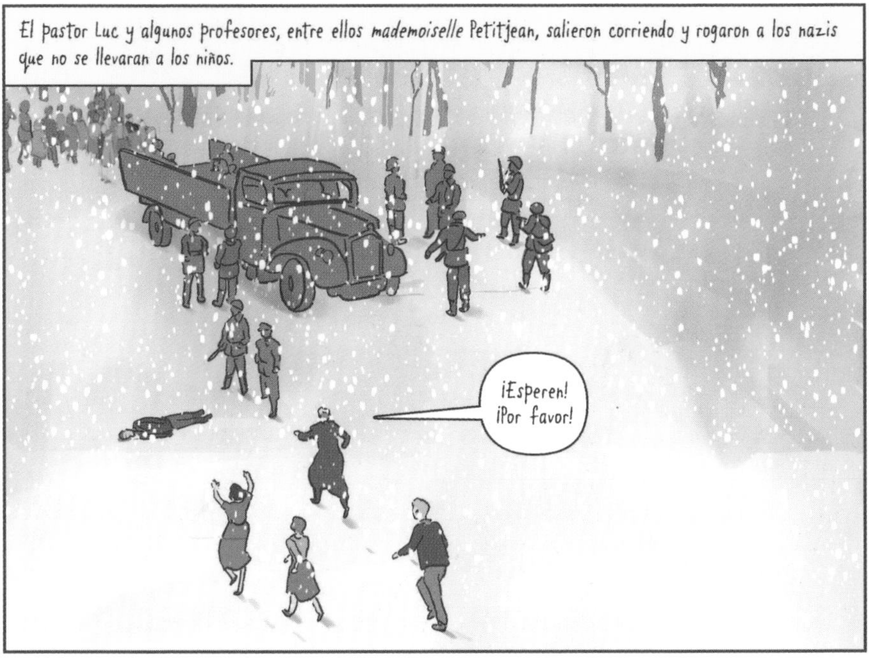
El pastor Luc y algunos profesores, entre ellos *mademoiselle* Petitjean, salieron corriendo y rogaron a los nazis que no se llevaran a los niños.
¡Esperen! ¡Por favor!

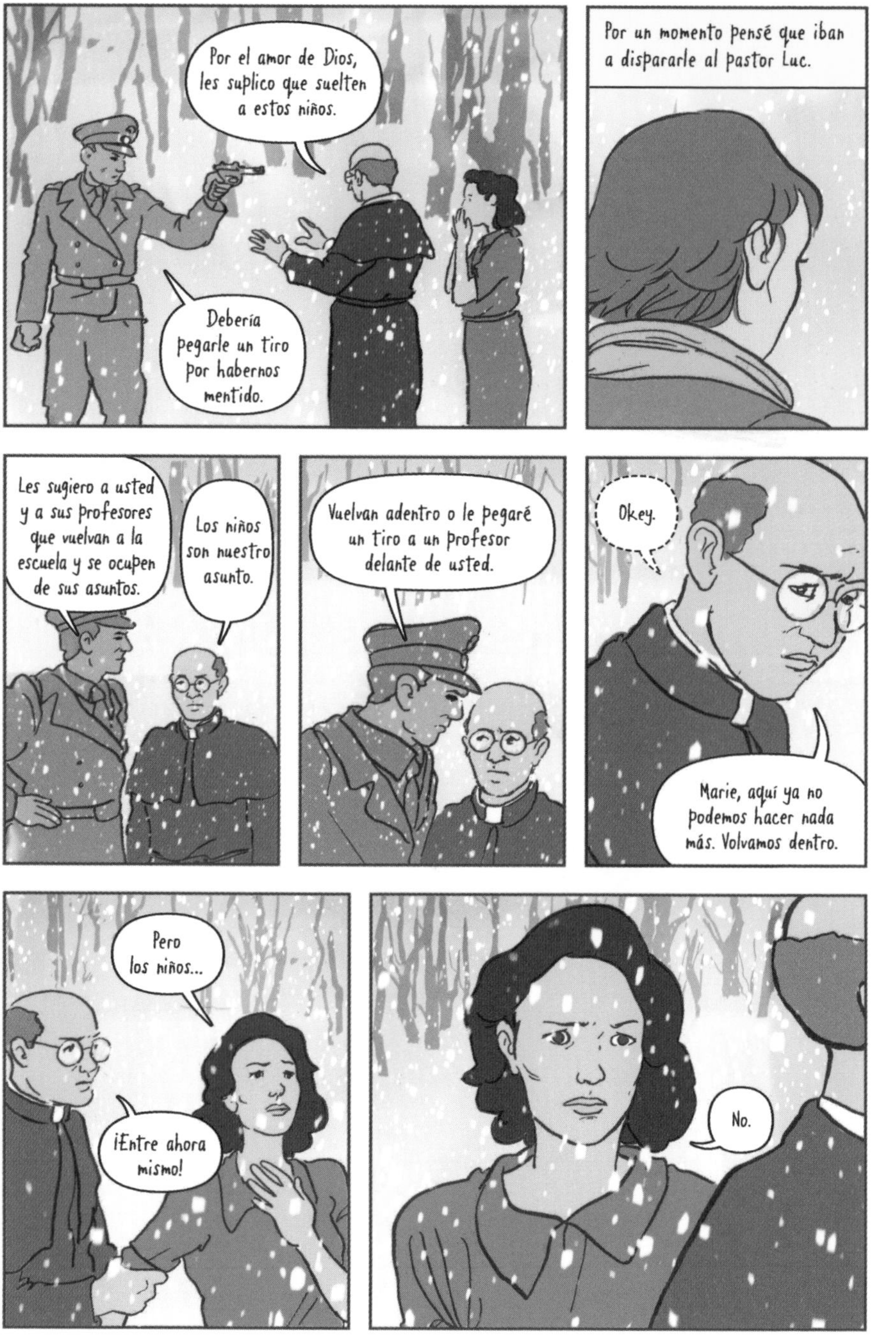
Por el amor de Dios, les suplico que suelten a estos niños.
Debería pegarle un tiro por habernos mentido.
Por un momento pensé que iban a dispararle al pastor Luc.
Les sugiero a usted y a sus profesores que vuelvan a la escuela y se ocupen de sus asuntos.
Los niños son nuestro asunto.
Vuelvan adentro o le pegaré un tiro a un profesor delante de usted.
Okey.
Marie, aquí ya no podemos hacer nada más. Volvamos dentro.
Pero los niños...
¡Entre ahora mismo!
No.

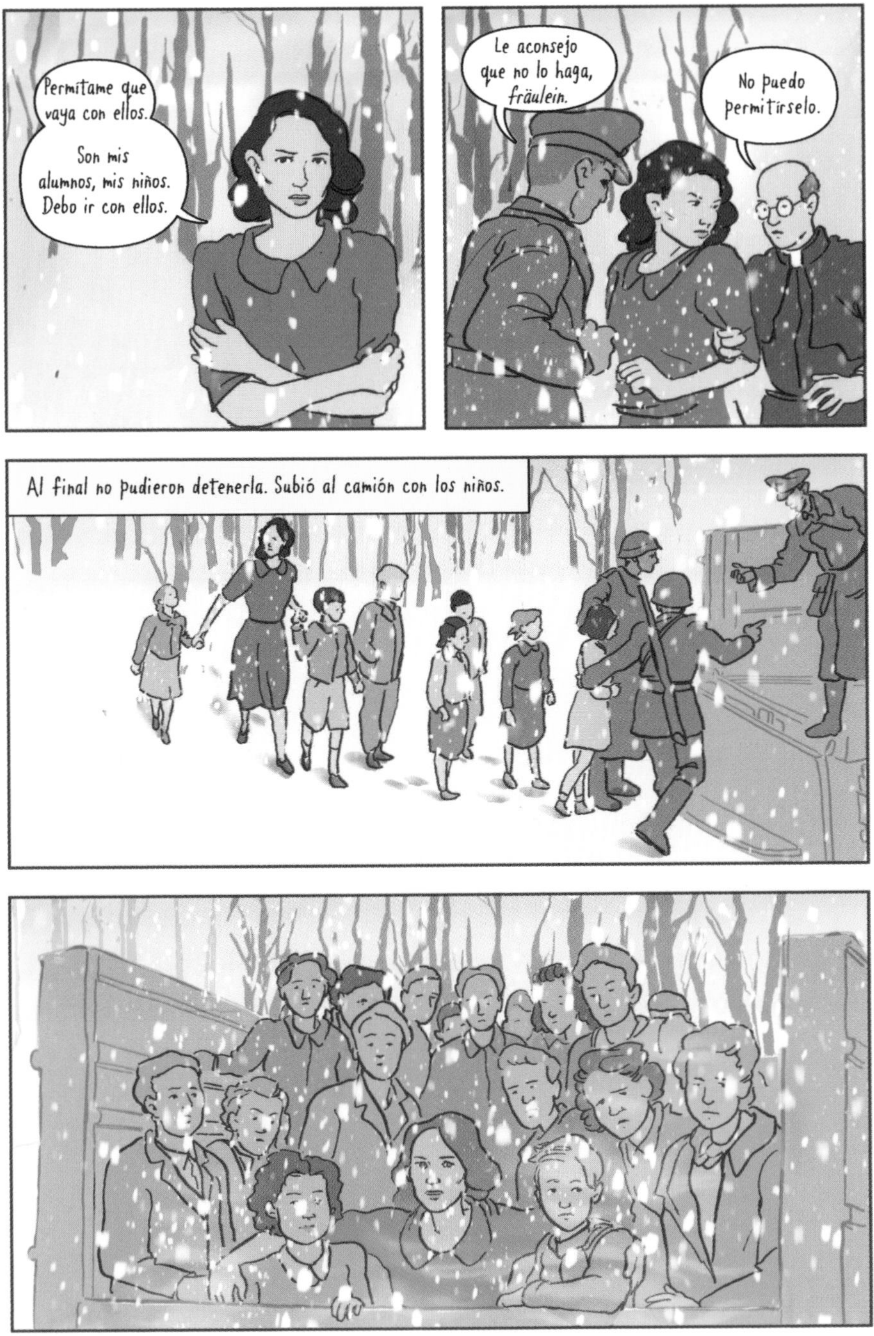
Permítame que vaya con ellos.
Son mis alumnos, mis niños. Debo ir con ellos.
Le aconsejo que no lo haga, fräulein.
No puedo permitírselo.
Al final no pudieron detenerla. Subió al camión con los niños.

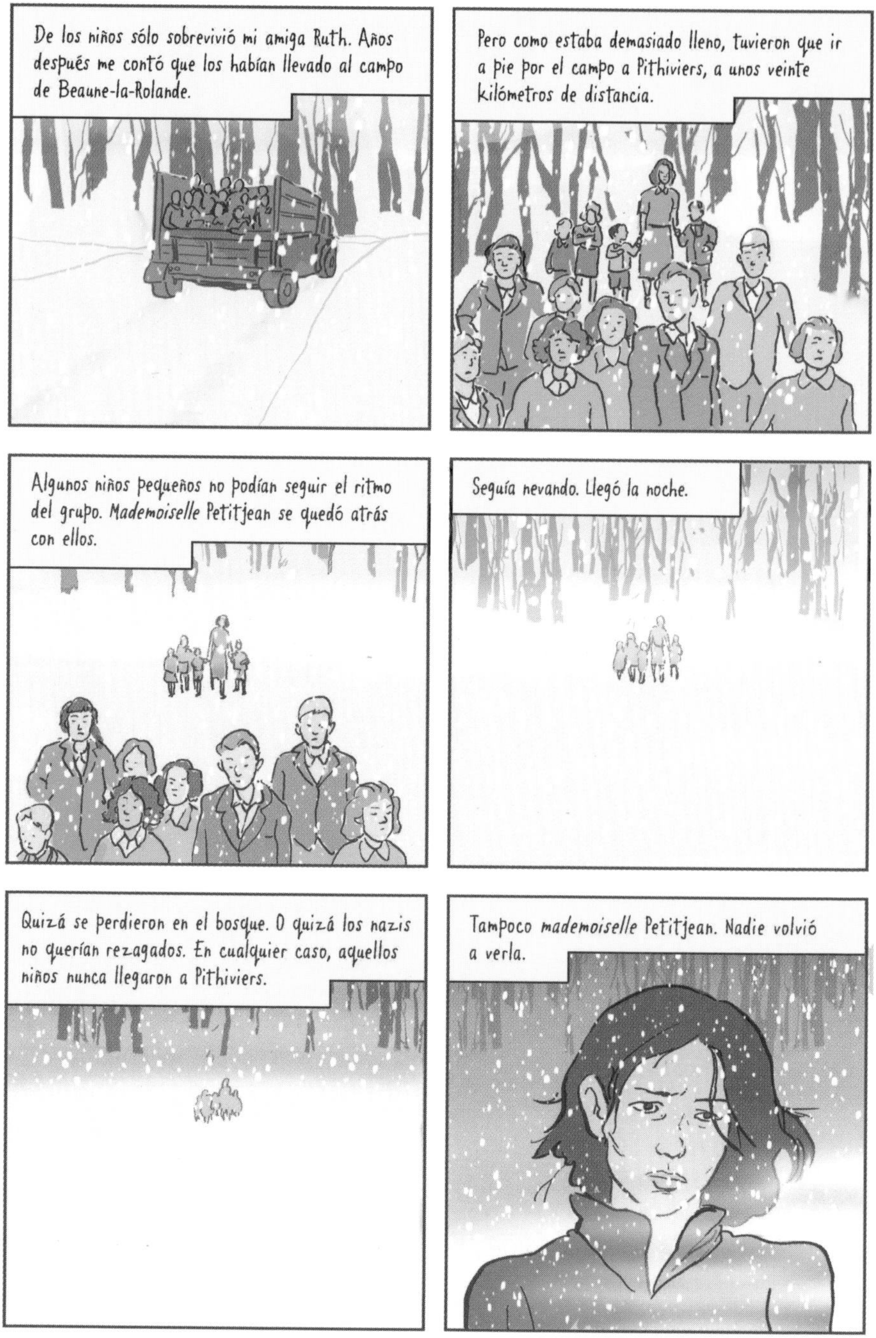
De los niños sólo sobrevivió mi amiga Ruth. Años después me contó que los habían llevado al campo de Beaune-la-Rolande.
Pero como estaba demasiado lleno, tuvieron que ir a pie por el campo a Pithiviers, a unos veinte kilómetros de distancia.
Algunos niños pequeños no podían seguir el ritmo del grupo. *Mademoiselle* Petitjean se quedó atrás con ellos.
Seguía nevando. Llegó la noche.
Quizá se perdieron en el bosque. O quizá los nazis no querían rezagados. En cualquier caso, aquellos niños nunca llegaron a Pithiviers.
Tampoco *mademoiselle* Petitjean. Nadie volvió a verla.

NO SERÁ NECESARIO QUE DIGA QUE A ESAS ALTURAS YA NO ME PREOCUPABAN MIS ZAPATOS ROJOS. NO PODÍA DEJAR DE PENSAR EN EL MAQUI MUERTO EN LA NIEVE...

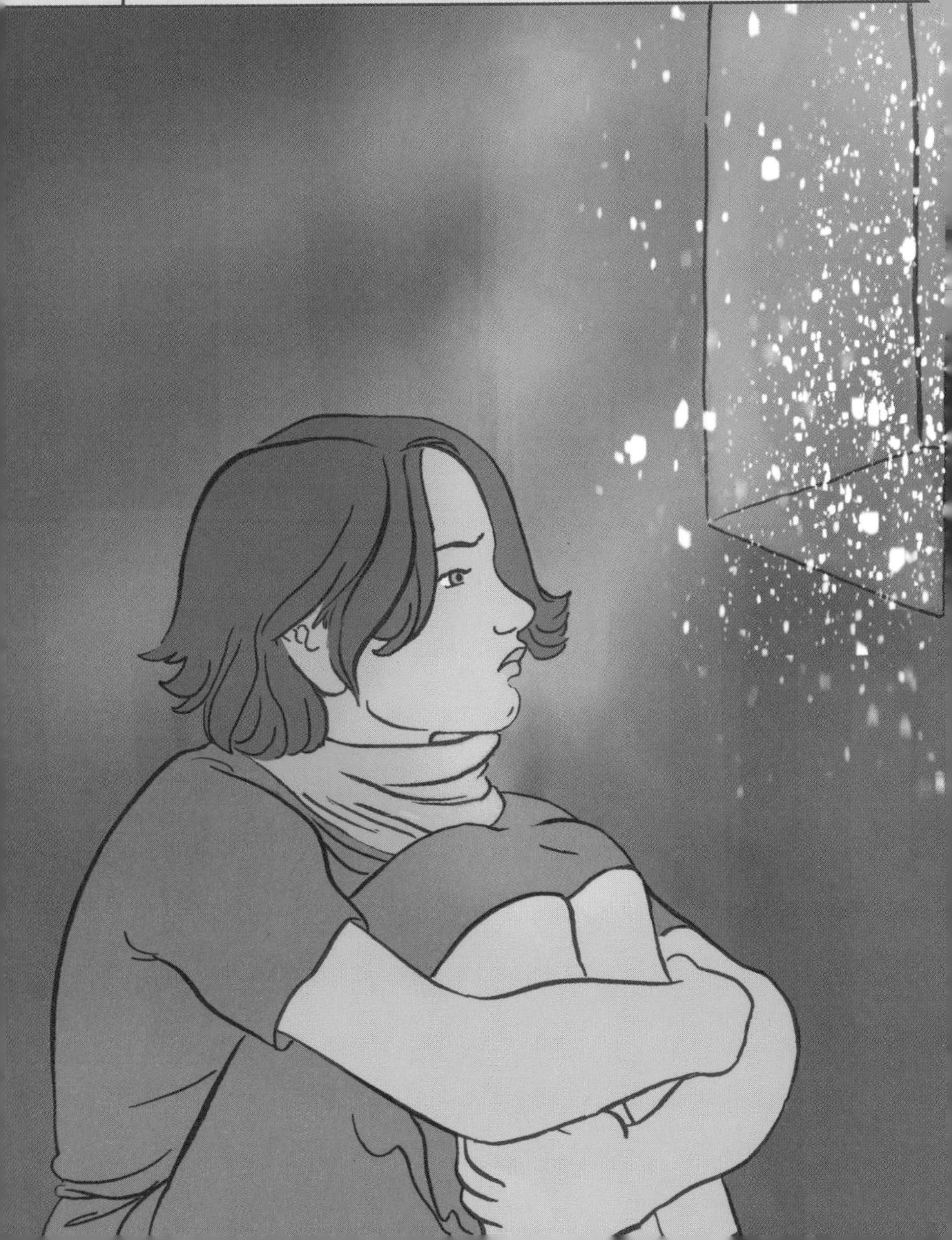

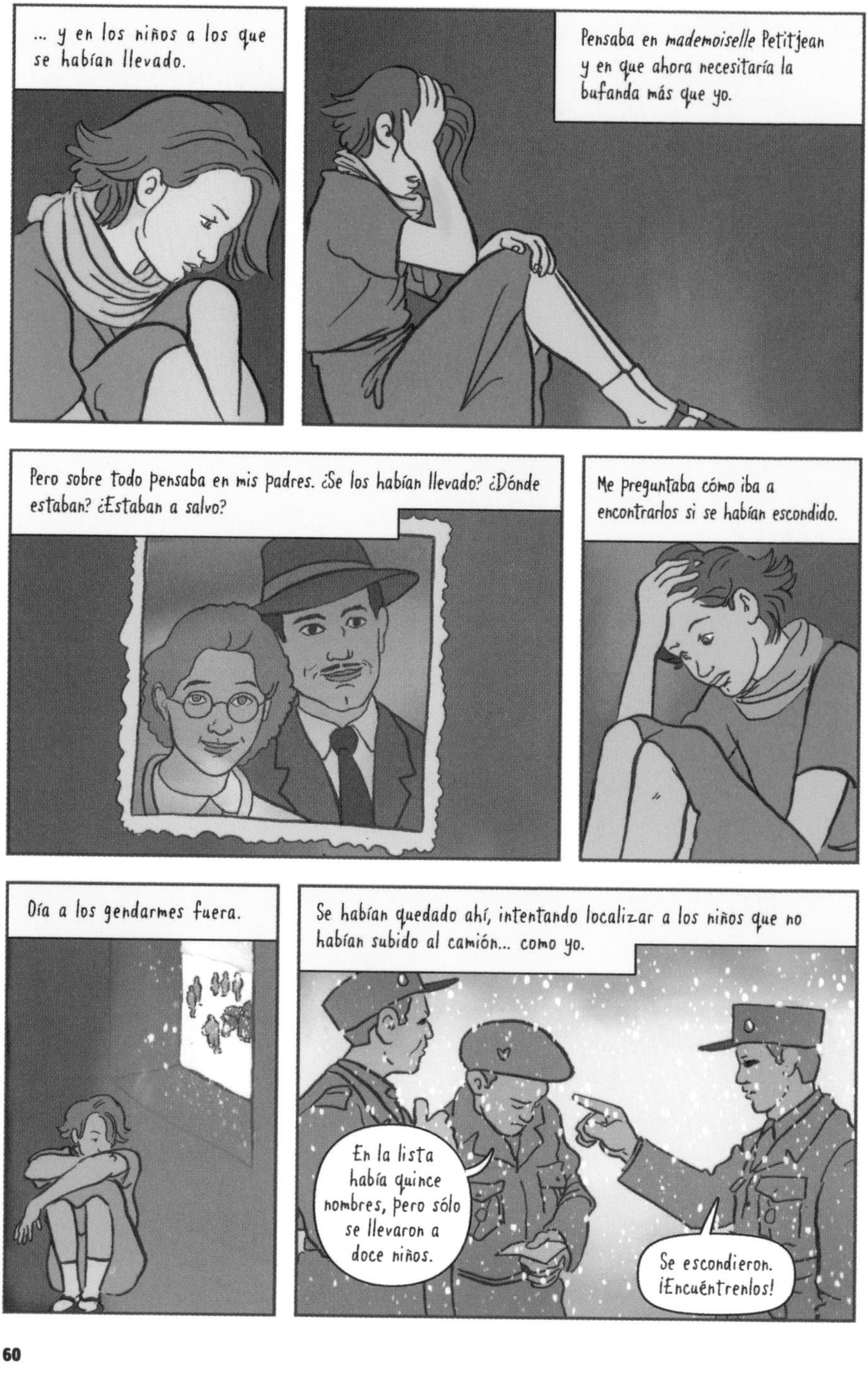

... y en los niños a los que se habían llevado.
Pensaba en mademoiselle Petitjean y en que ahora necesitaría la bufanda más que yo.
Pero sobre todo pensaba en mis padres. ¿Se los habían llevado? ¿Dónde estaban? ¿Estaban a salvo?
Me preguntaba cómo iba a encontrarlos si se habían escondido.
Oía a los gendarmes fuera.
Se habían quedado ahí, intentando localizar a los niños que no habían subido al camión... como yo.
En la lista había quince nombres, pero sólo se llevaron a doce niños.
Se escondieron. ¡Encuéntrenlos!

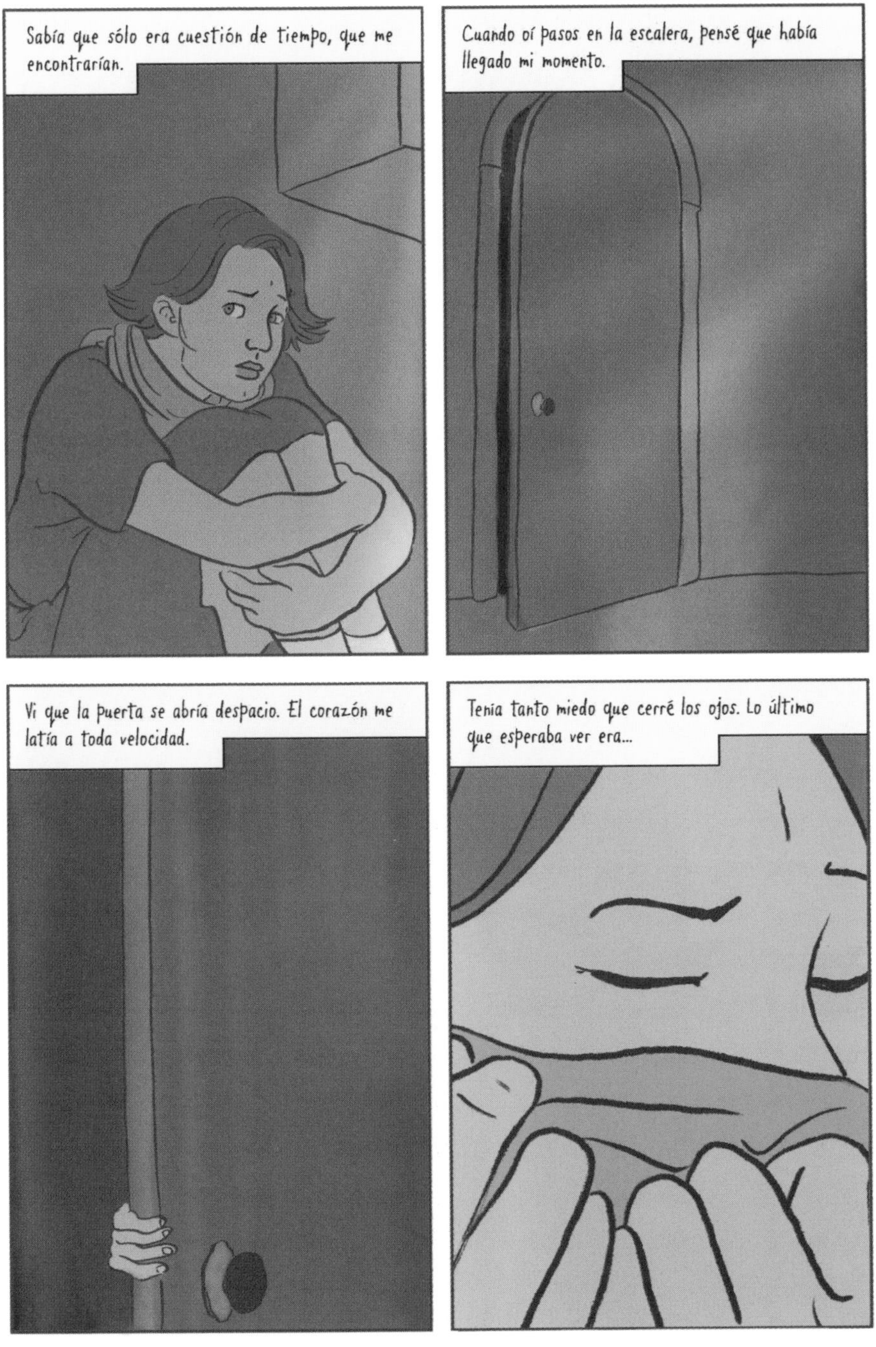
Sabía que sólo era cuestión de tiempo, que me encontrarían.
Cuando oí pasos en la escalera, pensé que había llegado mi momento.
Vi que la puerta se abría despacio. El corazón me latía a toda velocidad.
Tenia tanto miedo que cerré los ojos. Lo último que esperaba ver era...

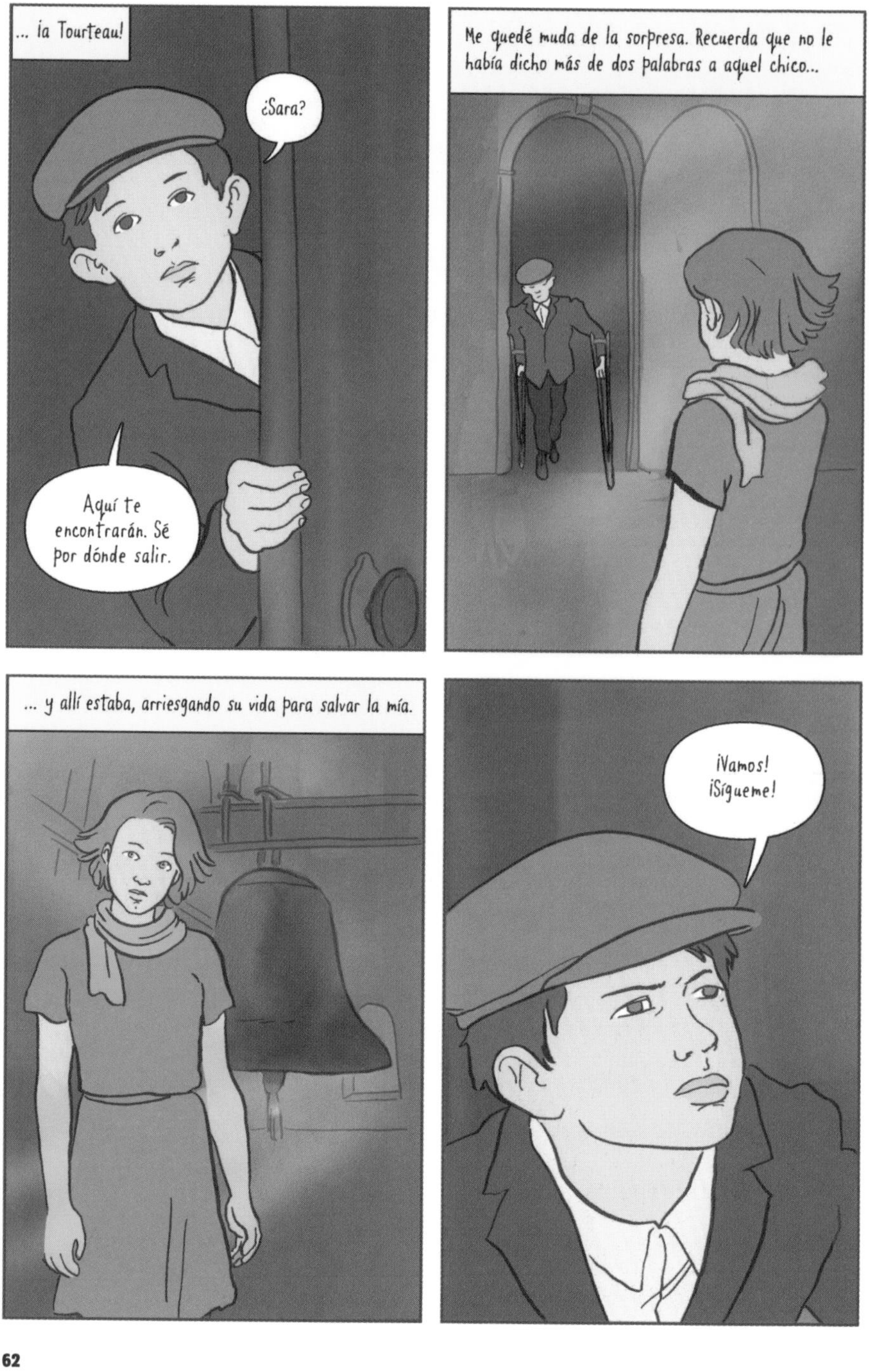
... ¡a Tourteau!
¿Sara?
Aquí te encontrarán. Sé por dónde salir.
Me quedé muda de la sorpresa. Recuerda que no le había dicho más de dos palabras a aquel chico...
... y allí estaba, arriesgando su vida para salvar la mía.
¡Vamos! ¡Sígueme!

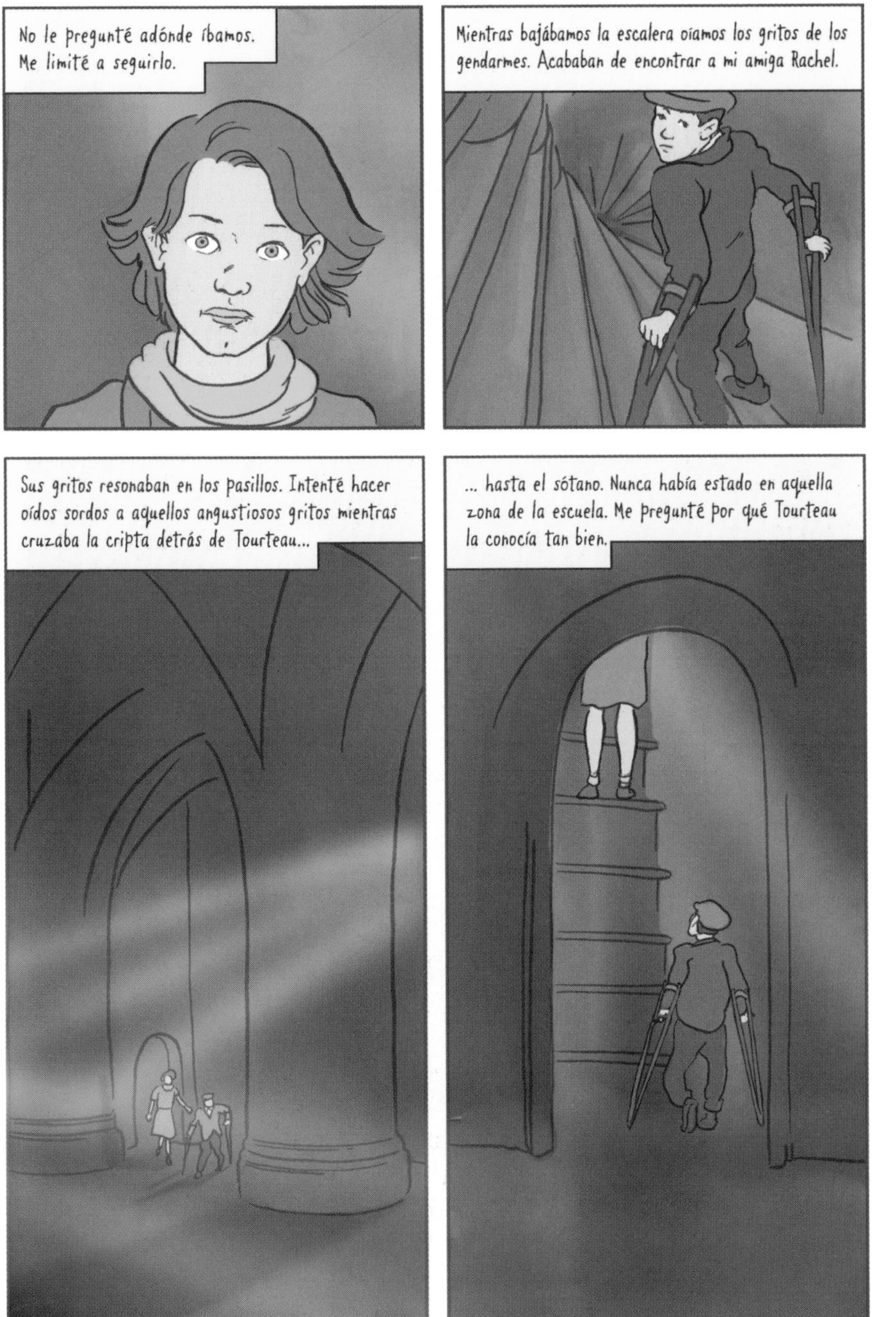
No le pregunté adónde íbamos. Me limité a seguirlo.
Mientras bajábamos la escalera oíamos los gritos de los gendarmes. Acababan de encontrar a mi amiga Rachel.
Sus gritos resonaban en los pasillos. Intenté hacer oídos sordos a aquellos angustiosos gritos mientras cruzaba la cripta detrás de Tourteau...
... hasta el sótano. Nunca había estado en aquella zona de la escuela. Me pregunté por qué Tourteau la conocía tan bien.

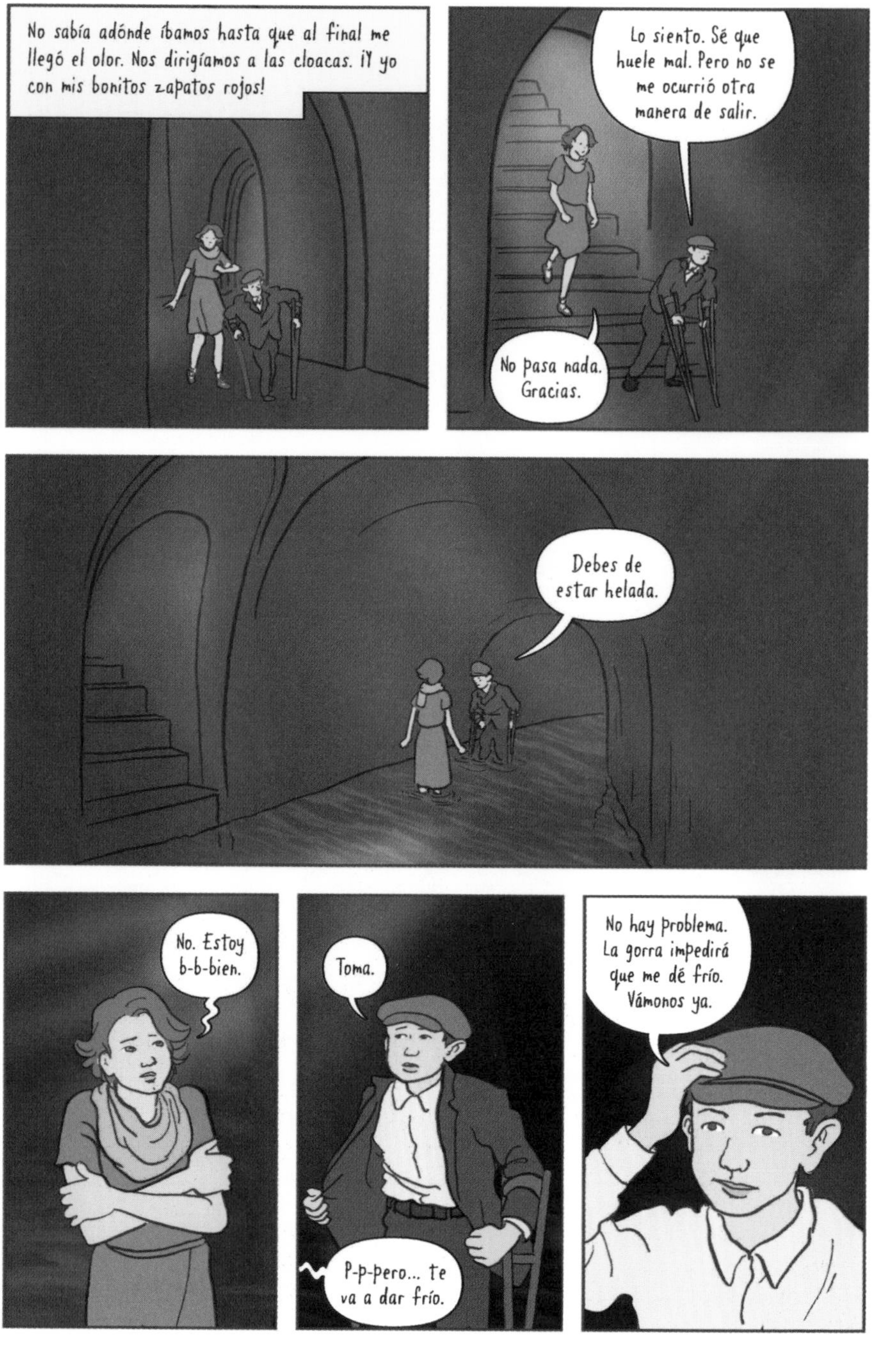
No sabía adónde íbamos hasta que al final me llegó el olor. Nos dirigíamos a las cloacas. ¡Y yo con mis bonitos zapatos rojos!
Lo siento. Sé que huele mal. Pero no se me ocurrió otra manera de salir.
No pasa nada. Gracias.
Debes de estar helada.
No. Estoy b-b-bien.
Toma.
P-p-pero... te va a dar frío.
No hay problema. La gorra impedirá que me dé frío. Vámonos ya.

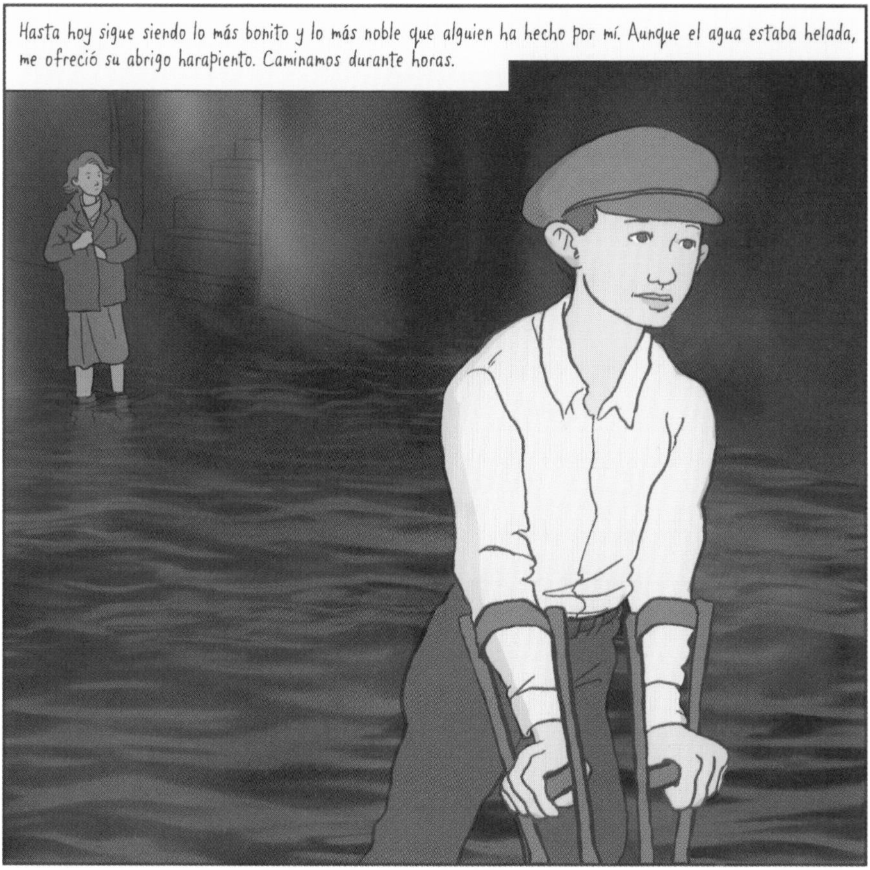
Hasta hoy sigue siendo lo más bonito y lo más noble que alguien ha hecho por mí. Aunque el agua estaba helada, me ofreció su abrigo harapiento. Caminamos durante horas.

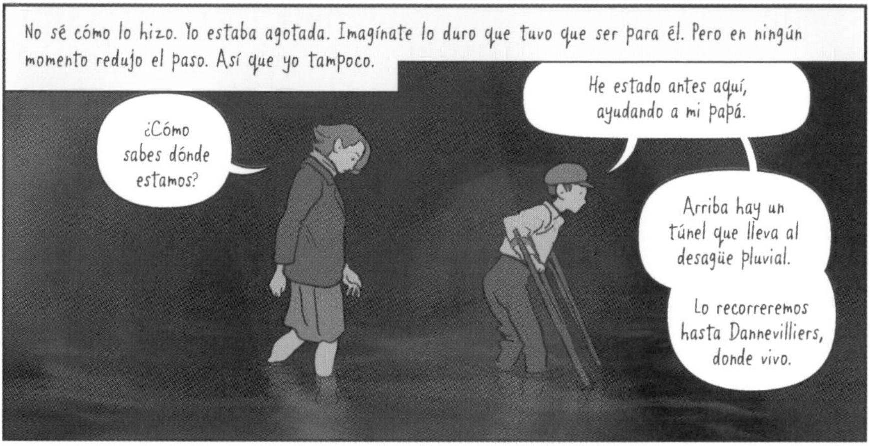
No sé cómo lo hizo. Yo estaba agotada. Imagínate lo duro que tuvo que ser para él. Pero en ningún momento redujo el paso. Así que yo tampoco.
¿Cómo sabes dónde estamos?
He estado antes aquí, ayudando a mi papá.
Arriba hay un túnel que lleva al desagüe pluvial.
Lo recorreremos hasta Dannevilliers, donde vivo.

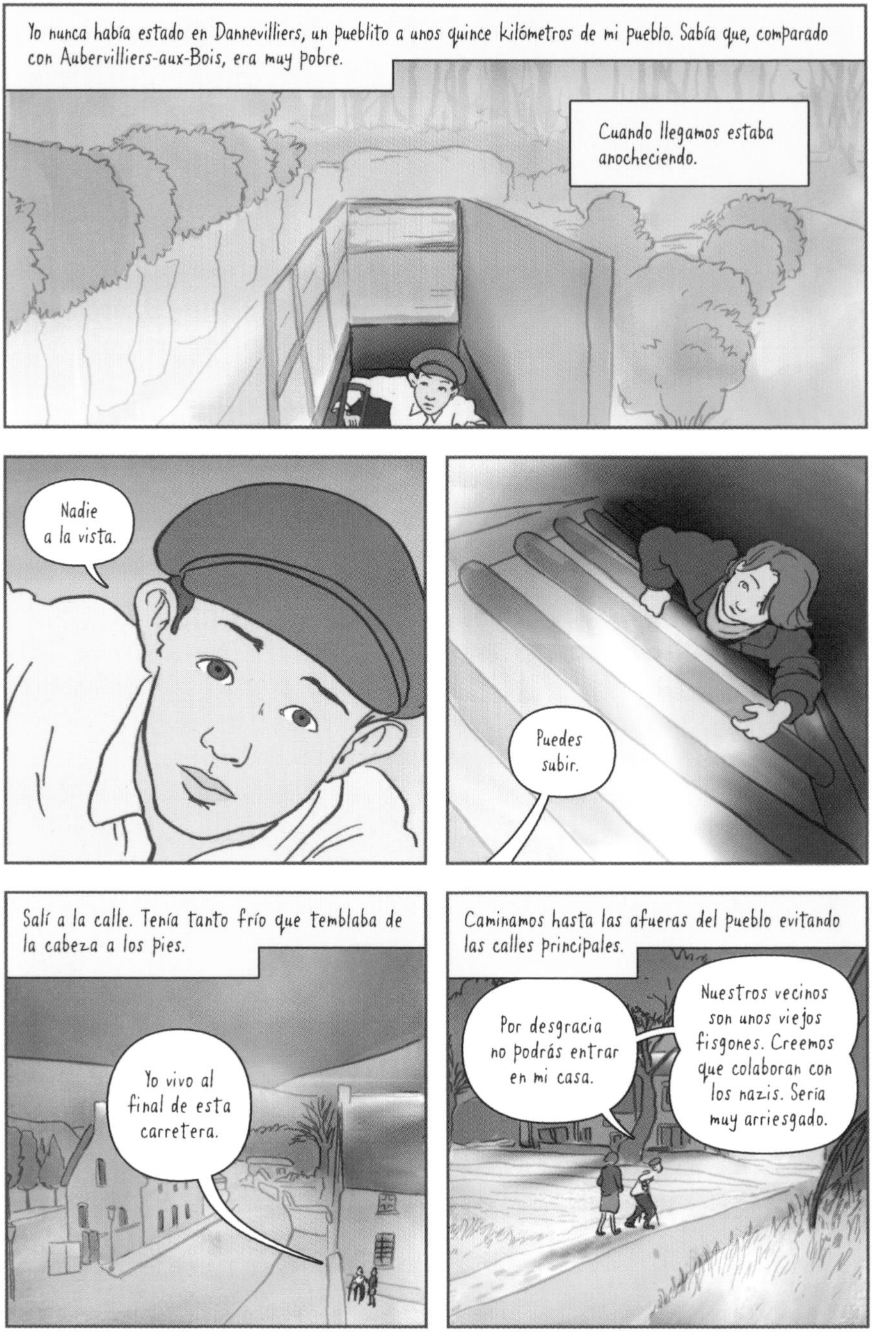
Yo nunca había estado en Dannevilliers, un pueblito a unos quince kilómetros de mi pueblo. Sabía que, comparado con Aubervilliers-aux-Bois, era muy pobre.
Cuando llegamos estaba anocheciendo.
Nadie a la vista.
Puedes subir.
Salí a la calle. Tenía tanto frío que temblaba de la cabeza a los pies.
Yo vivo al final de esta carretera.
Caminamos hasta las afueras del pueblo evitando las calles principales.
Por desgracia no podrás entrar en mi casa.
Nuestros vecinos son unos viejos fisgones. Creemos que colaboran con los nazis. Sería muy arriesgado.

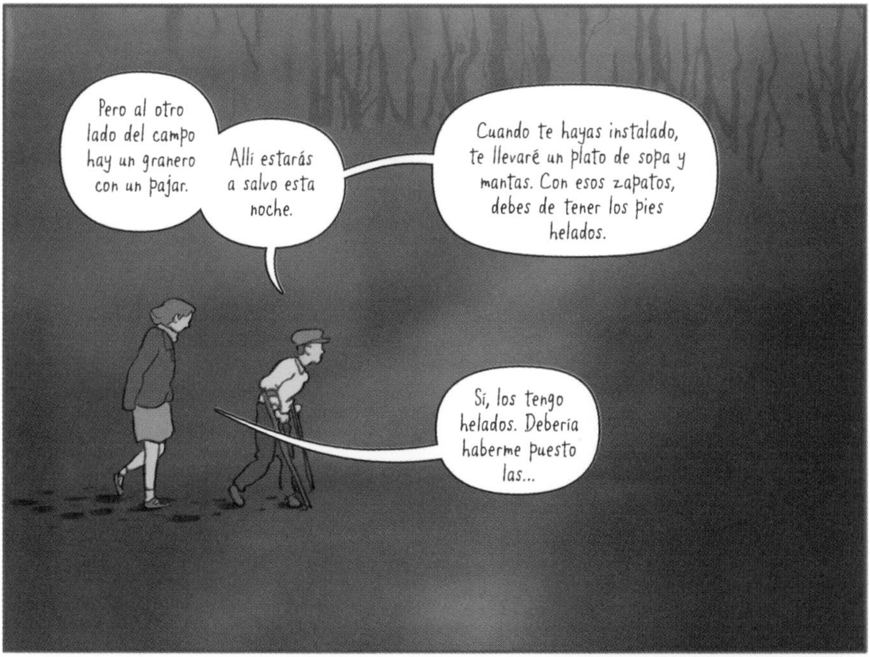
Pero al otro lado del campo hay un granero con un pajar.
Allí estarás a salvo esta noche.
Cuando te hayas instalado, te llevaré un plato de sopa y mantas. Con esos zapatos, debes de tener los pies helados.
Sí, los tengo helados. Debería haberme puesto las...

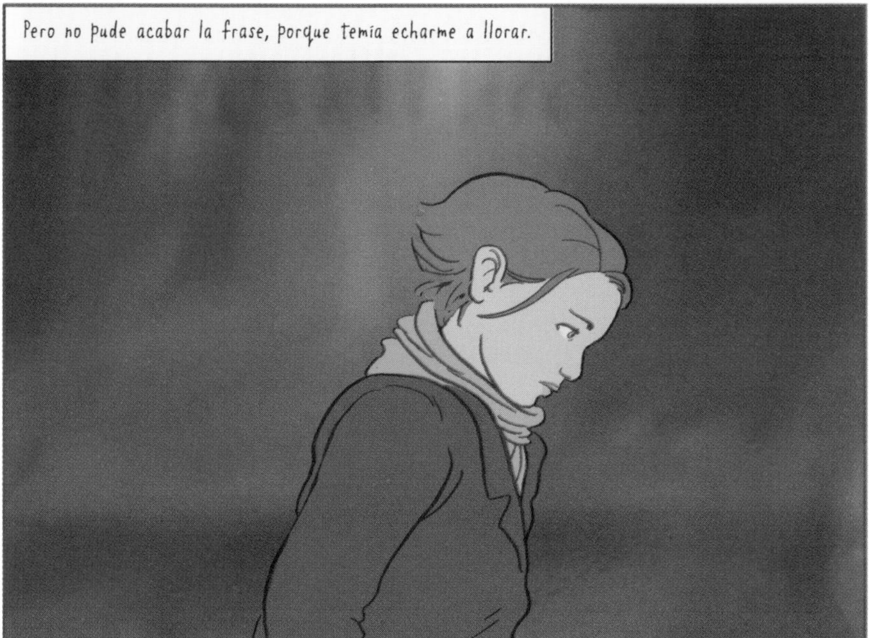
Pero no pude acabar la frase, porque temía echarme a llorar.

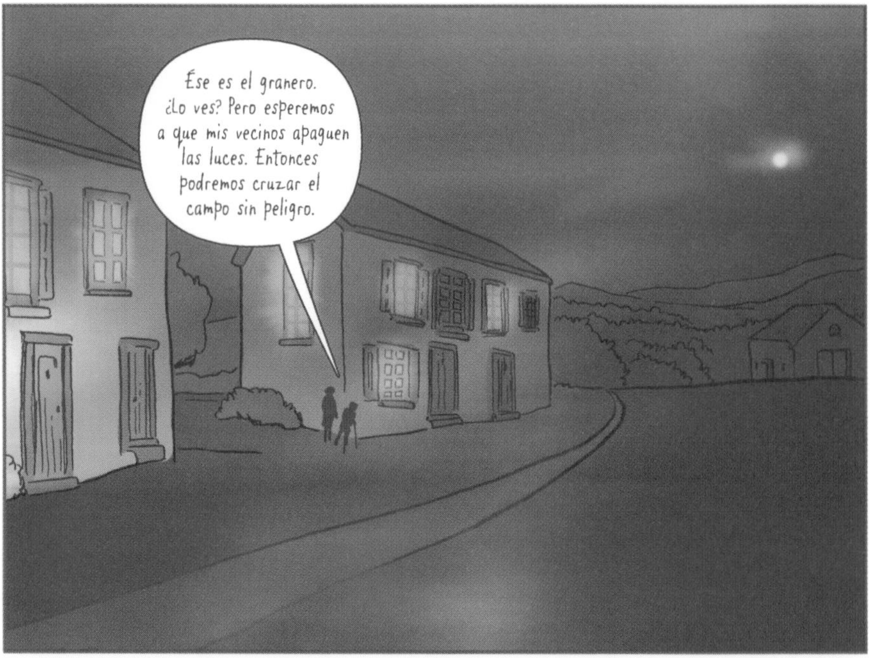
Ése es el granero. ¿Lo ves? Pero esperemos a que mis vecinos apaguen las luces. Entonces podremos cruzar el campo sin peligro.

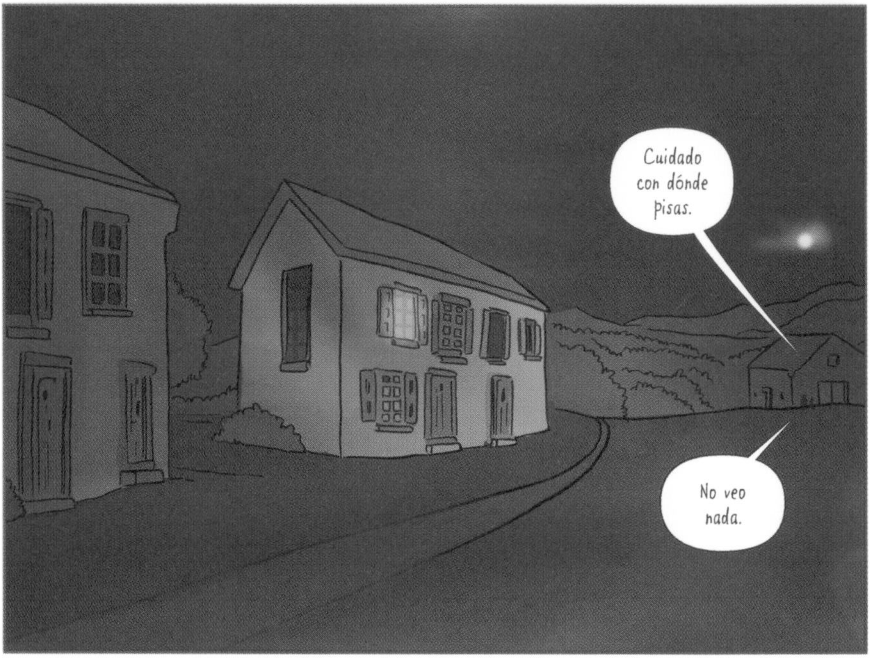
Cuidado con dónde pisas.
No veo nada.

CAPITULO 9

POR SUERTE, DESDE AFUERA NO PUDE VER BIEN EL GRANERO. SI LO HUBIERA VISTO, ME HABRÍA DADO MUCHO MIEDO ENTRAR.

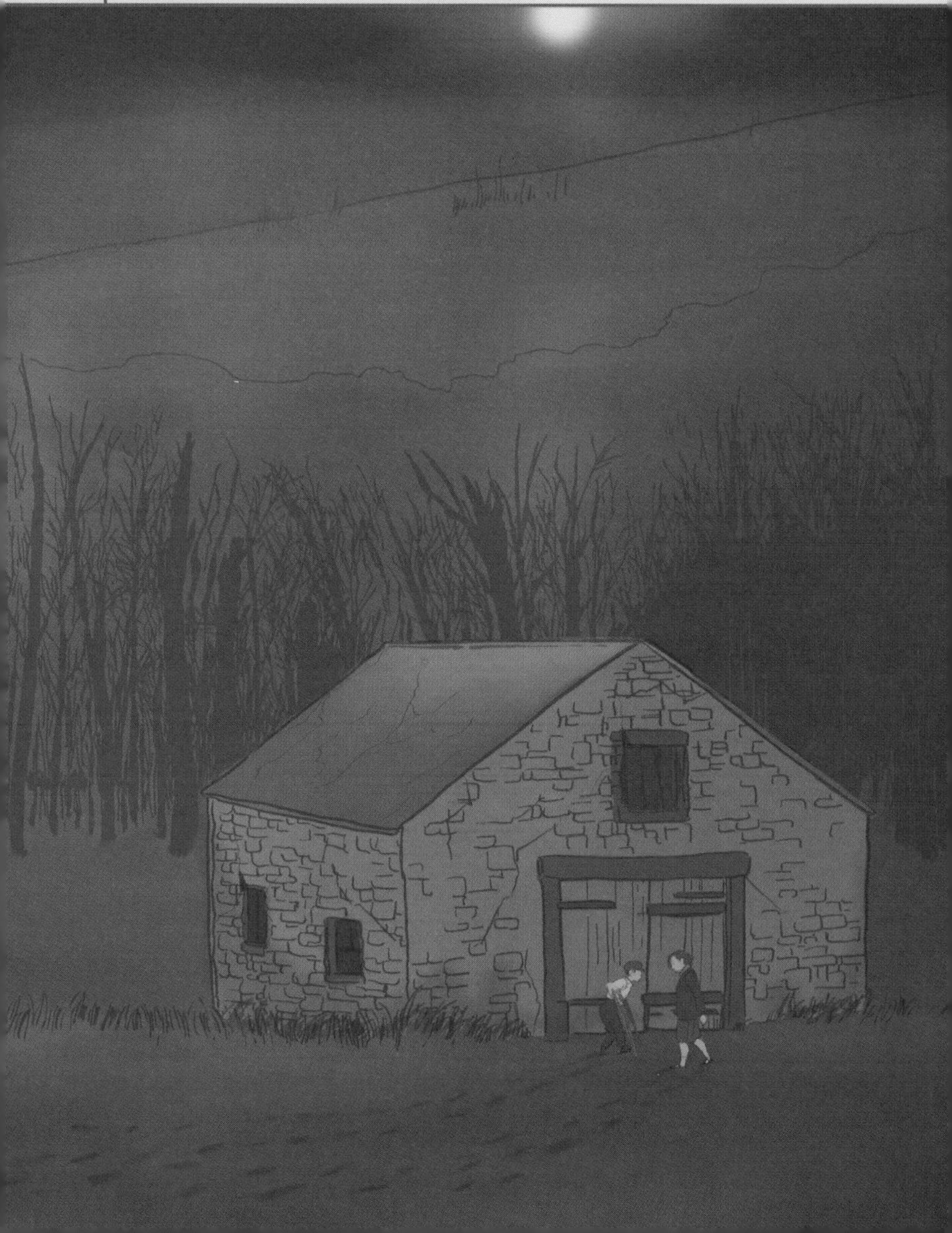

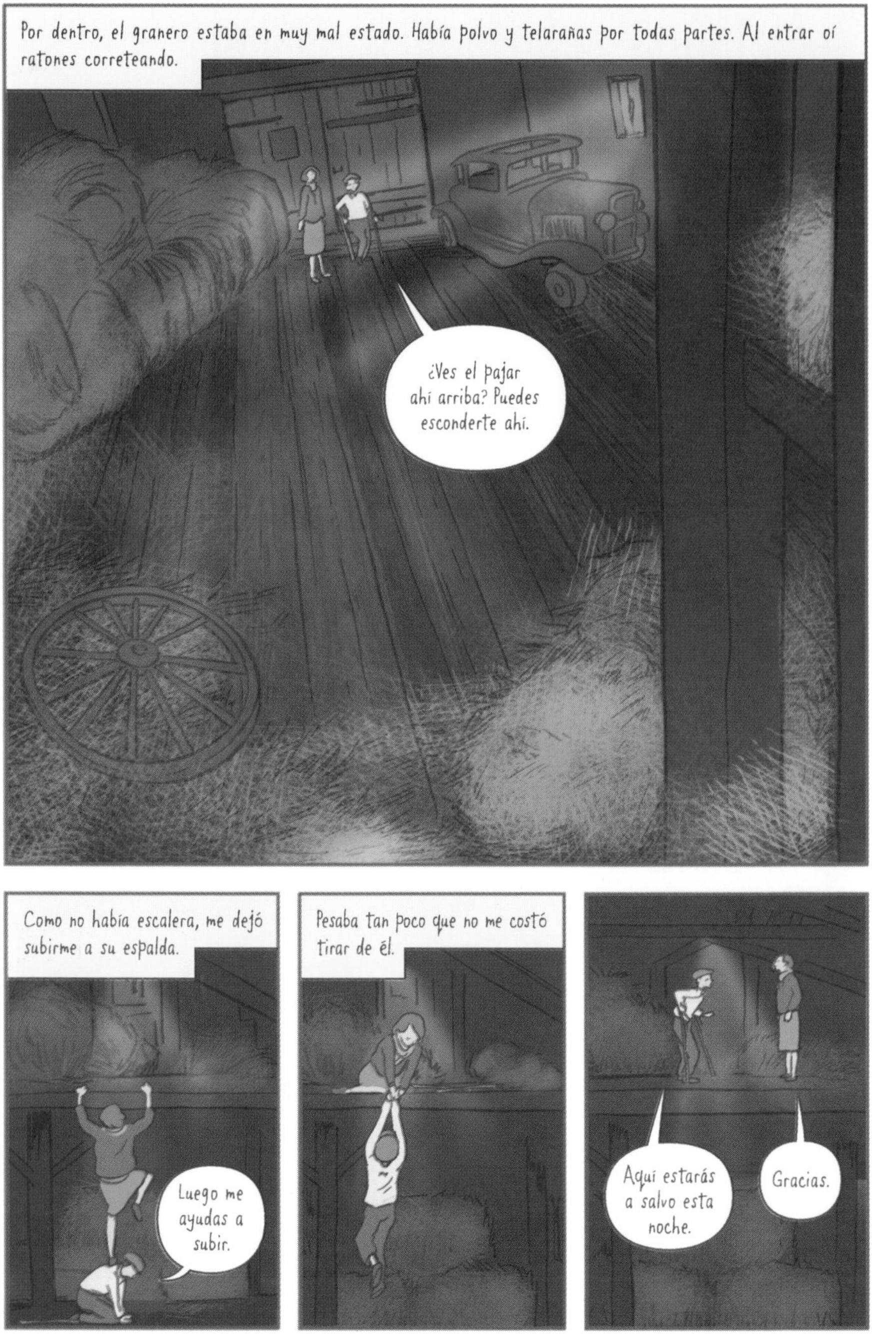
Por dentro, el granero estaba en muy mal estado. Había polvo y telarañas por todas partes. Al entrar oí ratones correteando.
¿Ves el pajar ahí arriba? Puedes esconderte ahí.
Como no había escalera, me dejó subirme a su espalda.
Luego me ayudas a subir.
Pesaba tan poco que no me costó tirar de él.
Aquí estarás a salvo esta noche.
Gracias.

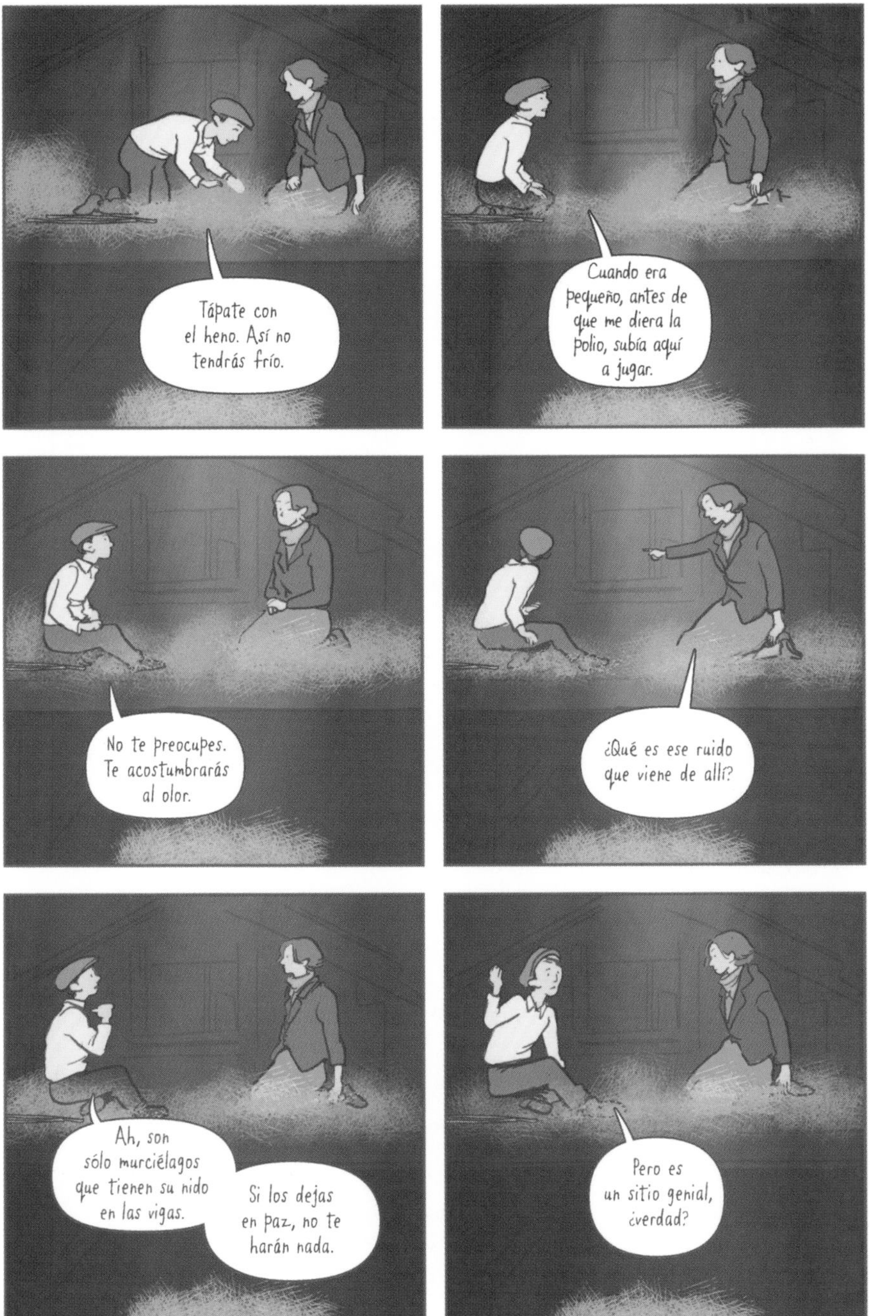

Tápate con el heno. Así no tendrás frío.
Cuando era pequeño, antes de que me diera la polio, subía aquí a jugar.
No te preocupes. Te acostumbrarás al olor.
¿Qué es ese ruido que viene de allí?
Ah, son sólo murciélagos que tienen su nido en las vigas.
Si los dejas en paz, no te harán nada.
Pero es un sitio genial, ¿verdad?

¿Cómo?
Te lo dije de broma.
¡Ah!
Ja.
¡Ja, ja, ja, ja! ¡Ja, ja, ja, ja, ja!
¡Ja, ja, ja! ¡Ja, ja, ja, ja!
De repente estábamos riéndonos.
¡Ja, ja, ja, ja! ¡Ja, ja, ja, ja, ja!
¡Ji, ji, ji!
Era muy raro.
Pero luego, al recordar lo que había pasado aquel día, dejamos de reírnos.

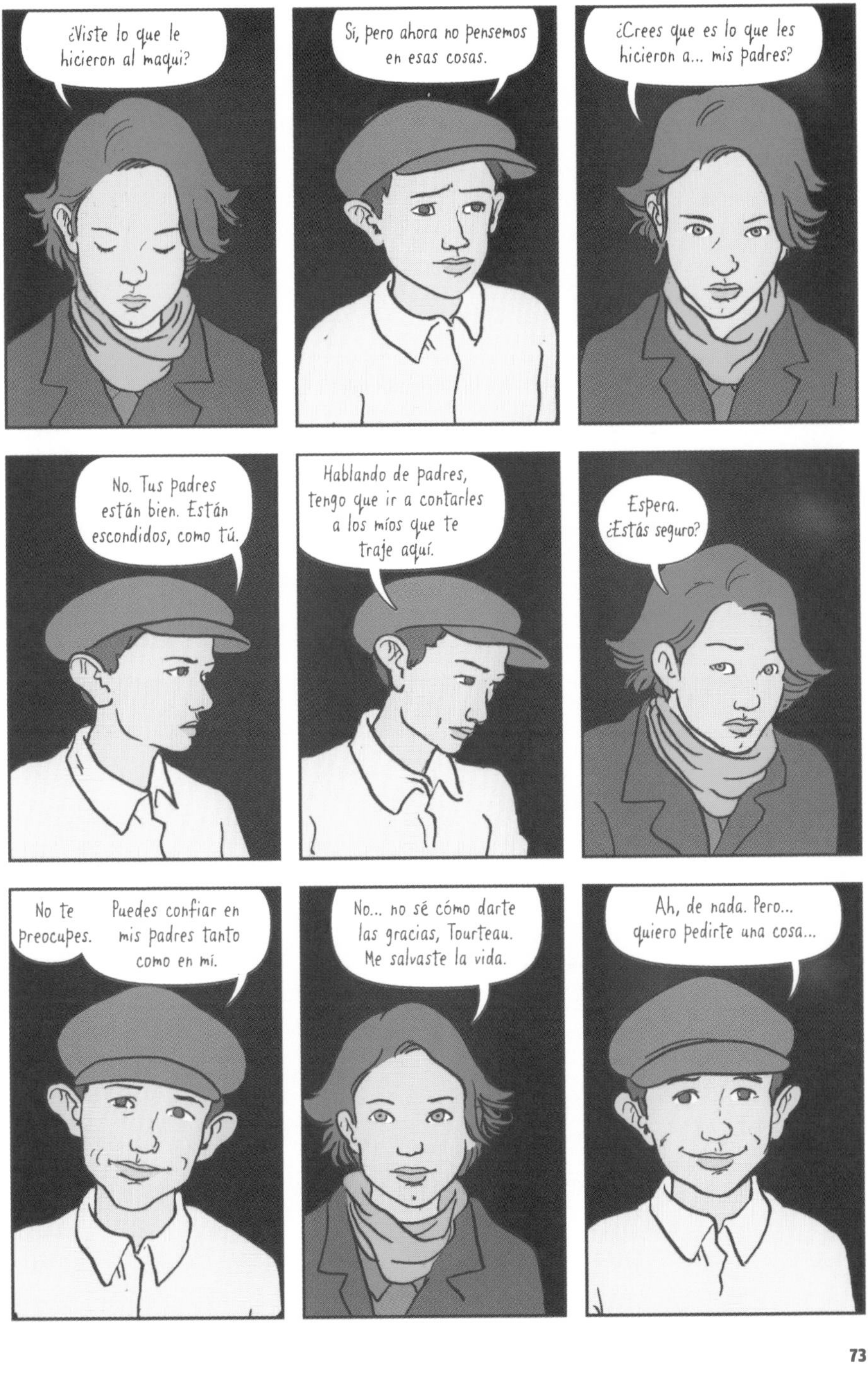
¿Viste lo que le hicieron al maqui?
Sí, pero ahora no pensemos en esas cosas.
¿Crees que es lo que les hicieron a... mis padres?
No. Tus padres están bien. Están escondidos, como tú.
Hablando de padres, tengo que ir a contarles a los míos que te traje aquí.
Espera. ¿Estás seguro?
No te preocupes.
Puedes confiar en mis padres tanto como en mí.
No... no sé cómo darte las gracias, Tourteau. Me salvaste la vida.
Ah, de nada. Pero... quiero pedirte una cosa...

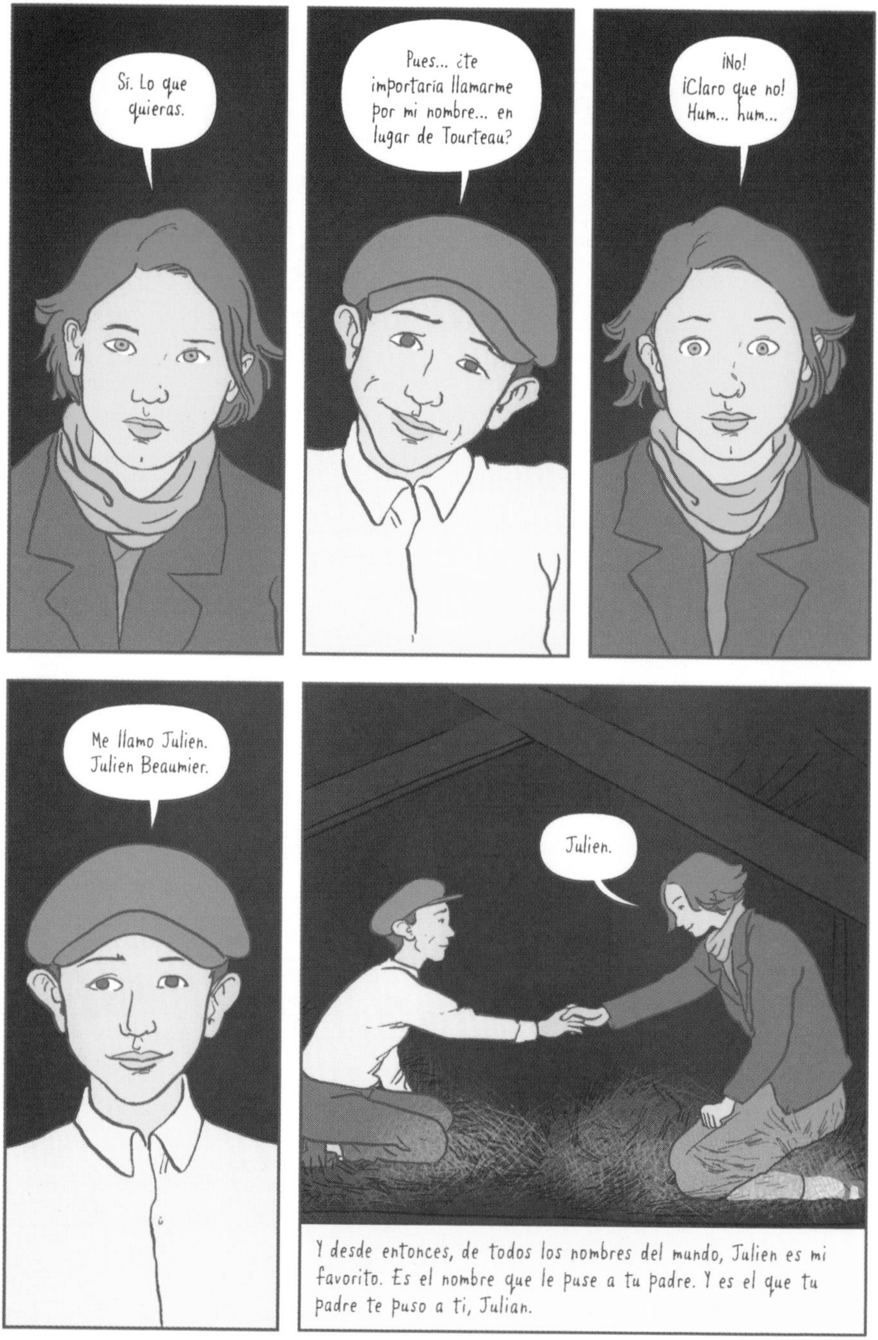
Sí. Lo que quieras.
Pues... ¿te importaria llamarme por mi nombre... en lugar de Tourteau?
¡No! ¡Claro que no! Hum... hum...
Me llamo Julien. Julien Beaumier.
Julien.
Y desde entonces, de todos los nombres del mundo, Julien es mi favorito. Es el nombre que le puse a tu padre. Y es el que tu padre te puso a ti, Julian.

CAPÍTULO 10

AL POCO RATO JULIEN VOLVIÓ AL GRANERO CON SUS PADRES.
ME TRAJERON UN PLATO DE SOPA Y ROPA SECA.
Y ME CONSOLARON.

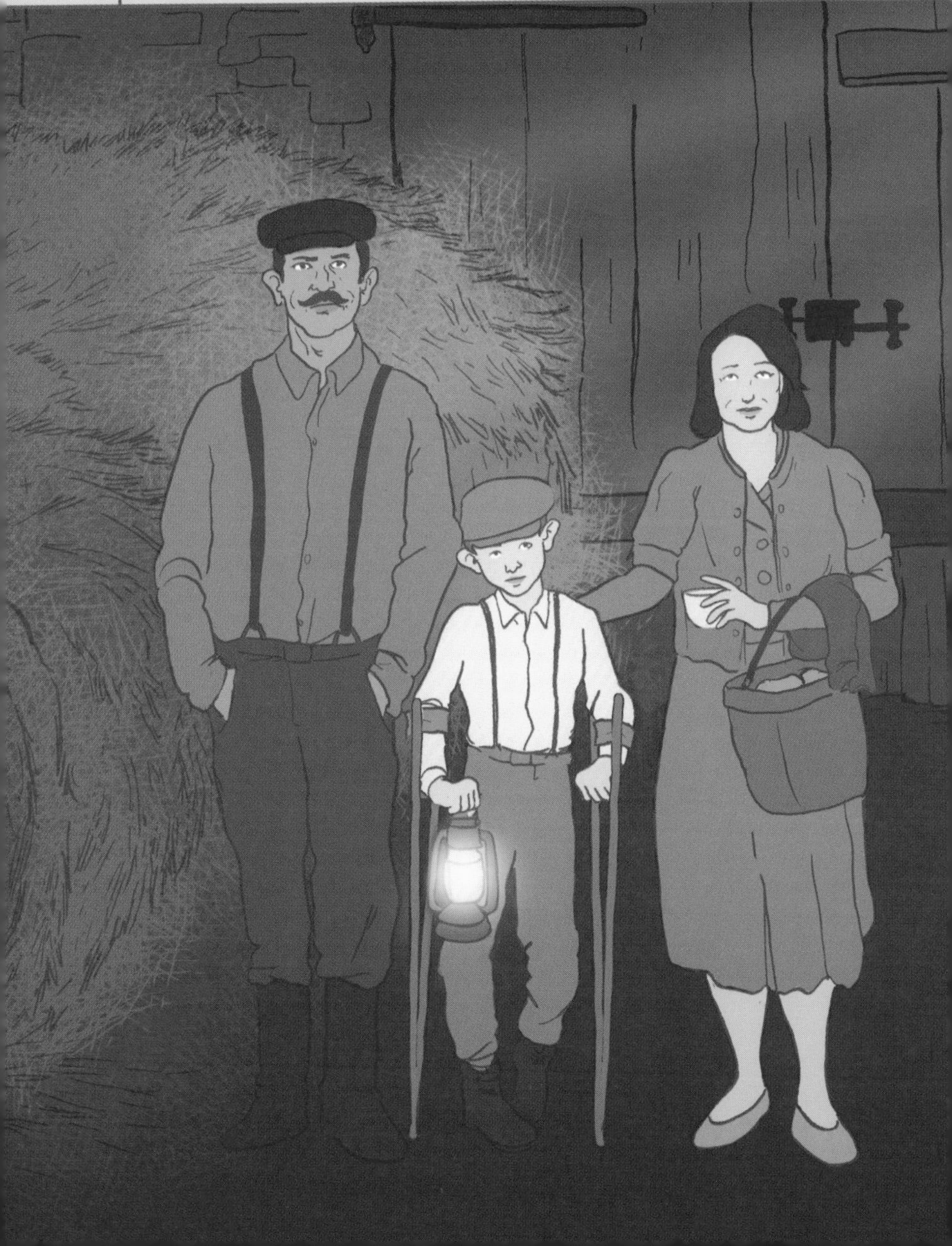

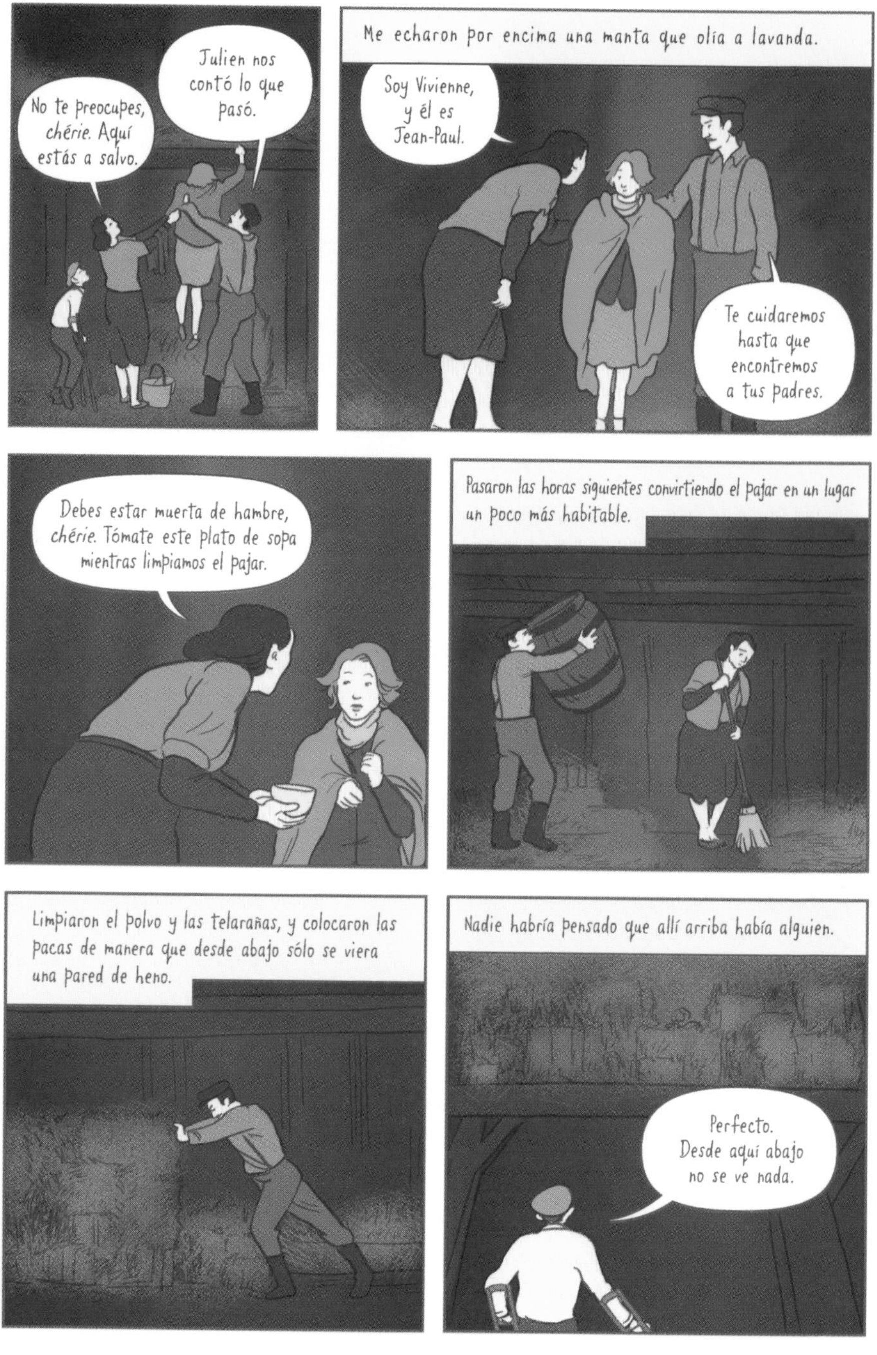
No te preocupes, chérie. Aquí estás a salvo.
Julien nos contó lo que pasó.
Me echaron por encima una manta que olía a lavanda.
Soy Vivienne, y él es Jean-Paul.
Te cuidaremos hasta que encontremos a tus padres.
Debes estar muerta de hambre, chérie. Tómate este plato de sopa mientras limpiamos el pajar.
Pasaron las horas siguientes convirtiendo el pajar en un lugar un poco más habitable.
Limpiaron el polvo y las telarañas, y colocaron las pacas de manera que desde abajo sólo se viera una pared de heno.
Nadie habría pensado que allí arriba había alguien.
Perfecto. Desde aquí abajo no se ve nada.

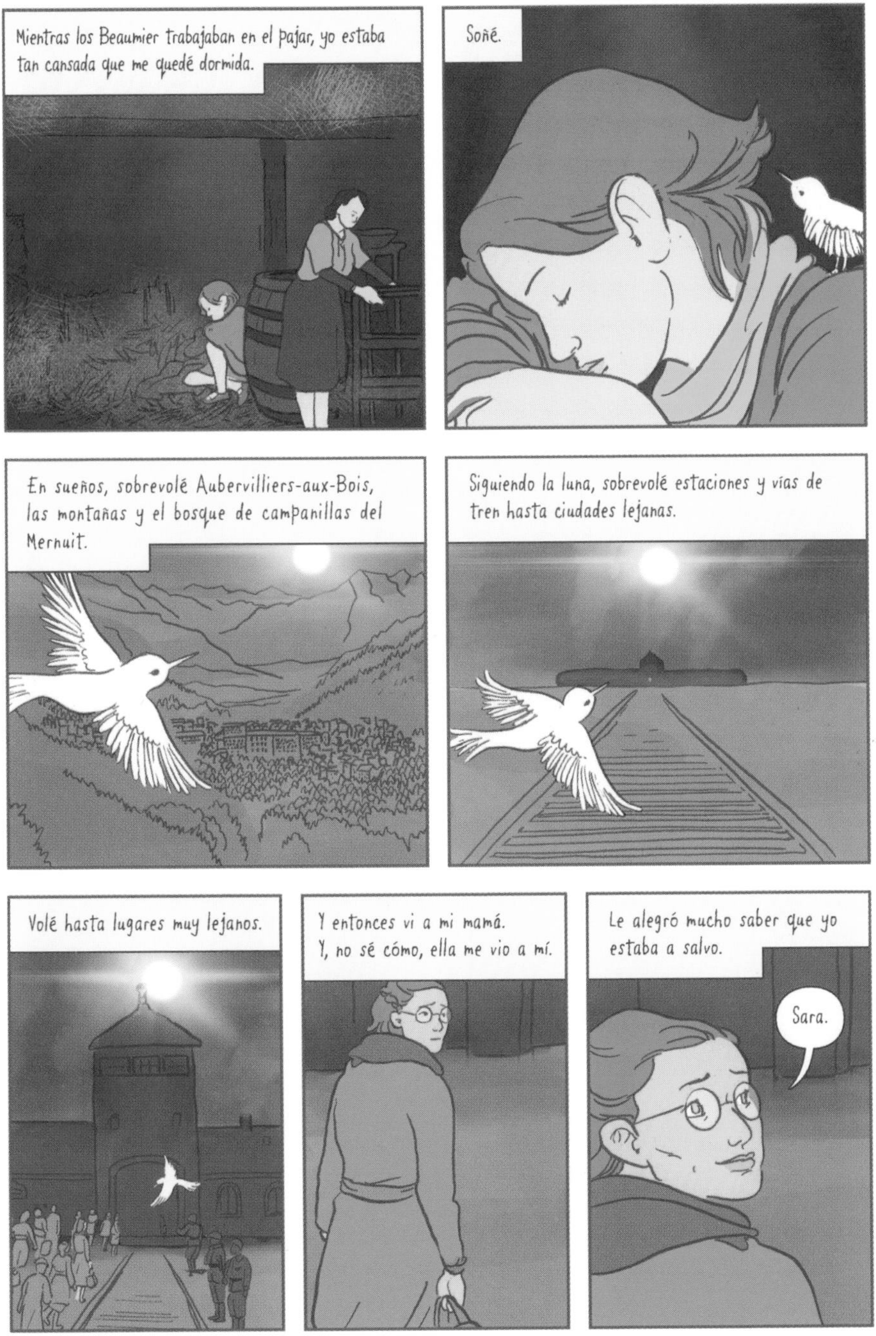
Mientras los Beaumier trabajaban en el pajar, yo estaba tan cansada que me quedé dormida.
Soñé.
En sueños, sobrevolé Aubervilliers-aux-Bois, las montañas y el bosque de campanillas del Mernuit.
Siguiendo la luna, sobrevolé estaciones y vías de tren hasta ciudades lejanas.
Volé hasta lugares muy lejanos.
Y entonces vi a mi mamá.
Y, no sé cómo, ella me vio a mí.
Le alegró mucho saber que yo estaba a salvo.
Sara.

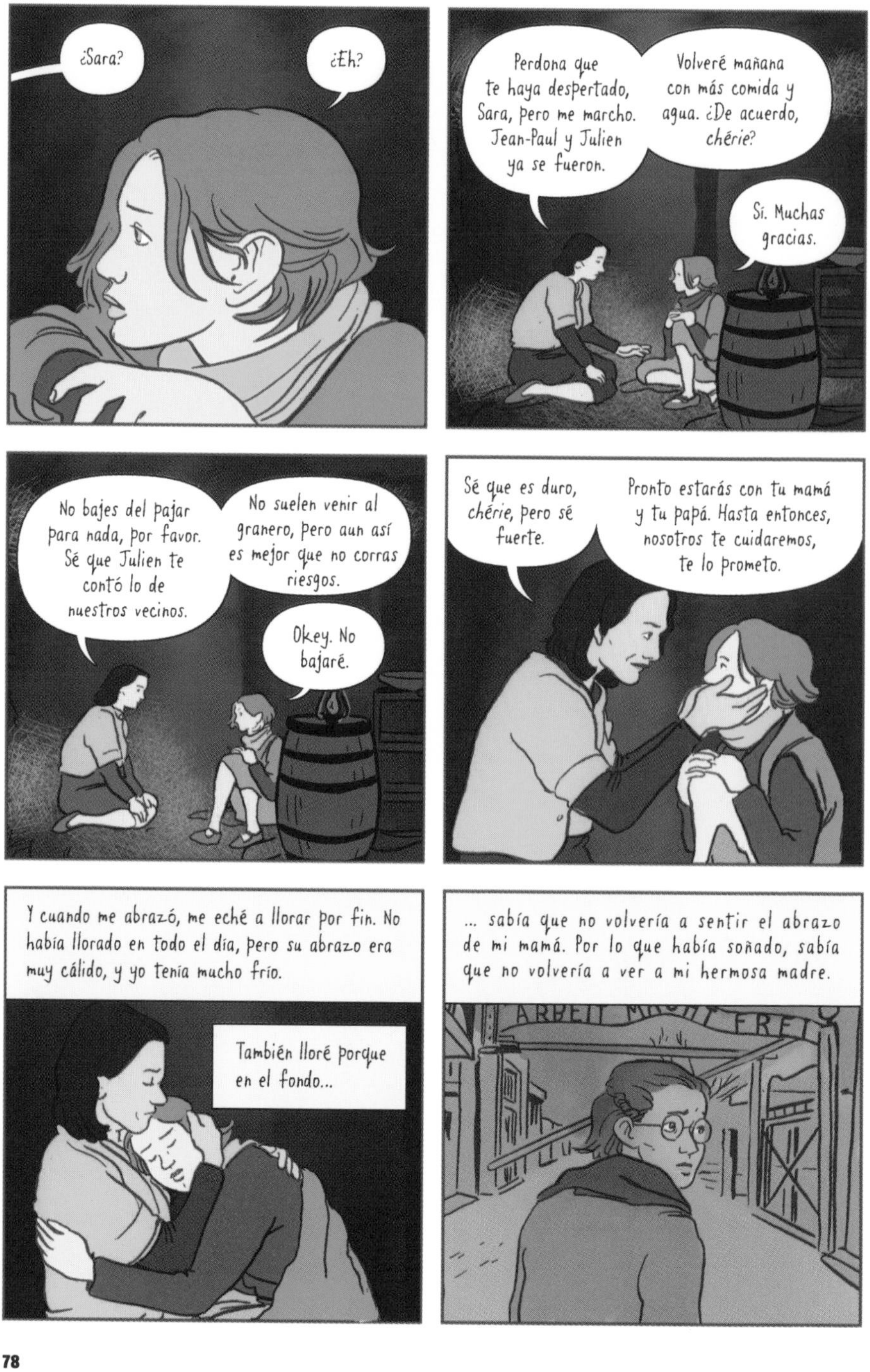
¿Sara?
¿Eh?
Perdona que te haya despertado, Sara, pero me marcho. Jean-Paul y Julien ya se fueron.
Volveré mañana con más comida y agua. ¿De acuerdo, chérie?
Sí. Muchas gracias.
No bajes del pajar para nada, por favor. Sé que Julien te contó lo de nuestros vecinos.
No suelen venir al granero, pero aun así es mejor que no corras riesgos.
Okey. No bajaré.
Sé que es duro, chérie, pero sé fuerte.
Pronto estarás con tu mamá y tu papá. Hasta entonces, nosotros te cuidaremos, te lo prometo.
Y cuando me abrazó, me eché a llorar por fin. No había llorado en todo el día, pero su abrazo era muy cálido, y yo tenía mucho frío.
También lloré porque en el fondo...
... sabía que no volvería a sentir el abrazo de mi mamá. Por lo que había soñado, sabía que no volvería a ver a mi hermosa madre.

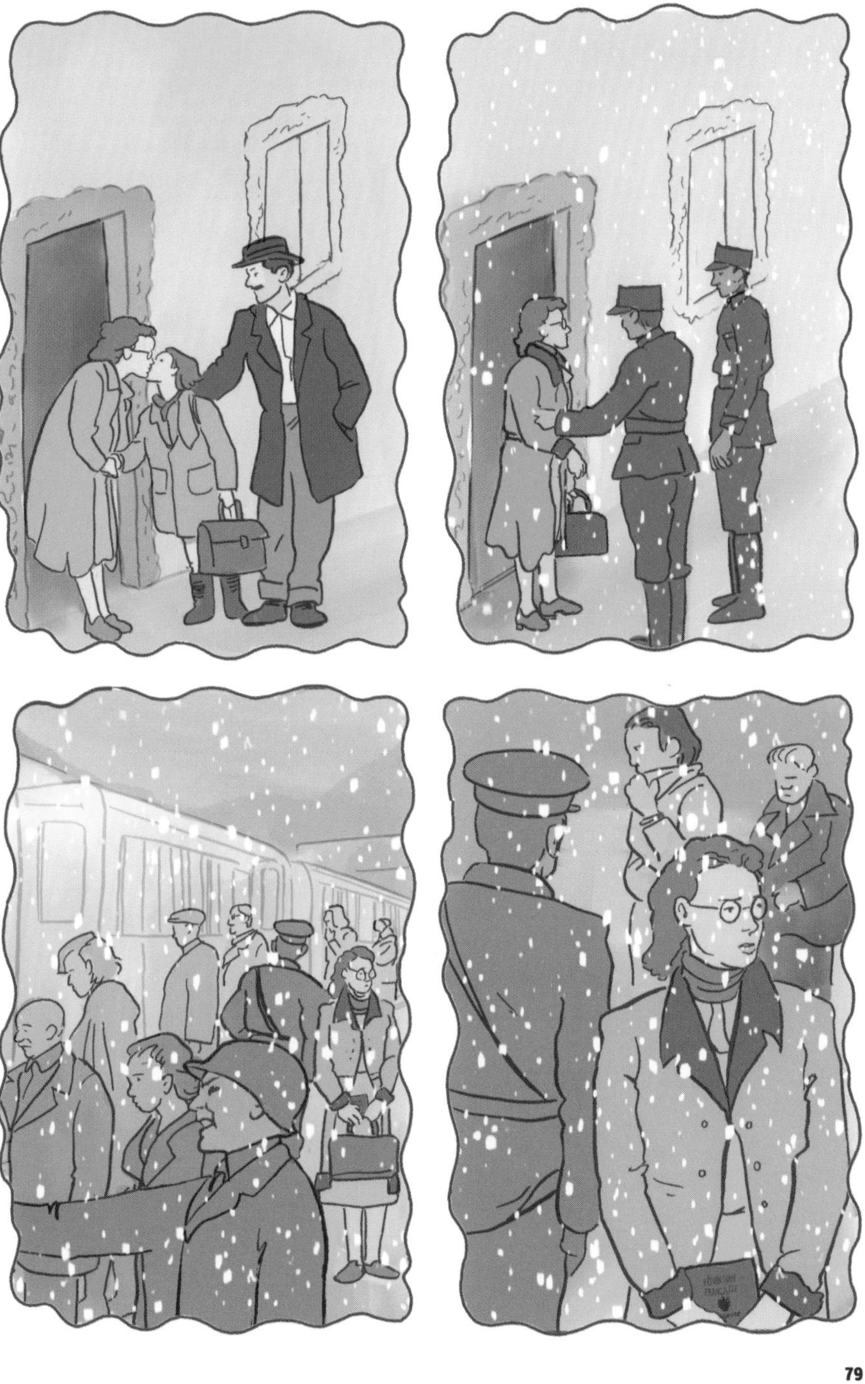

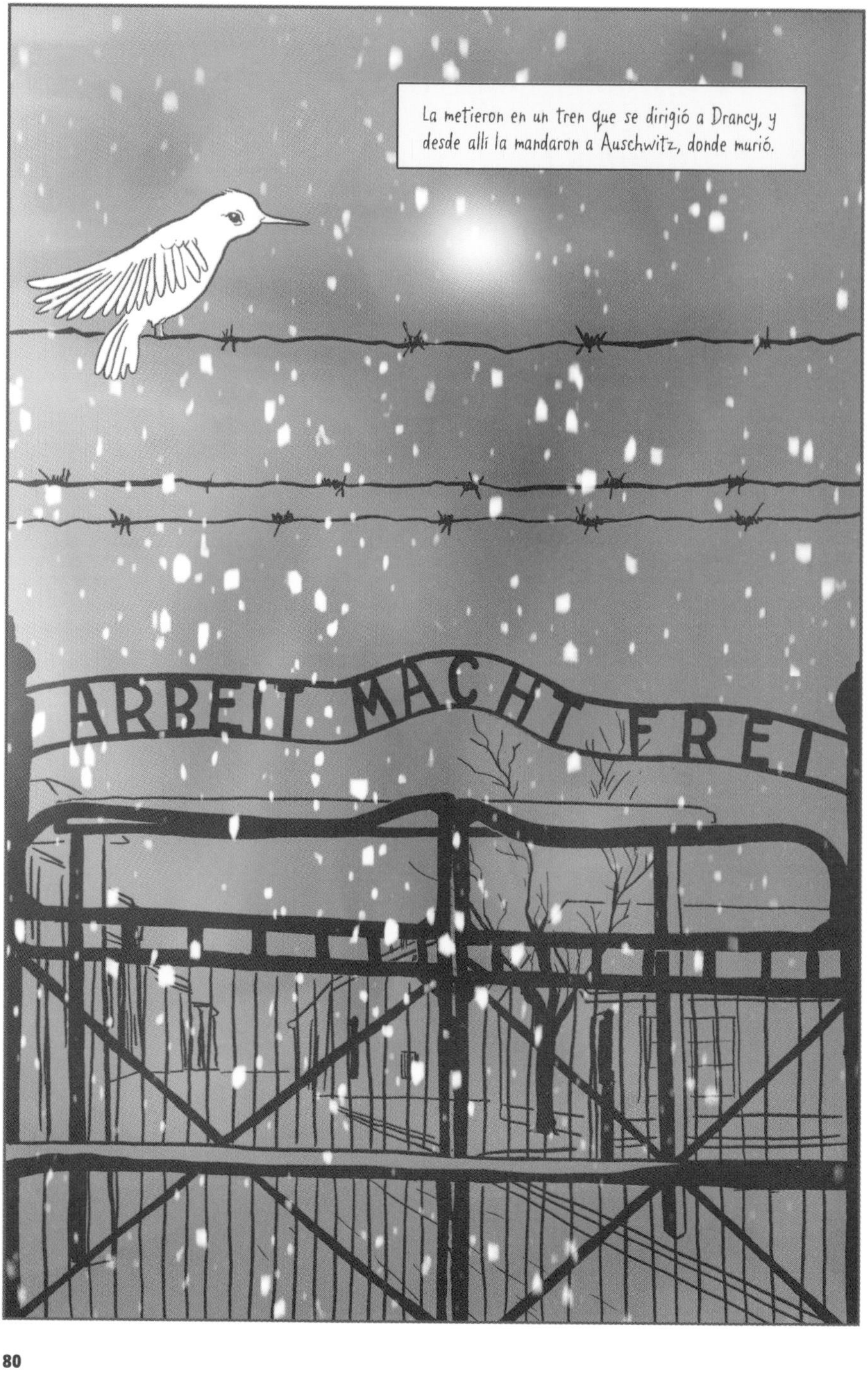
La metieron en un tren que se dirigió a Drancy, y desde allí la mandaron a Auschwitz, donde murió.
ARBEIT MACHT FREI

SEGUNDA PARTE

Oigo sus gritos, sus vocecitas infantiles...
Muriel Rukeyser, "Séptima elegia: El canto de los sueños"

LOS DÍAS Y LAS NOCHES SIGUIENTES FUERON LOS MÁS DUROS DE MI VIDA. ESTABA MUY ASUSTADA. ECHABA TERRIBLEMENTE DE MENOS A MIS PADRES.
¿CUÁNDO PODRÍA MARCHARME? ¿ADÓNDE IRÍA?

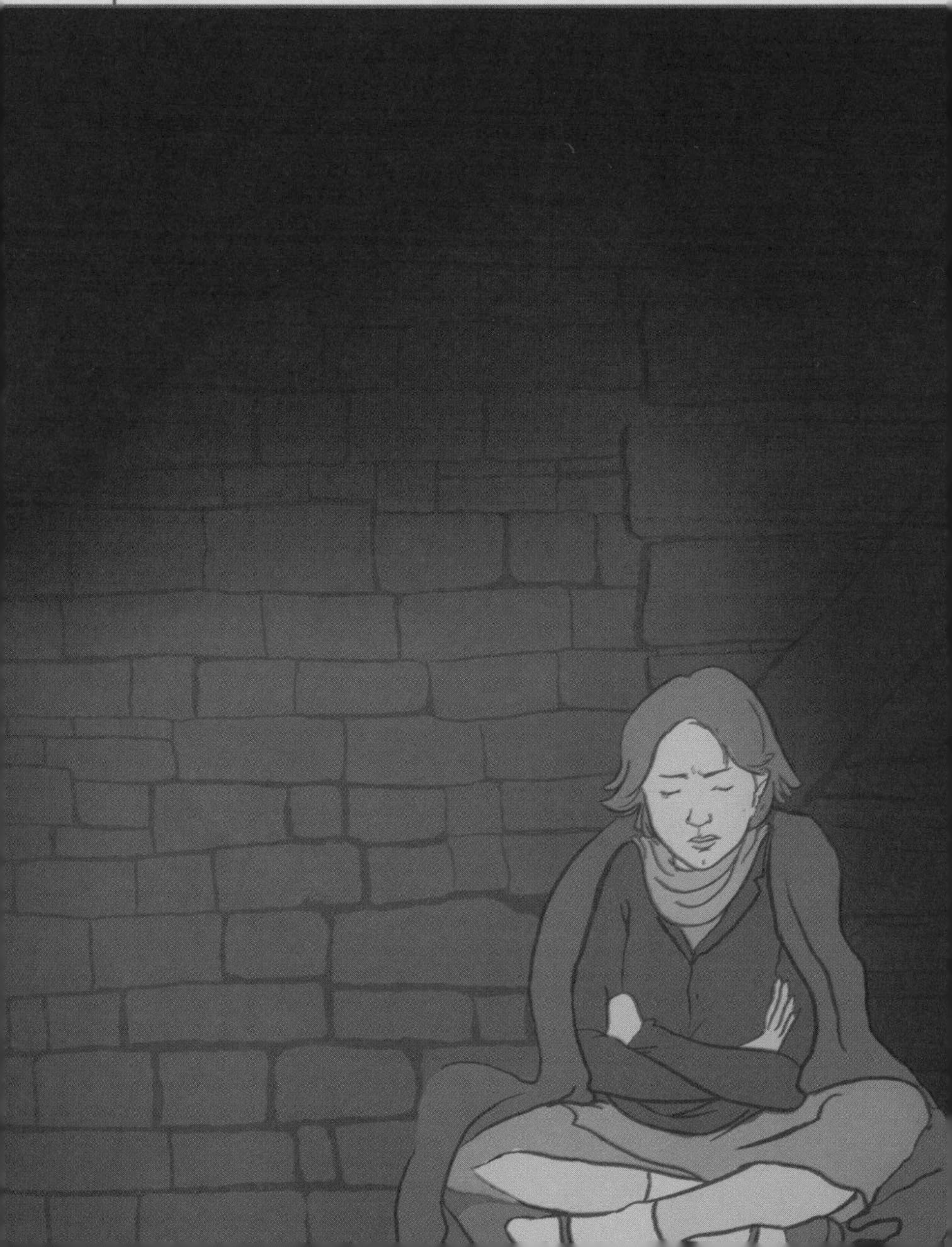

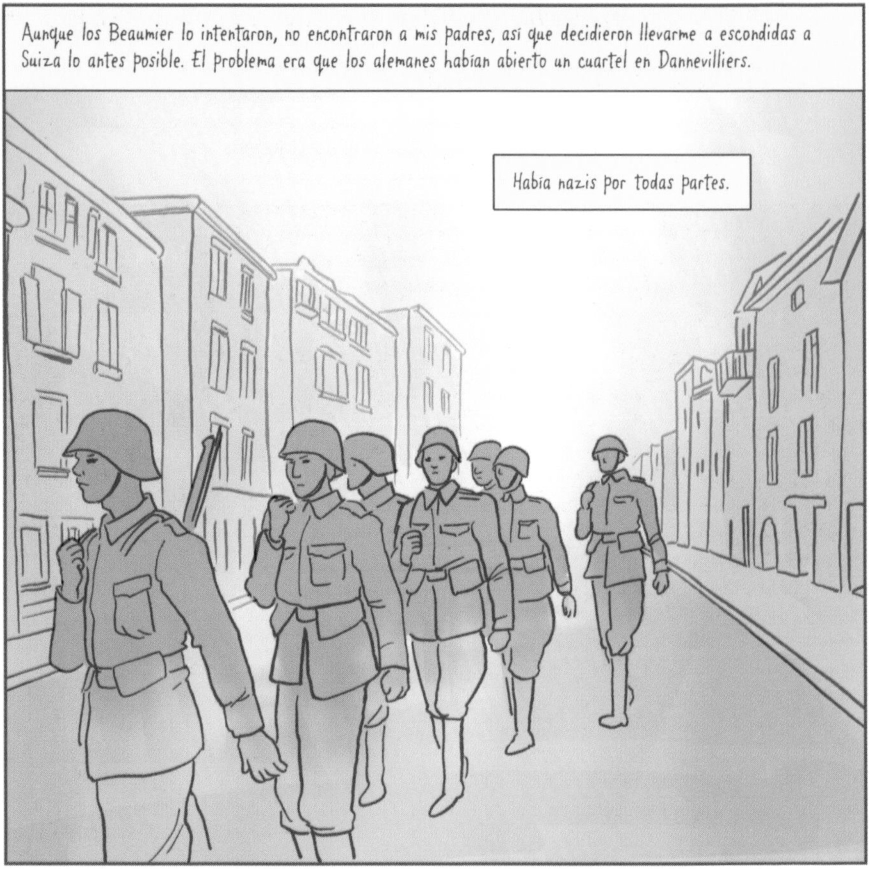
Aunque los Beaumier lo intentaron, no encontraron a mis padres, así que decidieron llevarme a escondidas a Suiza lo antes posible. El problema era que los alemanes habían abierto un cuartel en Dannevilliers.
Había nazis por todas partes.

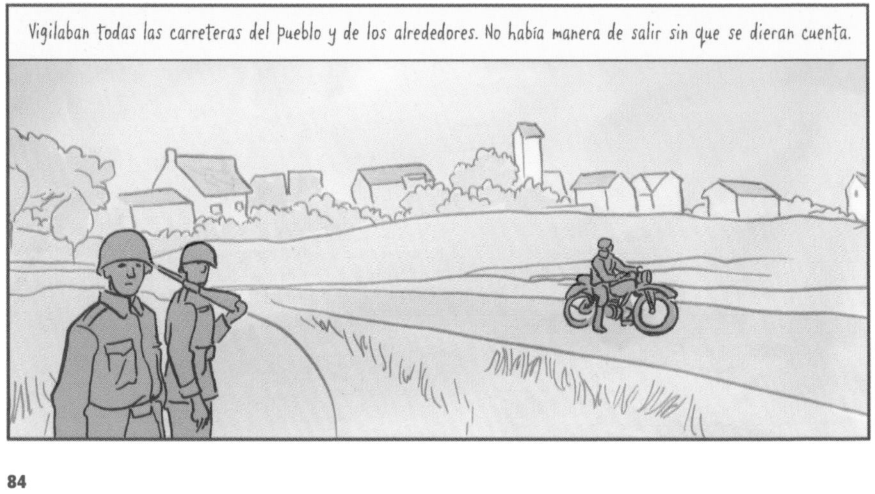
Vigilaban todas las carreteras del pueblo y de los alrededores. No había manera de salir sin que se dieran cuenta.

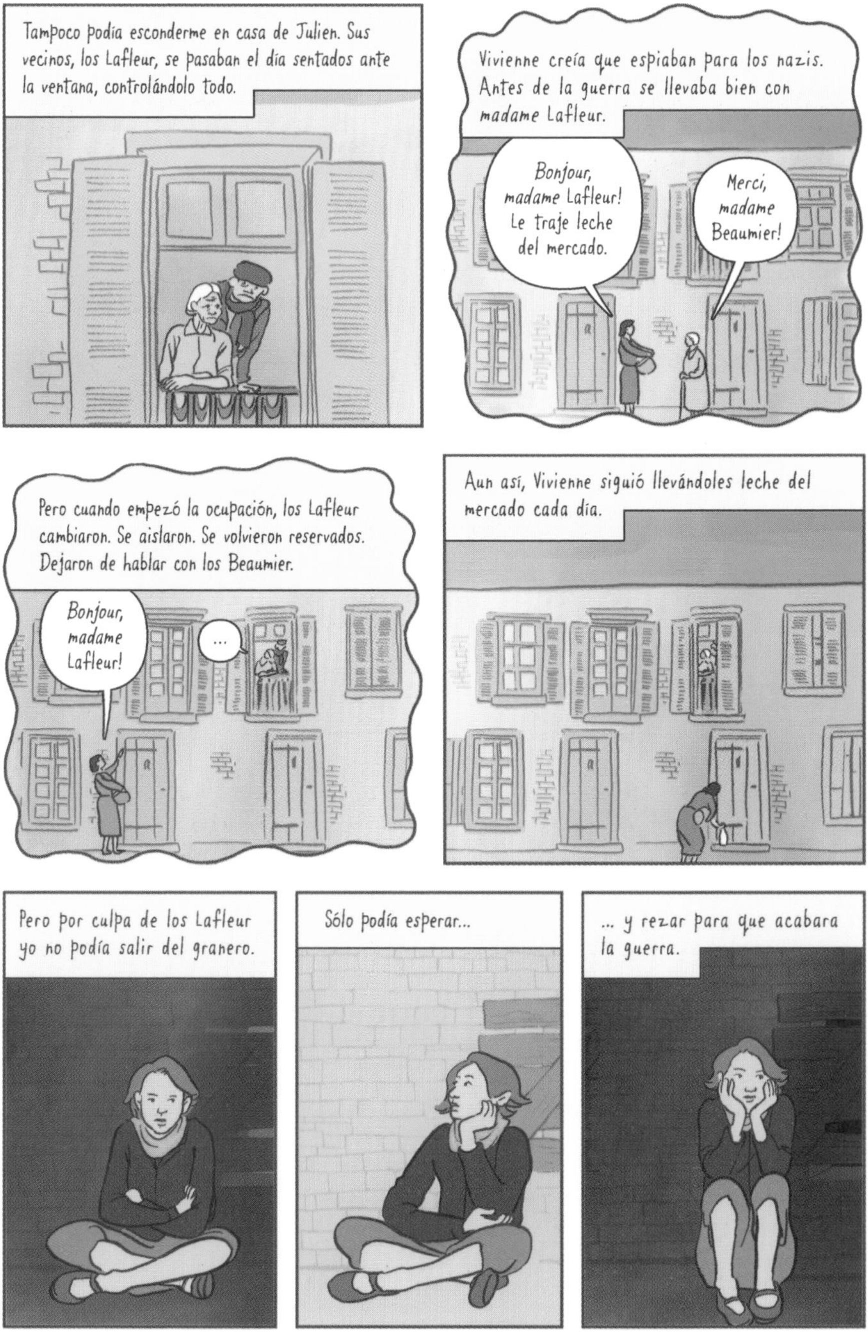
Tampoco podía esconderme en casa de Julien. Sus vecinos, los Lafleur, se pasaban el día sentados ante la ventana, controlándolo todo.
Vivienne creía que espiaban para los nazis. Antes de la guerra se llevaba bien con madame Lafleur.
Bonjour, madame Lafleur! Le traje leche del mercado.
Merci, madame Beaumier!
Pero cuando empezó la ocupación, los Lafleur cambiaron. Se aislaron. Se volvieron reservados. Dejaron de hablar con los Beaumier.
Bonjour, madame Lafleur!
...
Aun así, Vivienne siguió llevándoles leche del mercado cada día.
Pero por culpa de los Lafleur yo no podía salir del granero.
Sólo podía esperar...
... y rezar para que acabara la guerra.

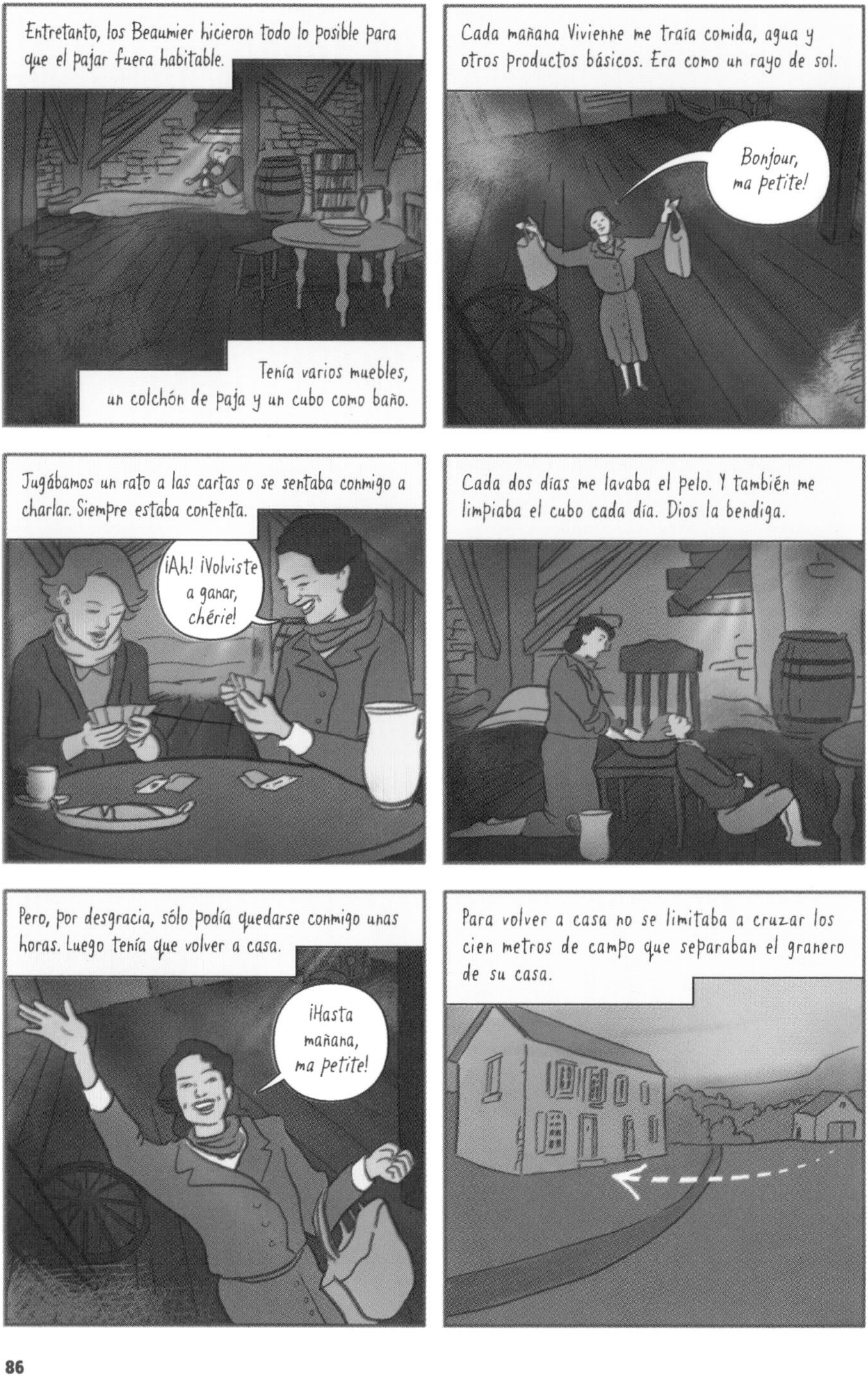
Entretanto, los Beaumier hicieron todo lo posible para que el pajar fuera habitable.
Tenía varios muebles, un colchón de paja y un cubo como baño.
Cada mañana Vivienne me traía comida, agua y otros productos básicos. Era como un rayo de sol.
Bonjour, ma petite!
Jugábamos un rato a las cartas o se sentaba conmigo a charlar. Siempre estaba contenta.
¡Ah! ¡Volviste a ganar, chérie!
Cada dos días me lavaba el pelo. Y también me limpiaba el cubo cada día. Dios la bendiga.
Pero, por desgracia, sólo podía quedarse conmigo unas horas. Luego tenía que volver a casa.
¡Hasta mañana, ma petite!
Para volver a casa no se limitaba a cruzar los cien metros de campo que separaban el granero de su casa.

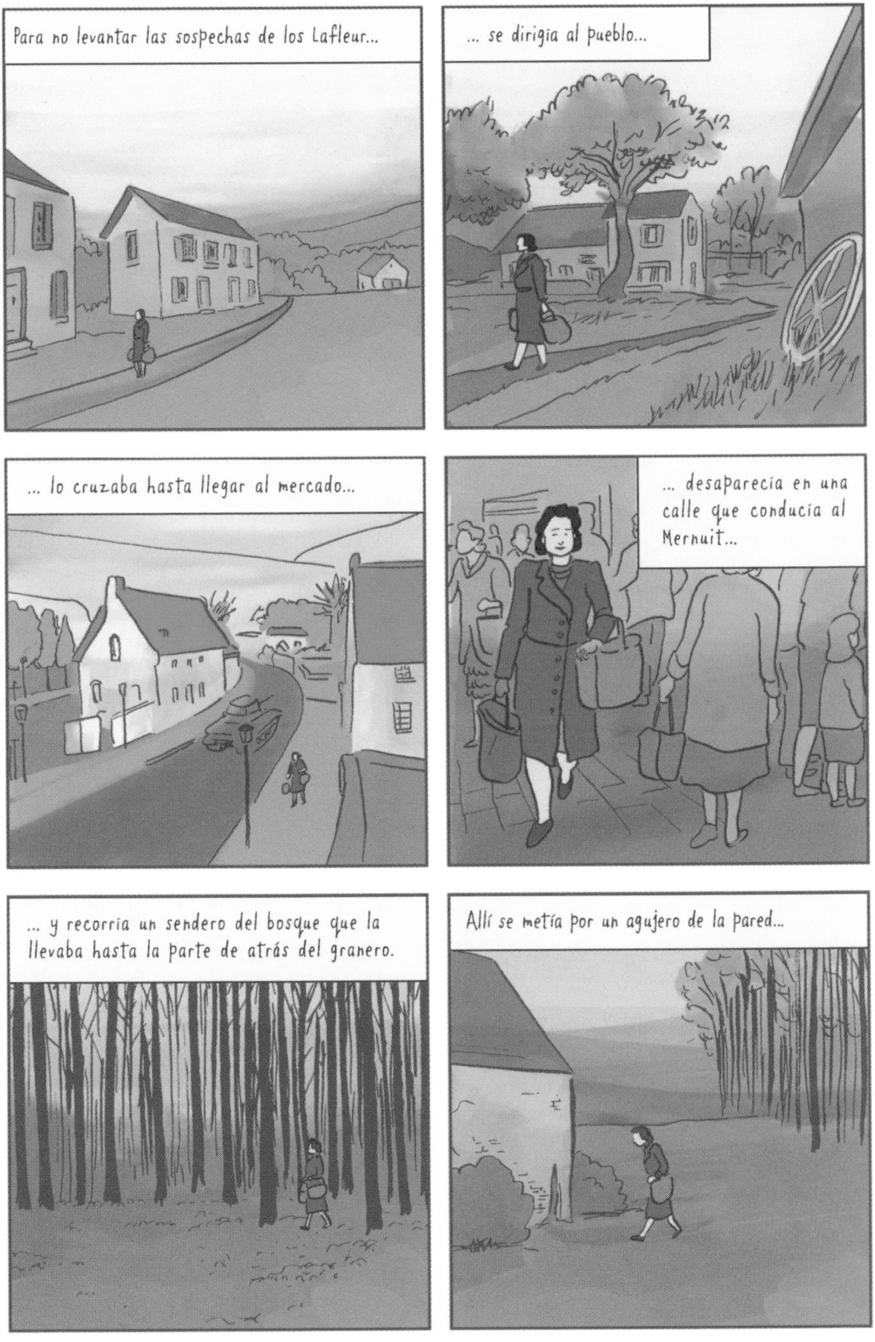
Para no levantar las sospechas de los Lafleur...
... se dirigía al pueblo...
... lo cruzaba hasta llegar al mercado...
... desaparecía en una calle que conducía al Mernuit...
... y recorría un sendero del bosque que la llevaba hasta la parte de atrás del granero.
Allí se metía por un agujero de la pared...

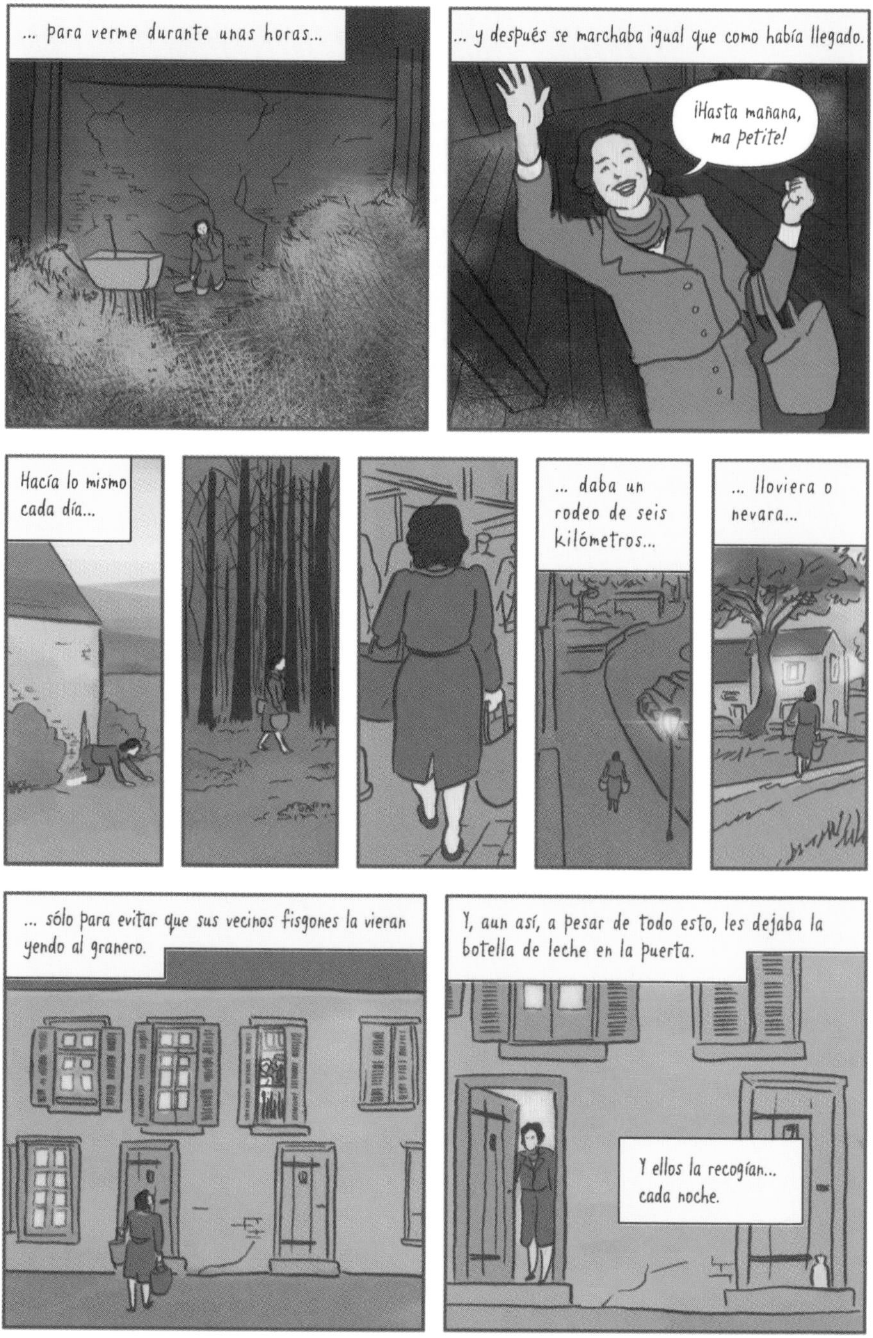
... para verme durante unas horas...
... y después se marchaba igual que como había llegado.
¡Hasta mañana, ma petite!
Hacía lo mismo cada día...
... daba un rodeo de seis kilómetros...
... lloviera o nevara...
... sólo para evitar que sus vecinos fisgones la vieran yendo al granero.
Y, aun así, a pesar de todo esto, les dejaba la botella de leche en la puerta.
Y ellos la recogían... cada noche.

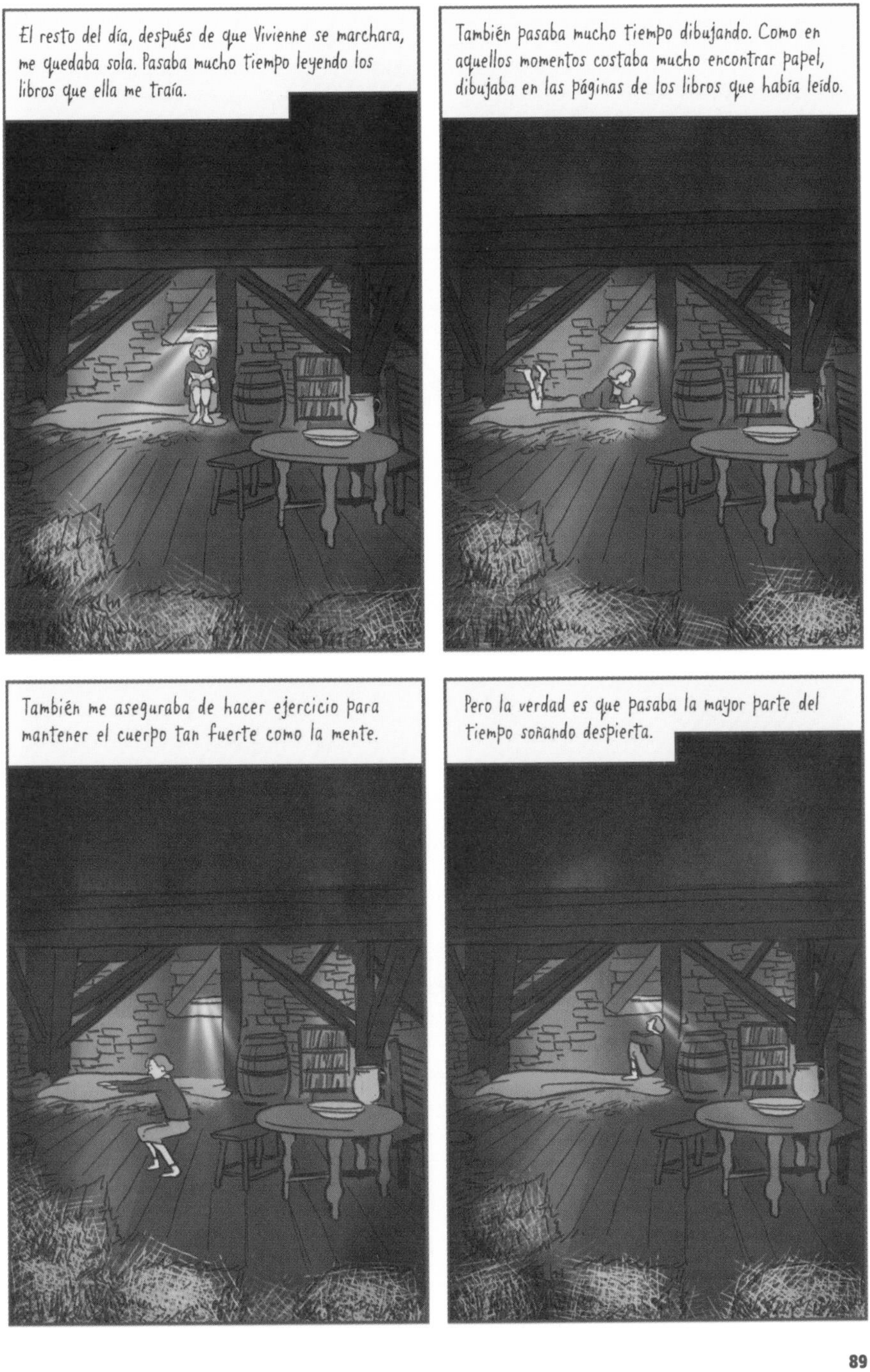
El resto del día, después de que Vivienne se marchara, me quedaba sola. Pasaba mucho tiempo leyendo los libros que ella me traía.
También pasaba mucho tiempo dibujando. Como en aquellos momentos costaba mucho encontrar papel, dibujaba en las páginas de los libros que había leído.
También me aseguraba de hacer ejercicio para mantener el cuerpo tan fuerte como la mente.
Pero la verdad es que pasaba la mayor parte del tiempo soñando despierta.

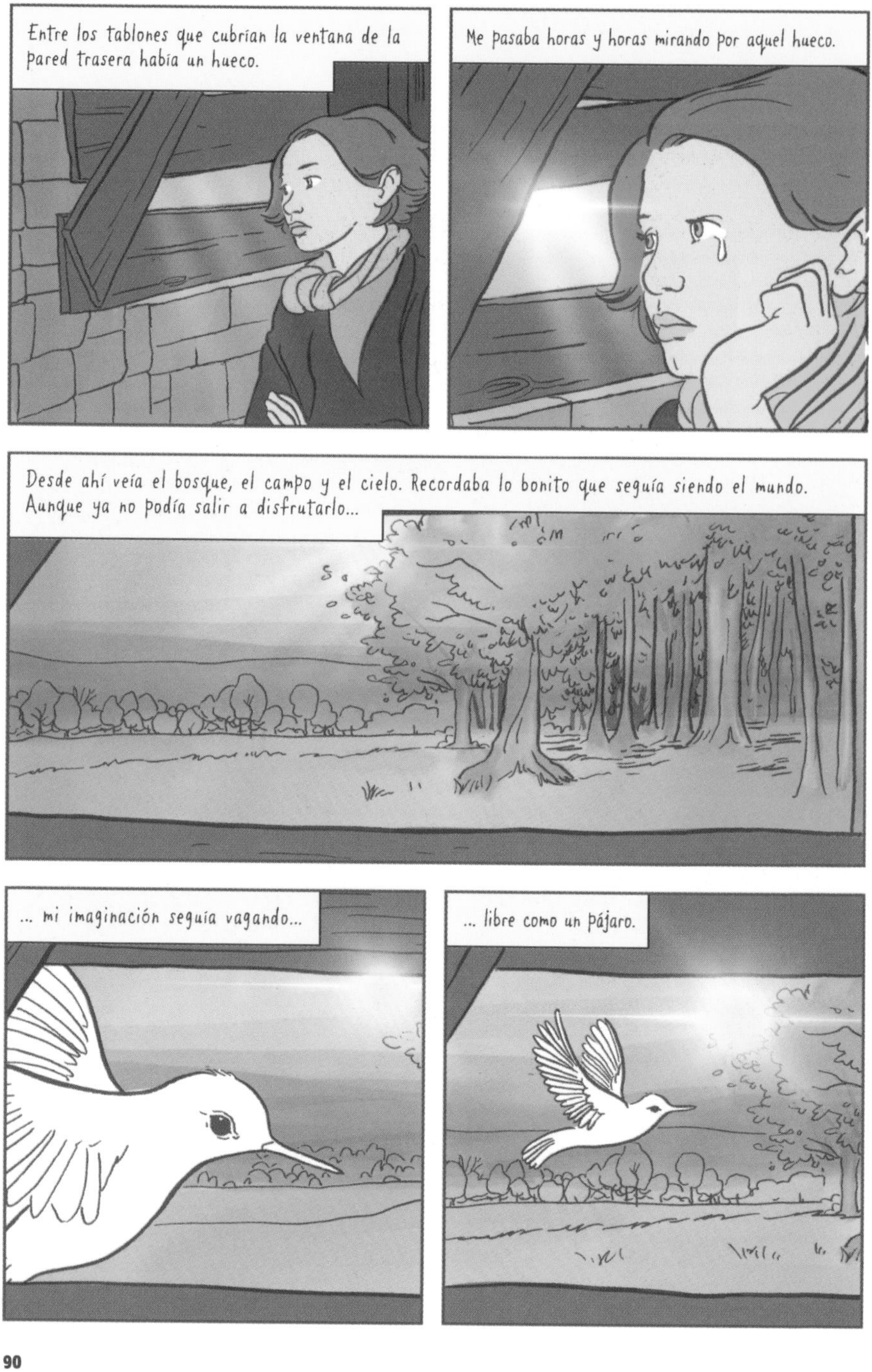
Entre los tablones que cubrían la ventana de la pared trasera había un hueco.
Me pasaba horas y horas mirando por aquel hueco.
Desde ahí veía el bosque, el campo y el cielo. Recordaba lo bonito que seguía siendo el mundo. Aunque ya no podía salir a disfrutarlo...
... mi imaginación seguía vagando...
... libre como un pájaro.

MI MOMENTO FAVORITO DEL DÍA ERA EL ANOCHECER. ERA CUANDO JULIEN, AL ABRIGO DE LA OSCURIDAD, VENÍA AL GRANERO. ¡OH, CUÁNTO ESPERABA QUE VINIERA A VERME!

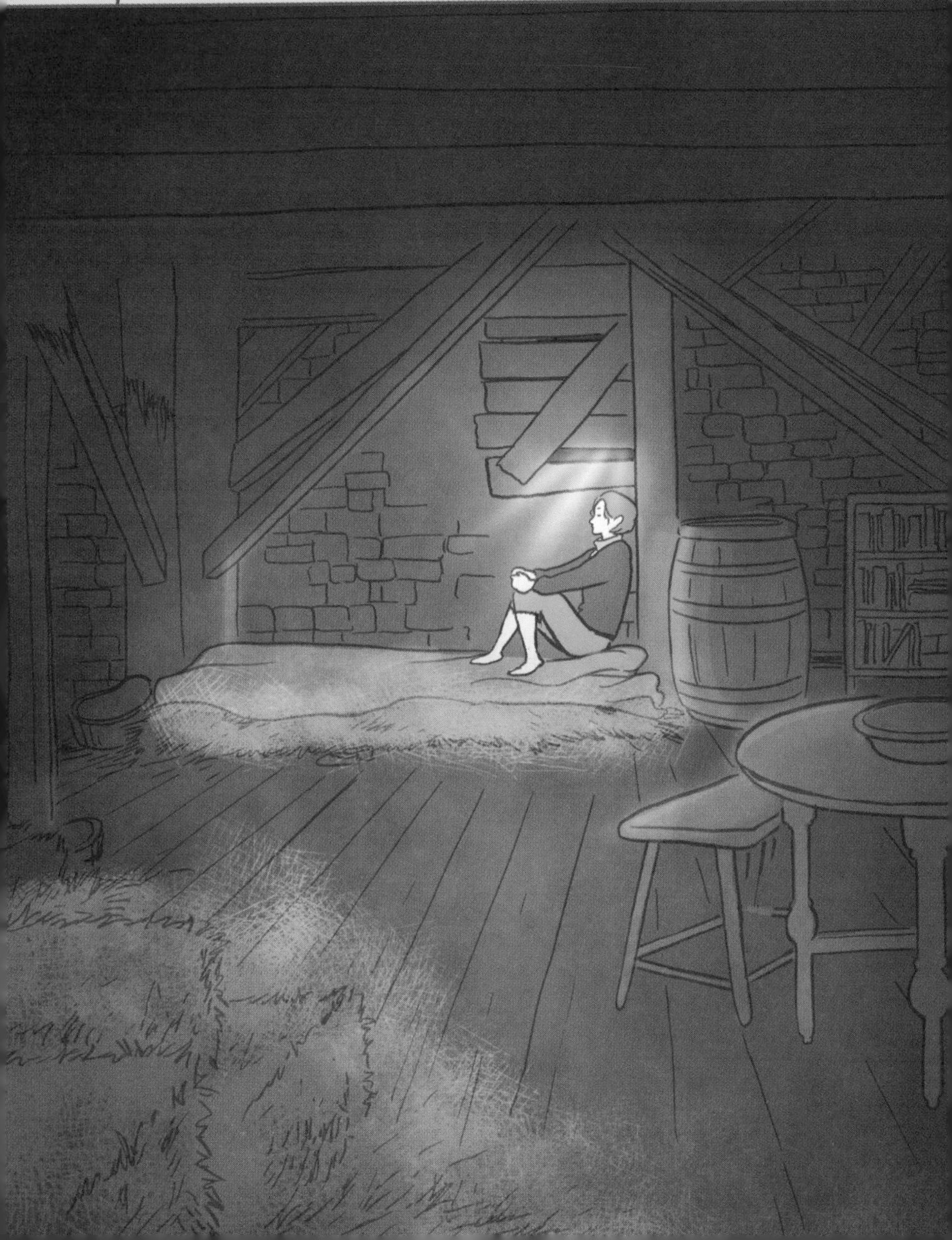

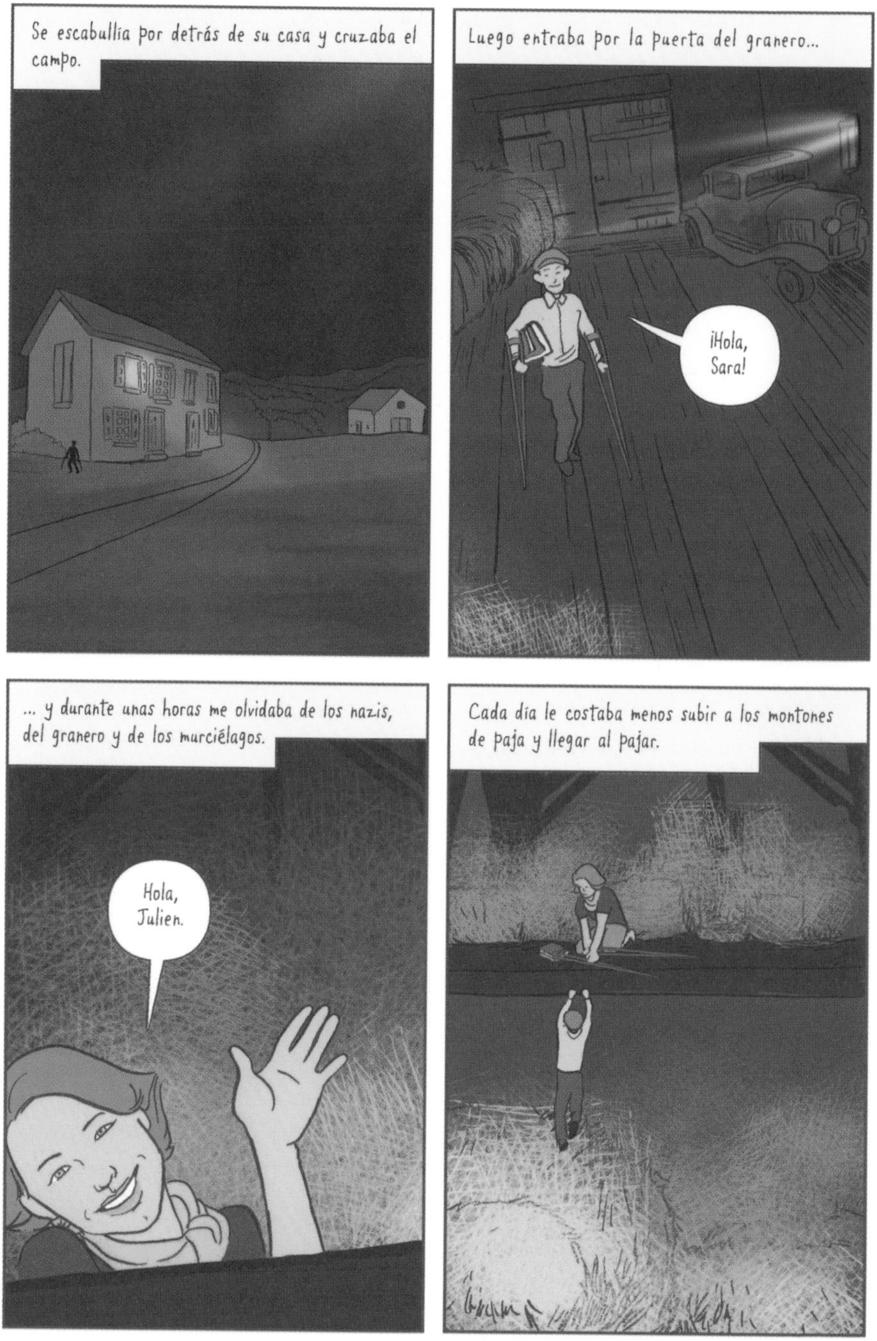
Se escabullía por detrás de su casa y cruzaba el campo.
Luego entraba por la puerta del granero...
¡Hola, Sara!
... y durante unas horas me olvidaba de los nazis, del granero y de los murciélagos.
Hola, Julien.
Cada día le costaba menos subir a los montones de paja y llegar al pajar.

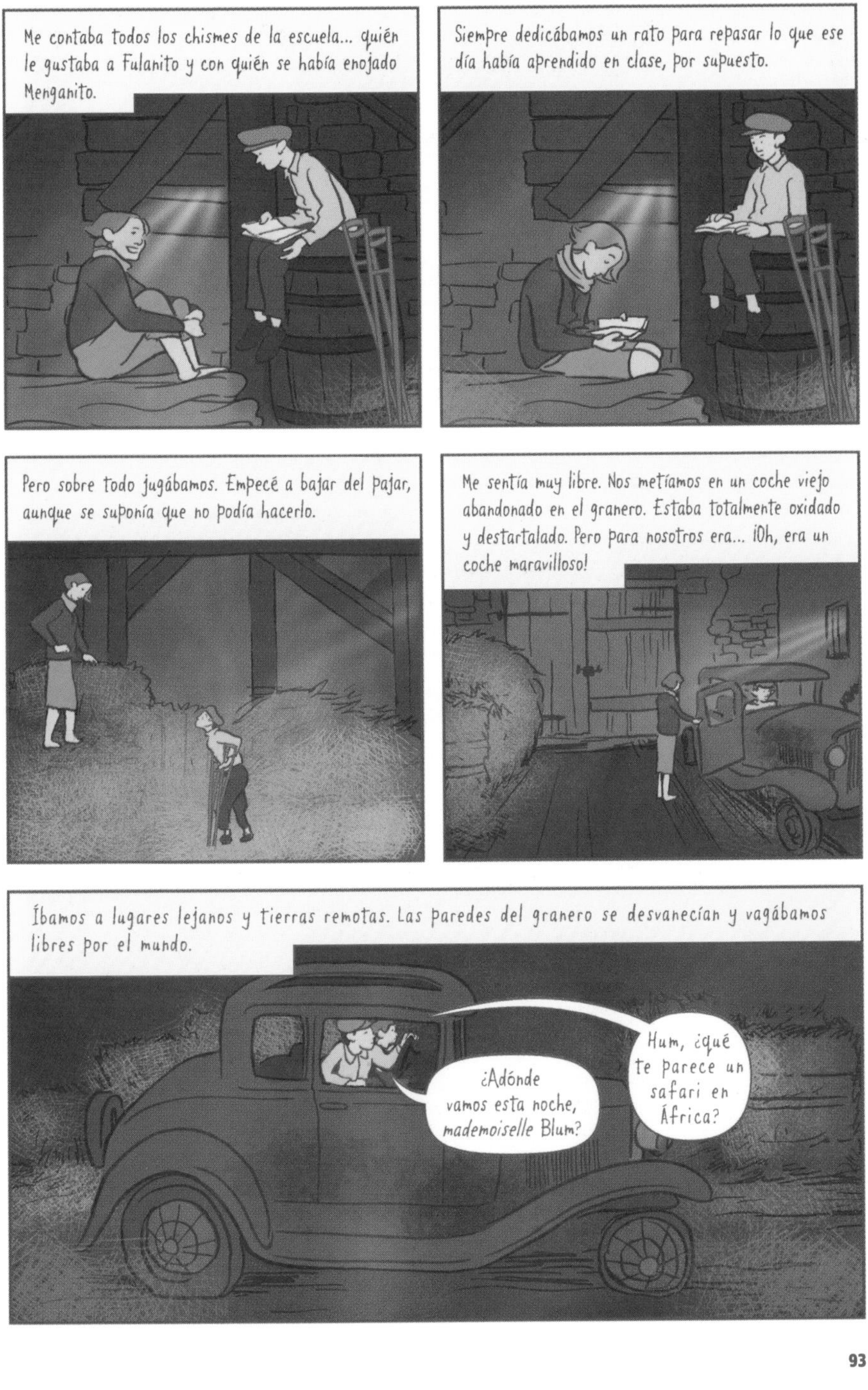
Me contaba todos los chismes de la escuela... quién le gustaba a Fulanito y con quién se había enojado Menganito.
Siempre dedicábamos un rato para repasar lo que ese día había aprendido en clase, por supuesto.
Pero sobre todo jugábamos. Empecé a bajar del pajar, aunque se suponía que no podía hacerlo.
Me sentía muy libre. Nos metíamos en un coche viejo abandonado en el granero. Estaba totalmente oxidado y destartalado. Pero para nosotros era... ¡Oh, era un coche maravilloso!
Íbamos a lugares lejanos y tierras remotas. Las paredes del granero se desvanecían y vagábamos libres por el mundo.
¿Adónde vamos esta noche, *mademoiselle* Blum?
Hum, ¿qué te parece un safari en África?

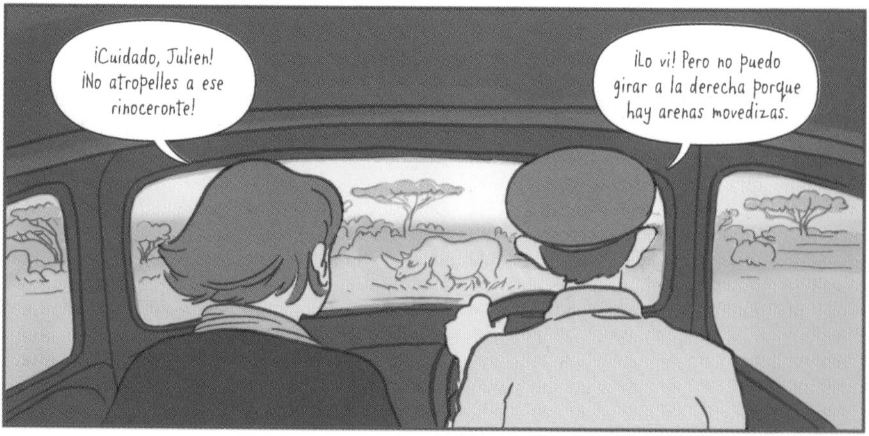
¡Cuidado, Julien! ¡No atropelles a ese rinoceronte!
¡Lo vi! Pero no puedo girar a la derecha porque hay arenas movedizas.

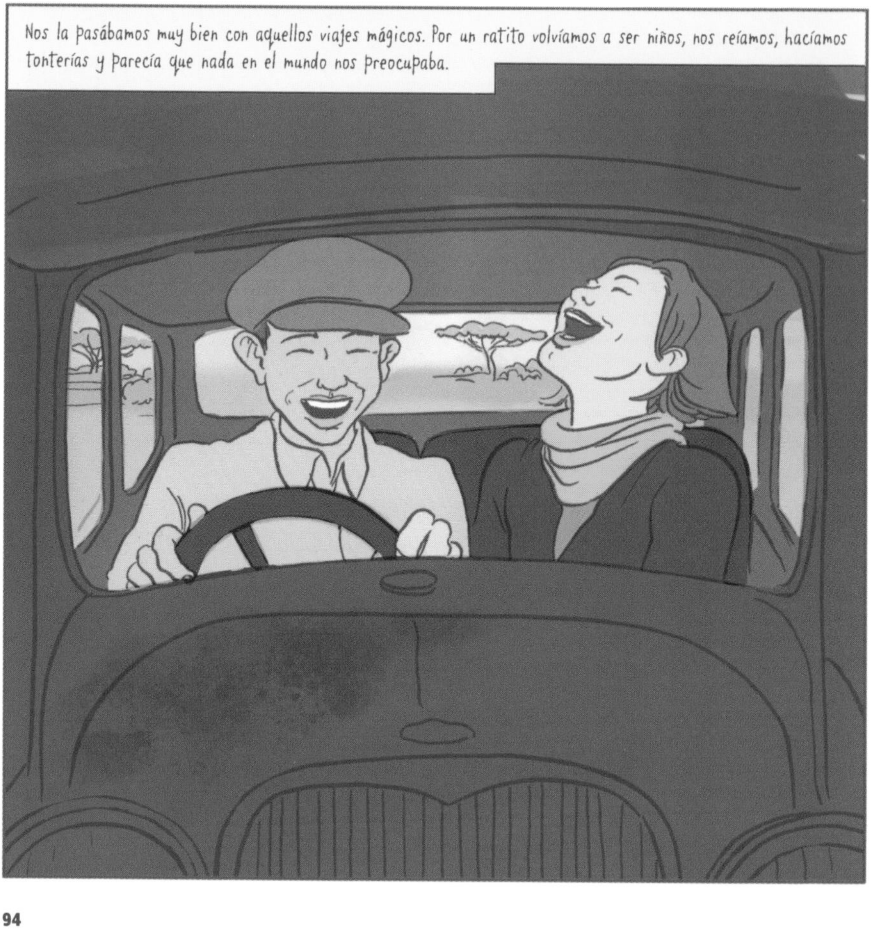
Nos la pasábamos muy bien con aquellos viajes mágicos. Por un ratito volvíamos a ser niños, nos reíamos, hacíamos tonterías y parecía que nada en el mundo nos preocupaba.

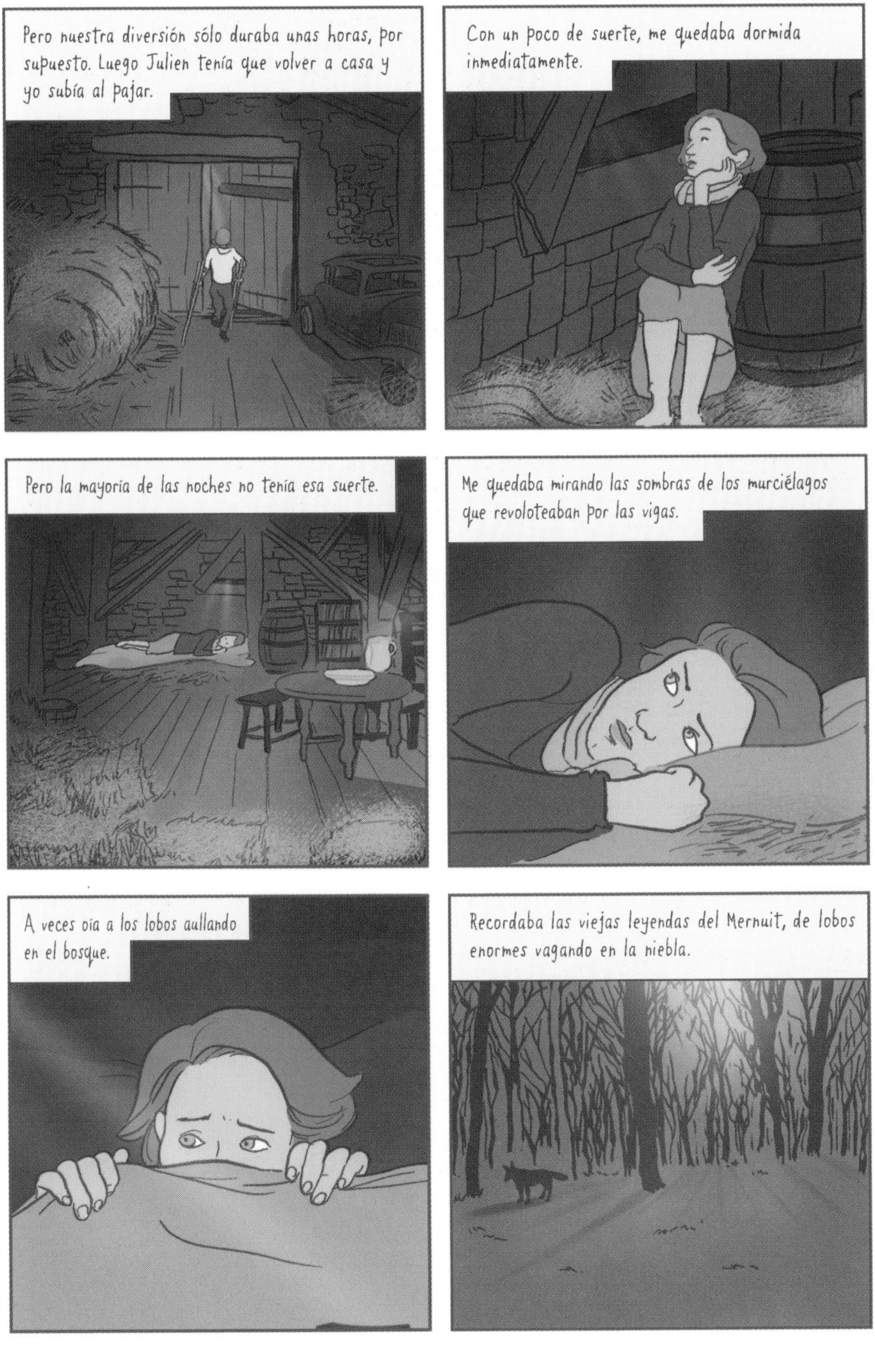
Pero nuestra diversión sólo duraba unas horas, por supuesto. Luego Julien tenía que volver a casa y yo subía al pajar.
Con un poco de suerte, me quedaba dormida inmediatamente.
Pero la mayoría de las noches no tenía esa suerte.
Me quedaba mirando las sombras de los murciélagos que revoloteaban por las vigas.
A veces oía a los lobos aullando en el bosque.
Recordaba las viejas leyendas del Mernuit, de lobos enormes vagando en la niebla.

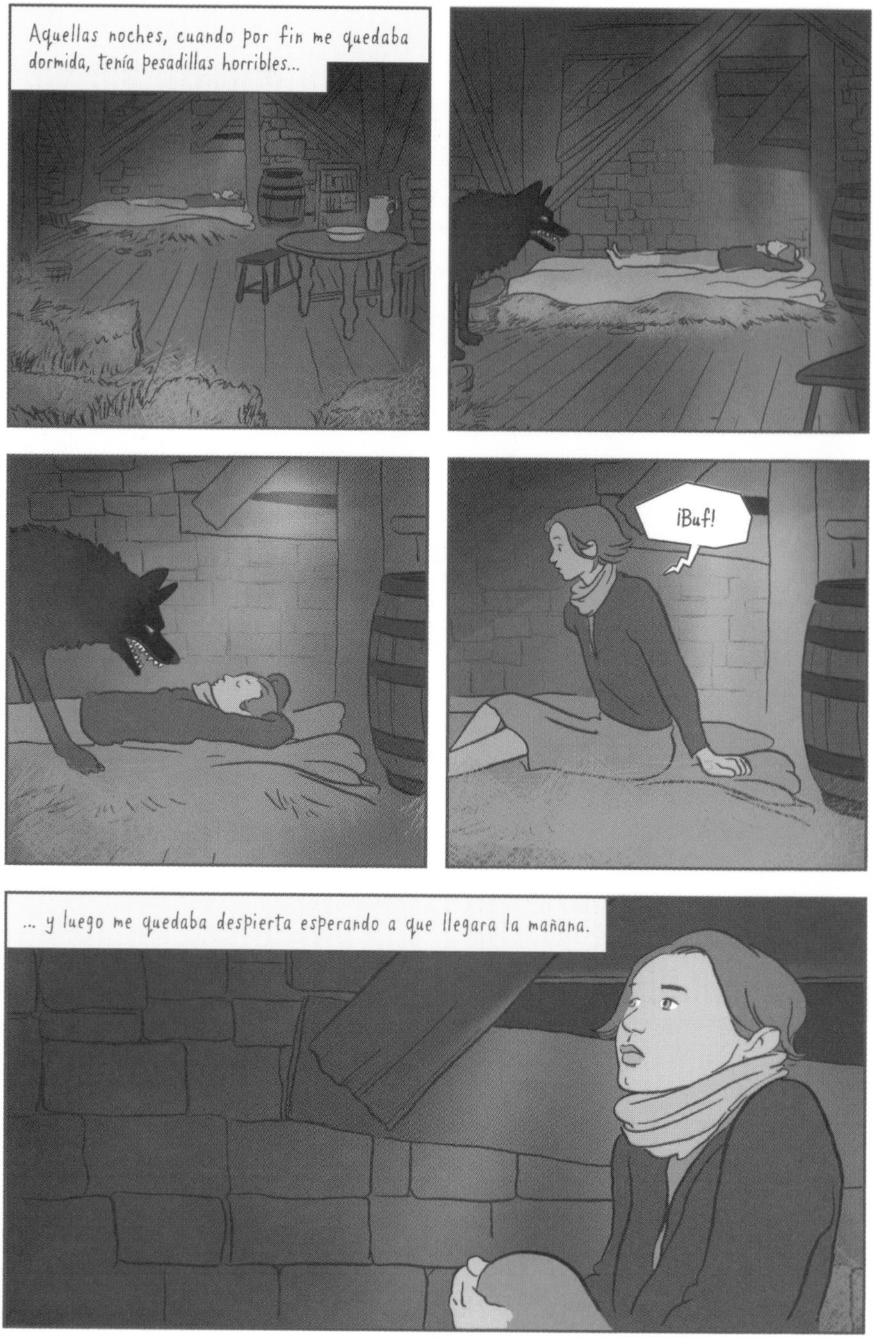
Aquellas noches, cuando por fin me quedaba dormida, tenía pesadillas horribles...
¡Buf!
... y luego me quedaba despierta esperando a que llegara la mañana.

CAPÍTULO 3

MI NUEVA VIDA NO TARDÓ EN CONVERTIRSE EN UNA RUTINA. EN SÓLO UNOS MESES EL GRANERO ERA MI MUNDO, Y JULIEN ESTABA EN EL CENTRO DE ESE MUNDO.

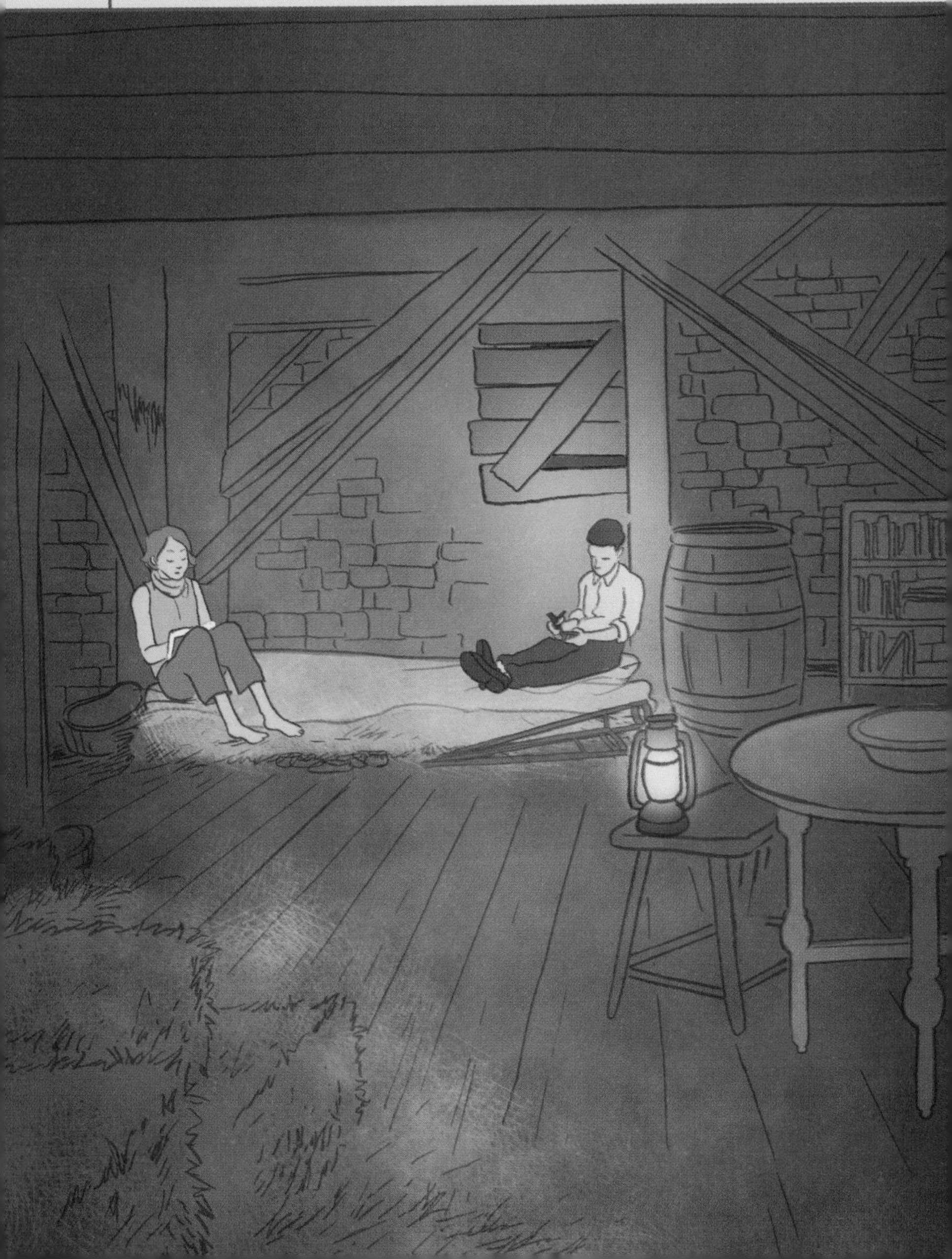

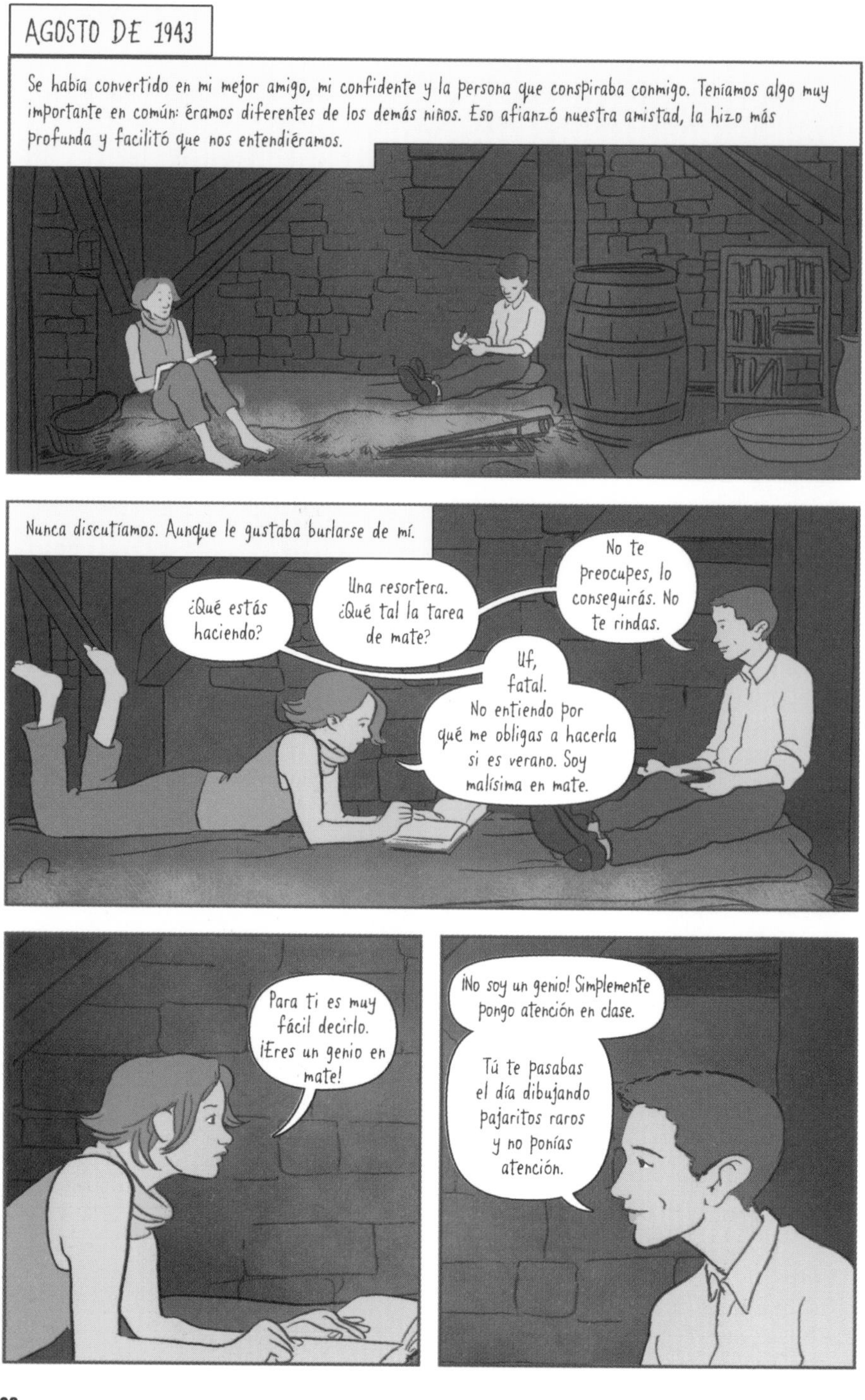
AGOSTO DE 1943
Se había convertido en mi mejor amigo, mi confidente y la persona que conspiraba conmigo. Teníamos algo muy importante en común: éramos diferentes de los demás niños. Eso afianzó nuestra amistad, la hizo más profunda y facilitó que nos entendiéramos.
Nunca discutíamos. Aunque le gustaba burlarse de mí.
¿Qué estás haciendo?
Una resortera. ¿Qué tal la tarea de mate?
Uf, fatal. No entiendo por qué me obligas a hacerla si es verano. Soy malísima en mate.
No te preocupes, lo conseguirás. No te rindas.
Para ti es muy fácil decirlo. ¡Eres un genio en mate!
¡No soy un genio! Simplemente pongo atención en clase.
Tú te pasabas el día dibujando pajaritos raros y no ponías atención.

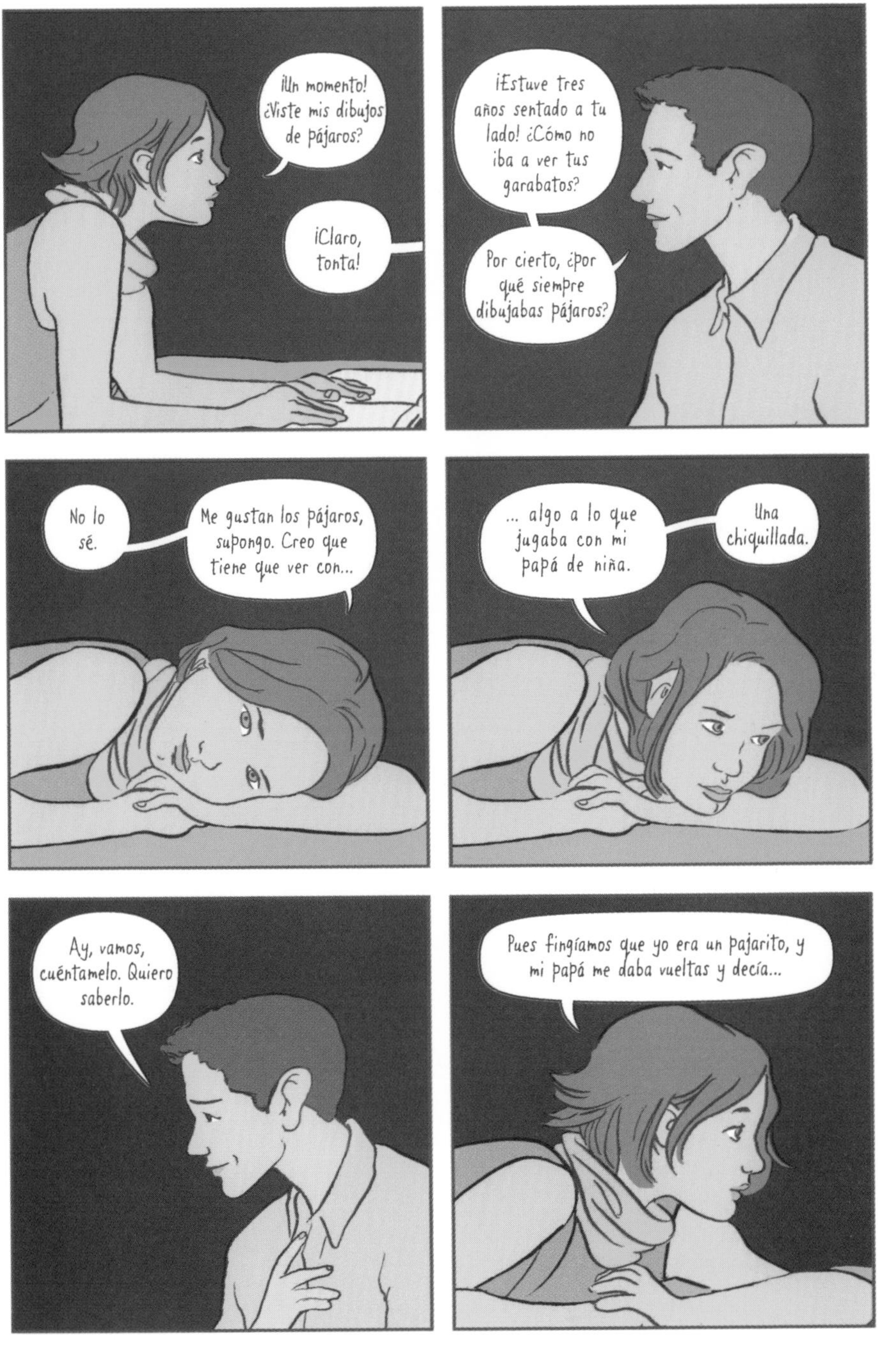
¡Un momento! ¿Viste mis dibujos de pájaros?
¡Claro, tonta!
¡Estuve tres años sentado a tu lado! ¿Cómo no iba a ver tus garabatos?
Por cierto, ¿por qué siempre dibujabas pájaros?
No lo sé.
Me gustan los pájaros, supongo. Creo que tiene que ver con...
... algo a lo que jugaba con mi papá de niña.
Una chiquillada.
Ay, vamos, cuéntamelo. Quiero saberlo.
Pues fingíamos que yo era un pajarito, y mi papá me daba vueltas y decía...

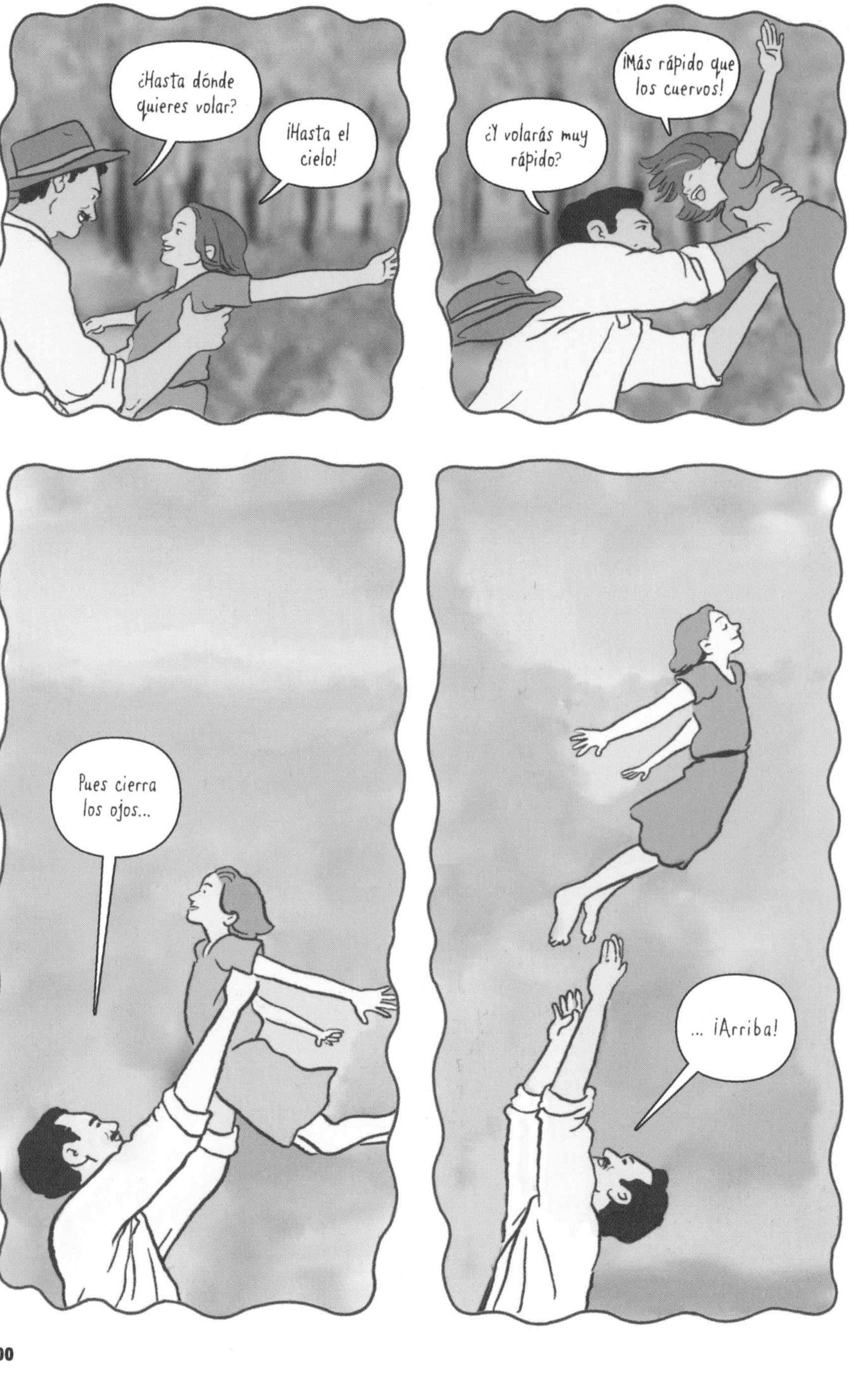
¿Hasta dónde quieres volar?
¡Hasta el cielo!
¿Y volarás muy rápido?
¡Más rápido que los cuervos!
Pues cierra los ojos...
... ¡Arriba!

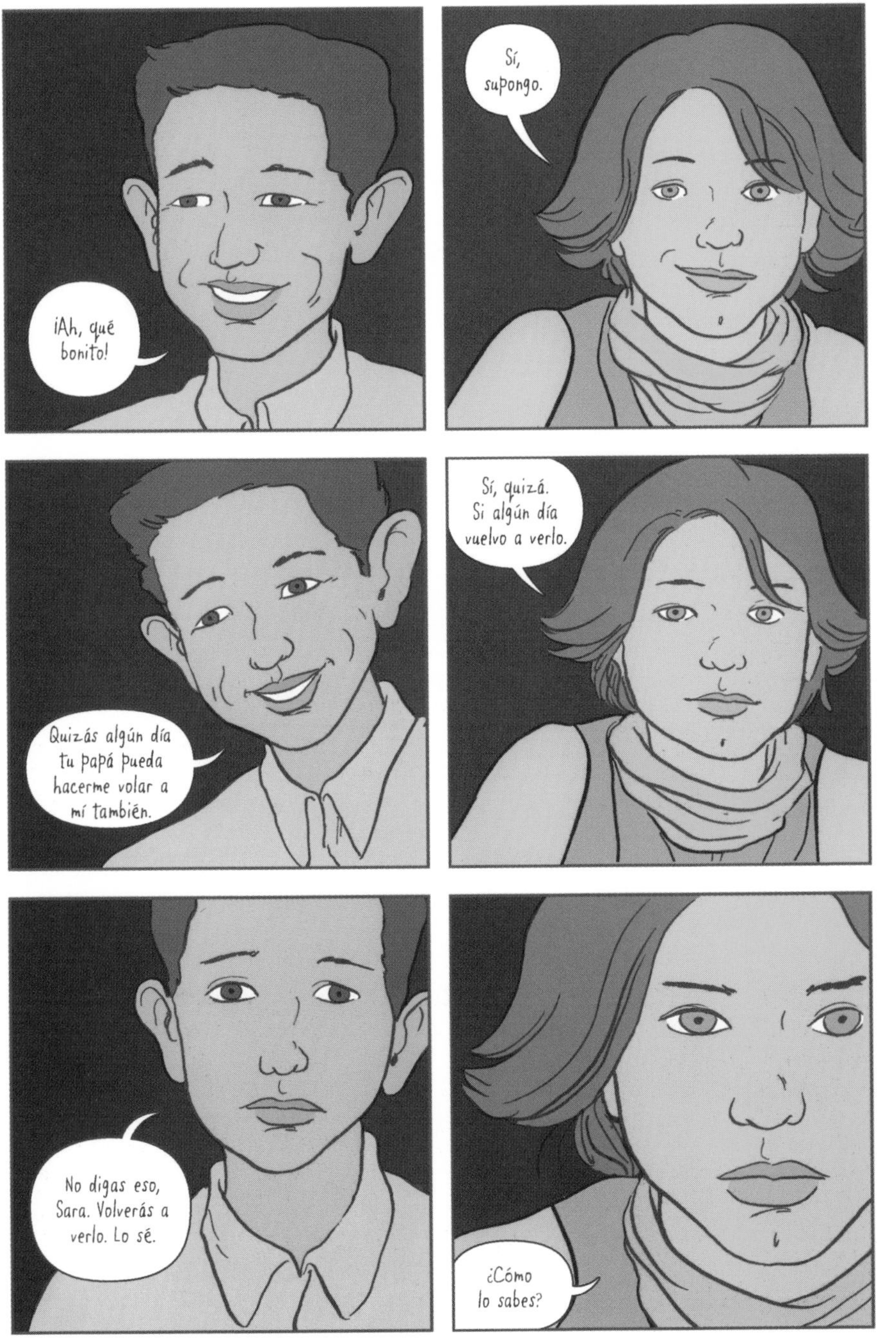
¡Ah, qué bonito!
Sí, supongo.
Quizás algún día tu papá pueda hacerme volar a mí también.
Sí, quizá. Si algún día vuelvo a verlo.
No digas eso, Sara. Volverás a verlo. Lo sé.
¿Cómo lo sabes?

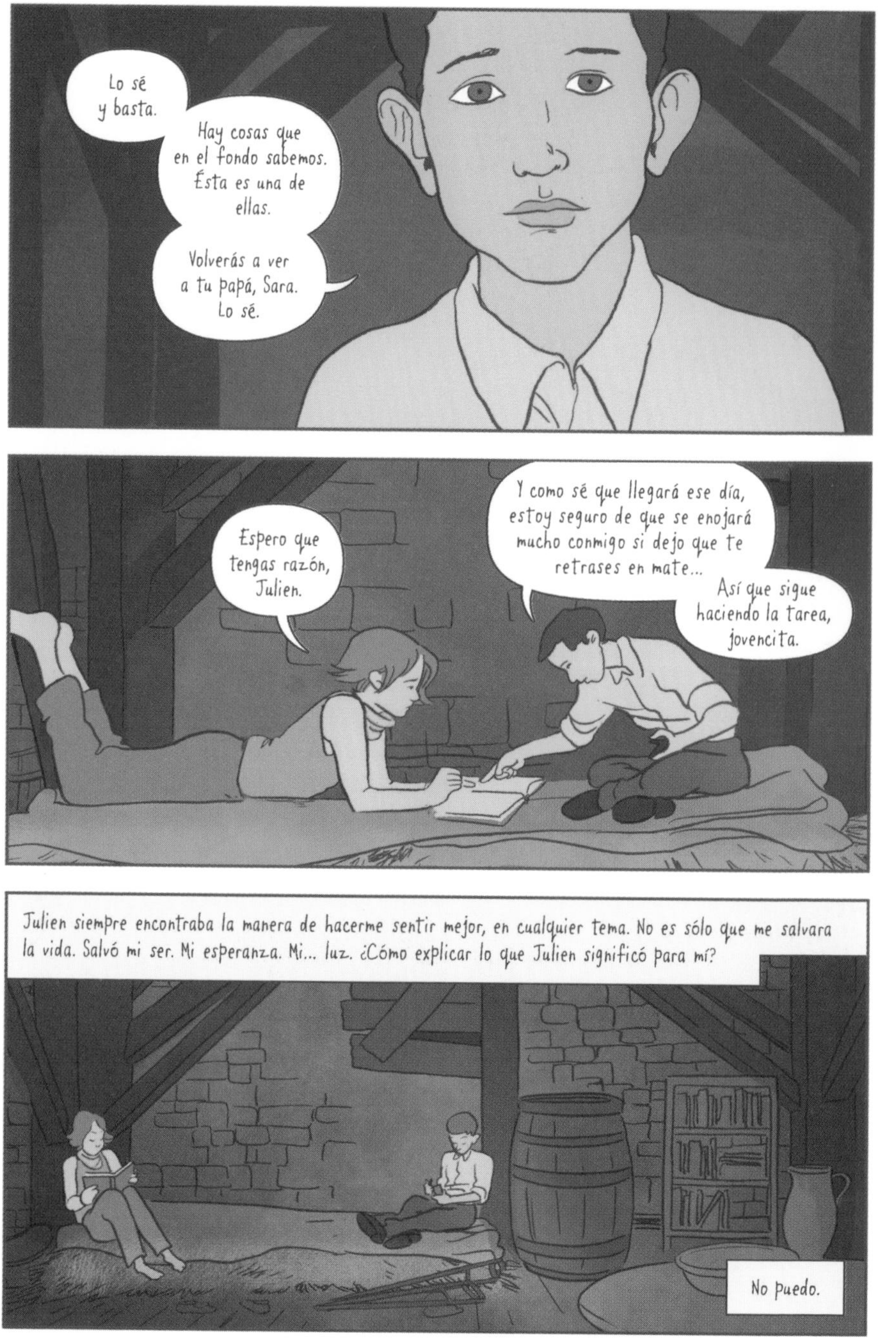
Lo sé y basta.
Hay cosas que en el fondo sabemos. Ésta es una de ellas.
Volverás a ver a tu papá, Sara. Lo sé.
Espero que tengas razón, Julien.
Y como sé que llegará ese día, estoy seguro de que se enojará mucho conmigo si dejo que te retrases en mate...
Así que sigue haciendo la tarea, jovencita.
Julien siempre encontraba la manera de hacerme sentir mejor, en cualquier tema. No es sólo que me salvara la vida. Salvó mi ser. Mi esperanza. Mi... luz. ¿Cómo explicar lo que Julien significó para mí?
No puedo.

EN OTOÑO JULIEN VOLVIÓ A LA ESCUELA. ERA DE VERDAD UN ALUMNO EXCEPCIONAL, EL PRIMERO DE LA CLASE EN TODAS LAS ASIGNATURAS, ESPECIALMENTE EN MATEMÁTICAS.

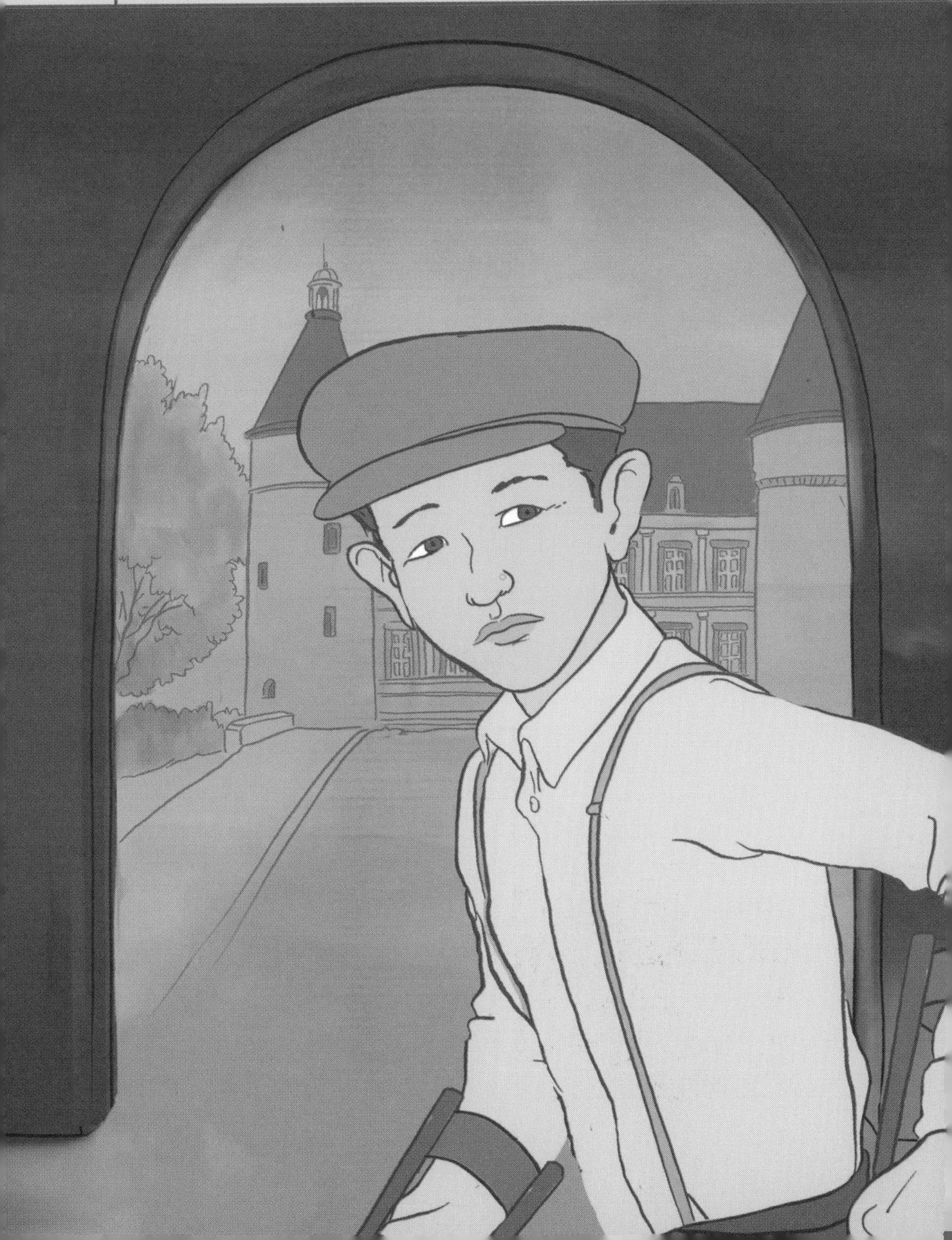

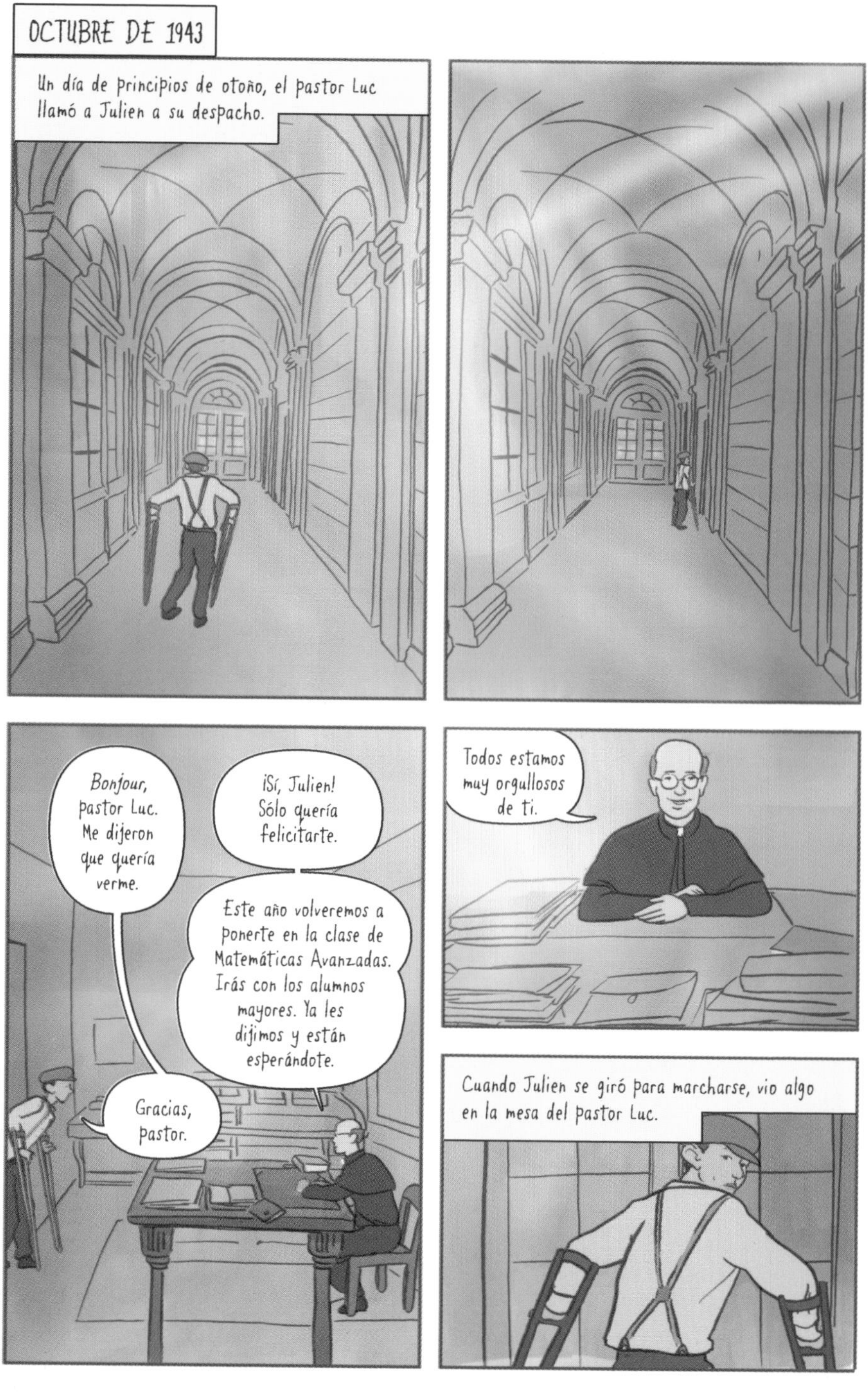
OCTUBRE DE 1943
Un día de principios de otoño, el pastor Luc llamó a Julien a su despacho.
Bonjour, pastor Luc. Me dijeron que quería verme.
¡Sí, Julien! Sólo quería felicitarte.
Este año volveremos a ponerte en la clase de Matemáticas Avanzadas. Irás con los alumnos mayores. Ya les dijimos y están esperándote.
Gracias, pastor.
Todos estamos muy orgullosos de ti.
Cuando Julien se giró para marcharse, vio algo en la mesa del pastor Luc.

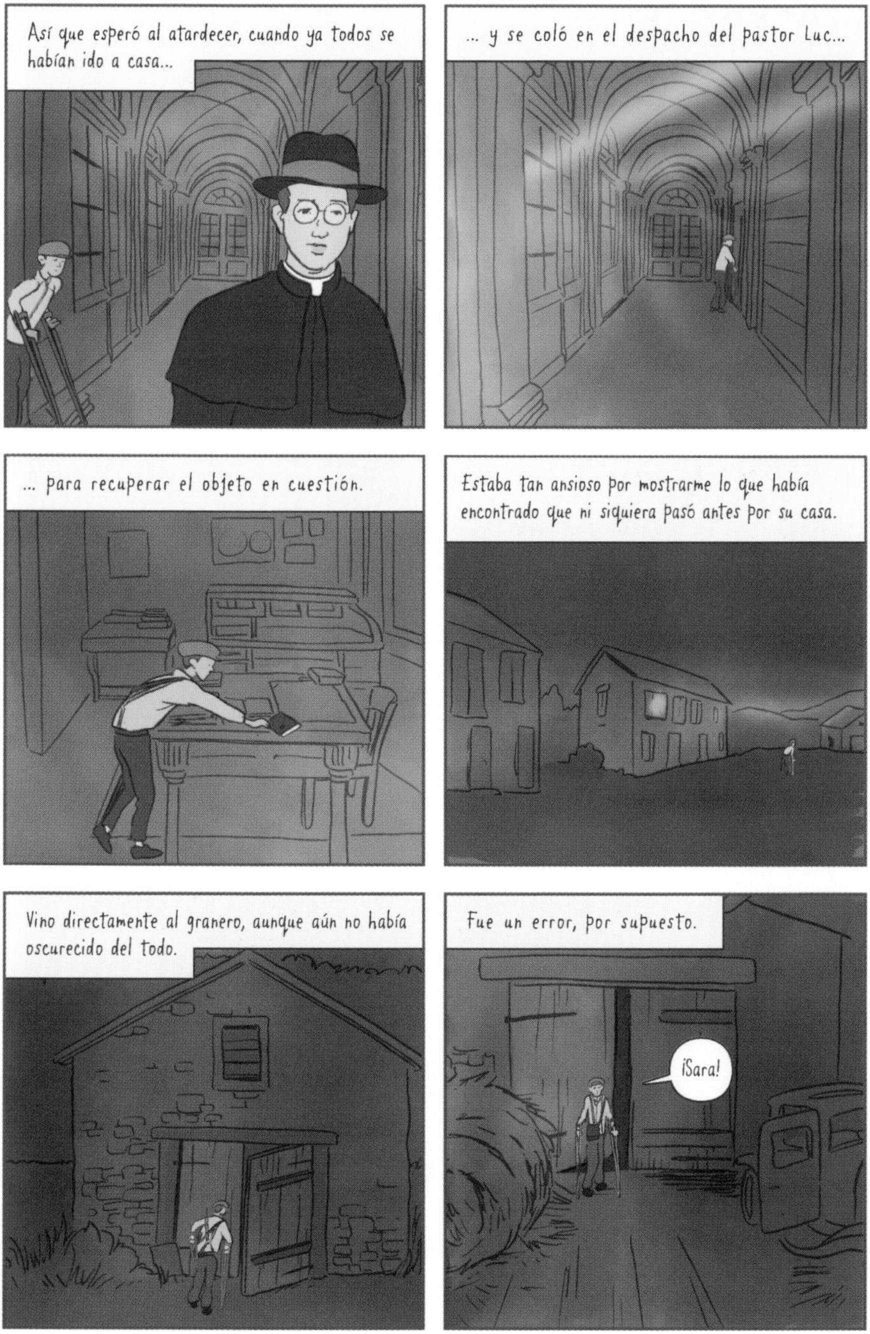
Así que esperó al atardecer, cuando ya todos se habían ido a casa...
... y se coló en el despacho del pastor Luc...
... para recuperar el objeto en cuestión.
Estaba tan ansioso por mostrarme lo que había encontrado que ni siquiera pasó antes por su casa.
Vino directamente al granero, aunque aún no había oscurecido del todo.
Fue un error, por supuesto.
¡Sara!

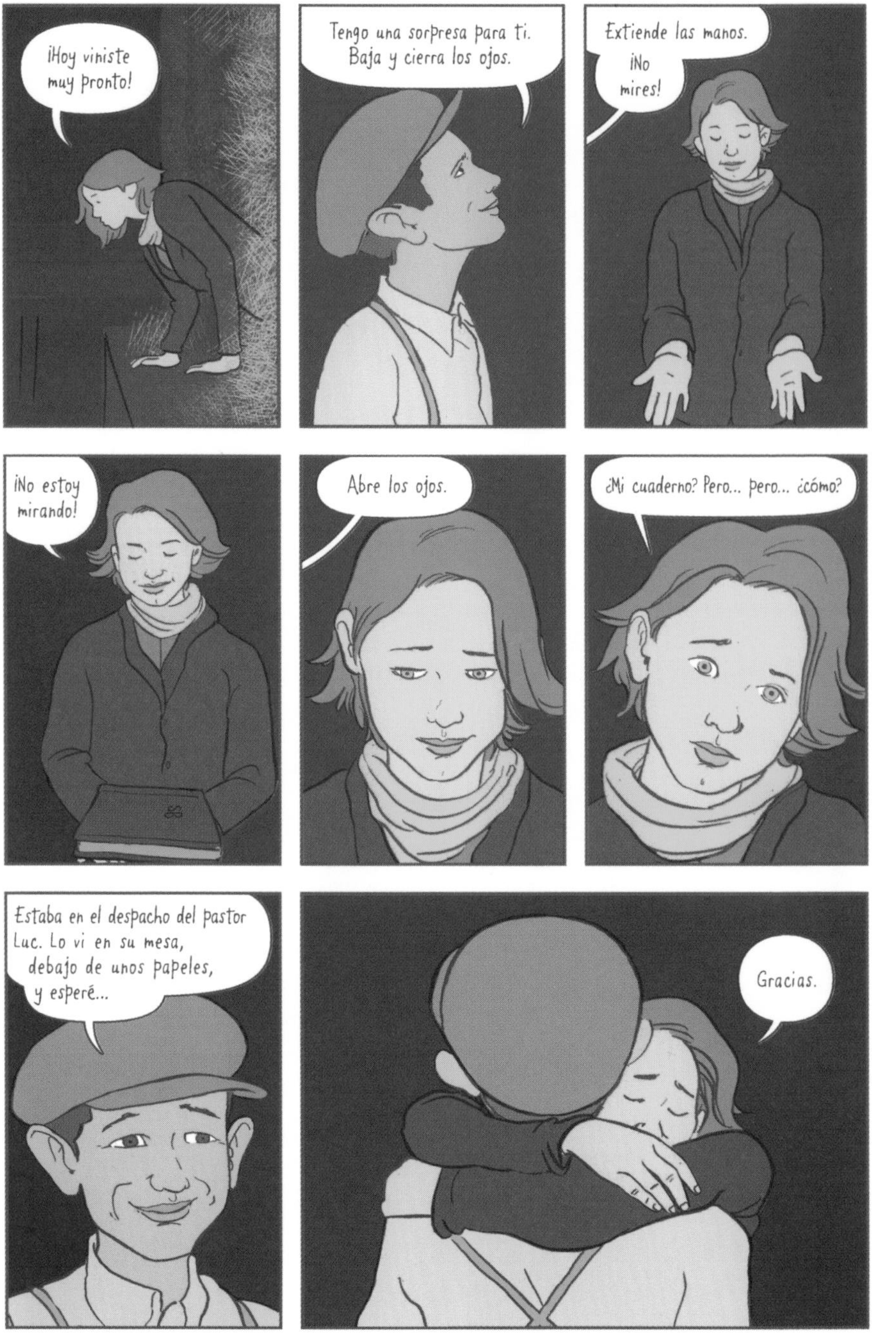
¡Hoy viniste muy pronto!
Tengo una sorpresa para ti. Baja y cierra los ojos.
Extiende las manos.
¡No mires!
¡No estoy mirando!
Abre los ojos.
¿Mi cuaderno? Pero... pero... ¿cómo?
Estaba en el despacho del pastor Luc. Lo vi en su mesa, debajo de unos papeles, y esperé...
Gracias.

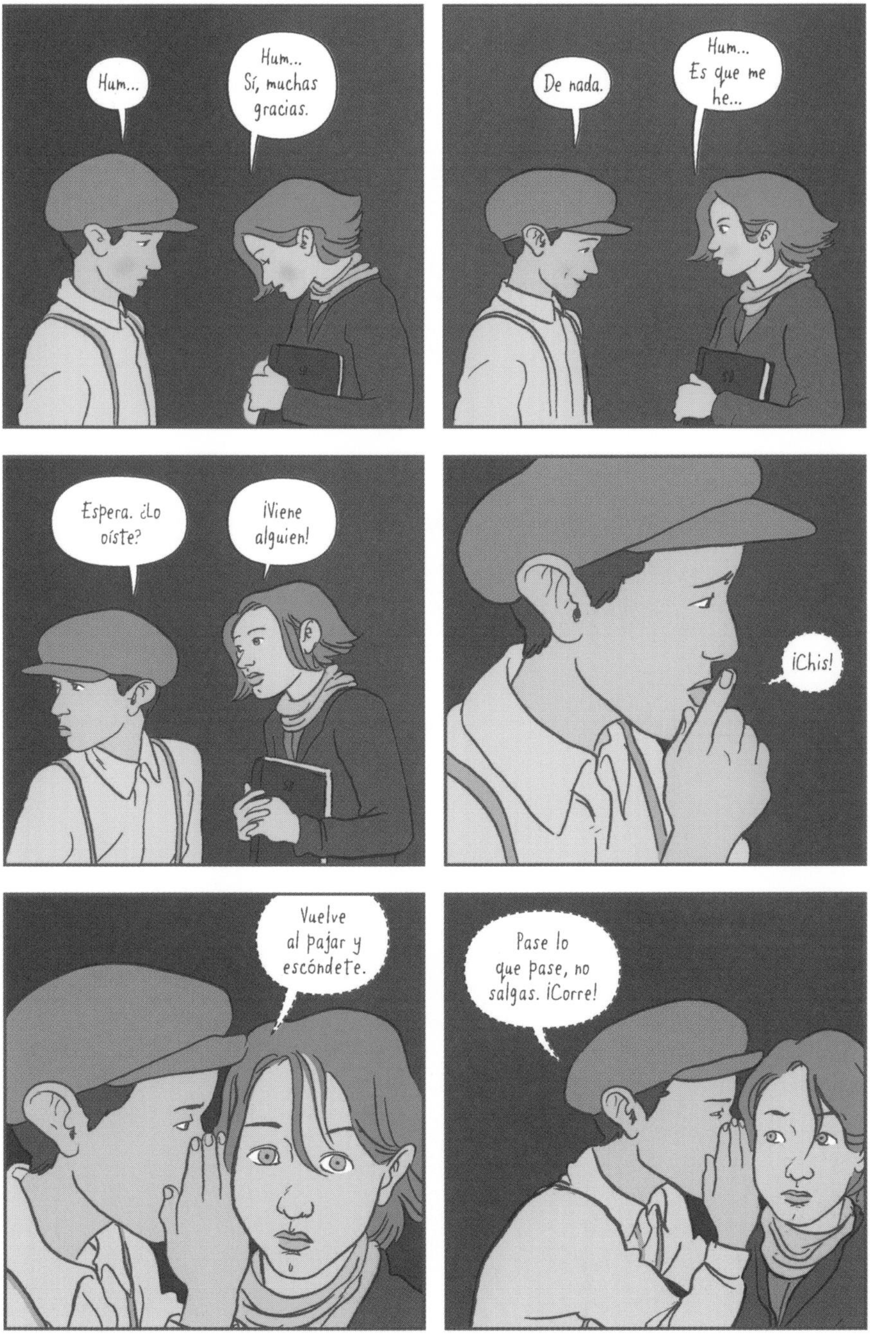
Hum...
Hum... Sí, muchas gracias.
De nada.
Hum... Es que me he...
Espera. ¿Lo oíste?
¡Viene alguien!
¡Chis!
Vuelve al pajar y escóndete.
Pase lo que pase, no salgas. ¡Corre!

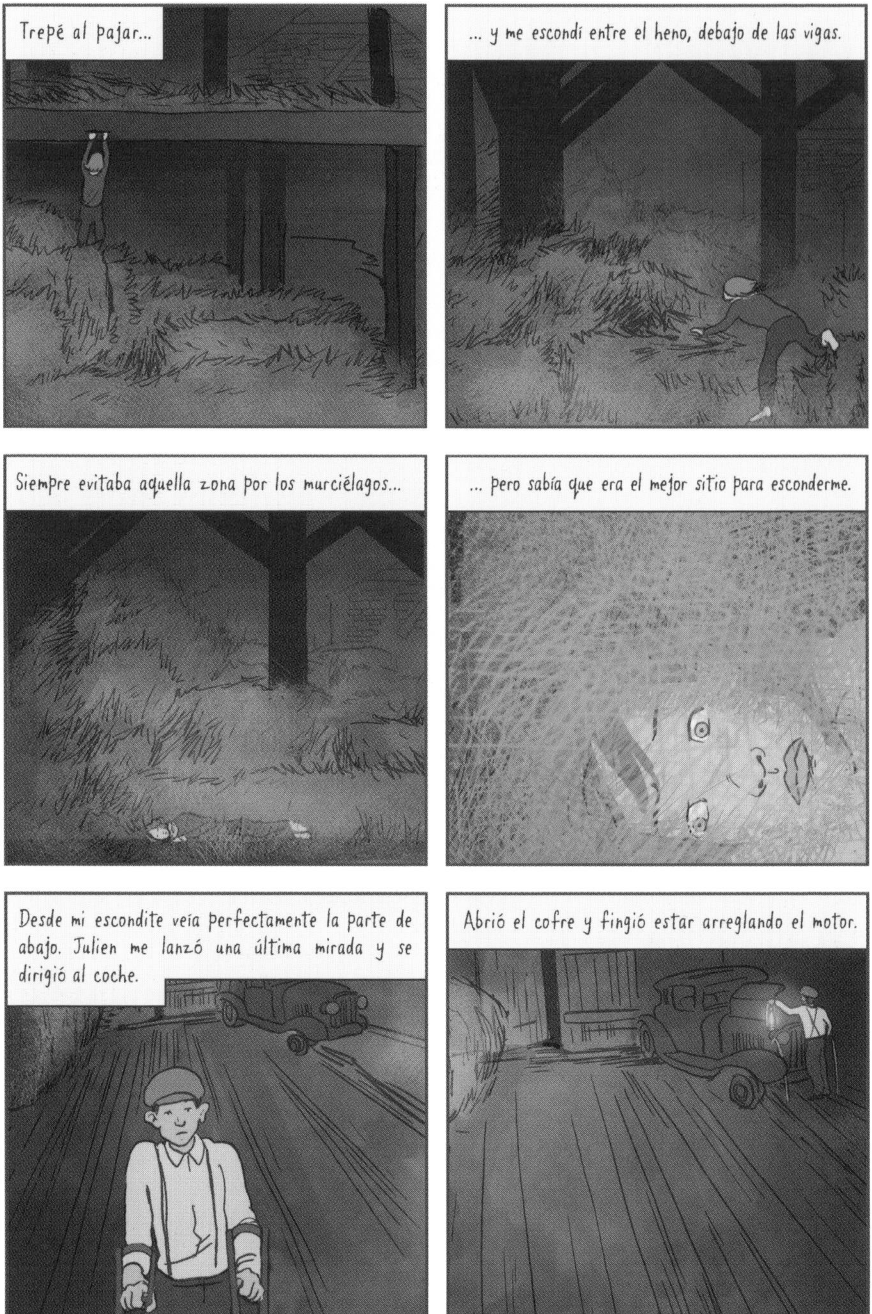
Trepé al pajar...
... y me escondí entre el heno, debajo de las vigas.
Siempre evitaba aquella zona por los murciélagos...
... pero sabía que era el mejor sitio para esconderme.
Desde mi escondite veía perfectamente la parte de abajo. Julien me lanzó una última mirada y se dirigió al coche.
Abrió el cofre y fingió estar arreglando el motor.

CAPÍTULO 5

OÍA VOCES ACERCÁNDOSE AL GRANERO.

LAS RECONOCÍ INMEDIATAMENTE. ERAN VINCENT

Y SUS SECUACES, JÉRÔME Y PAUL.

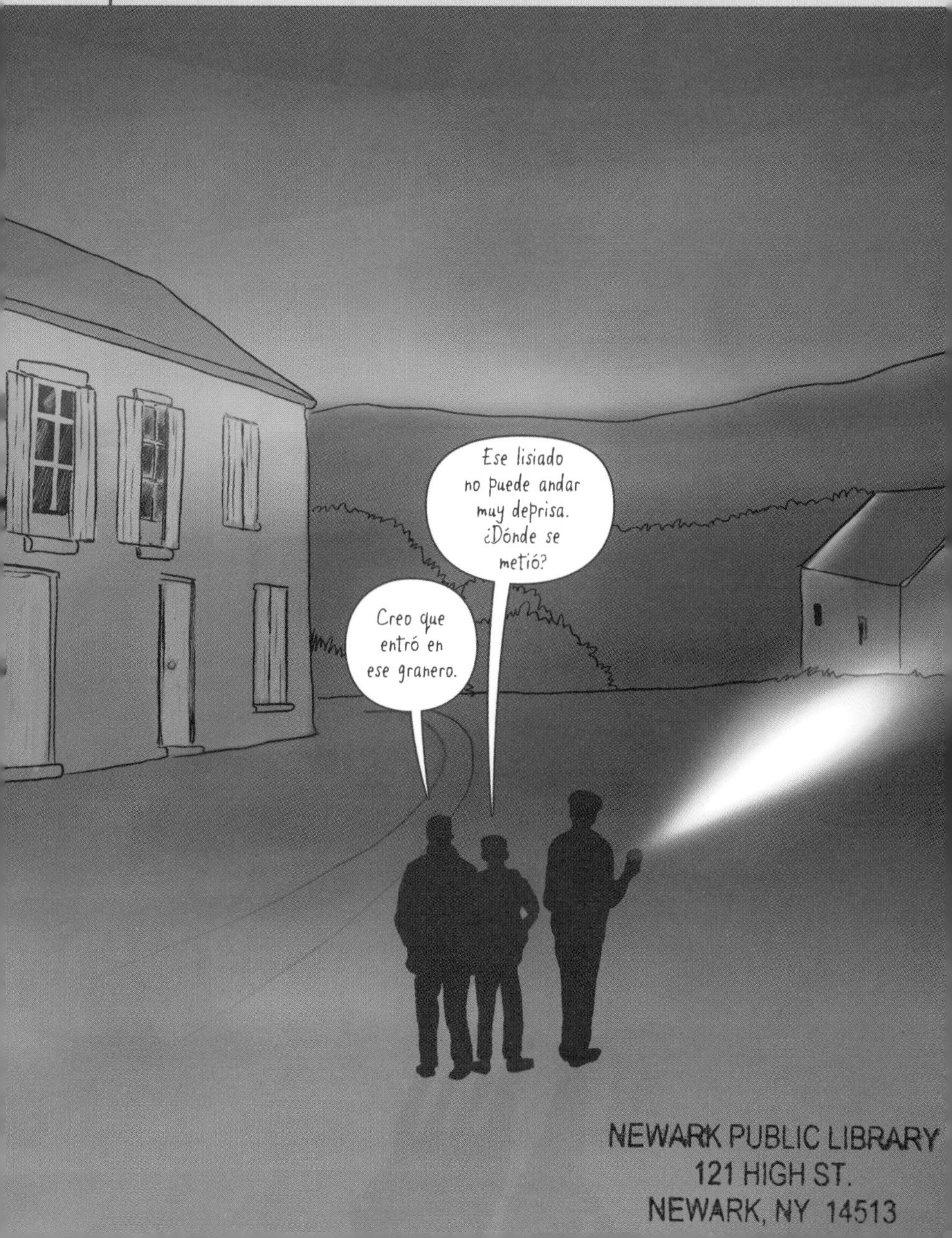
Ese lisiado no puede andar muy deprisa. ¿Dónde se metió?
Creo que entró en ese granero.

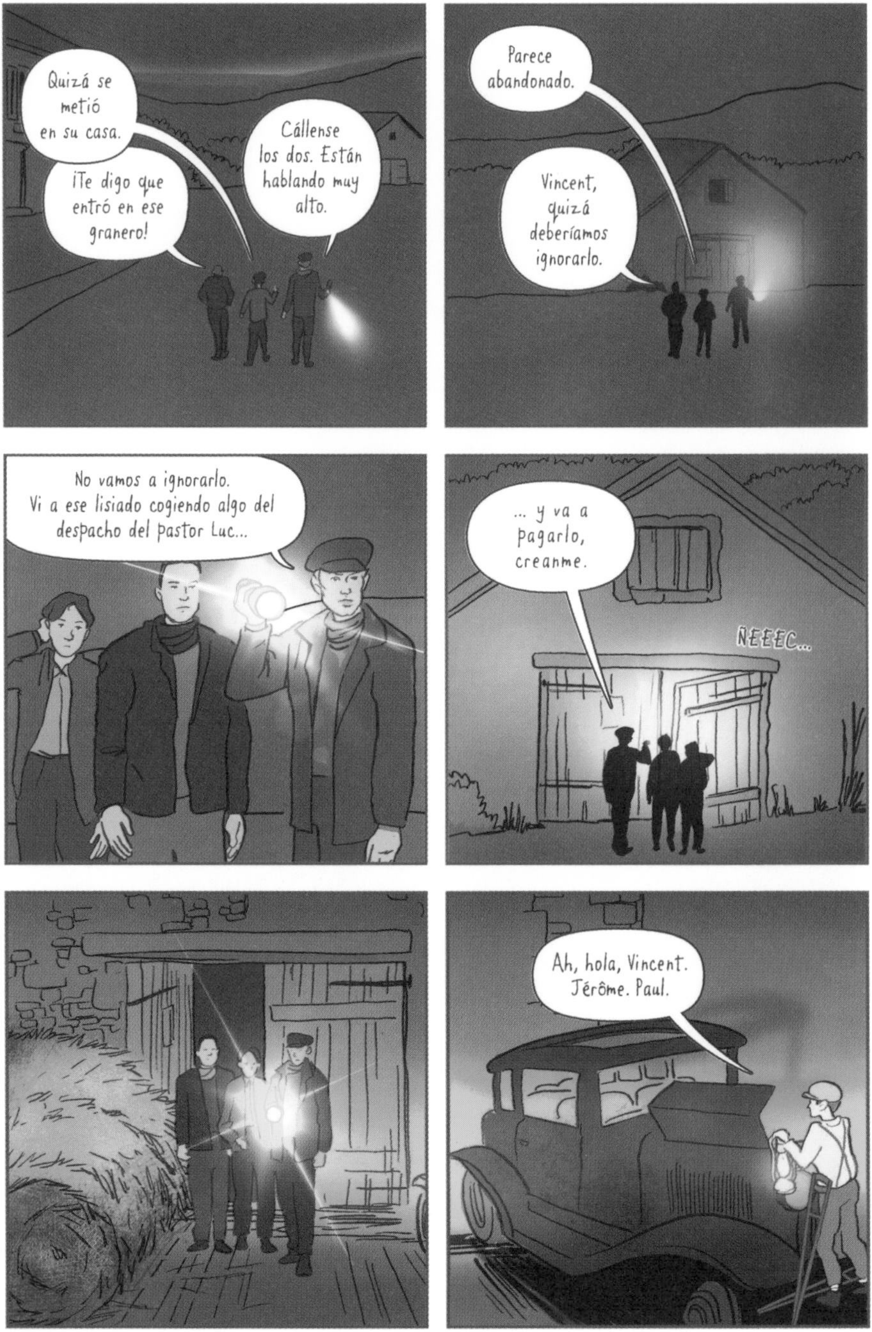
Quizá se metió en su casa.
¡Te digo que entró en ese granero!
Cállense los dos. Están hablando muy alto.
Parece abandonado.
Vincent, quizá deberíamos ignorarlo.
No vamos a ignorarlo. Vi a ese lisiado cogiendo algo del despacho del pastor Luc...
... y va a pagarlo, creanme.
ÑEEEC...
Ah, hola, Vincent. Jérôme. Paul.

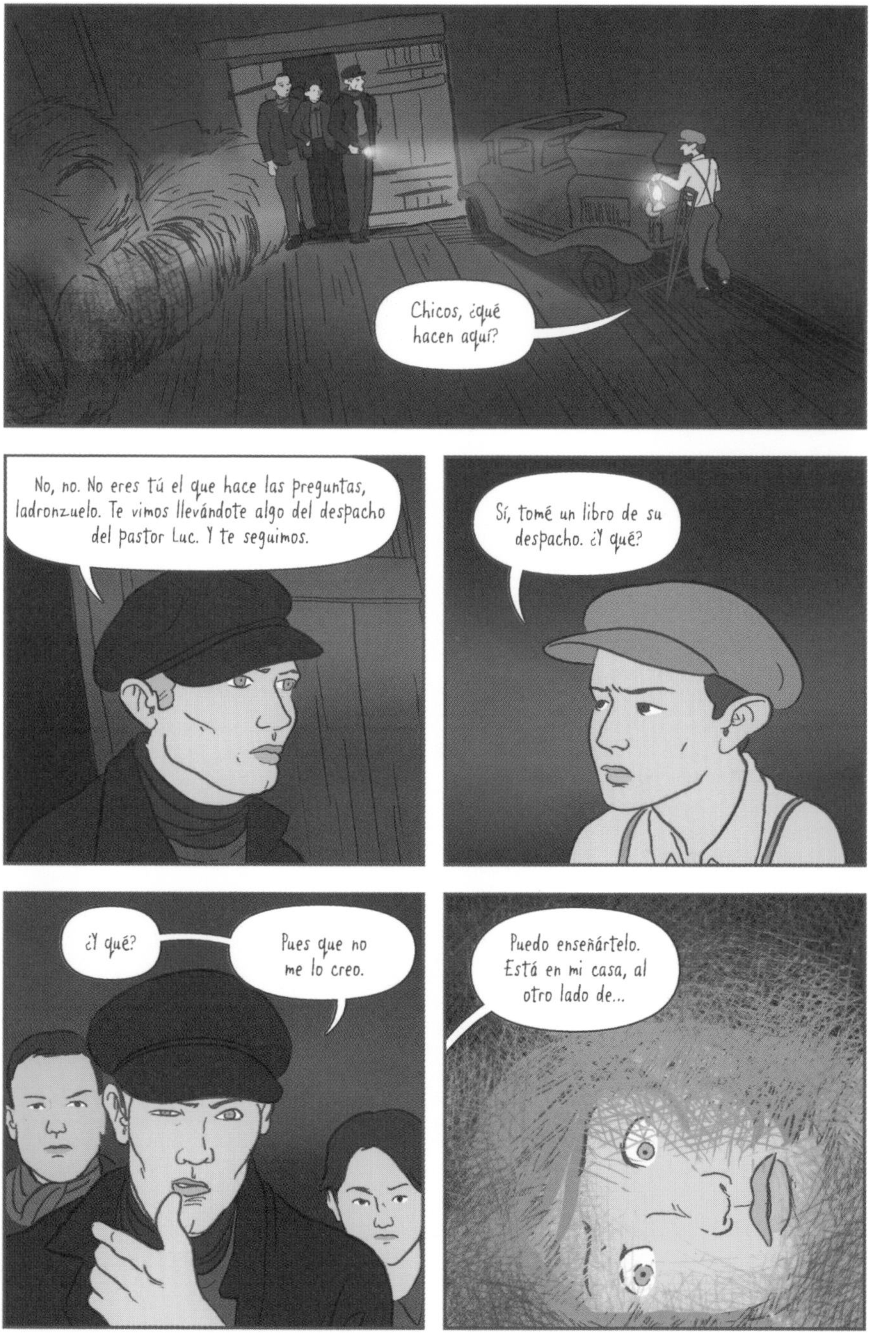
Chicos, ¿qué hacen aquí?
No, no. No eres tú el que hace las preguntas, ladronzuelo. Te vimos llevándote algo del despacho del pastor Luc. Y te seguimos.
Sí, tomé un libro de su despacho. ¿Y qué?
¿Y qué?
Pues que no me lo creo.
Puedo enseñártelo. Está en mi casa, al otro lado de...

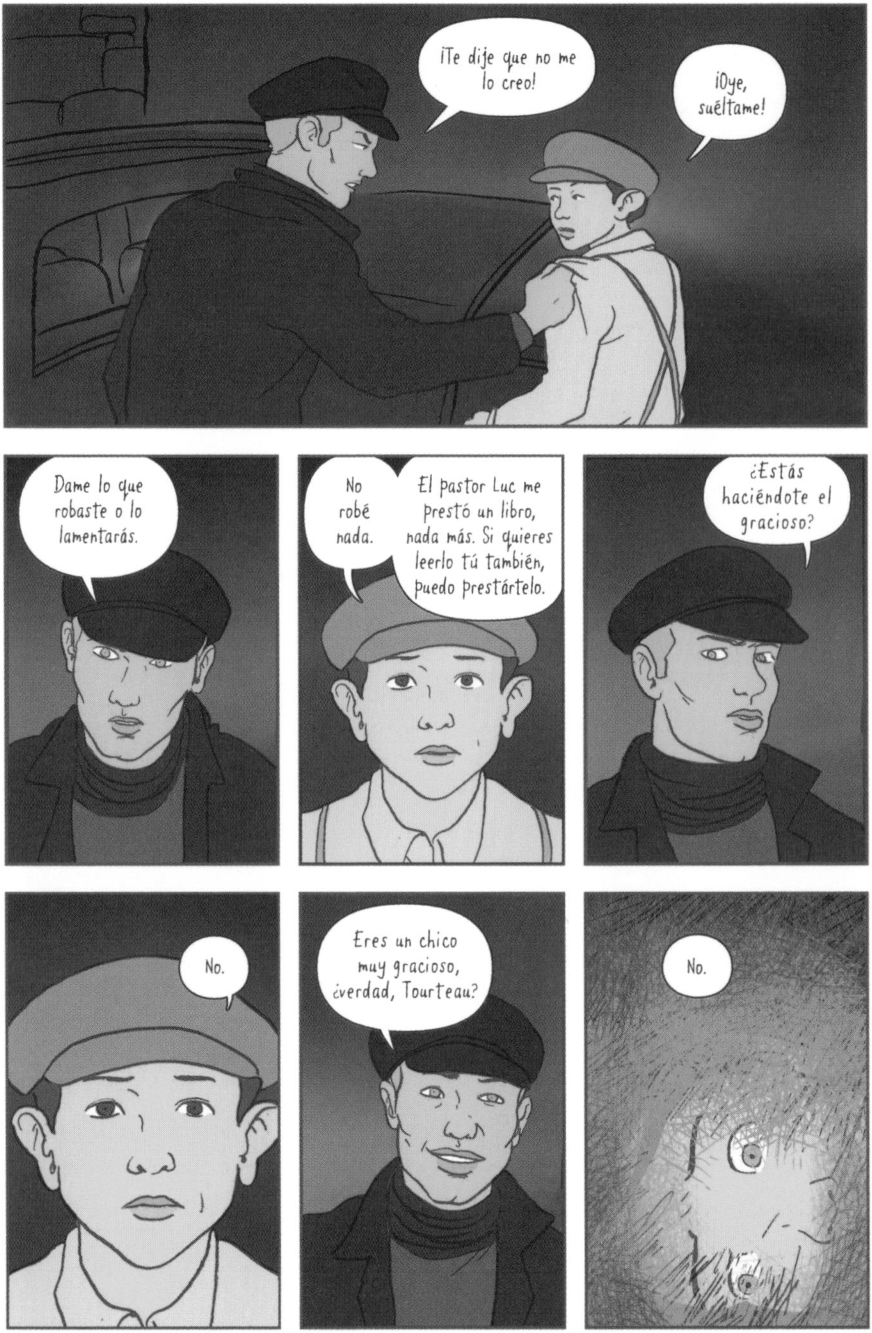
¡Te dije que no me lo creo!
¡Oye, suéltame!
Dame lo que robaste o lo lamentarás.
No robé nada.
El pastor Luc me prestó un libro, nada más. Si quieres leerlo tú también, puedo prestártelo.
¿Estás haciéndote el gracioso?
No.
Eres un chico muy gracioso, ¿verdad, Tourteau?
No.

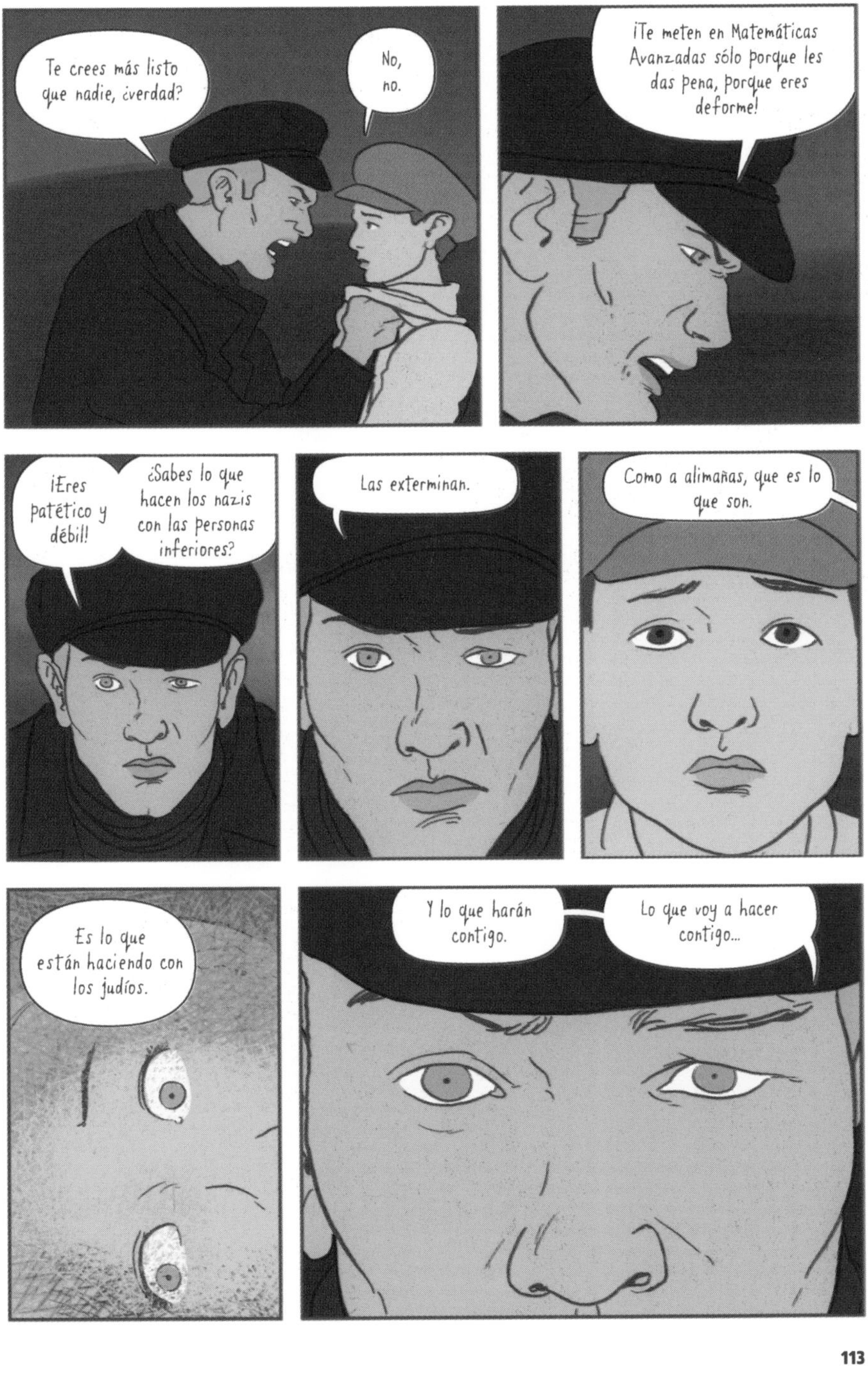
Te crees más listo que nadie, ¿verdad?
No, no.
¡Te meten en Matemáticas Avanzadas sólo porque les das pena, porque eres deforme!
¡Eres patético y débil!
¿Sabes lo que hacen los nazis con las personas inferiores?
Las exterminan.
Como a alimañas, que es lo que son.
Es lo que están haciendo con los judíos.
Y lo que harán contigo.
Lo que voy a hacer contigo...

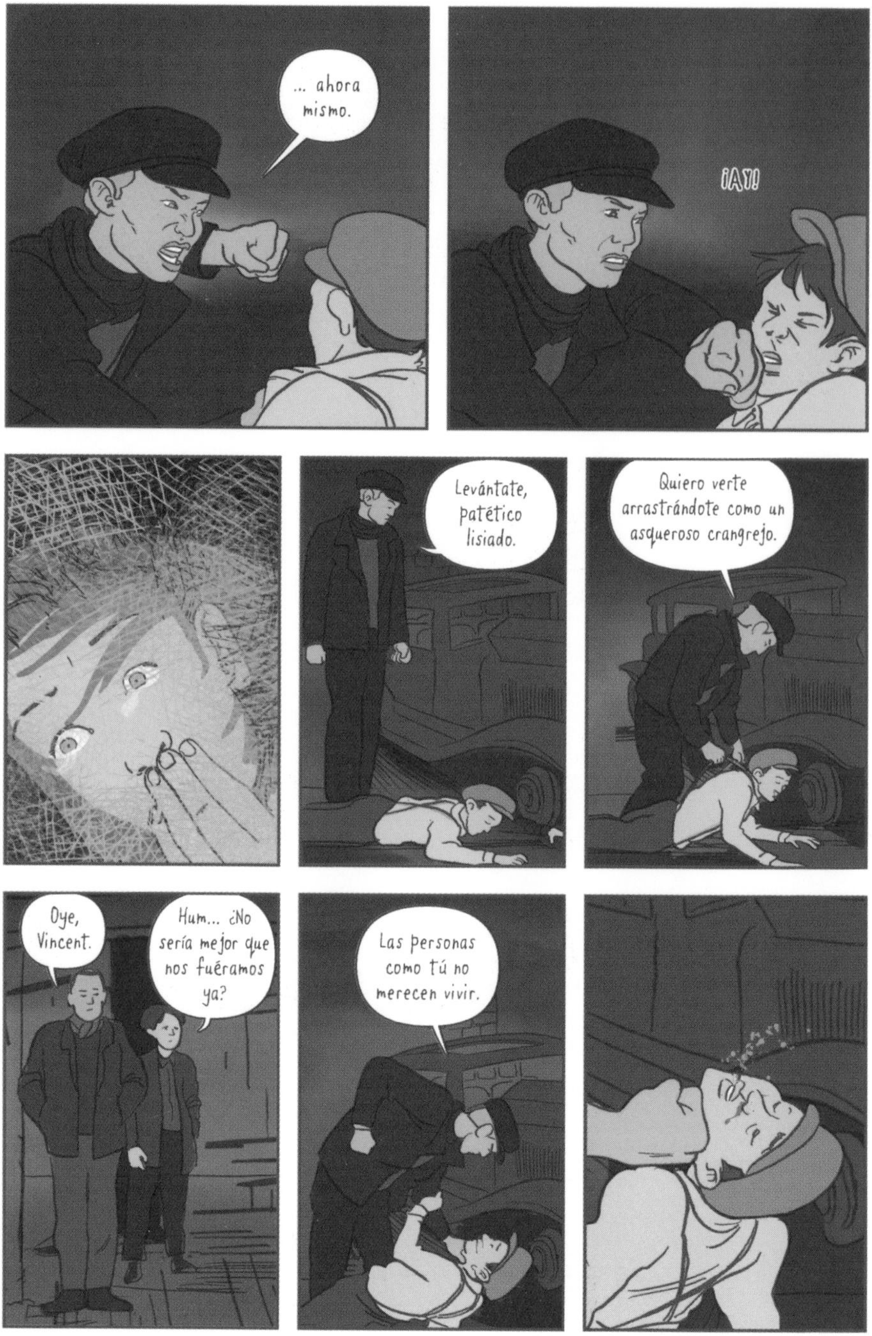

... ahora mismo.
¡AY!
Levántate, patético lisiado.
Quiero verte arrastrándote como un asqueroso crangrejo.
Oye, Vincent.
Hum... ¿No sería mejor que nos fuéramos ya?
Las personas como tú no merecen vivir.

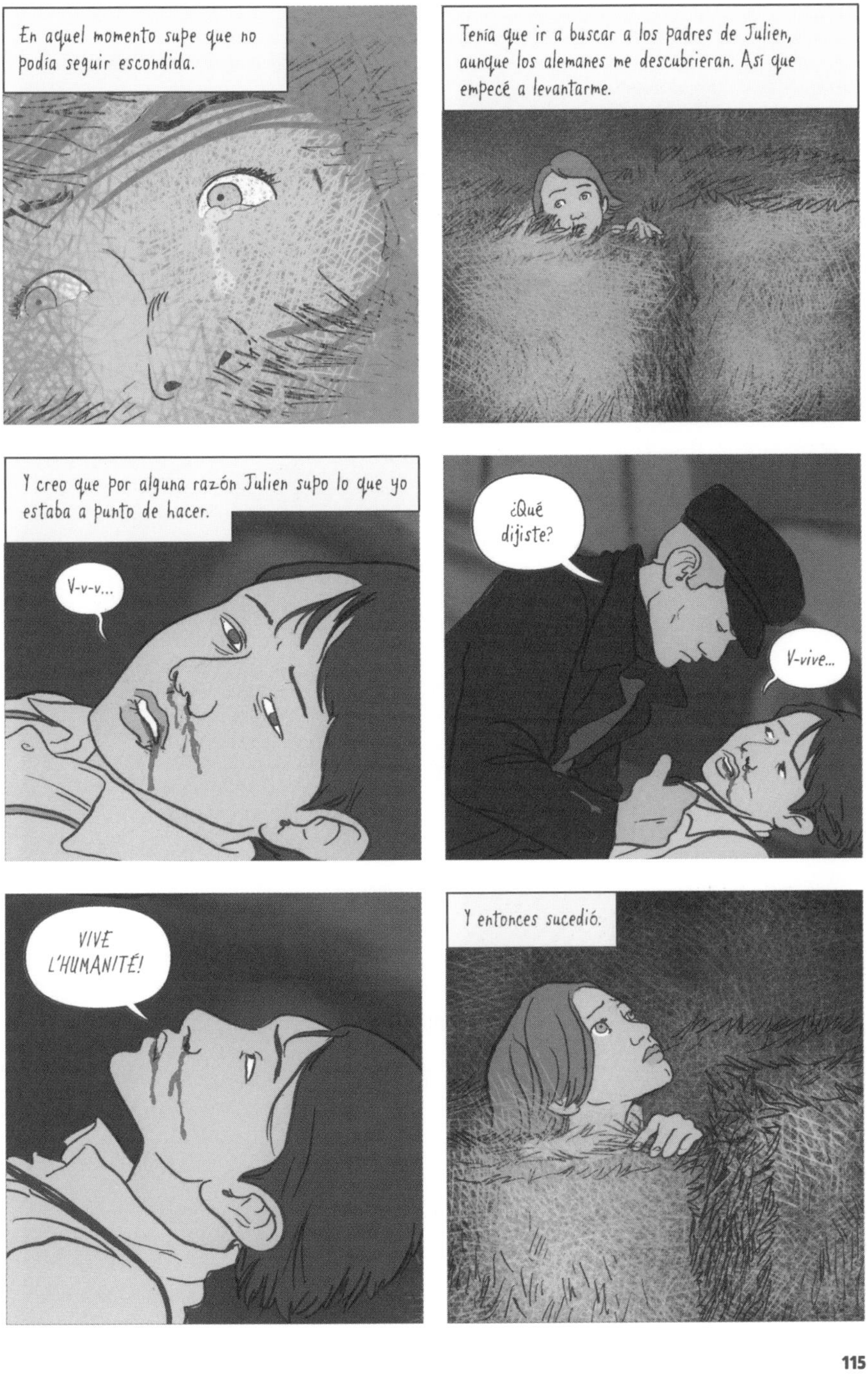
En aquel momento supe que no podía seguir escondida.
Tenía que ir a buscar a los padres de Julien, aunque los alemanes me descubrieran. Así que empecé a levantarme.
Y creo que por alguna razón Julien supo lo que yo estaba a punto de hacer.
V-v-v...
¿Qué dijiste?
V-vive...
VIVE L'HUMANITÉ!
Y entonces sucedió.

De repente, inesperadamente, cientos de murciélagos salieron volando de las vigas e invadieron la parte de abajo del granero.

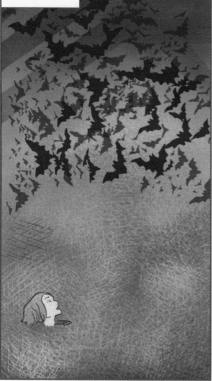

Volaron por todos lados gritando y silbando por los aires como un viento oscuro y nefasto.

¿Qué demonios...?

Fue de verdad terrorífico...

... y absolutamente sublime.

Todavía hoy no sé por qué los murciélagos reaccionaron así.

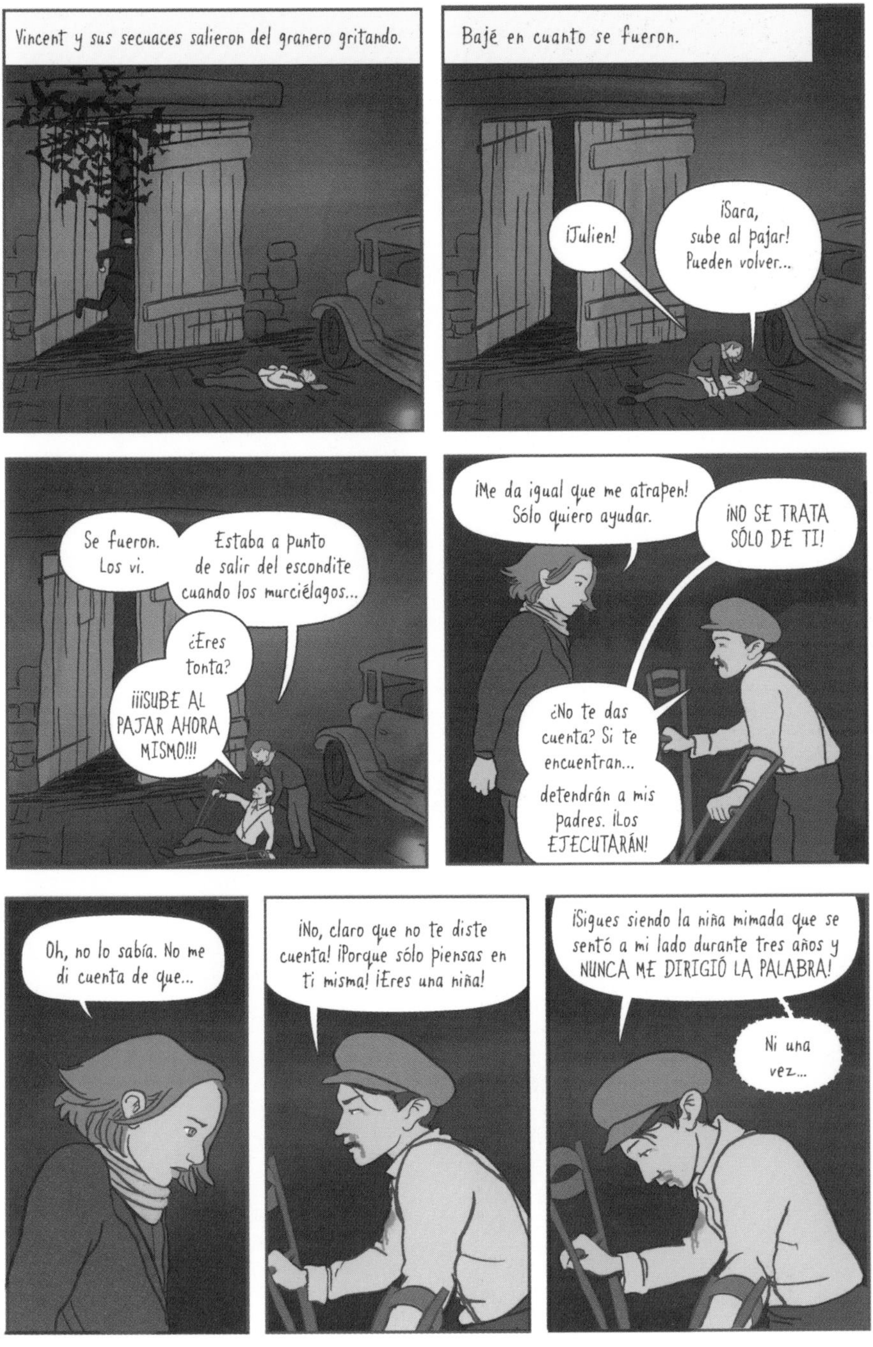

Vincent y sus secuaces salieron del granero gritando.
Bajé en cuanto se fueron.
¡Julien!
¡Sara, sube al pajar! Pueden volver...
Se fueron. Los vi.
Estaba a punto de salir del escondite cuando los murciélagos...
¿Eres tonta?
¡¡¡SUBE AL PAJAR AHORA MISMO!!!
¡Me da igual que me atrapen! Sólo quiero ayudar.
¡NO SE TRATA SÓLO DE TI!
¿No te das cuenta? Si te encuentran...
detendrán a mis padres. ¡Los EJECUTARÁN!
Oh, no lo sabía. No me di cuenta de que...
¡No, claro que no te diste cuenta! ¡Porque sólo piensas en ti misma! ¡Eres una niña!
¡Sigues siendo la niña mimada que se sentó a mi lado durante tres años y NUNCA ME DIRIGIÓ LA PALABRA!
Ni una vez...

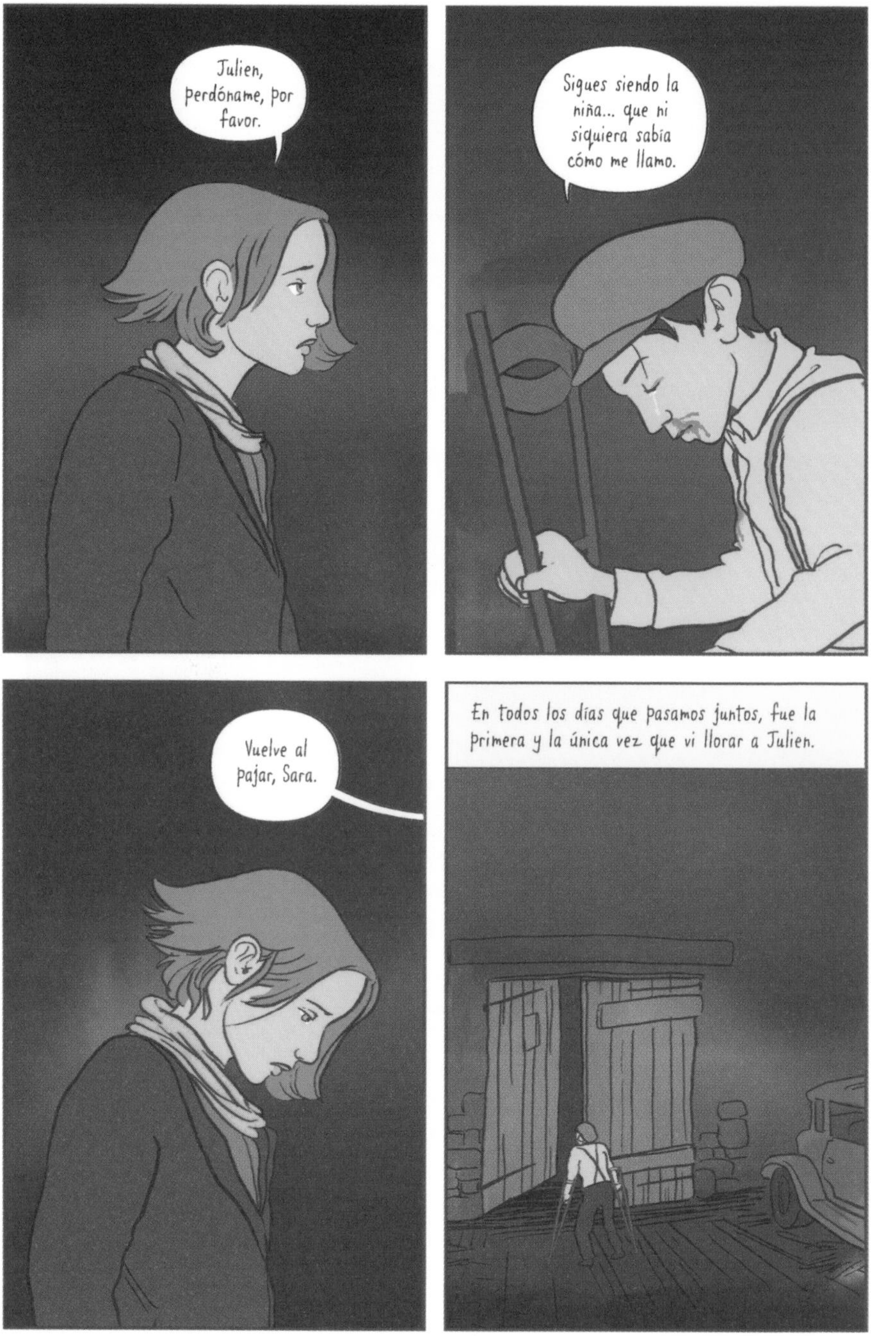
Julien, perdóname, por favor.
Sigues siendo la niña... que ni siquiera sabía cómo me llamo.
Vuelve al pajar, Sara.
En todos los días que pasamos juntos, fue la primera y la única vez que vi llorar a Julien.

CAPÍTULO 6

A LA MAÑANA SIGUIENTE, VIVIENNE Y JEAN-PAUL FUERON A LA ÉCOLE LAFAYETTE A CONTAR AL PASTOR LUC LO QUE VINCENT LE HABÍA HECHO A JULIEN.

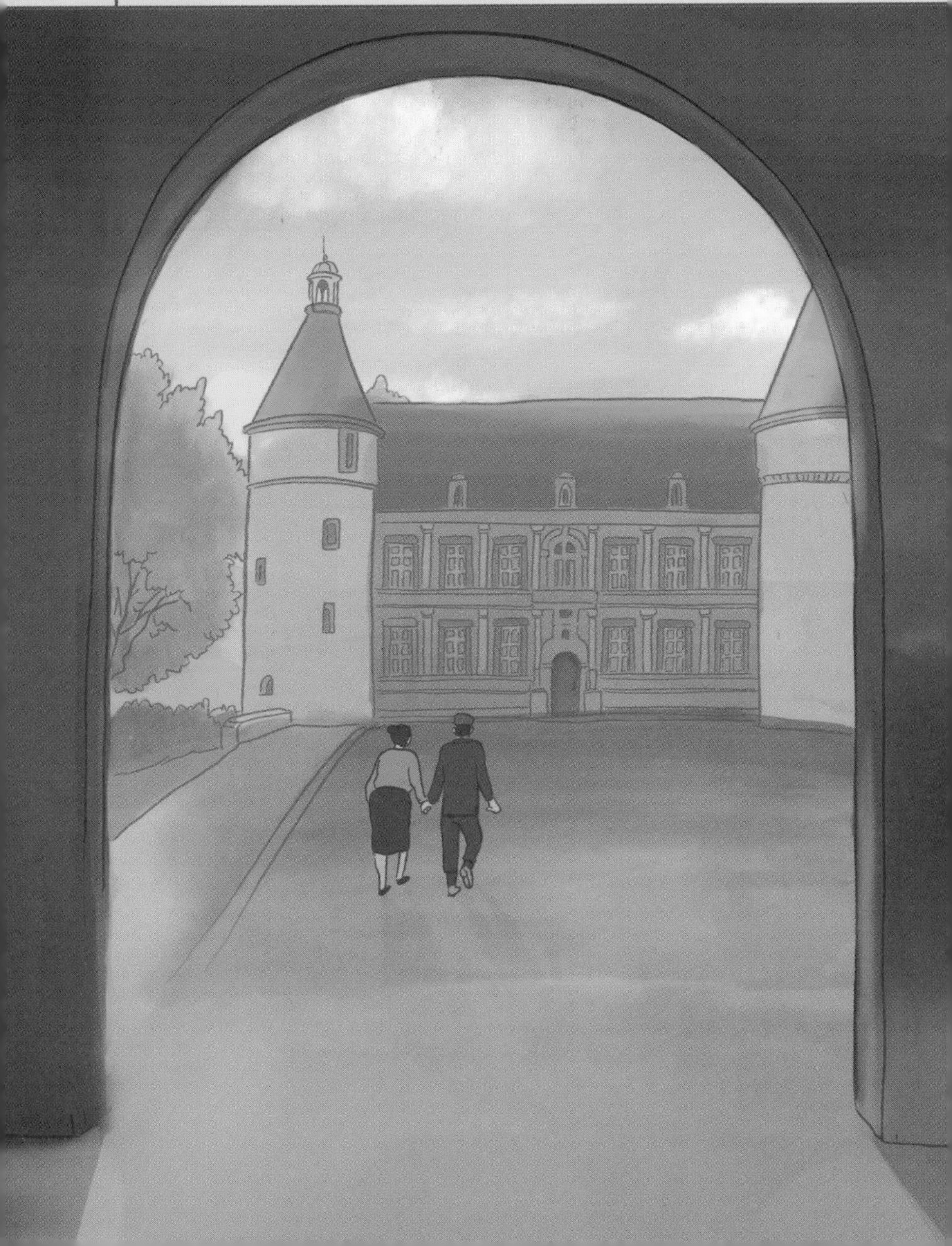

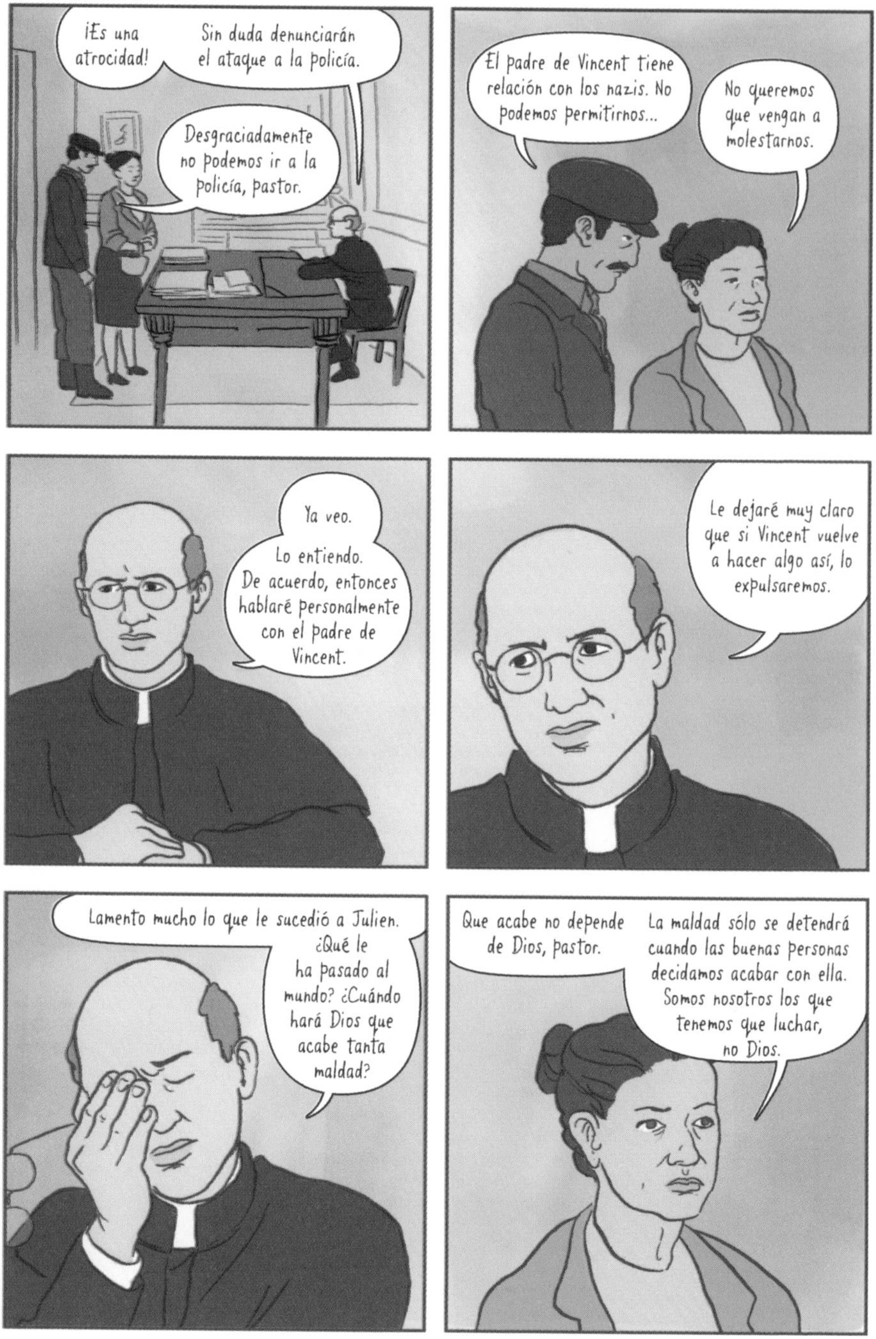
¡Es una atrocidad!
Sin duda denunciarán el ataque a la policía.
Desgraciadamente no podemos ir a la policía, pastor.
El padre de Vincent tiene relación con los nazis. No podemos permitirnos...
No queremos que vengan a molestarnos.
Ya veo.
Lo entiendo. De acuerdo, entonces hablaré personalmente con el padre de Vincent.
Le dejaré muy claro que si Vincent vuelve a hacer algo así, lo expulsaremos.
Lamento mucho lo que le sucedió a Julien.
¿Qué le ha pasado al mundo? ¿Cuándo hará Dios que acabe tanta maldad?
Que acabe no depende de Dios, pastor.
La maldad sólo se detendrá cuando las buenas personas decidamos acabar con ella. Somos nosotros los que tenemos que luchar, no Dios.

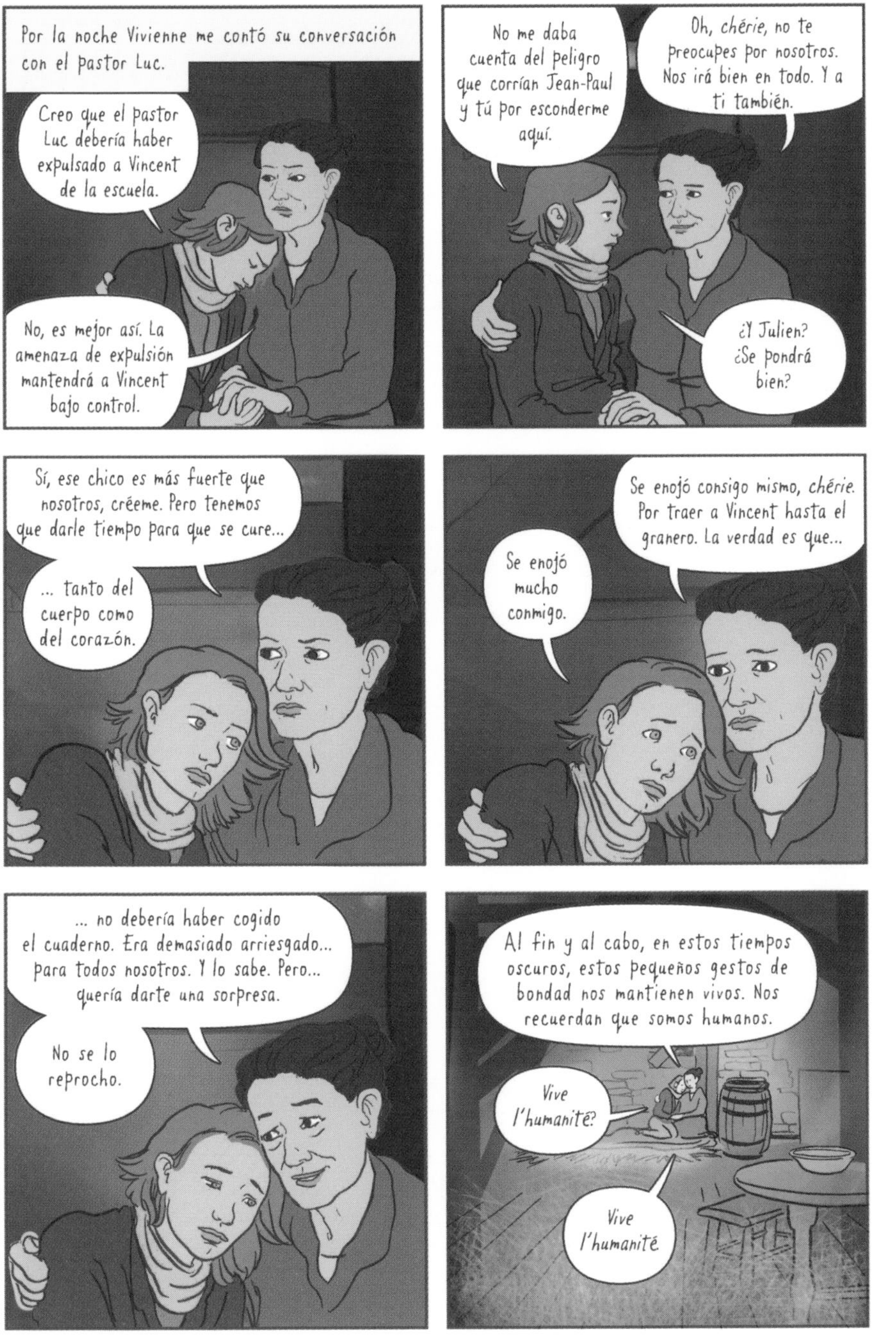
Por la noche Vivienne me contó su conversación con el pastor Luc.
Creo que el pastor Luc debería haber expulsado a Vincent de la escuela.
No, es mejor así. La amenaza de expulsión mantendrá a Vincent bajo control.
No me daba cuenta del peligro que corrían Jean-Paul y tú por esconderme aquí.
Oh, *chérie*, no te preocupes por nosotros. Nos irá bien en todo. Y a ti también.
¿Y Julien? ¿Se pondrá bien?
Sí, ese chico es más fuerte que nosotros, créeme. Pero tenemos que darle tiempo para que se cure...
... tanto del cuerpo como del corazón.
Se enojó mucho conmigo.
Se enojó consigo mismo, *chérie*. Por traer a Vincent hasta el granero. La verdad es que...
... no debería haber cogido el cuaderno. Era demasiado arriesgado... para todos nosotros. Y lo sabe. Pero... quería darte una sorpresa.
No se lo reprocho.
Al fin y al cabo, en estos tiempos oscuros, estos pequeños gestos de bondad nos mantienen vivos. Nos recuerdan que somos humanos.
Vive l'humanité?
Vive l'humanité.

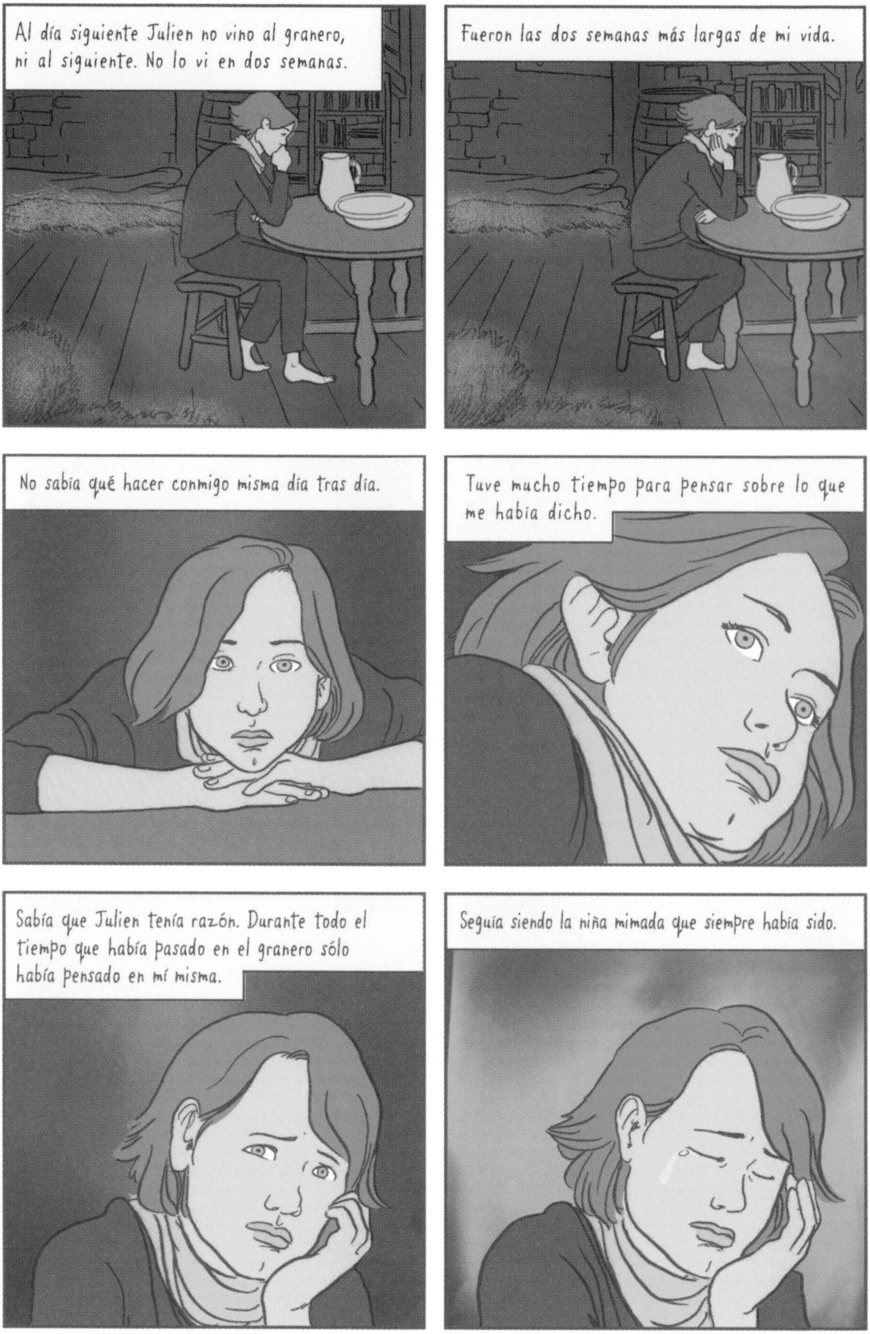
Al día siguiente Julien no vino al granero, ni al siguiente. No lo vi en dos semanas.
Fueron las dos semanas más largas de mi vida.
No sabía qué hacer conmigo misma día tras día.
Tuve mucho tiempo para pensar sobre lo que me había dicho.
Sabía que Julien tenía razón. Durante todo el tiempo que había pasado en el granero sólo había pensado en mí misma.
Seguía siendo la niña mimada que siempre había sido.

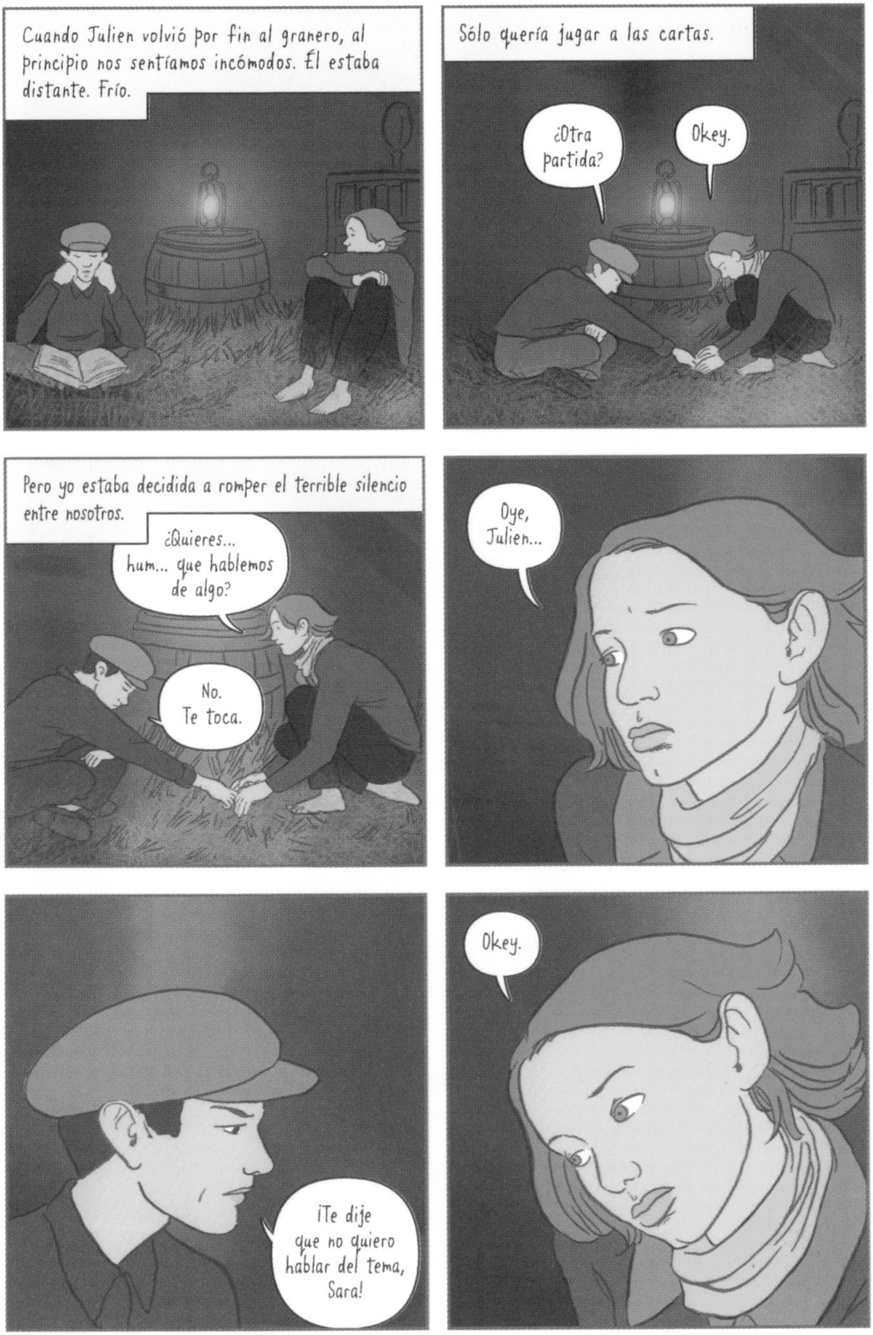
Cuando Julien volvió por fin al granero, al principio nos sentíamos incómodos. Él estaba distante. Frío.
Sólo quería jugar a las cartas.
¿Otra partida?
Okey.
Pero yo estaba decidida a romper el terrible silencio entre nosotros.
¿Quieres... hum... que hablemos de algo?
No. Te toca.
Oye, Julien...
¡Te dije que no quiero hablar del tema, Sara!
Okey.

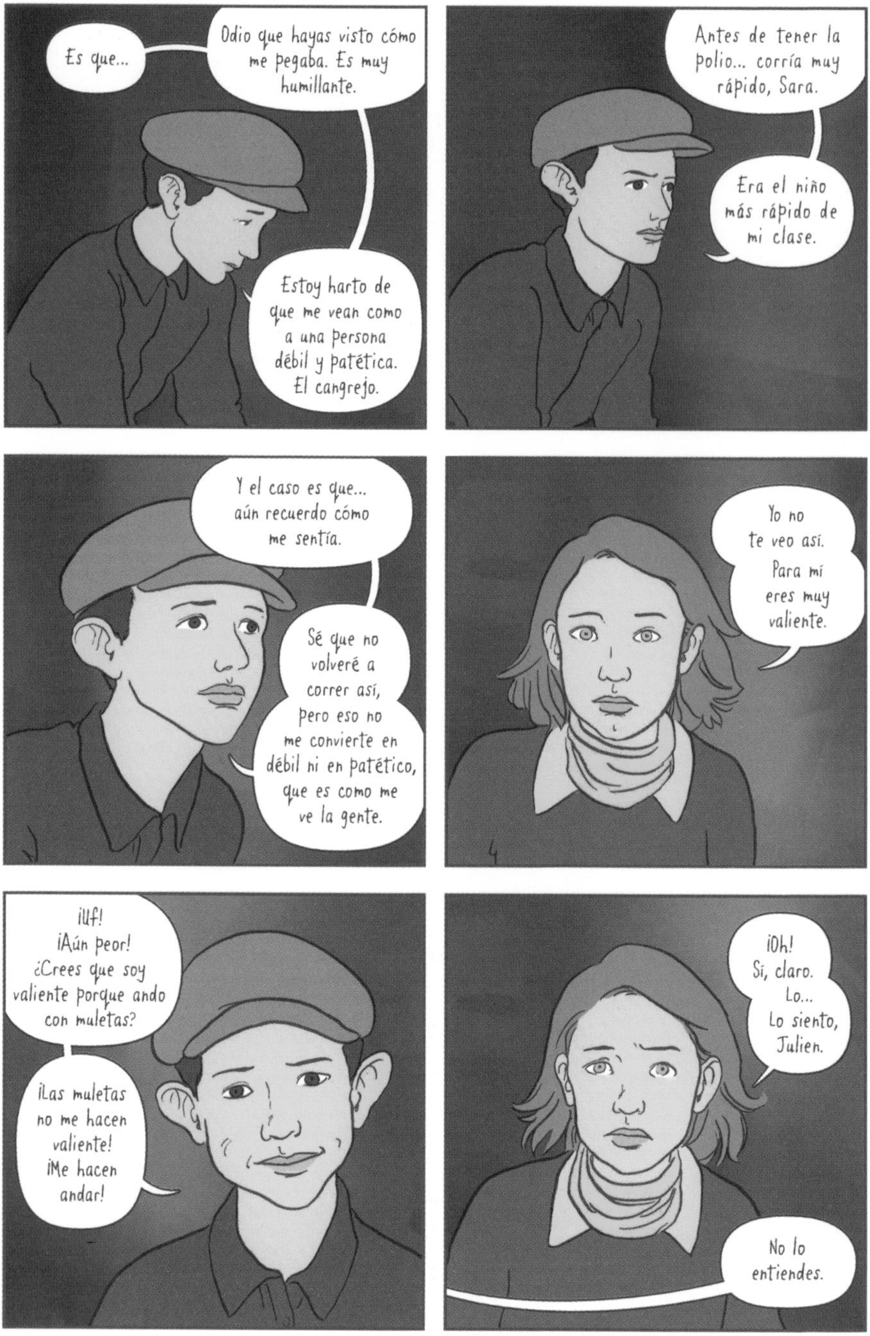
Es que...
Odio que hayas visto cómo me pegaba. Es muy humillante.
Estoy harto de que me vean como a una persona débil y patética. El cangrejo.
Antes de tener la polio... corría muy rápido, Sara.
Era el niño más rápido de mi clase.
Y el caso es que... aún recuerdo cómo me sentía.
Sé que no volveré a correr así,
pero eso no me convierte en débil ni en patético, que es como me ve la gente.
Yo no te veo así.
Para mí eres muy valiente.
¡Uf! ¡Aún peor! ¿Crees que soy valiente porque ando con muletas?
¡Las muletas no me hacen valiente! ¡Me hacen andar!
¡Oh! Sí, claro. Lo... Lo siento, Julien.
No lo entiendes.

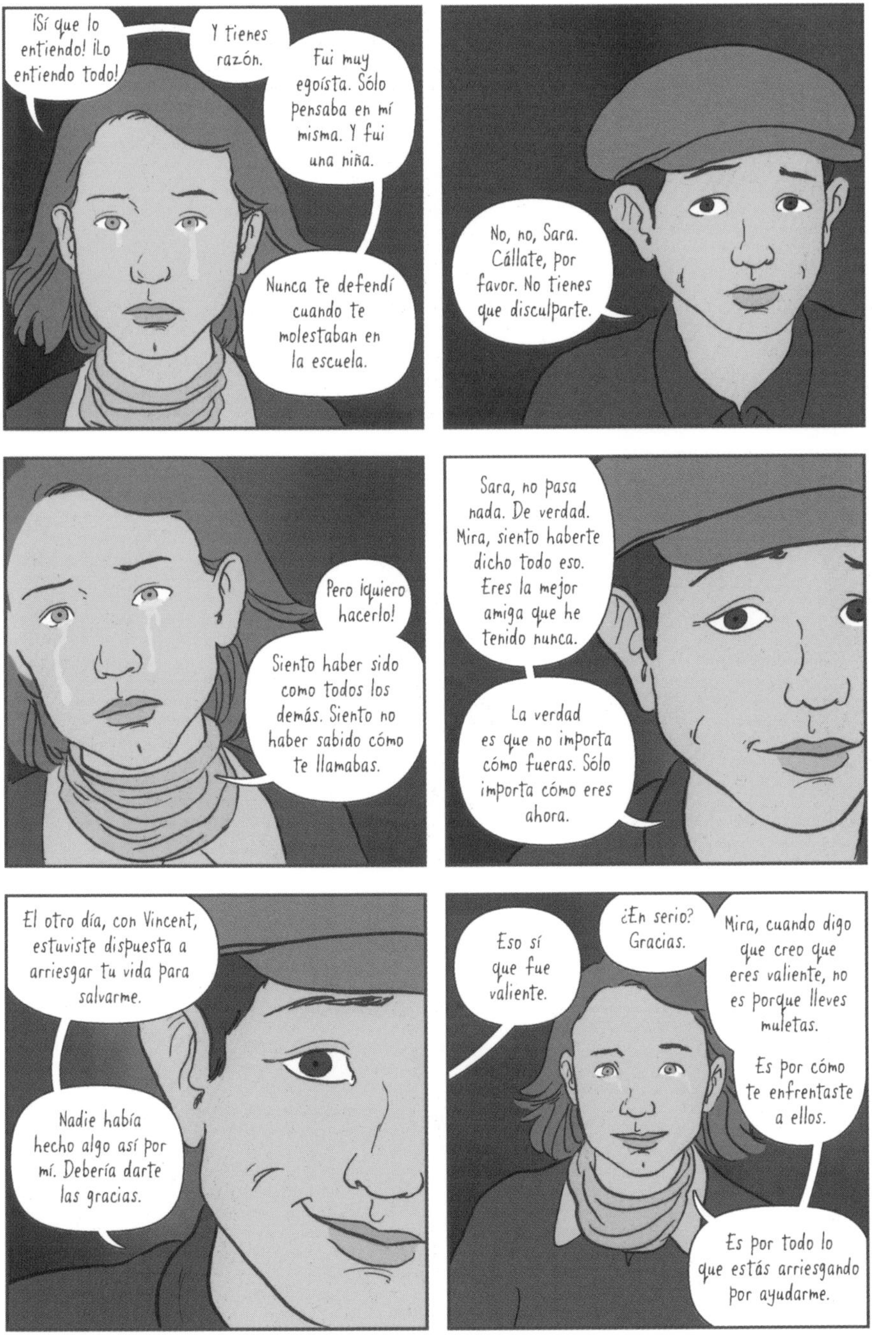
¡Sí que lo entiendo! ¡Lo entiendo todo!
Y tienes razón.
Fui muy egoísta. Sólo pensaba en mí misma. Y fui una niña.
Nunca te defendí cuando te molestaban en la escuela.
No, no, Sara. Cállate, por favor. No tienes que disculparte.
Pero ¡quiero hacerlo!
Siento haber sido como todos los demás. Siento no haber sabido cómo te llamabas.
Sara, no pasa nada. De verdad. Mira, siento haberte dicho todo eso. Eres la mejor amiga que he tenido nunca.
La verdad es que no importa cómo fueras. Sólo importa cómo eres ahora.
El otro día, con Vincent, estuviste dispuesta a arriesgar tu vida para salvarme.
Nadie había hecho algo así por mí. Debería darte las gracias.
Eso sí que fue valiente.
¿En serio? Gracias.
Mira, cuando digo que creo que eres valiente, no es porque lleves muletas.
Es por cómo te enfrentaste a ellos.
Es por todo lo que estás arriesgando por ayudarme.

Ah. Bueno, si es en ese sentido, okey. Acepto el piropo. En fin, ¿qué te parece si todo vuelve a ser como antes?

Muy bien. Me encantaría.

Y así la tormenta se quedó atrás y todo volvió a la normalidad. No tardamos en reírnos y bromear, y volvió a ganarme a las cartas, como siempre.

¡Ja, ja! ¡Volví a ganar!

¿Cómo es posible? ¿Cómo le haces para ganar siempre? Me gustaría ganar aunque fuera una vez.

¡Nunca!

Lo que aprendimos aquella noche, y todas las noches siguientes, fue que nada podría interponerse entre nosotros. Nuestra amistad sobreviviría a cualquier cosa... incluso a mi egoísmo y a su sonrisita engreída cada vez que me ganaba a las cartas.

¡Gané!

¡Nooo! ¡Otra partida!

TERCERA PARTE

Pero el enemigo llegó al bosque como un trueno...
Muriel Rukeyser, "Séptima elegía: El canto de los sueños"

CAPÍTULO 1

EL TIEMPO PASA. ES DE LO ÚNICO DE LO QUE PODEMOS ESTAR SEGUROS EN LA VIDA: EL TIEMPO NO SE DETIENE. PARA NADIE. PARA NADA. EL TIEMPO AVANZA, AJENO A TODO.

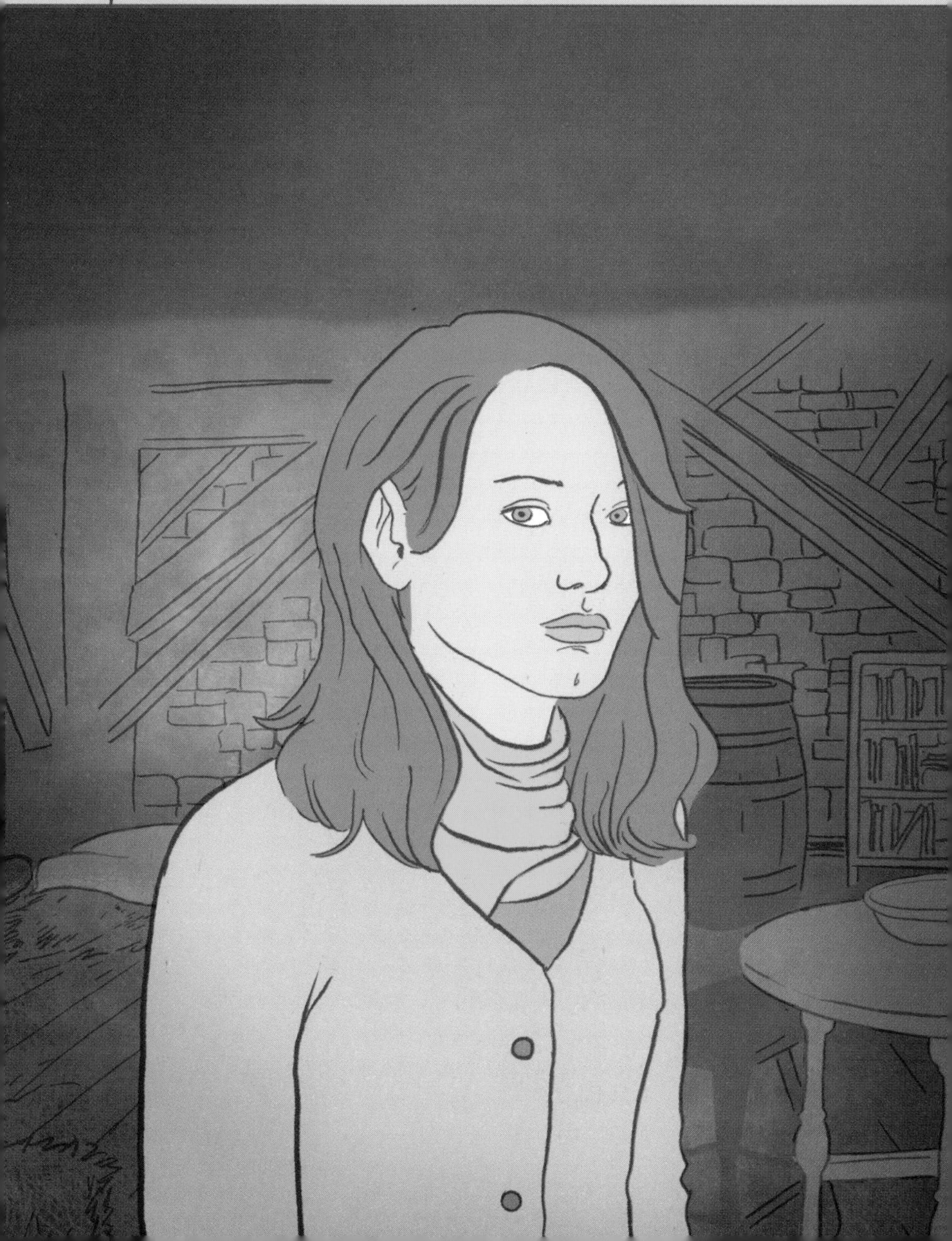

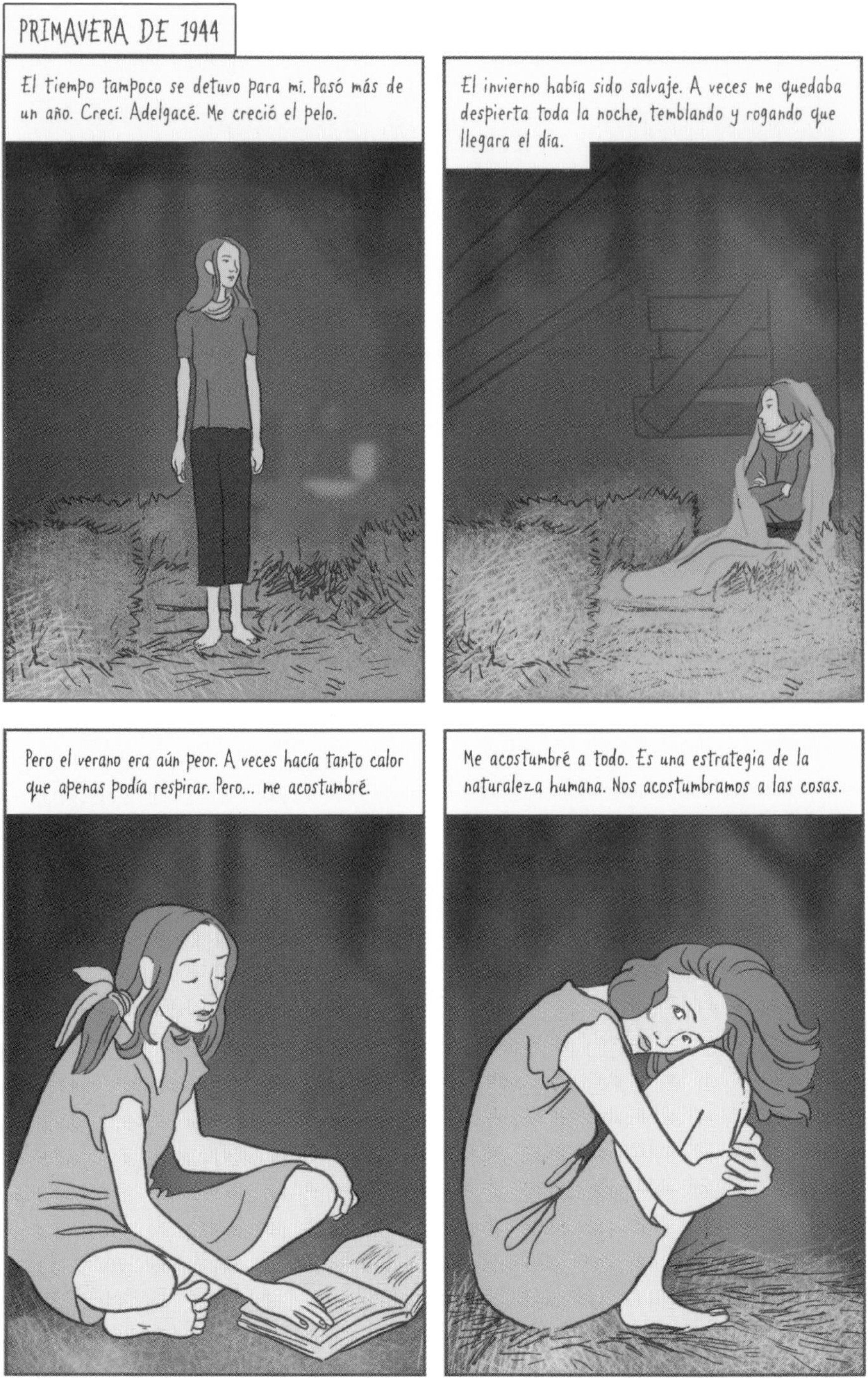
PRIMAVERA DE 1944
El tiempo tampoco se detuvo para mí. Pasó más de un año. Crecí. Adelgacé. Me creció el pelo.
El invierno había sido salvaje. A veces me quedaba despierta toda la noche, temblando y rogando que llegara el día.
Pero el verano era aún peor. A veces hacía tanto calor que apenas podía respirar. Pero... me acostumbré.
Me acostumbré a todo. Es una estrategia de la naturaleza humana. Nos acostumbramos a las cosas.

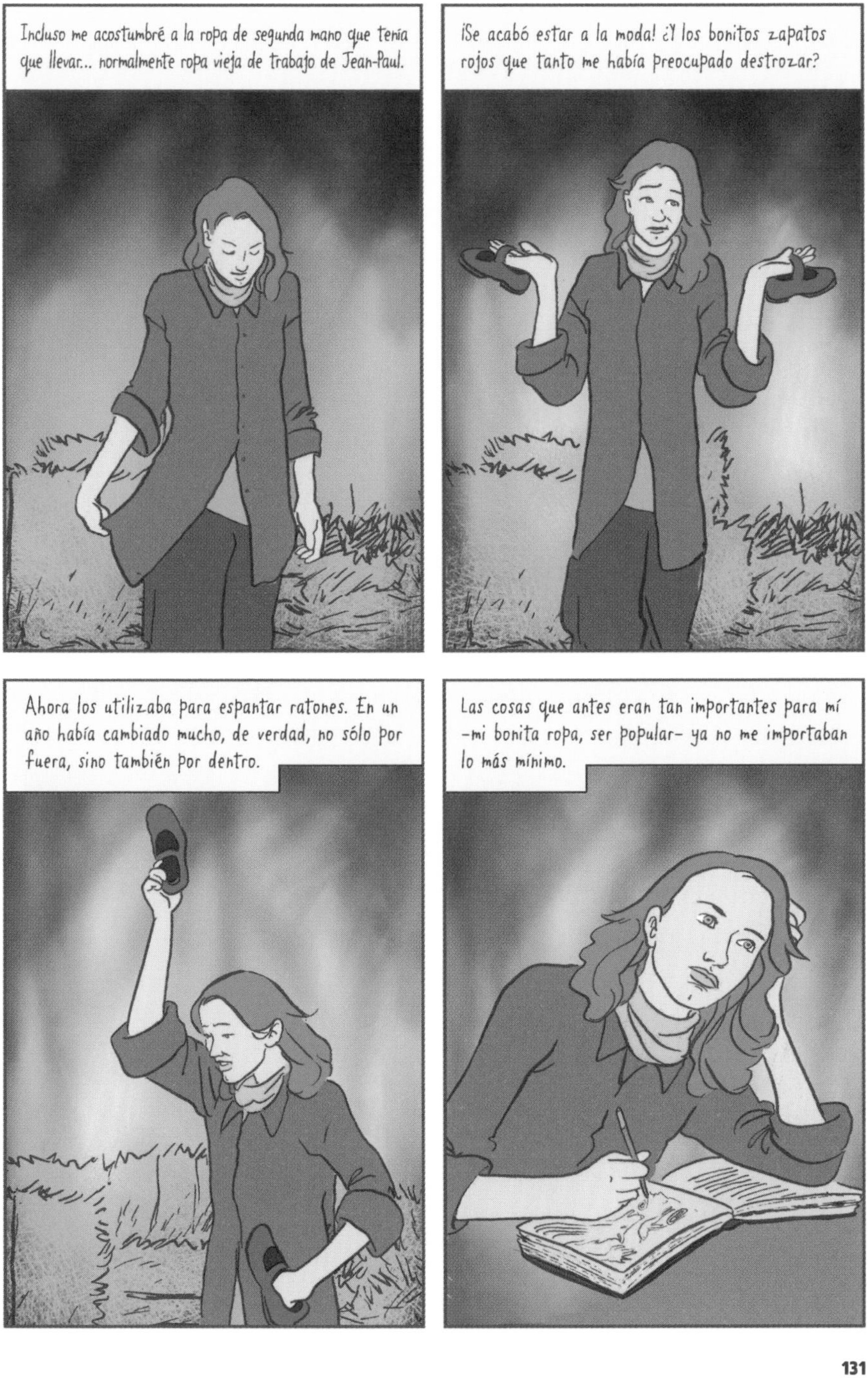
Incluso me acostumbré a la ropa de segunda mano que tenía que llevar... normalmente ropa vieja de trabajo de Jean-Paul.
¡Se acabó estar a la moda! ¿Y los bonitos zapatos rojos que tanto me había preocupado destrozar?
Ahora los utilizaba para espantar ratones. En un año había cambiado mucho, de verdad, no sólo por fuera, sino también por dentro.
Las cosas que antes eran tan importantes para mí -mi bonita ropa, ser popular- ya no me importaban lo más mínimo.

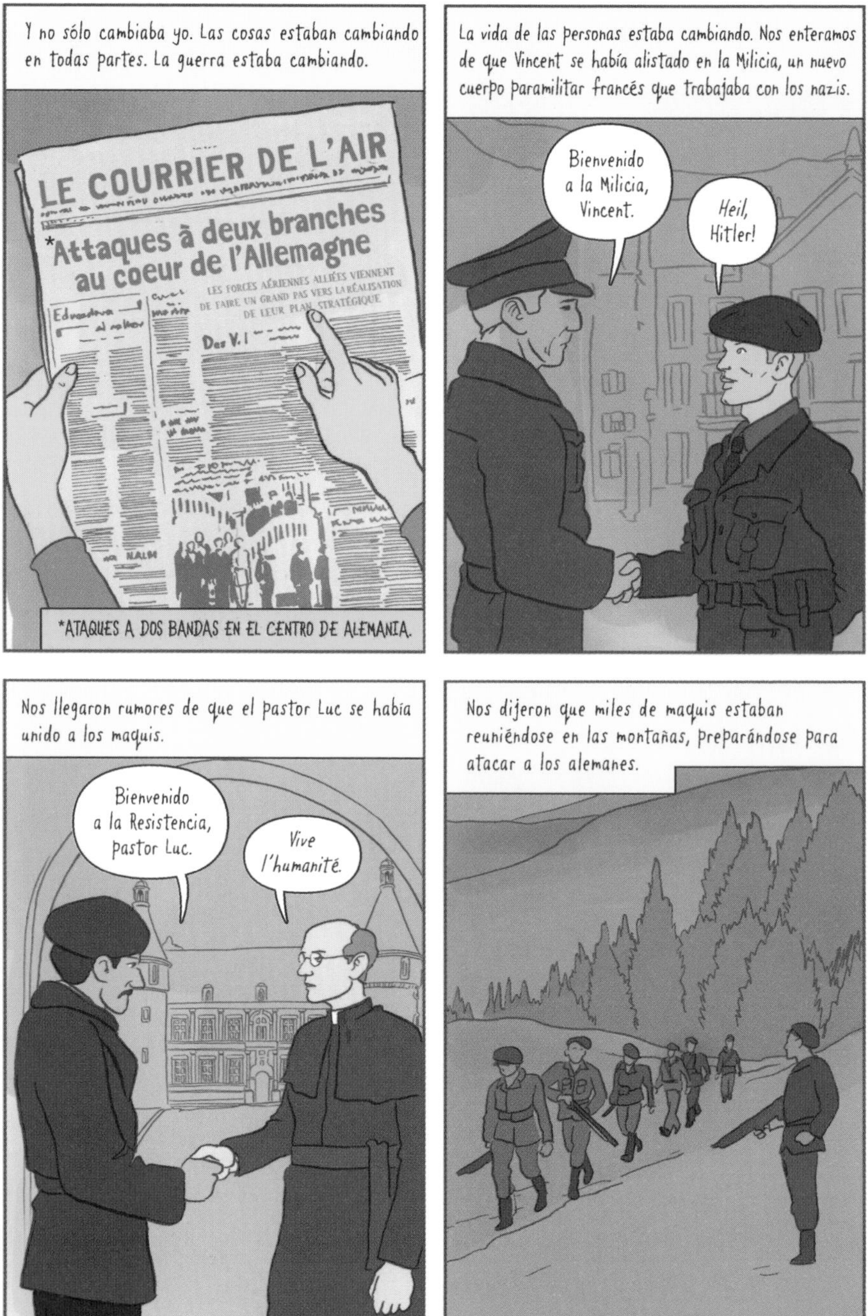

Y no sólo cambiaba yo. Las cosas estaban cambiando en todas partes. La guerra estaba cambiando.
LE COURRIER DE L'AIR
*Attaques à deux branches au coeur de l'Allemagne
LES FORCES AÉRIENNES ALLIÉES VIENNENT DE FAIRE UN GRAND PAS VERS LA RÉALISATION DE LEUR PLAN STRATÉGIQUE
Des V.1
*ATAQUES A DOS BANDAS EN EL CENTRO DE ALEMANIA.
La vida de las personas estaba cambiando. Nos enteramos de que Vincent se había alistado en la Milicia, un nuevo cuerpo paramilitar francés que trabajaba con los nazis.
Bienvenido a la Milicia, Vincent.
Heil, Hitler!
Nos llegaron rumores de que el pastor Luc se había unido a los maquis.
Bienvenido a la Resistencia, pastor Luc.
Vive l'humanité.
Nos dijeron que miles de maquis estaban reuniéndose en las montañas, preparándose para atacar a los alemanes.

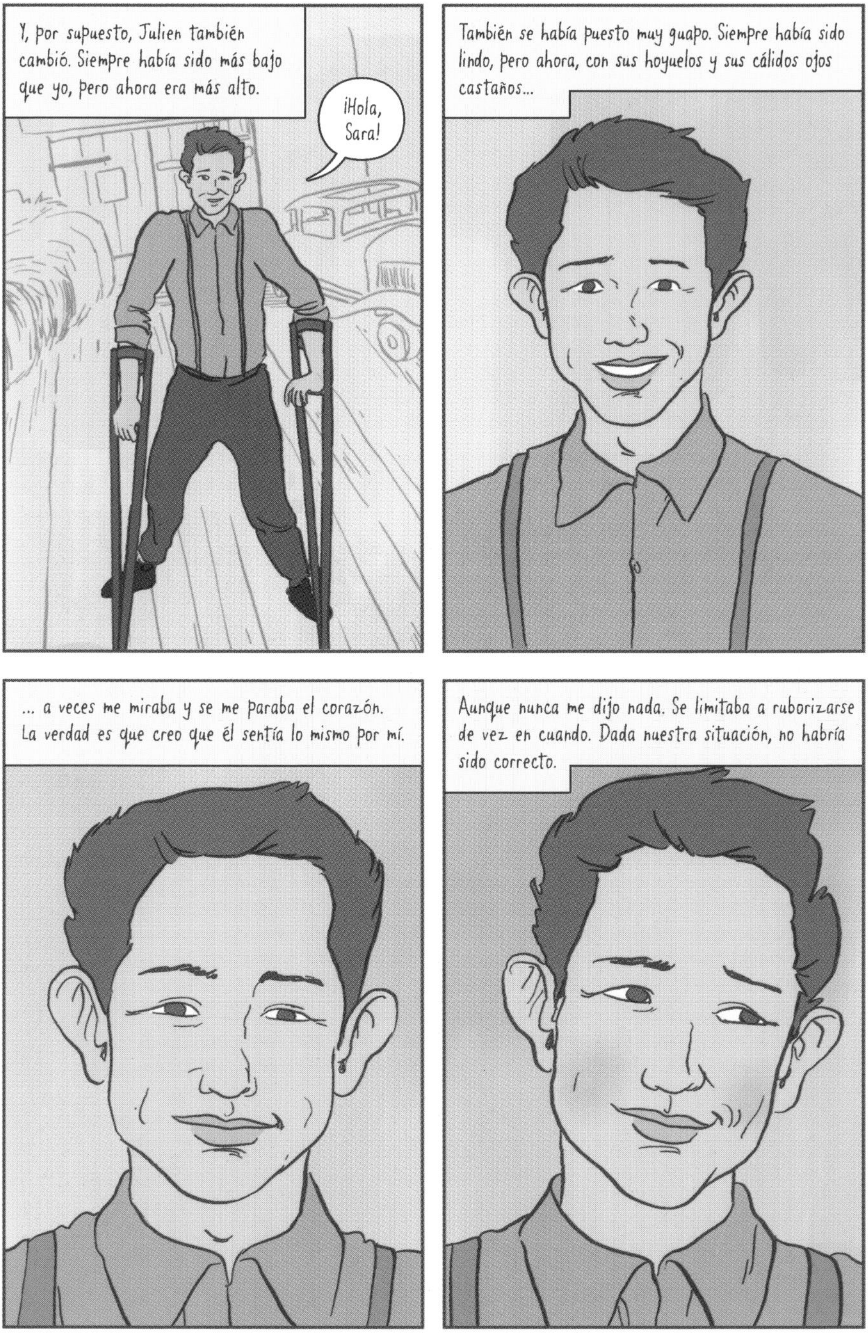
Y, por supuesto, Julien también cambió. Siempre había sido más bajo que yo, pero ahora era más alto.
¡Hola, Sara!
También se había puesto muy guapo. Siempre había sido lindo, pero ahora, con sus hoyuelos y sus cálidos ojos castaños...
... a veces me miraba y se me paraba el corazón. La verdad es que creo que él sentía lo mismo por mí.
Aunque nunca me dijo nada. Se limitaba a ruborizarse de vez en cuando. Dada nuestra situación, no habría sido correcto.

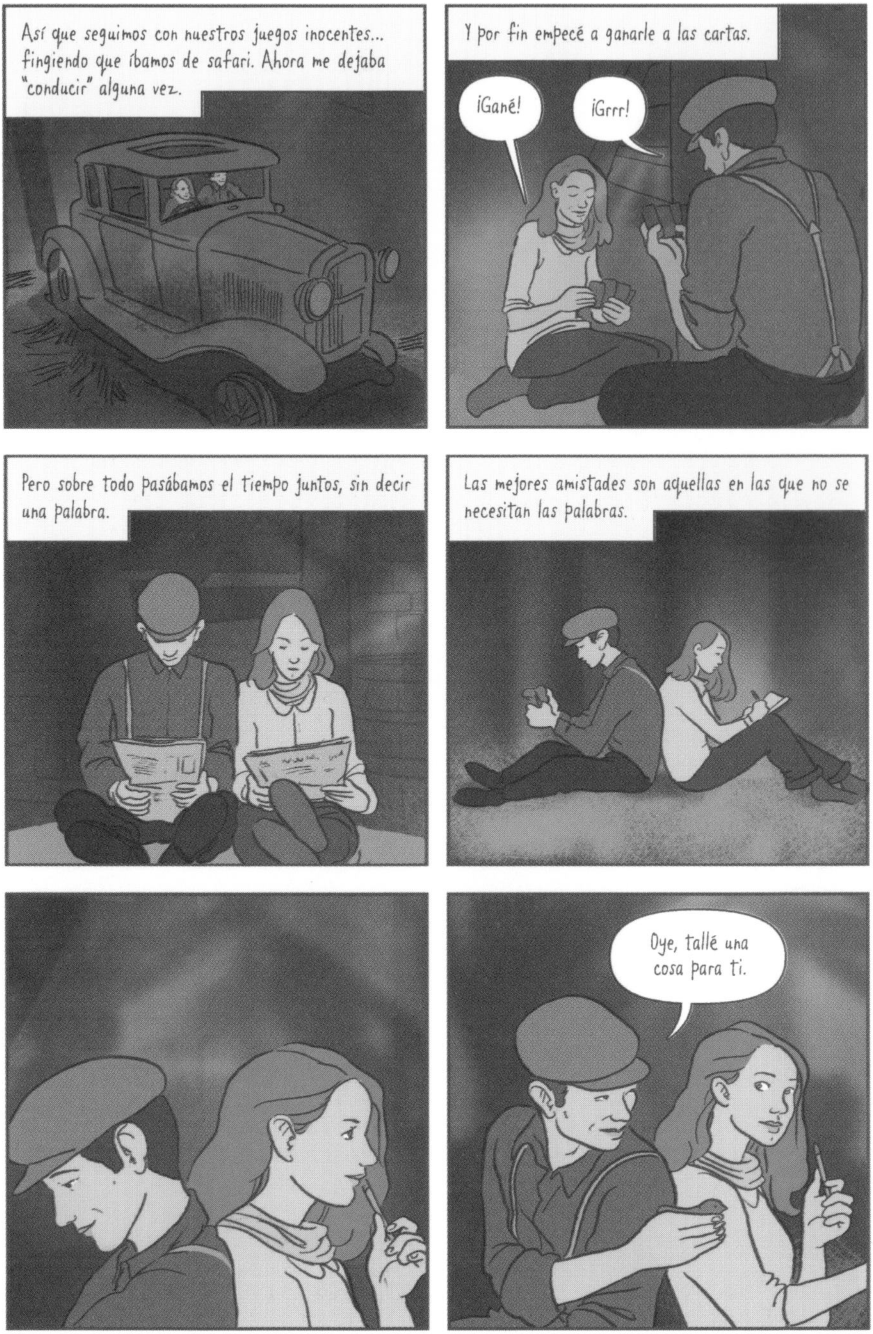

Así que seguimos con nuestros juegos inocentes... fingiendo que íbamos de safari. Ahora me dejaba "conducir" alguna vez.
Y por fin empecé a ganarle a las cartas.
¡Gané!
¡Grrr!
Pero sobre todo pasábamos el tiempo juntos, sin decir una palabra.
Las mejores amistades son aquellas en las que no se necesitan las palabras.
Oye, tallé una cosa para ti.

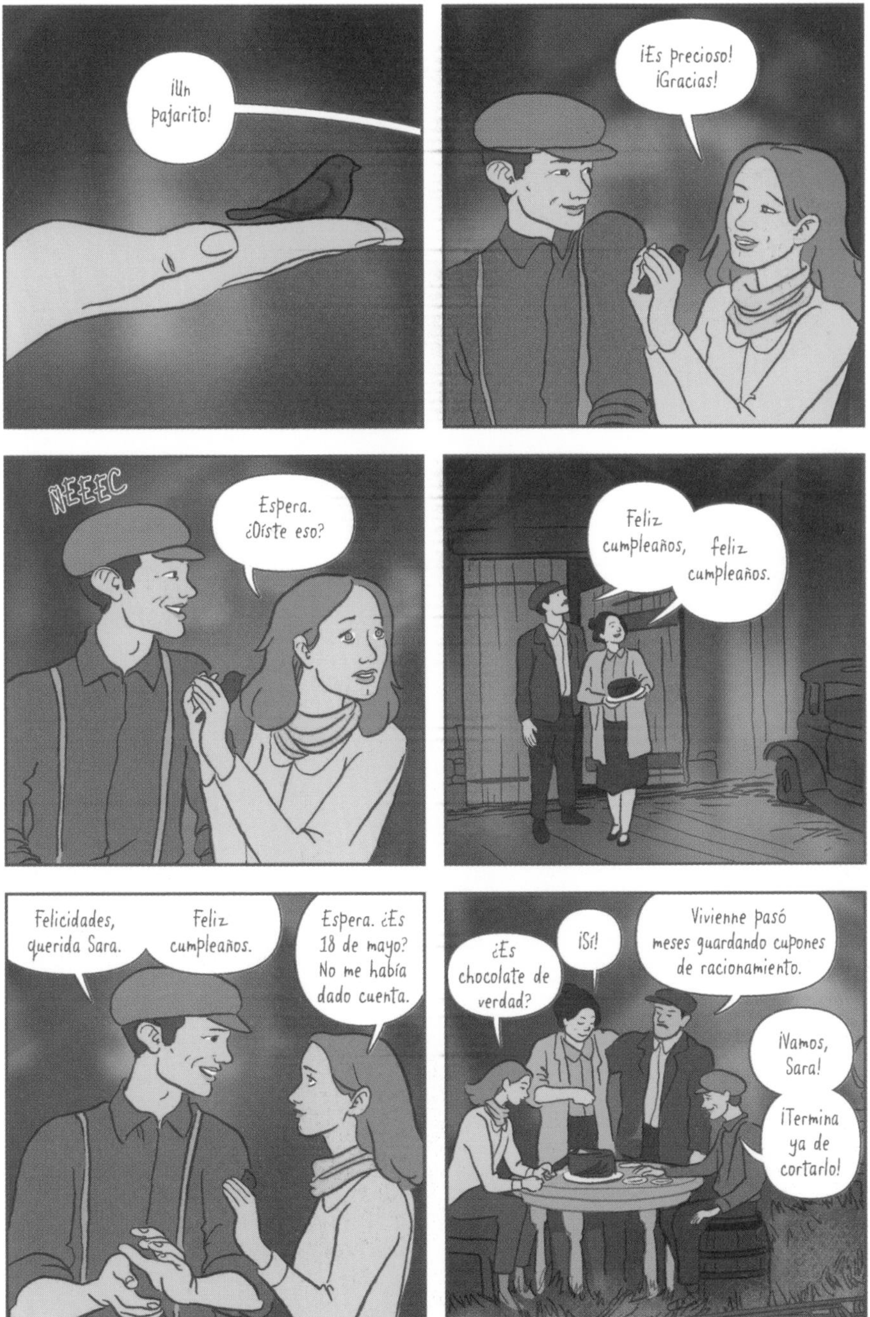
¡Un pajarito!
¡Es precioso! ¡Gracias!
ÑEEEC
Espera. ¿Oíste eso?
Feliz cumpleaños,
feliz cumpleaños.
Felicidades, querida Sara.
Feliz cumpleaños.
Espera. ¿Es 18 de mayo? No me había dado cuenta.
¿Es chocolate de verdad?
¡Sí!
Vivienne pasó meses guardando cupones de racionamiento.
¡Vamos, Sara!
¡Termina ya de cortarlo!

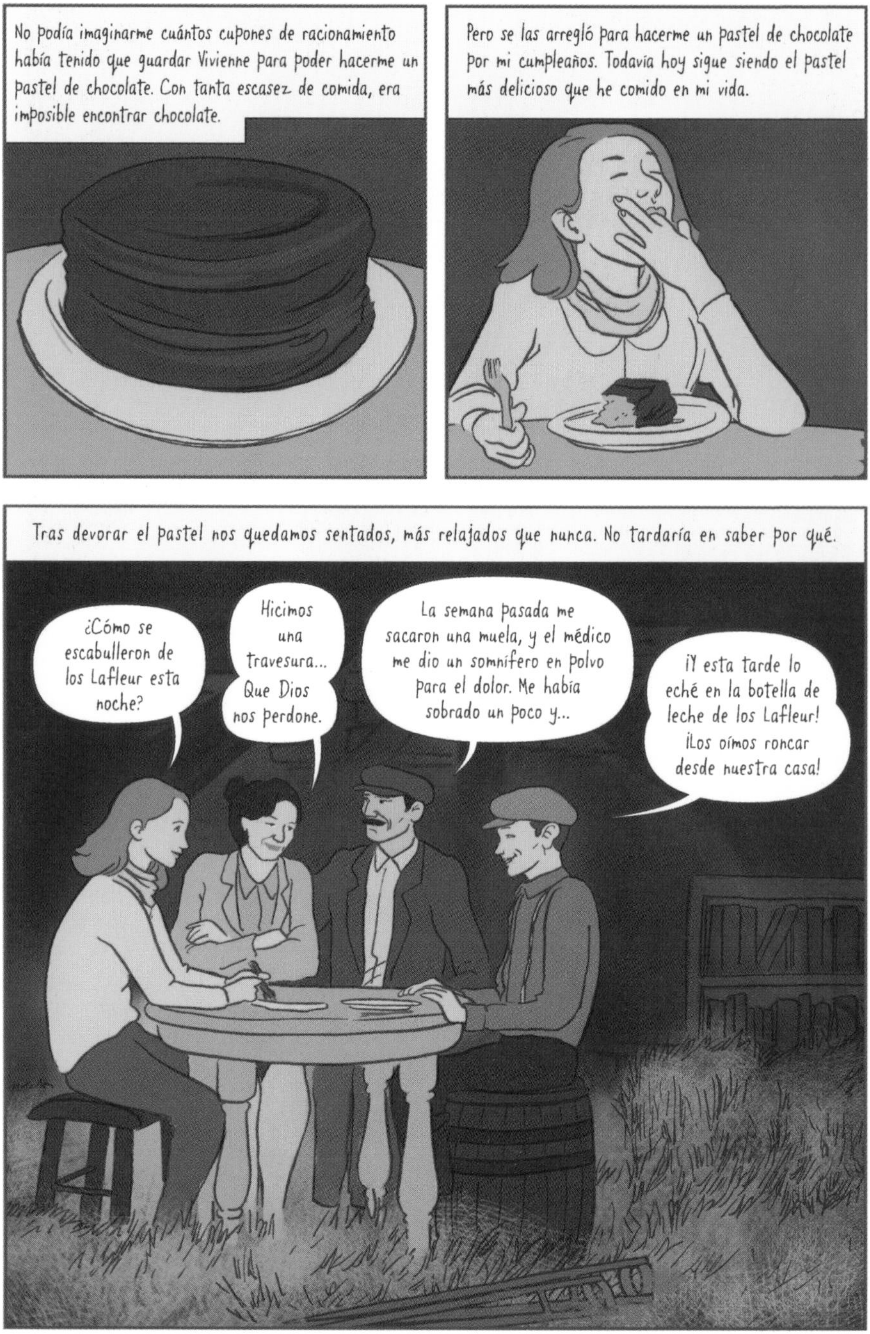
No podía imaginarme cuántos cupones de racionamiento había tenido que guardar Vivienne para poder hacerme un pastel de chocolate. Con tanta escasez de comida, era imposible encontrar chocolate.
Pero se las arregló para hacerme un pastel de chocolate por mi cumpleaños. Todavía hoy sigue siendo el pastel más delicioso que he comido en mi vida.
Tras devorar el pastel nos quedamos sentados, más relajados que nunca. No tardaría en saber por qué.
¿Cómo se escabulleron de los Lafleur esta noche?
Hicimos una travesura...
Que Dios nos perdone.
La semana pasada me sacaron una muela, y el médico me dio un somnífero en polvo para el dolor. Me había sobrado un poco y...
¡Y esta tarde lo eché en la botella de leche de los Lafleur! ¡Los oímos roncar desde nuestra casa!

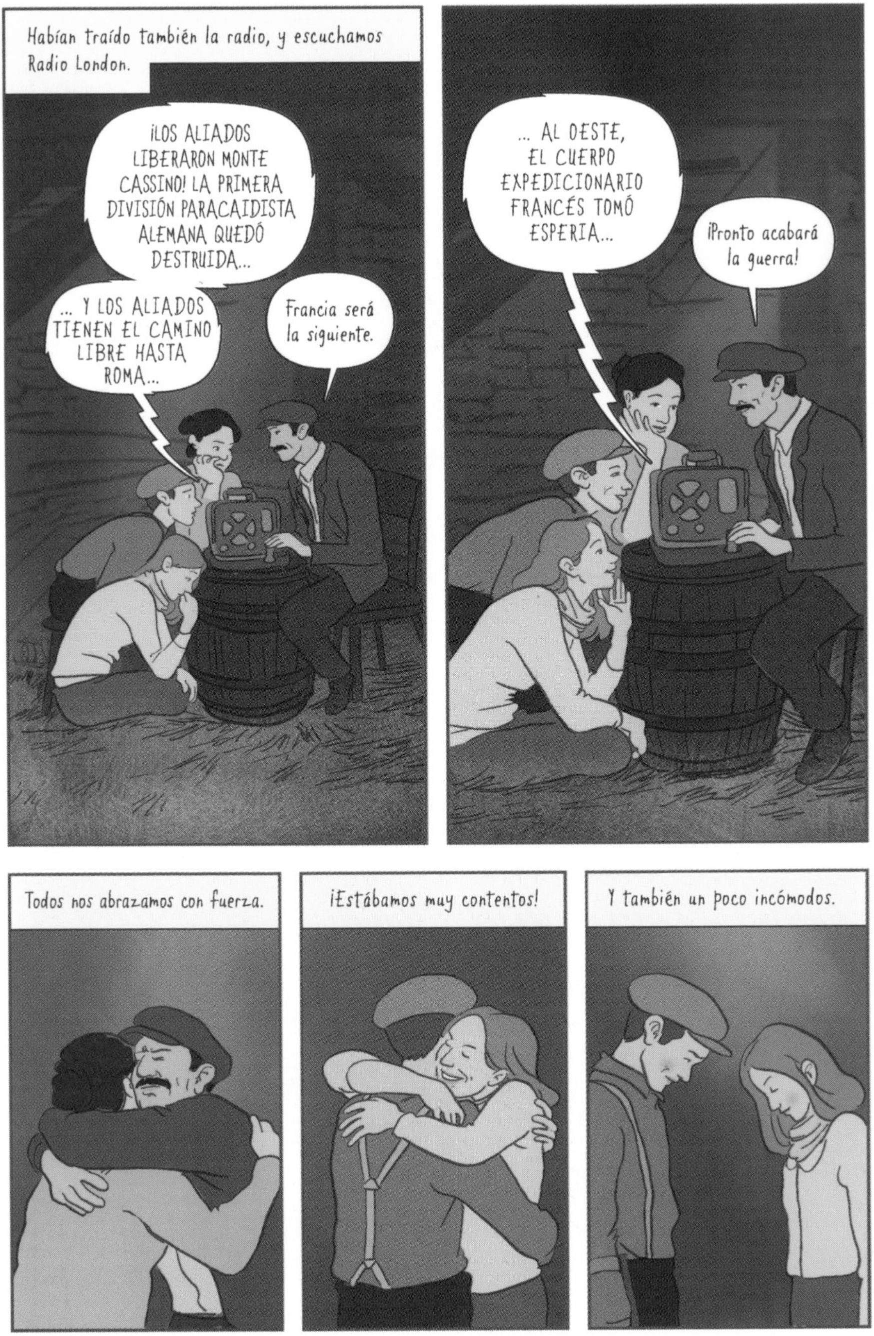
Habían traído también la radio, y escuchamos Radio London.
¡LOS ALIADOS LIBERARON MONTE CASSINO! LA PRIMERA DIVISIÓN PARACAIDISTA ALEMANA QUEDÓ DESTRUIDA...
... Y LOS ALIADOS TIENEN EL CAMINO LIBRE HASTA ROMA...
Francia será la siguiente.
... AL OESTE, EL CUERPO EXPEDICIONARIO FRANCÉS TOMÓ ESPERIA...
¡Pronto acabará la guerra!
Todos nos abrazamos con fuerza.
¡Estábamos muy contentos!
Y también un poco incómodos.

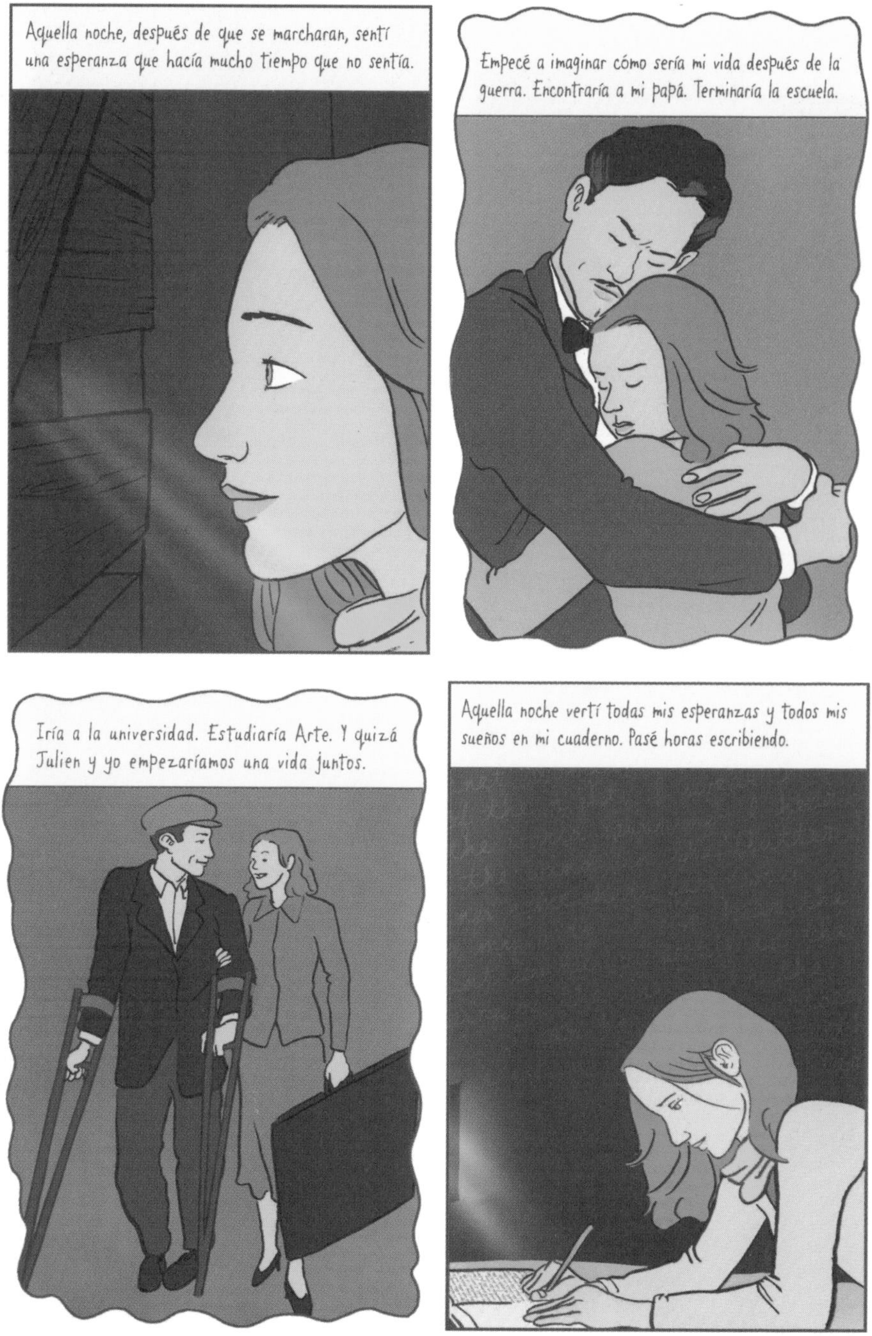
Aquella noche, después de que se marcharan, sentí una esperanza que hacía mucho tiempo que no sentía.
Empecé a imaginar cómo sería mi vida después de la guerra. Encontraría a mi papá. Terminaría la escuela.
Iría a la universidad. Estudiaría Arte. Y quizá Julien y yo empezaríamos una vida juntos.
Aquella noche vertí todas mis esperanzas y todos mis sueños en mi cuaderno. Pasé horas escribiendo.

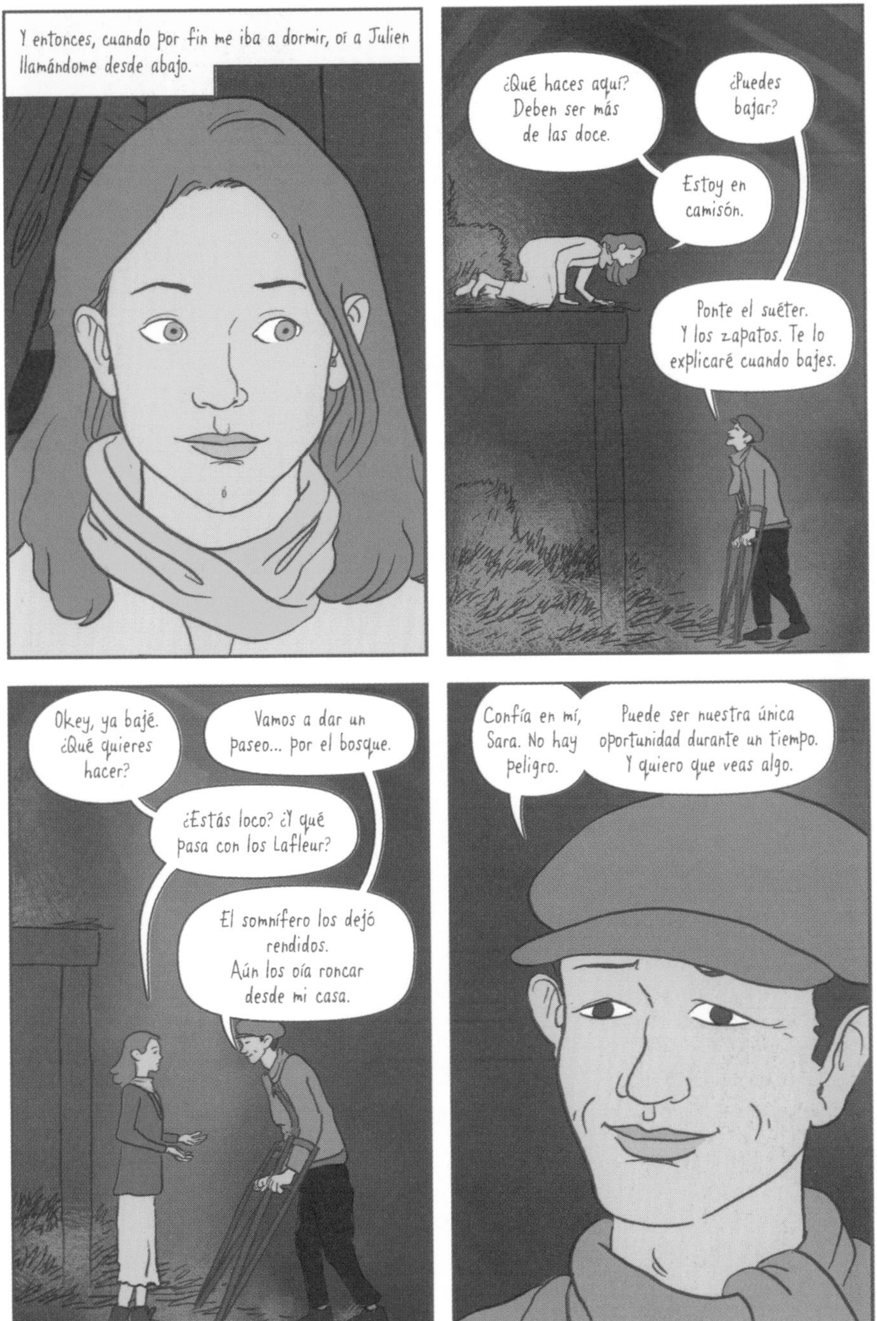

Y entonces, cuando por fin me iba a dormir, oí a Julien llamándome desde abajo.
¿Qué haces aquí? Deben ser más de las doce.
¿Puedes bajar?
Estoy en camisón.
Ponte el suéter. Y los zapatos. Te lo explicaré cuando bajes.
Okey, ya bajé. ¿Qué quieres hacer?
Vamos a dar un paseo... por el bosque.
¿Estás loco? ¿Y qué pasa con los Lafleur?
El somnífero los dejó rendidos. Aún los oía roncar desde mi casa.
Confía en mí, Sara. No hay peligro.
Puede ser nuestra única oportunidad durante un tiempo. Y quiero que veas algo.

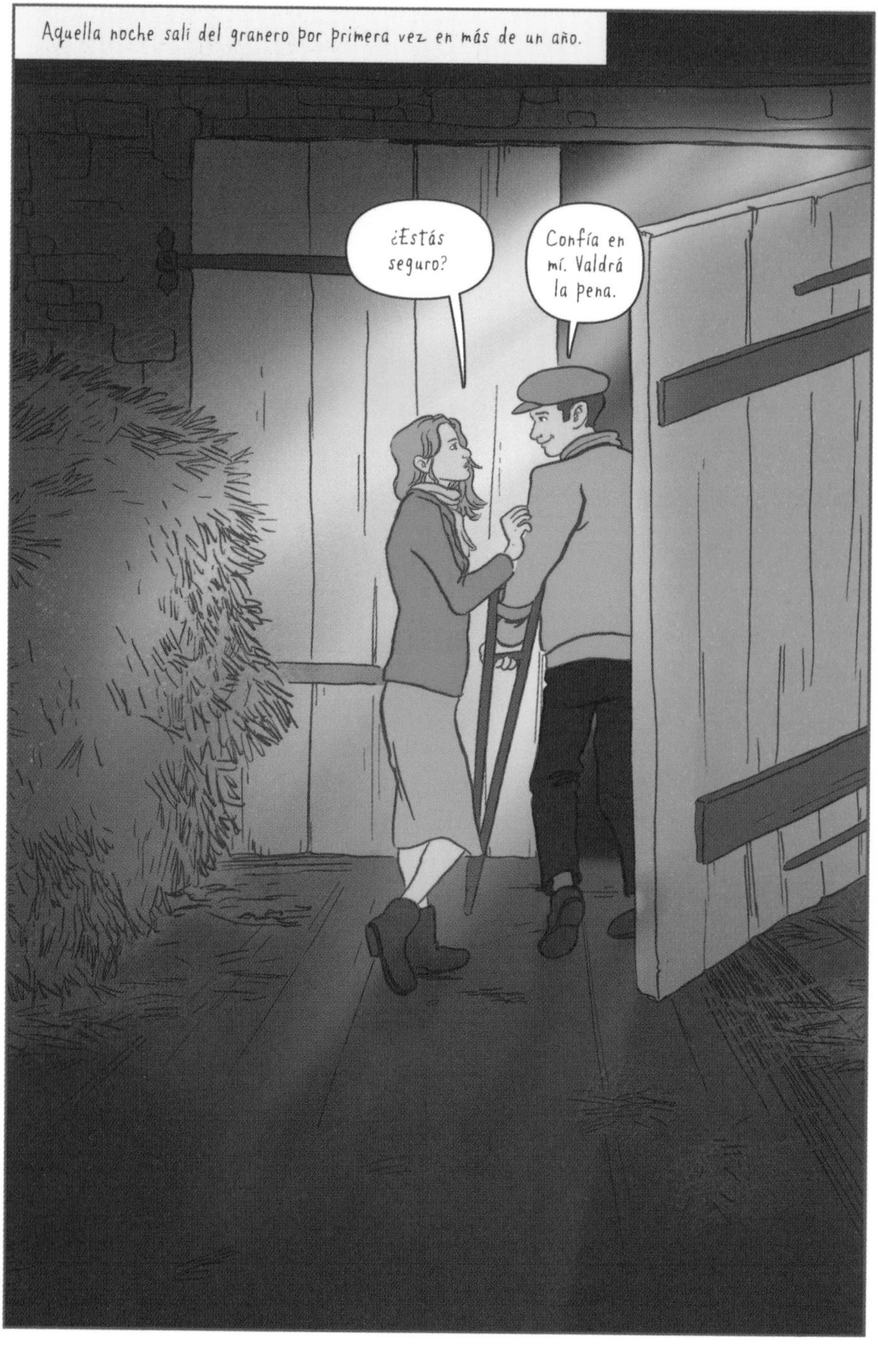
Aquella noche salí del granero por primera vez en más de un año.
¿Estás seguro?
Confía en mí. Valdrá la pena.

¡MON *DIEU*, TENÍA RAZÓN! ¡VALDRÍA LA PENA! LAS CAMPANILLAS ACABABAN DE FLORECER. EL SUELO DEL BOSQUE BRILLABA A LA LUZ DE LA LUNA, LITERALMENTE.

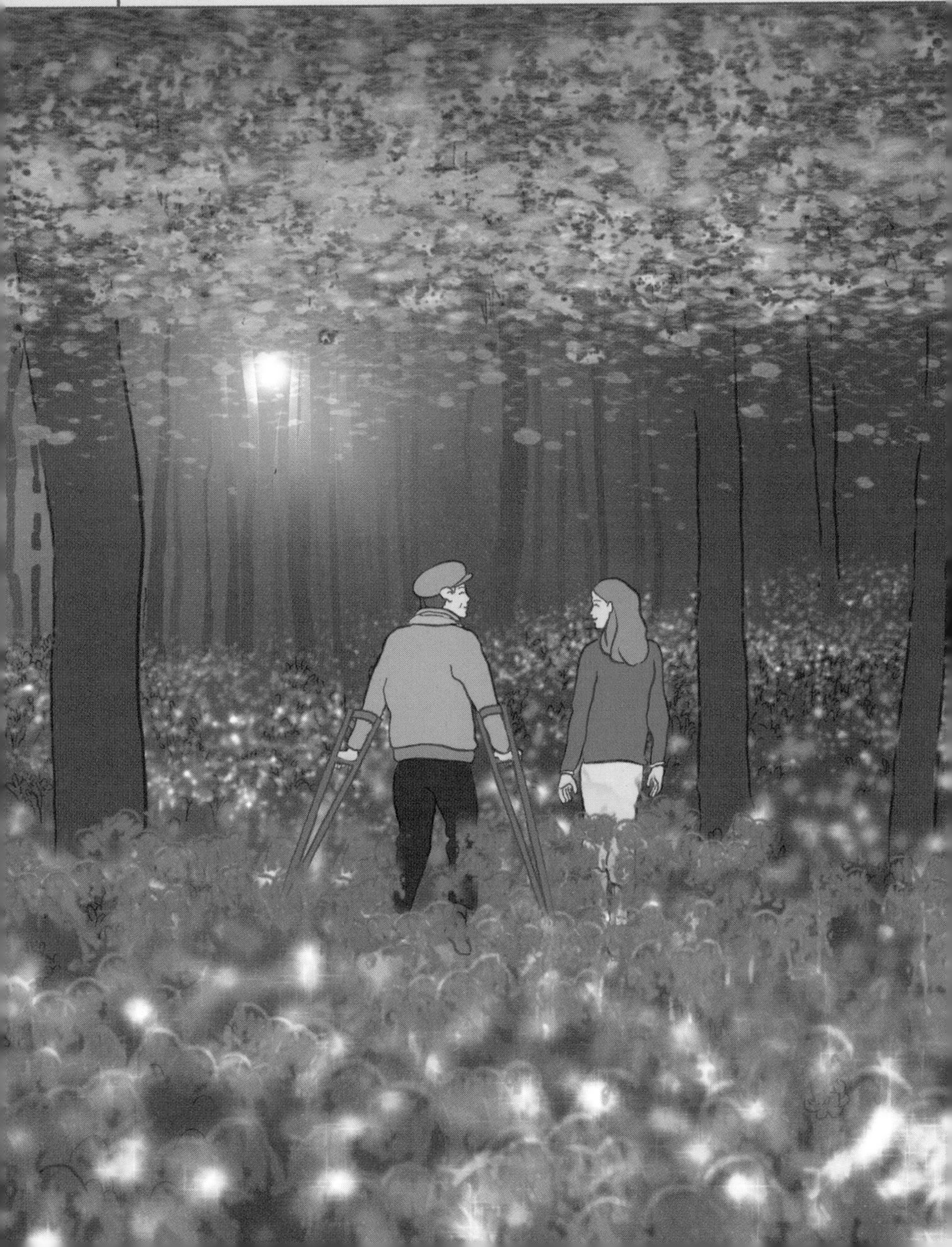

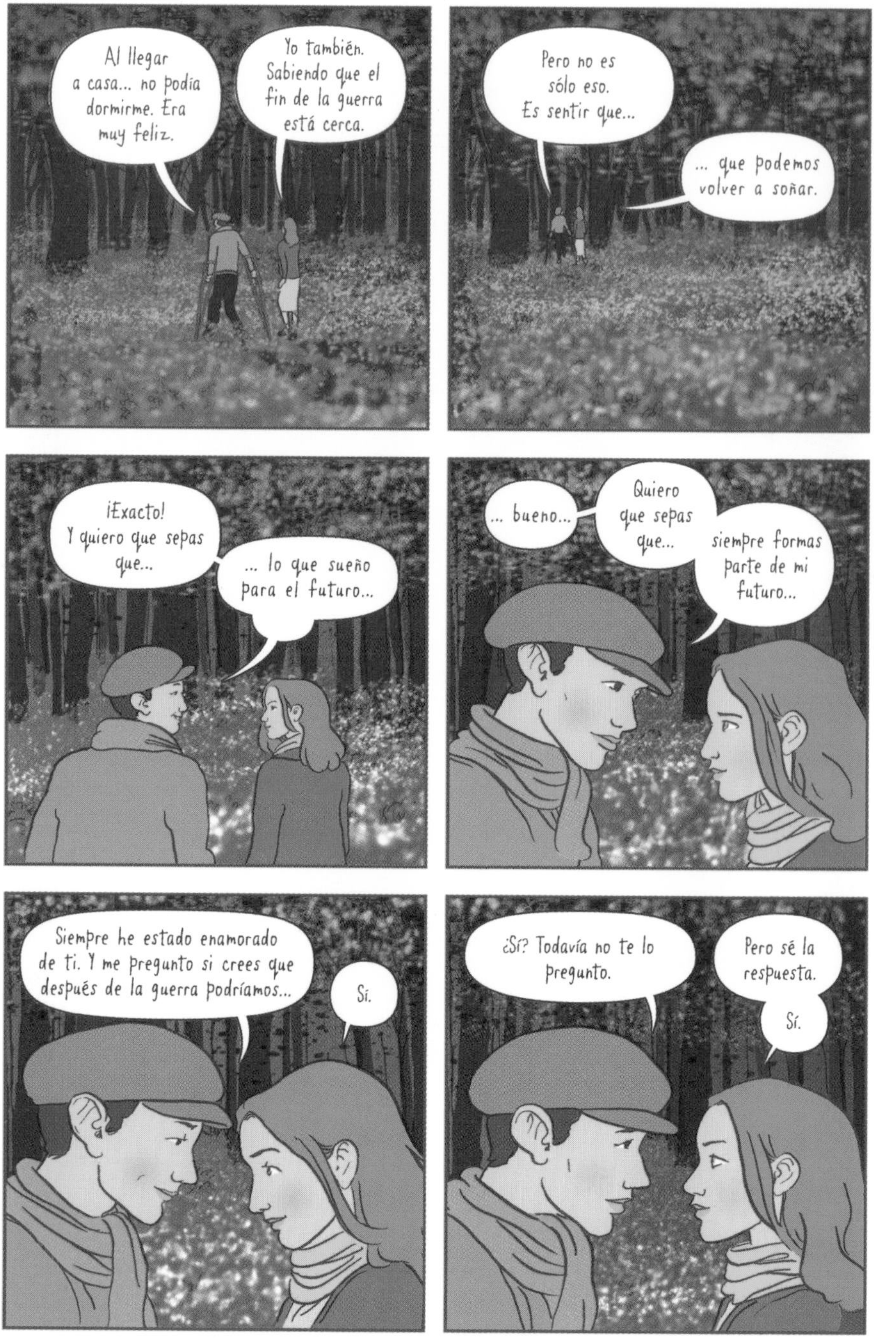

Al llegar a casa... no podía dormirme. Era muy feliz.
Yo también. Sabiendo que el fin de la guerra está cerca.
Pero no es sólo eso. Es sentir que...
... que podemos volver a soñar.
¡Exacto! Y quiero que sepas que...
... lo que sueño para el futuro...
... bueno...
Quiero que sepas que...
siempre formas parte de mi futuro...
Siempre he estado enamorado de ti. Y me pregunto si crees que después de la guerra podríamos...
Sí.
¿Sí? Todavía no te lo pregunto.
Pero sé la respuesta.
Sí.

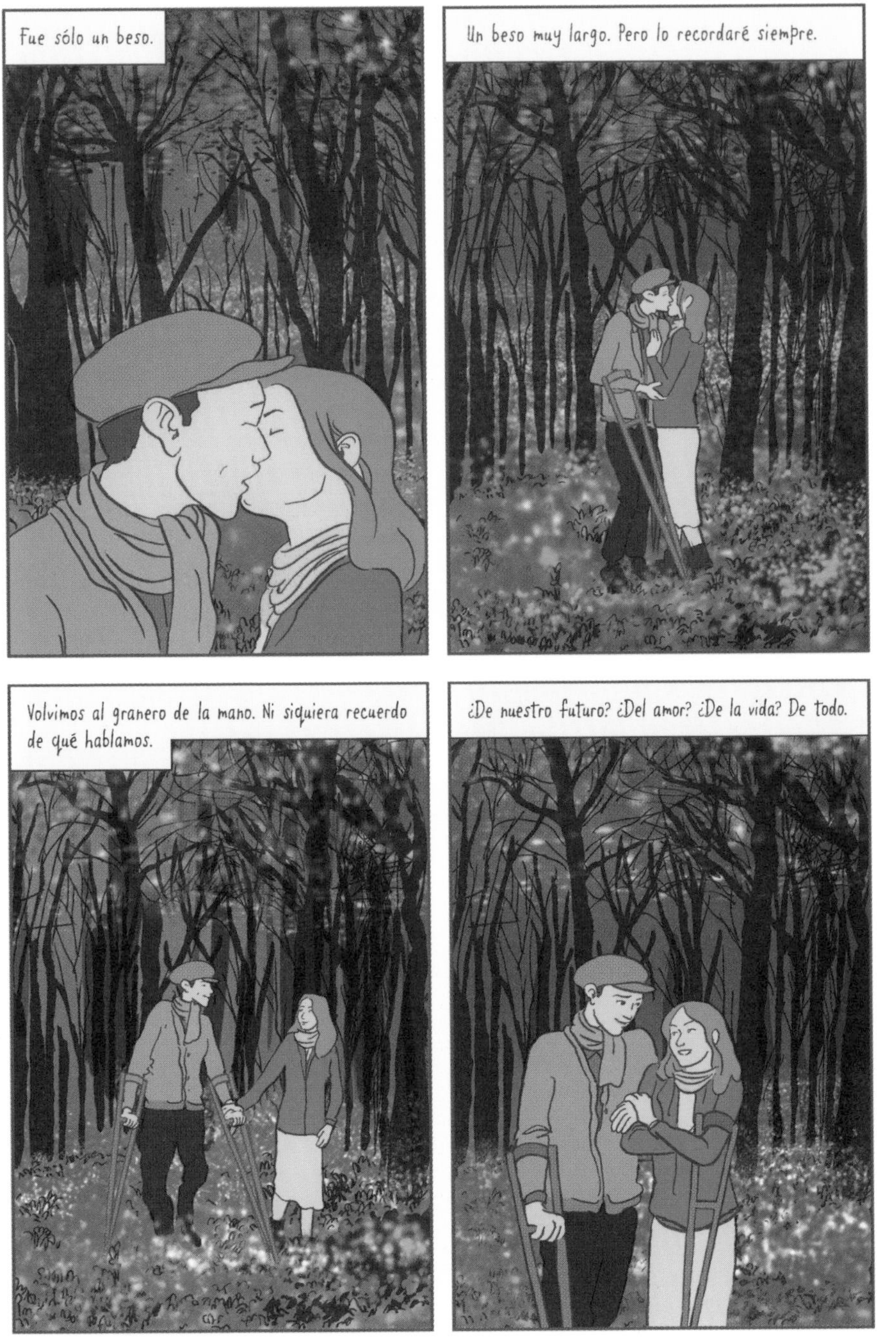
Fue sólo un beso.
Un beso muy largo. Pero lo recordaré siempre.
Volvimos al granero de la mano. Ni siquiera recuerdo de qué hablamos.
¿De nuestro futuro? ¿Del amor? ¿De la vida? De todo.

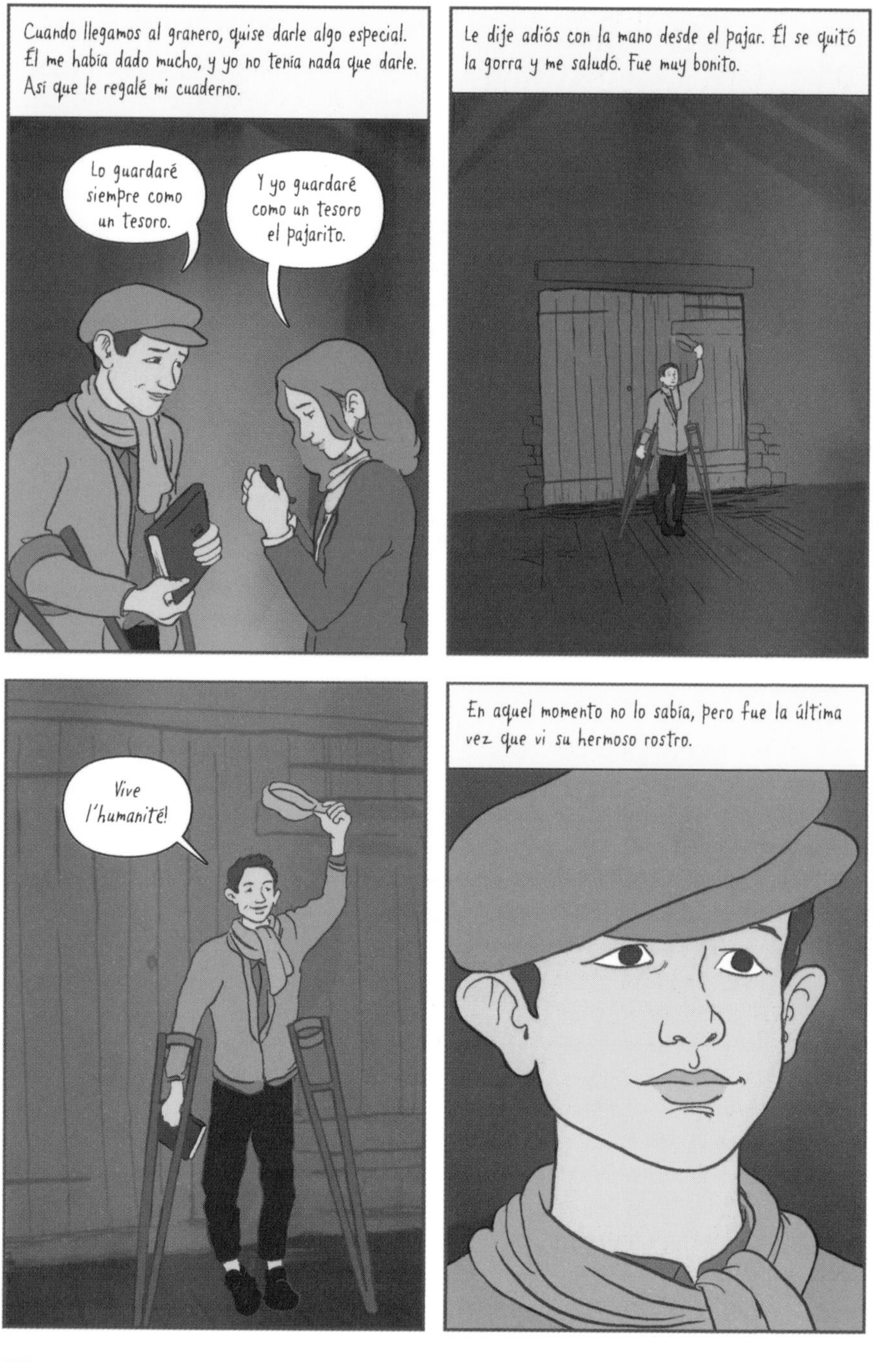

Cuando llegamos al granero, quise darle algo especial. Él me había dado mucho, y yo no tenía nada que darle. Así que le regalé mi cuaderno.
Lo guardaré siempre como un tesoro.
Y yo guardaré como un tesoro el pajarito.
Le dije adiós con la mano desde el pajar. Él se quitó la gorra y me saludó. Fue muy bonito.
Vive l'humanité!
En aquel momento no lo sabía, pero fue la última vez que vi su hermoso rostro.

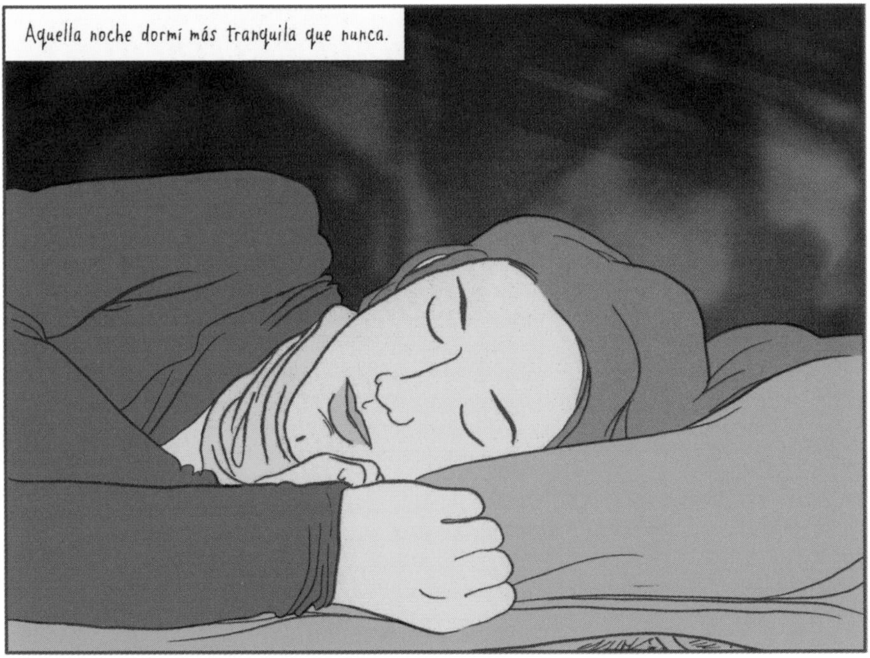
Aquella noche dormí más tranquila que nunca.

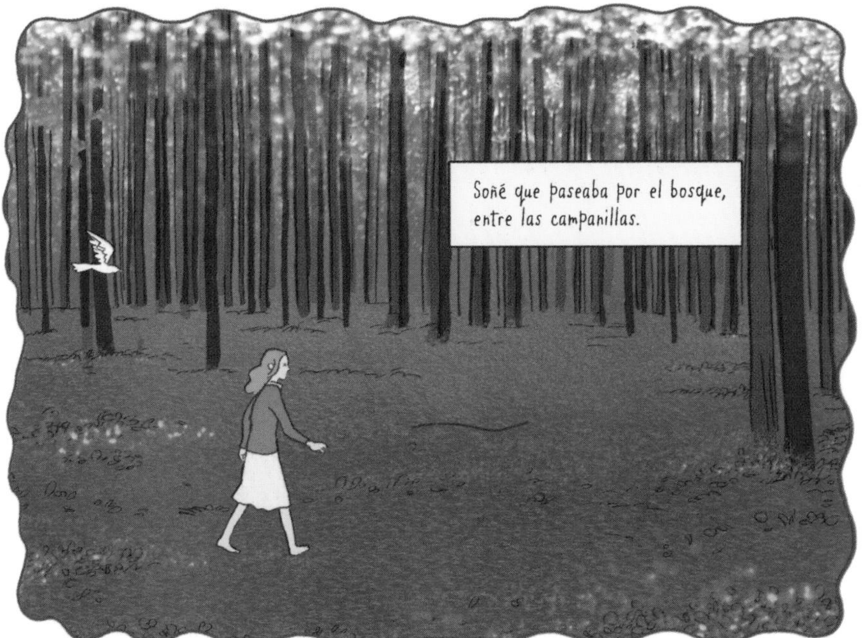
Soñé que paseaba por el bosque,
entre las campanillas.

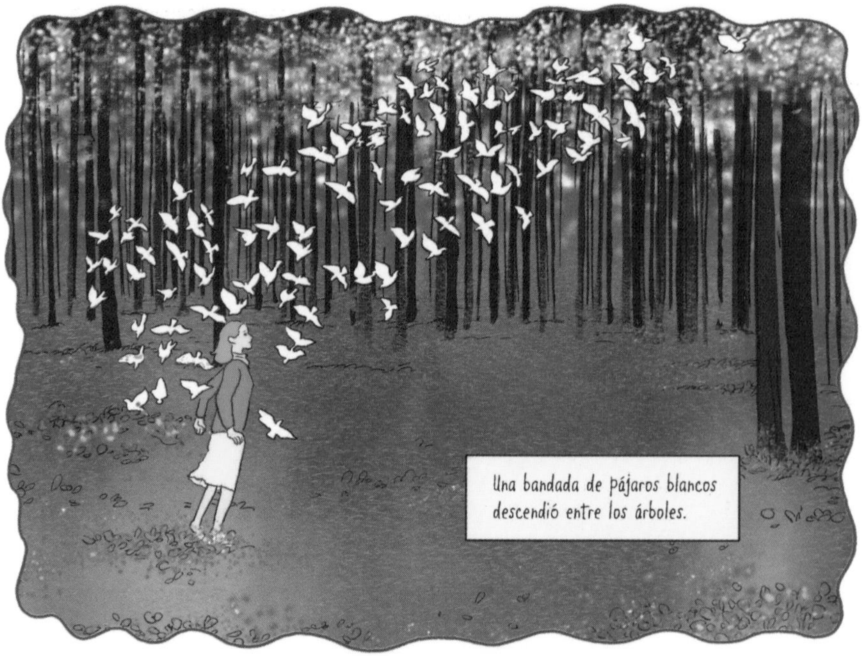
Una bandada de pájaros blancos descendió entre los árboles.

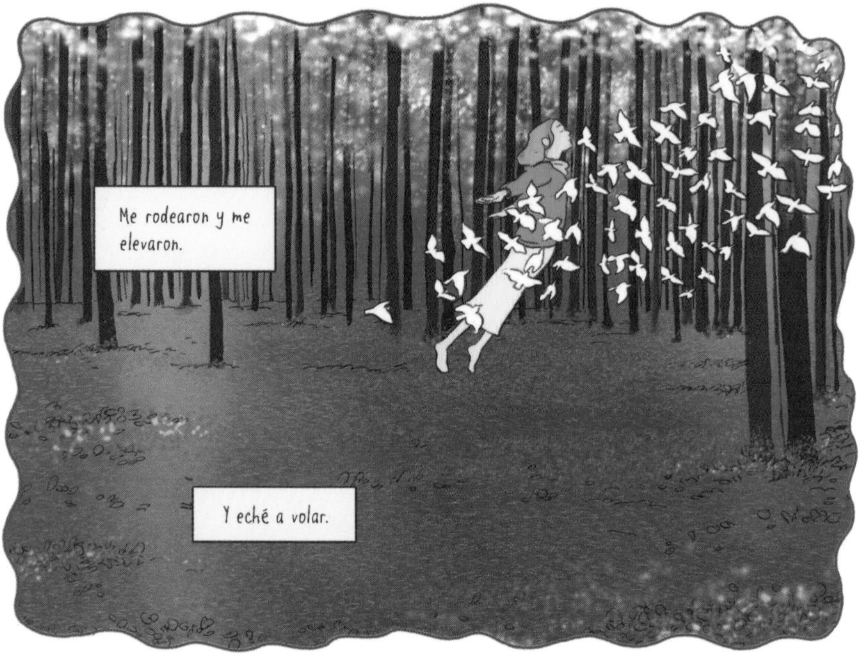
Me rodearon y me elevaron.
Y eché a volar.

AQUELLA NOCHE HABÍA VERTIDO MI CORAZÓN Y MI ALMA EN EL CUADERNO. LA VERDAD ES QUE QUERÍA QUE JULIEN LO LEYERA. QUERÍA QUE SUPIERA LO QUE SENTÍA POR ÉL.

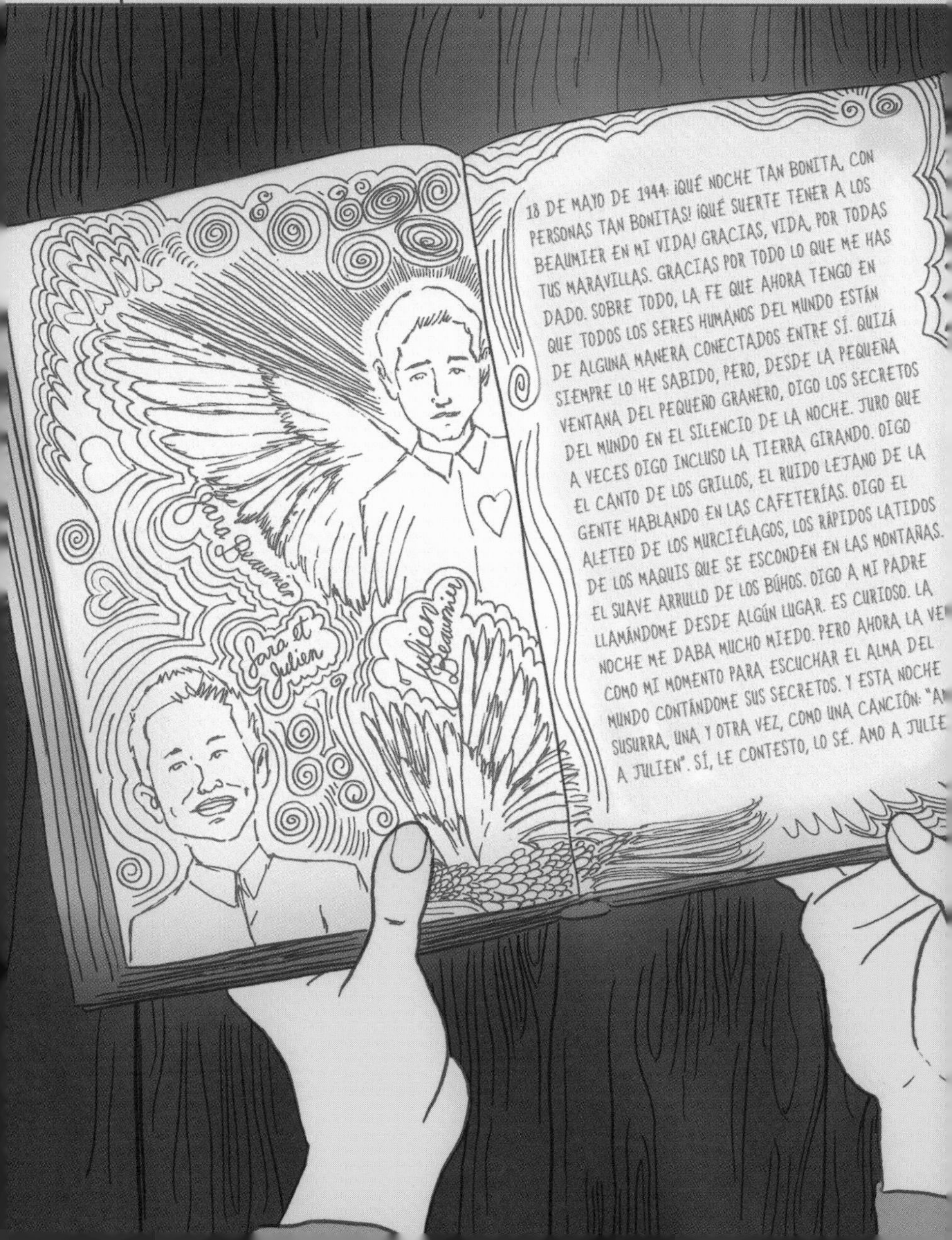
Sara Beaumier
Sara et Julien
Julien Beaumier
18 DE MAYO DE 1944: ¡QUÉ NOCHE TAN BONITA, CON
PERSONAS TAN BONITAS! ¡QUÉ SUERTE TENER A LOS
BEAUMIER EN MI VIDA! GRACIAS, VIDA, POR TODAS
TUS MARAVILLAS. GRACIAS POR TODO LO QUE ME HAS
DADO. SOBRE TODO, LA FE QUE AHORA TENGO EN
QUE TODOS LOS SERES HUMANOS DEL MUNDO ESTÁN
DE ALGUNA MANERA CONECTADOS ENTRE SÍ. QUIZÁ
SIEMPRE LO HE SABIDO, PERO, DESDE LA PEQUEÑA
VENTANA DEL PEQUEÑO GRANERO, OIGO LOS SECRETOS
DEL MUNDO EN EL SILENCIO DE LA NOCHE. JURO QUE
A VECES OIGO INCLUSO LA TIERRA GIRANDO. OIGO
EL CANTO DE LOS GRILLOS, EL RUIDO LEJANO DE LA
GENTE HABLANDO EN LAS CAFETERÍAS. OIGO EL
ALETEO DE LOS MURCIÉLAGOS, LOS RÁPIDOS LATIDOS
DE LOS MAQUIS QUE SE ESCONDEN EN LAS MONTAÑAS.
EL SUAVE ARRULLO DE LOS BÚHOS. OIGO A MI PADRE
LLAMÁNDOME DESDE ALGÚN LUGAR. ES CURIOSO. LA
NOCHE ME DABA MUCHO MIEDO. PERO AHORA LA VE
COMO MI MOMENTO PARA ESCUCHAR EL ALMA DEL
MUNDO CONTÁNDOME SUS SECRETOS. Y ESTA NOCHE
SUSURRA, UNA Y OTRA VEZ, COMO UNA CANCIÓN: "A
A JULIEN". SÍ, LE CONTESTO, LO SÉ. AMO A JULIE

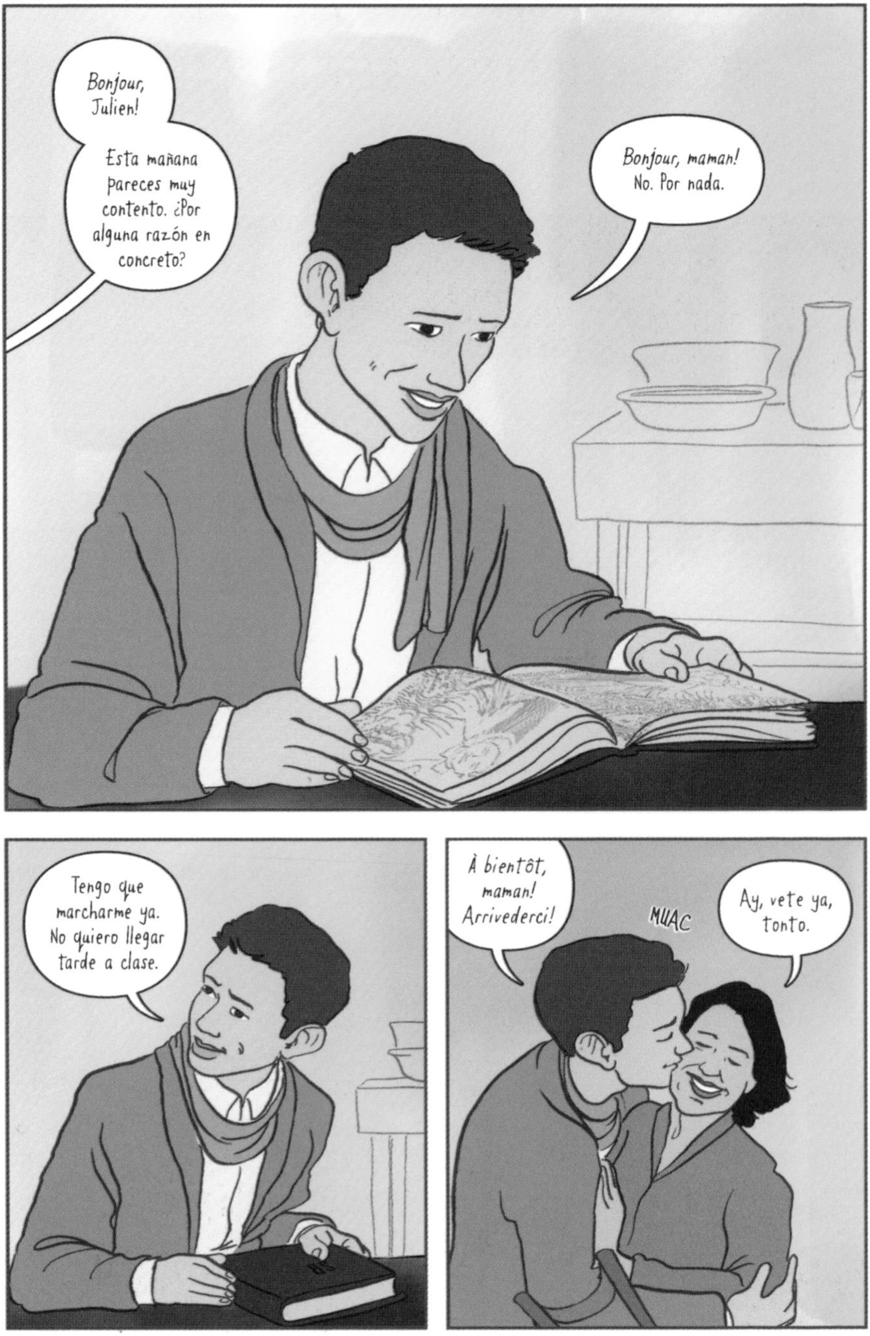
Bonjour, Julien!
Esta mañana pareces muy contento. ¿Por alguna razón en concreto?
Bonjour, maman! No. Por nada.
Tengo que marcharme ya. No quiero llegar tarde a clase.
À bientôt, maman! Arrivederci!
MUAC
Ay, vete ya, tonto.

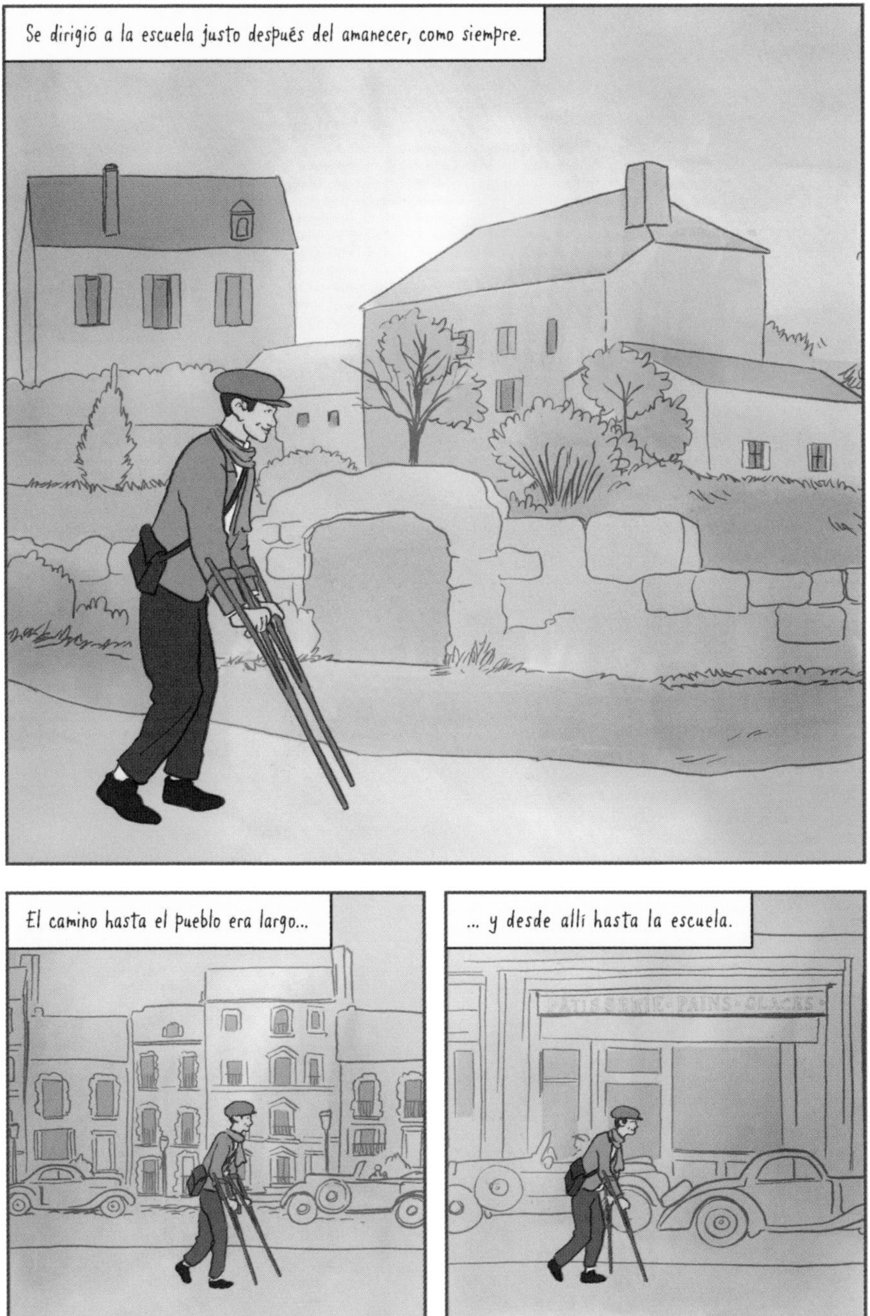
Se dirigió a la escuela justo después del amanecer, como siempre.
El camino hasta el pueblo era largo...
... y desde allí hasta la escuela.
PATISSERIE • PAINS • GLACES

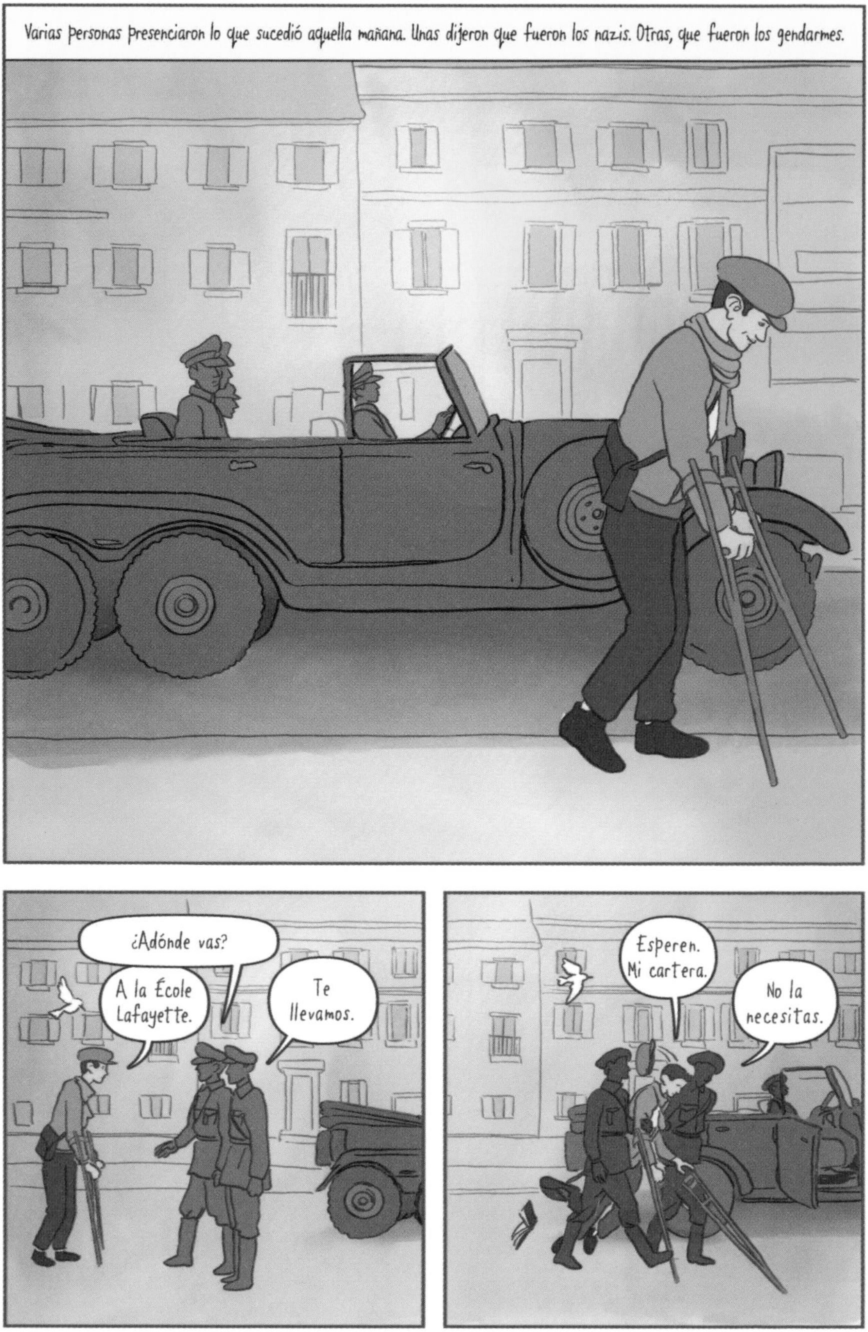
Varias personas presenciaron lo que sucedió aquella mañana. Unas dijeron que fueron los nazis. Otras, que fueron los gendarmes.
¿Adónde vas?
A la École Lafayette.
Te llevamos.
Esperen. Mi cartera.
No la necesitas.

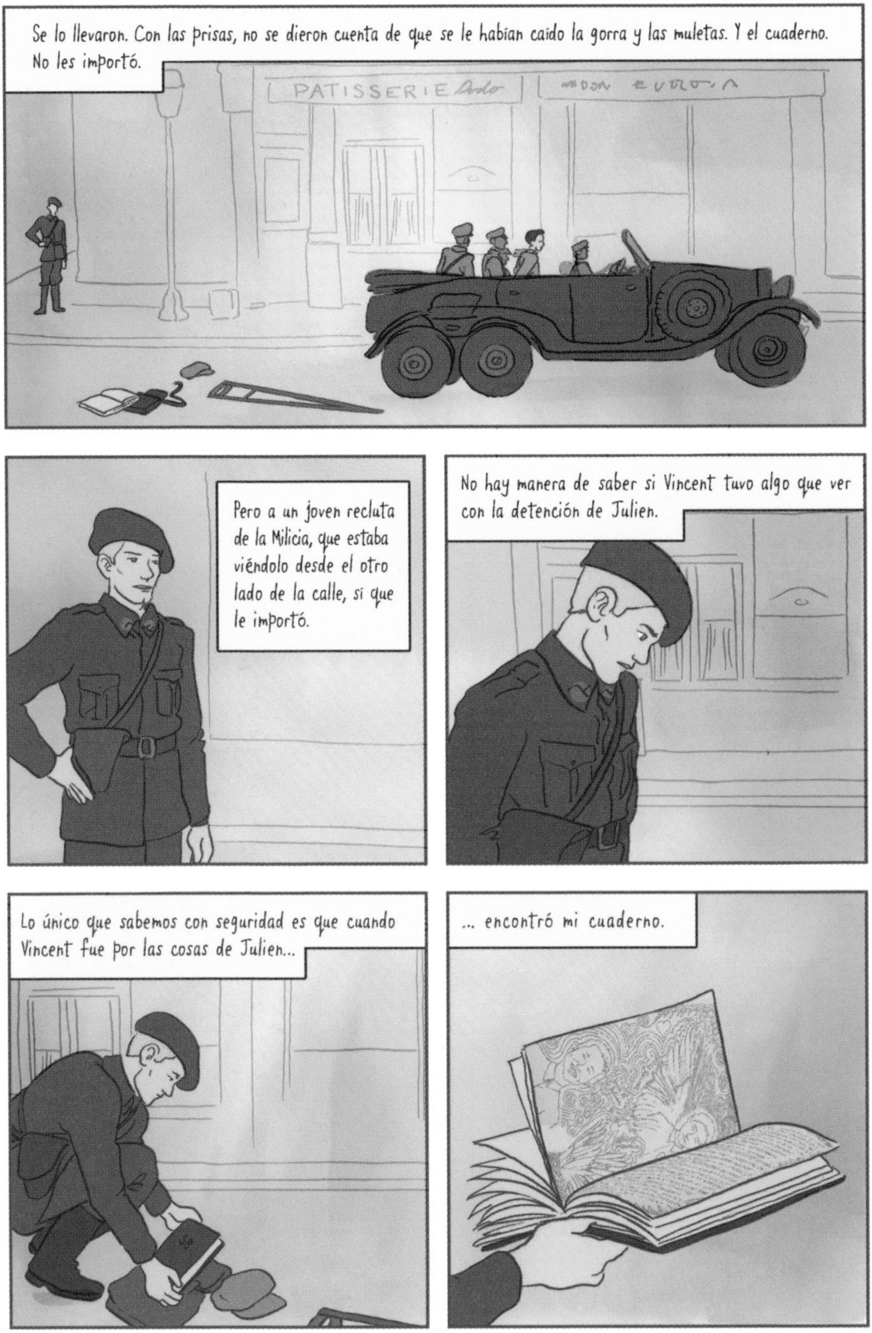
Se lo llevaron. Con las prisas, no se dieron cuenta de que se le habían caído la gorra y las muletas. Y el cuaderno. No les importó.
PATISSERIE
Pero a un joven recluta de la Milicia, que estaba viéndolo desde el otro lado de la calle, sí que le importó.
No hay manera de saber si Vincent tuvo algo que ver con la detención de Julien.
Lo único que sabemos con seguridad es que cuando Vincent fue por las cosas de Julien...
... encontró mi cuaderno.

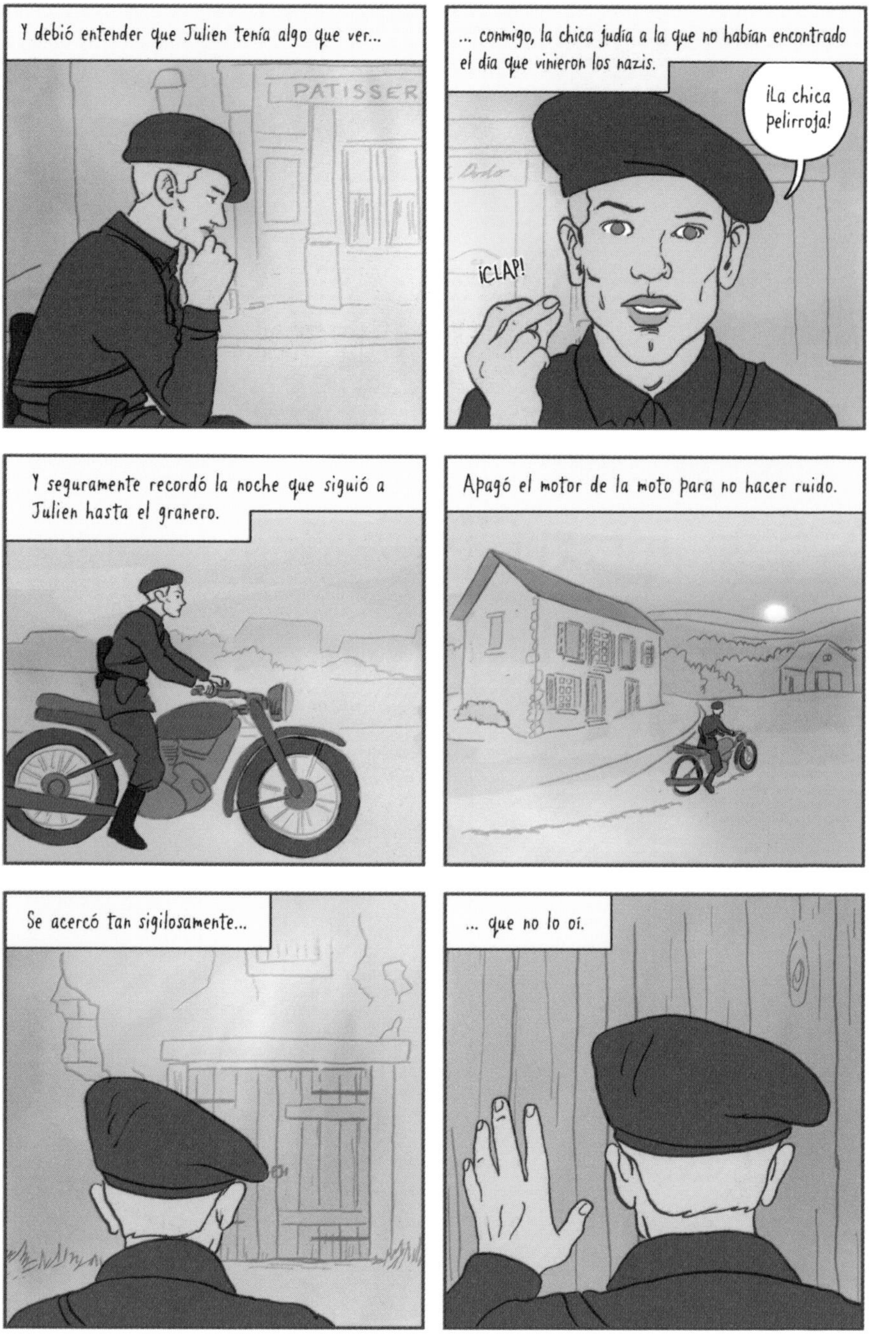
Y debió entender que Julien tenía algo que ver...
PATISSER
... conmigo, la chica judía a la que no habían encontrado el día que vinieron los nazis.
¡La chica pelirroja!
¡CLAP!
Y seguramente recordó la noche que siguió a Julien hasta el granero.
Apagó el motor de la moto para no hacer ruido.
Se acercó tan sigilosamente...
... que no lo oí.

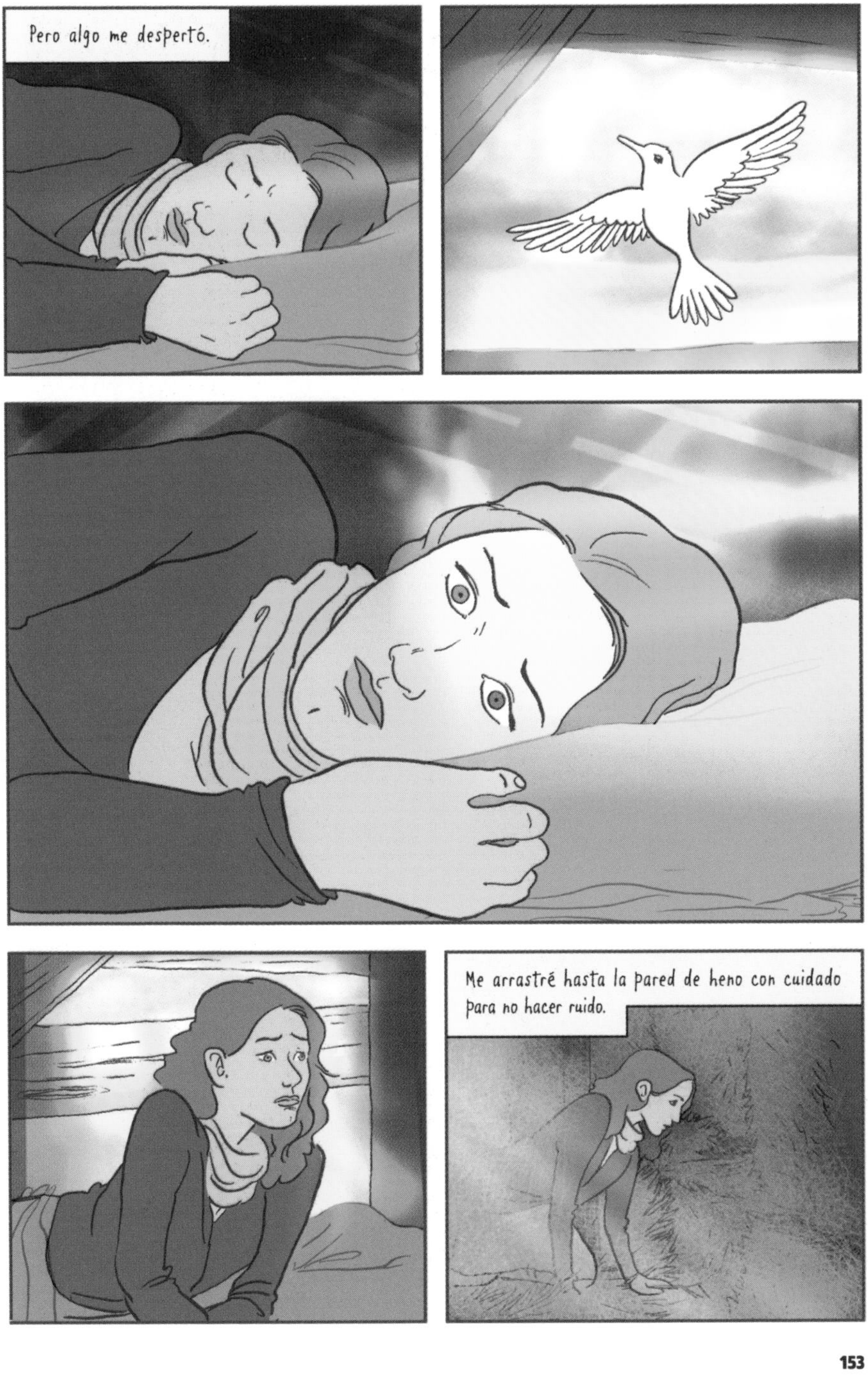
Pero algo me despertó.
Me arrastré hasta la pared de heno con cuidado para no hacer ruido.

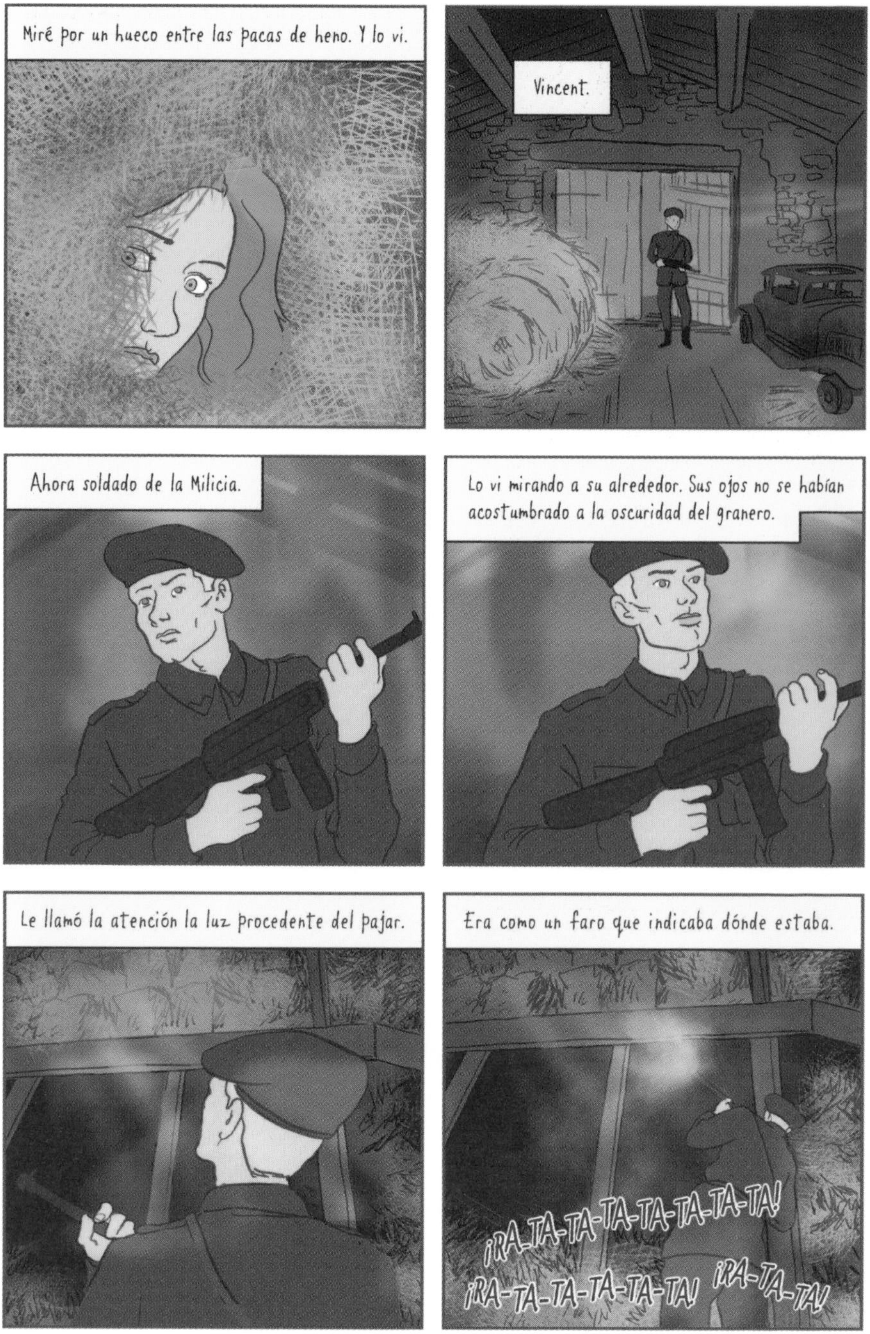
Miré por un hueco entre las pacas de heno. Y lo vi.
Vincent.
Ahora soldado de la Milicia.
Lo vi mirando a su alrededor. Sus ojos no se habían acostumbrado a la oscuridad del granero.
Le llamó la atención la luz procedente del pajar.
Era como un faro que indicaba dónde estaba.
¡RA-TA-TA-TA-TA-TA-TA-TA!
¡RA-TA-TA-TA-TA-TA!
¡RA-TA-TA!

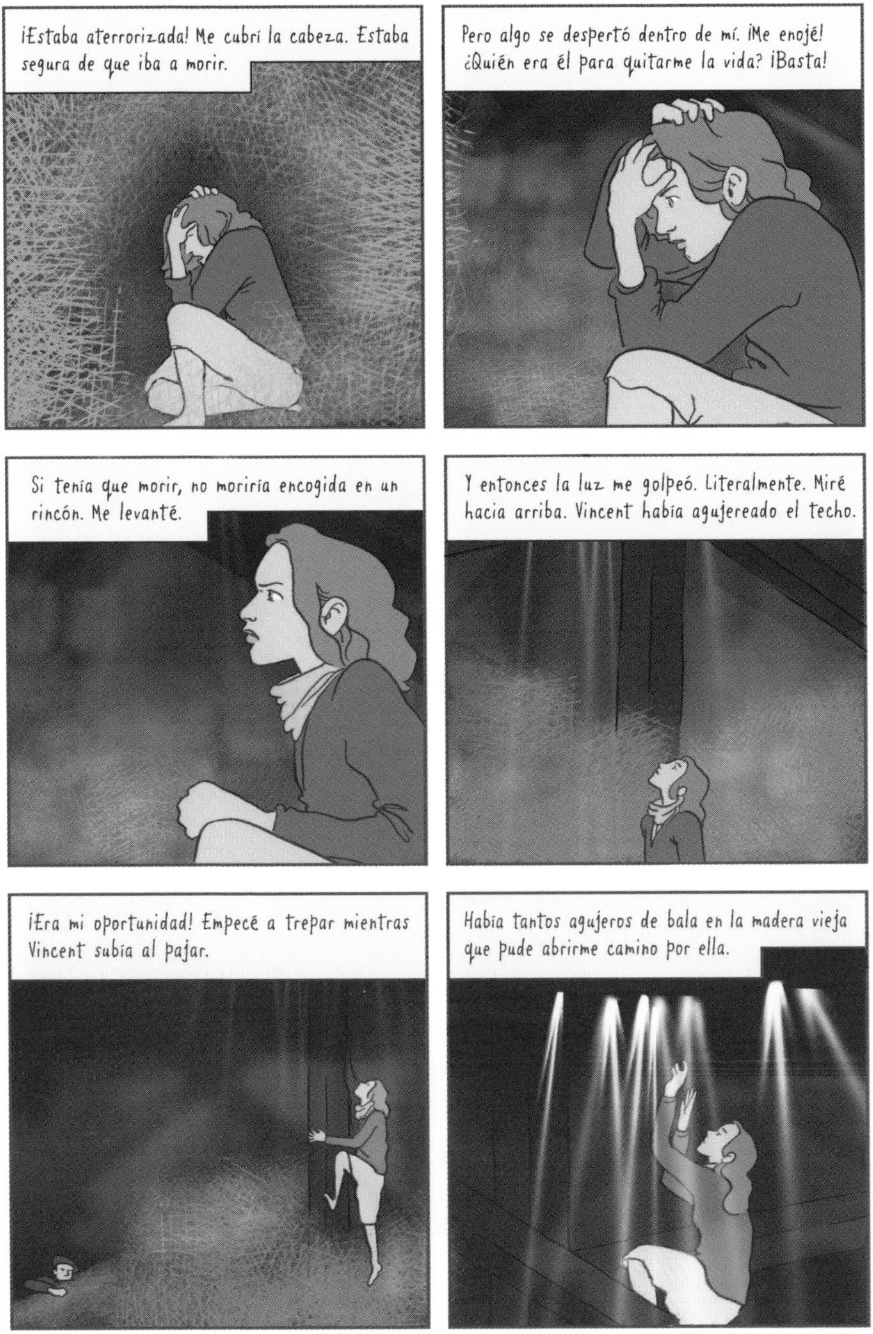
¡Estaba aterrorizada! Me cubrí la cabeza. Estaba segura de que iba a morir.
Pero algo se despertó dentro de mí. ¡Me enojé! ¿Quién era él para quitarme la vida? ¡Basta!
Si tenía que morir, no moriría encogida en un rincón. Me levanté.
Y entonces la luz me golpeó. Literalmente. Miré hacia arriba. Vincent había agujereado el techo.
¡Era mi oportunidad! Empecé a trepar mientras Vincent subía al pajar.
Había tantos agujeros de bala en la madera vieja que pude abrirme camino por ella.

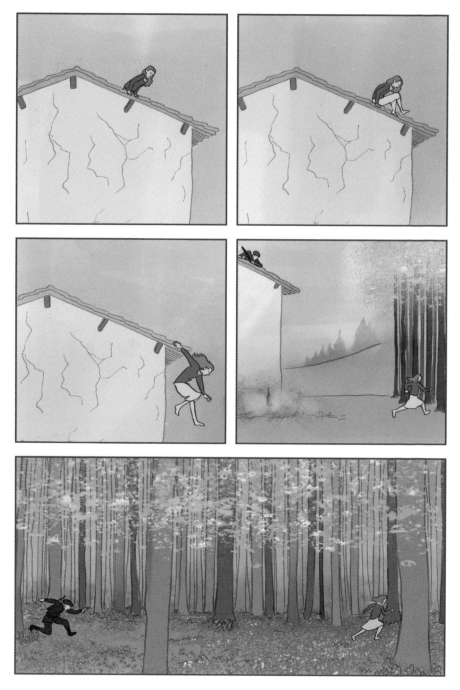

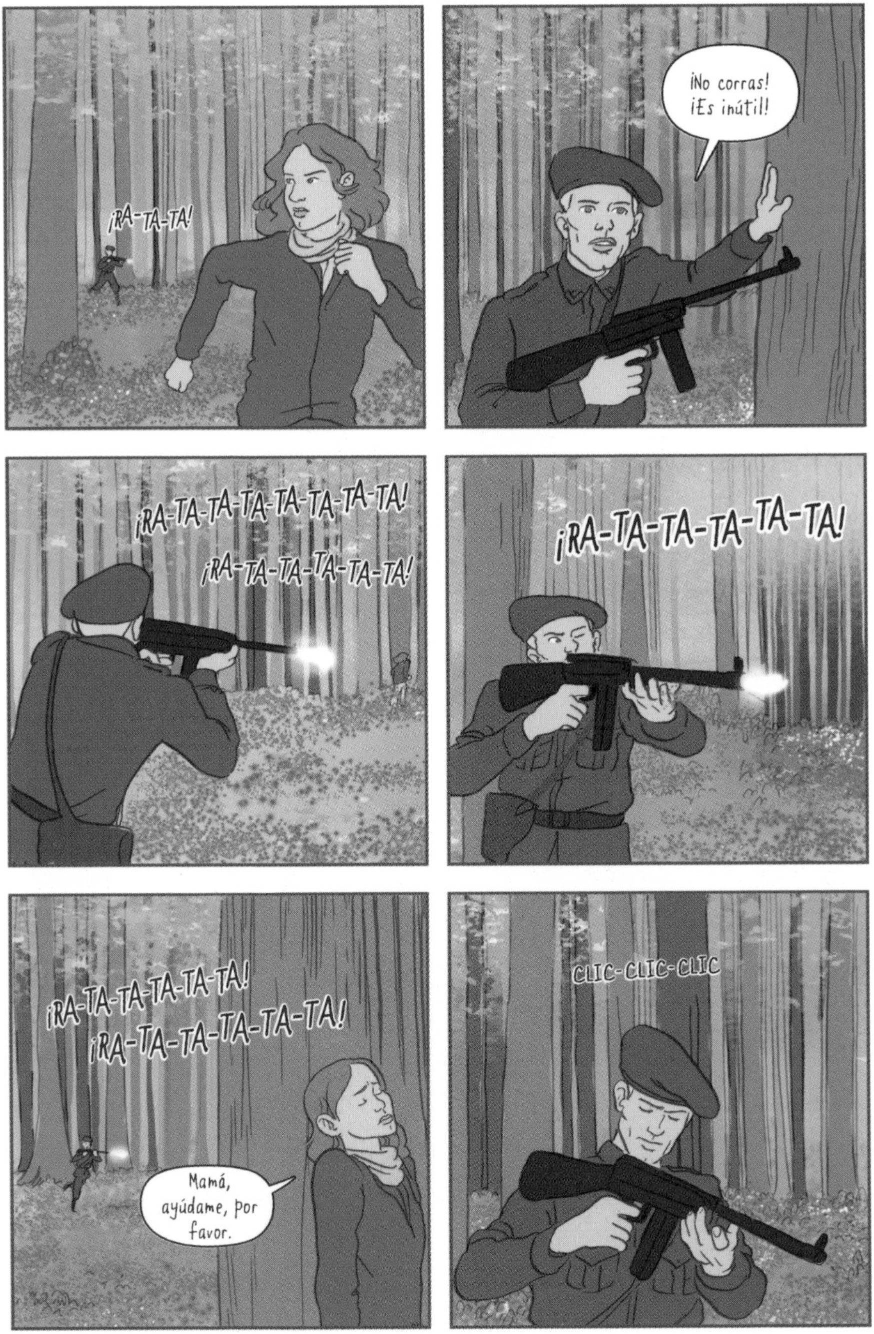
¡RA-TA-TA!
¡No corras! ¡Es inútil!
¡RA-TA-TA-TA-TA-TA-TA-TA!
¡RA-TA-TA-TA-TA-TA!
¡RA-TA-TA-TA-TA-TA!
¡RA-TA-TA-TA-TA-TA!
¡RA-TA-TA-TA-TA-TA!
Mamá, ayúdame, por favor.
CLIC-CLIC-CLIC

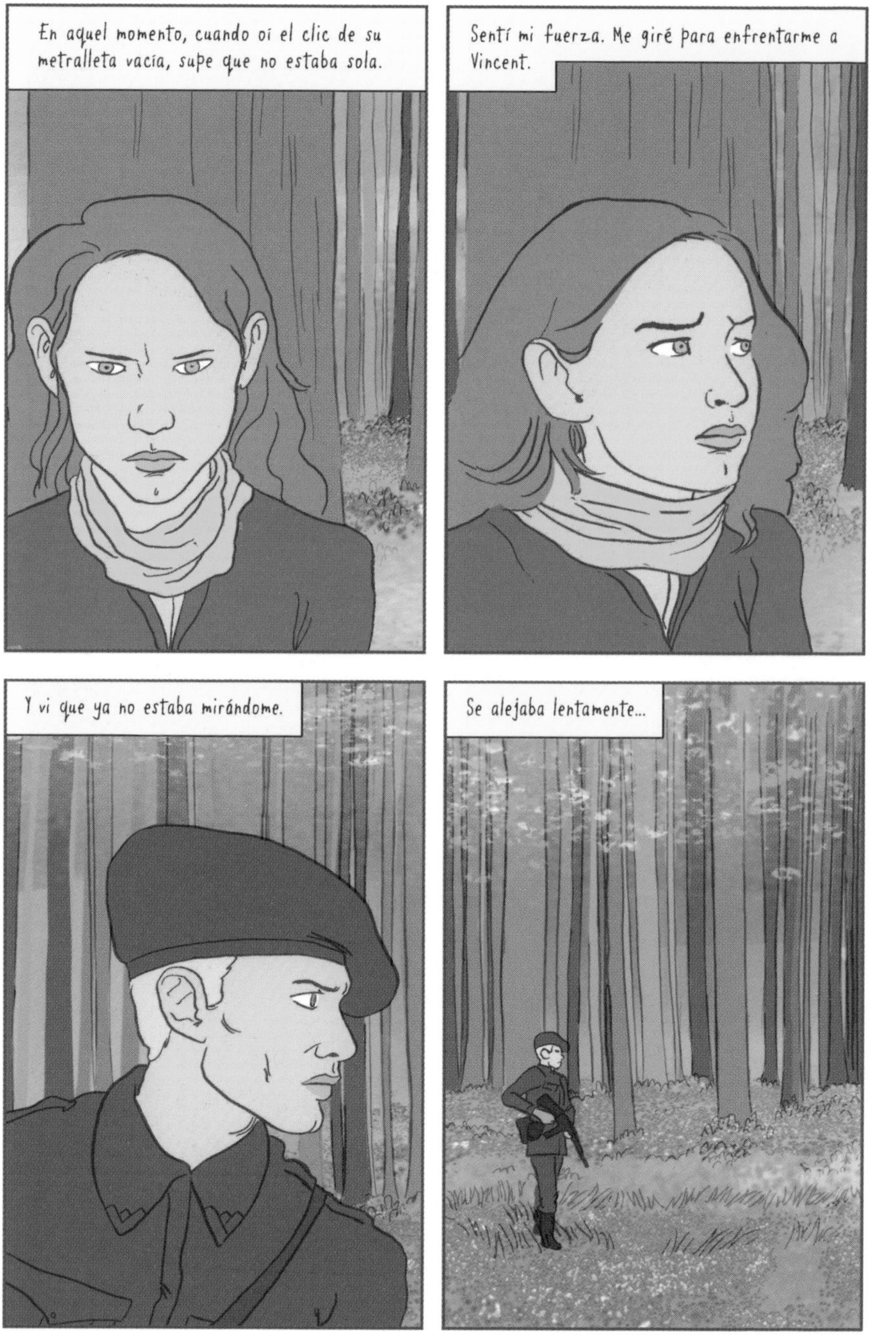
En aquel momento, cuando oí el clic de su metralleta vacía, supe que no estaba sola.
Sentí mi fuerza. Me giré para enfrentarme a Vincent.
Y vi que ya no estaba mirándome.
Se alejaba lentamente...

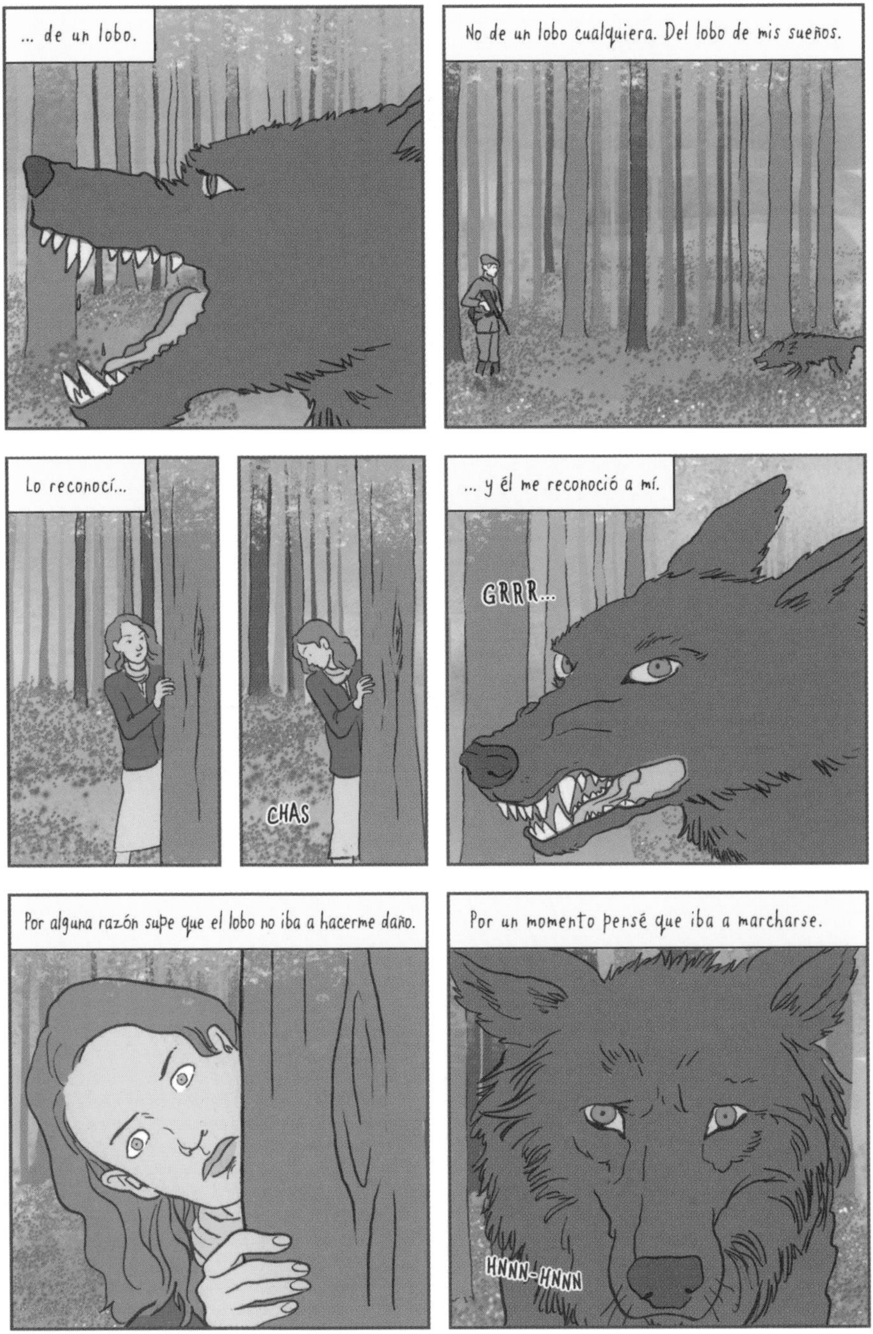
... de un lobo.
No de un lobo cualquiera. Del lobo de mis sueños.
Lo reconocí...
CHAS
... y él me reconoció a mí.
GRRR...
Por alguna razón supe que el lobo no iba a hacerme daño.
Por un momento pensé que iba a marcharse.
HNNN-HNNN

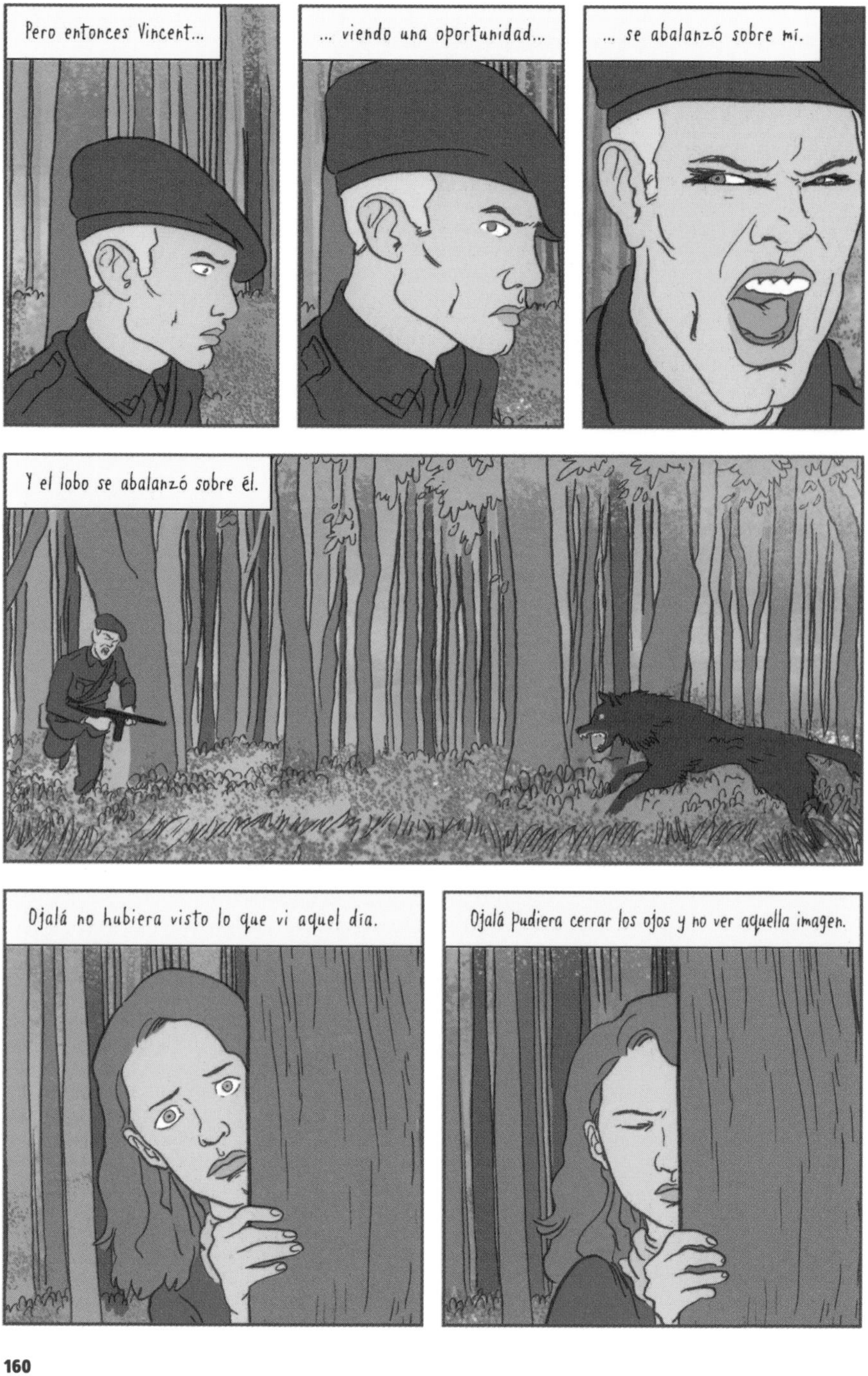
Pero entonces Vincent...
... viendo una oportunidad...
... se abalanzó sobre mí.
Y el lobo se abalanzó sobre él.
Ojalá no hubiera visto lo que vi aquel día.
Ojalá pudiera cerrar los ojos y no ver aquella imagen.

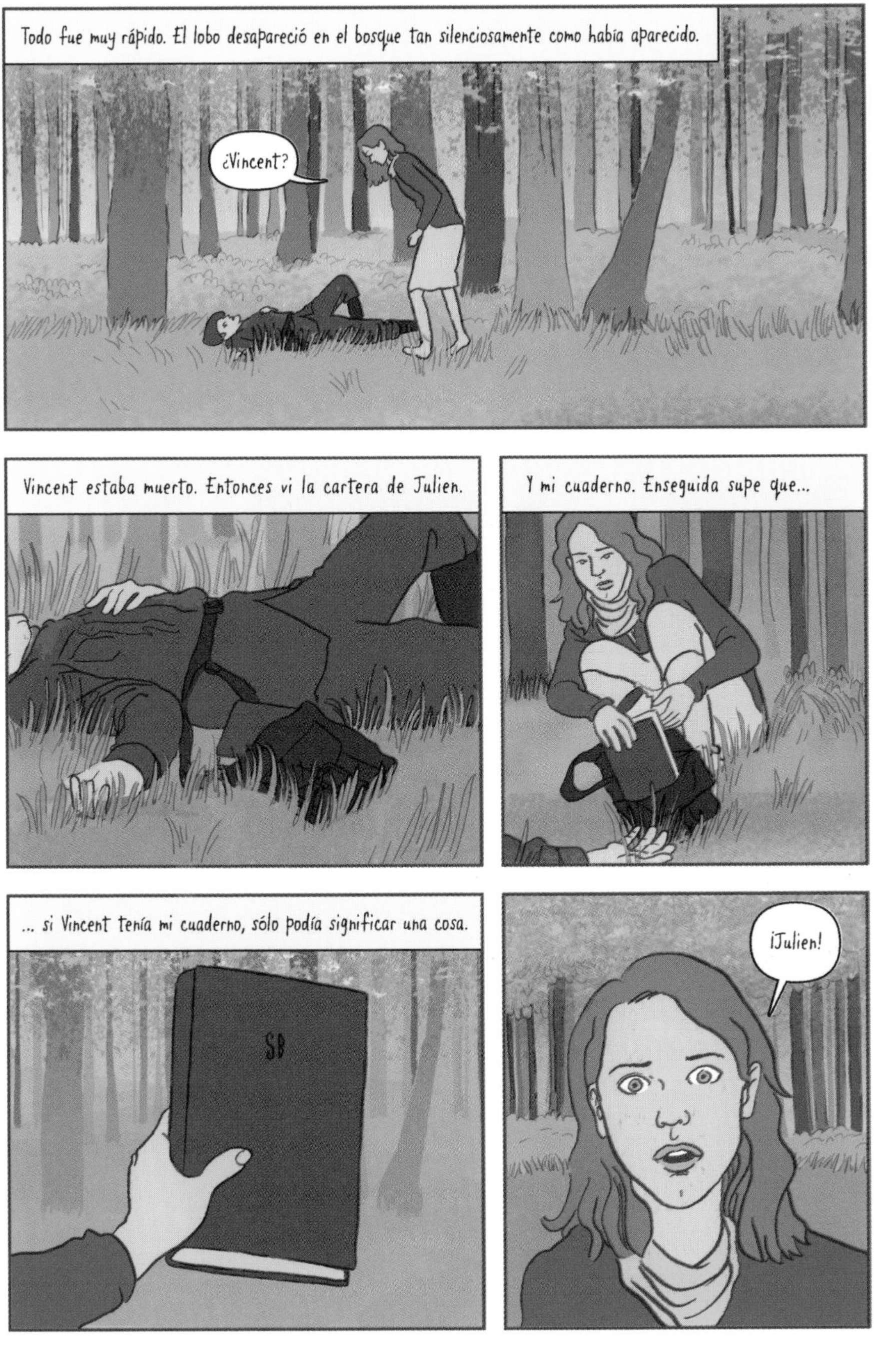
Todo fue muy rápido. El lobo desapareció en el bosque tan silenciosamente como había aparecido.
¿Vincent?
Vincent estaba muerto. Entonces vi la cartera de Julien.
Y mi cuaderno. Enseguida supe que...
... si Vincent tenía mi cuaderno, sólo podía significar una cosa.
SB
¡Julien!

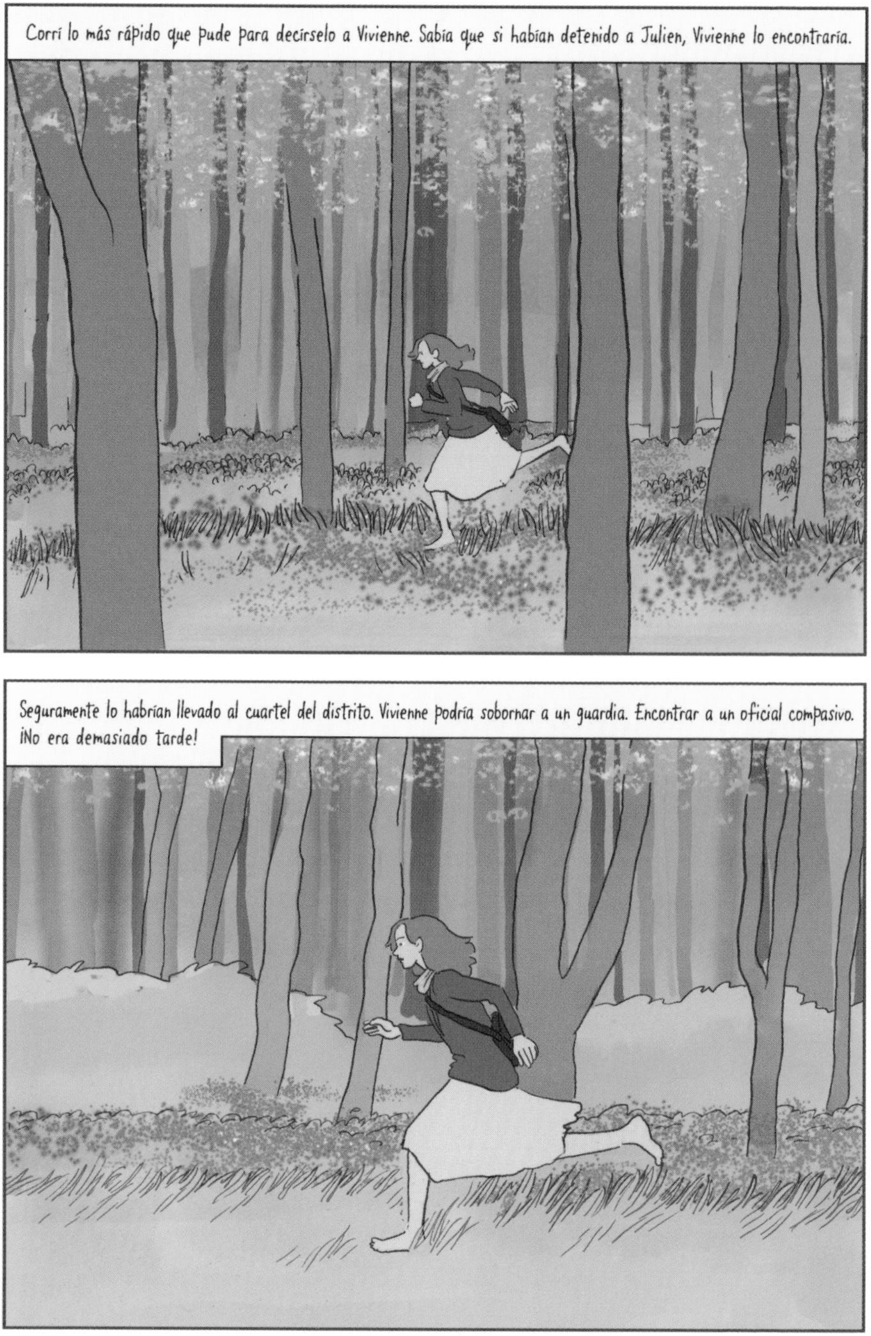

Corrí lo más rápido que pude para decírselo a Vivienne. Sabía que si habían detenido a Julien, Vivienne lo encontraría.
Seguramente lo habrían llevado al cuartel del distrito. Vivienne podría sobornar a un guardia. Encontrar a un oficial compasivo. ¡No era demasiado tarde!

CAPÍTULO 4

EN MI VIDA HABÍA CORRIDO TANTO. NI SIQUIERA ME DABA CUENTA DE QUE MIENTRAS CORRÍA POR EL BOSQUE ESTABA CORTÁNDOME LOS PIES.

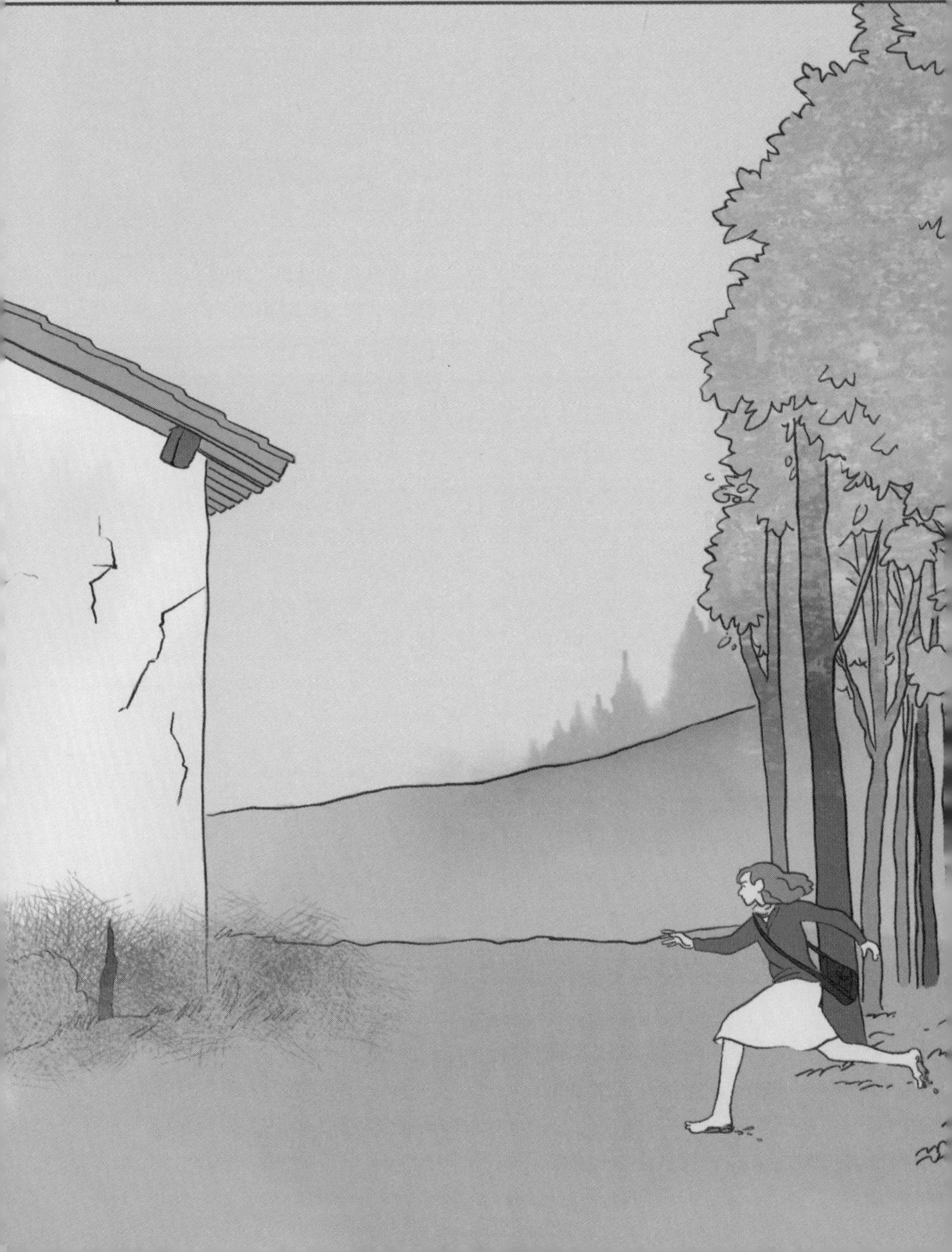

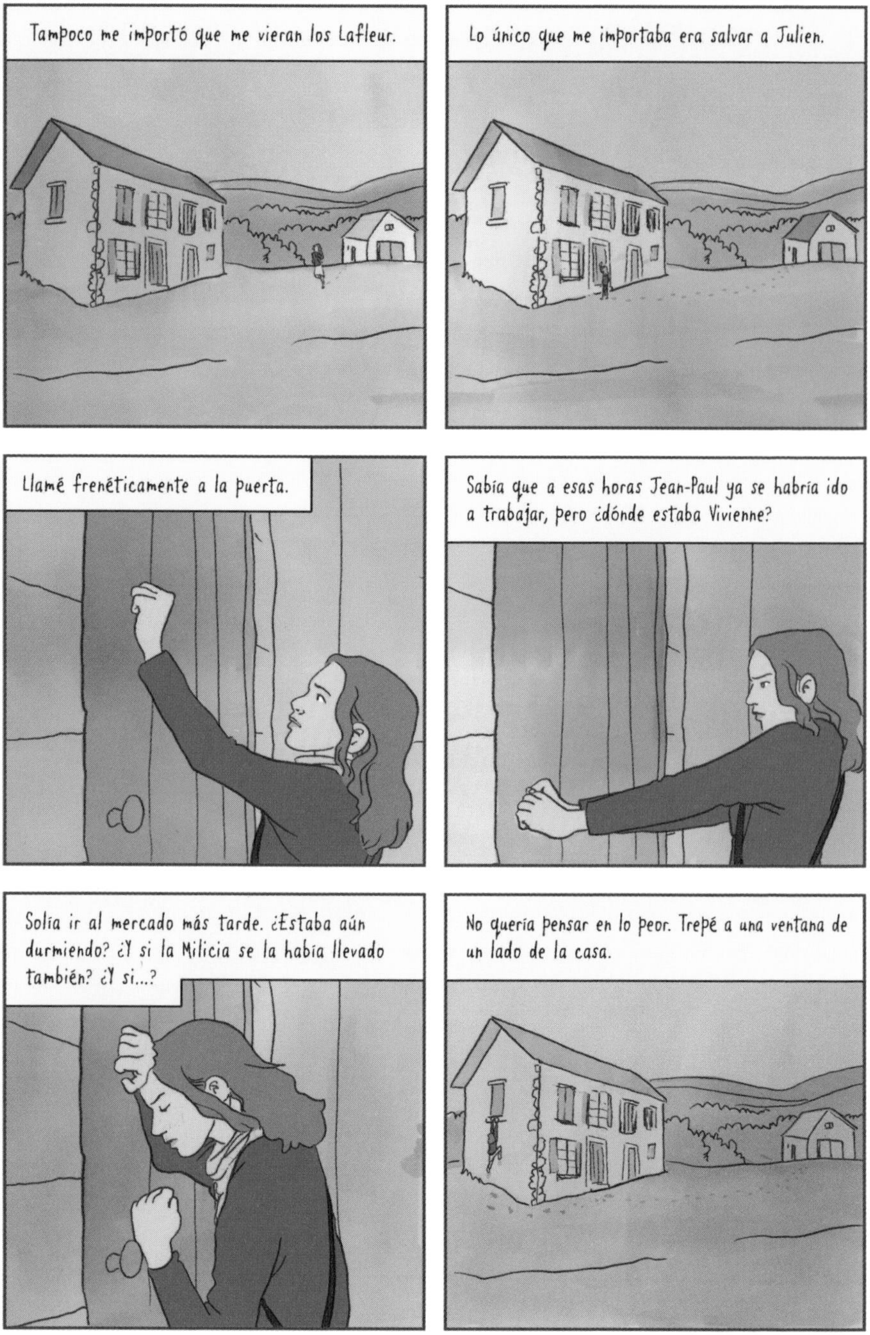
Tampoco me importó que me vieran los Lafleur.
Lo único que me importaba era salvar a Julien.
Llamé frenéticamente a la puerta.
Sabía que a esas horas Jean-Paul ya se habría ido a trabajar, pero ¿dónde estaba Vivienne?
Solía ir al mercado más tarde. ¿Estaba aún durmiendo? ¿Y si la Milicia se la había llevado también? ¿Y si...?
No quería pensar en lo peor. Trepé a una ventana de un lado de la casa.

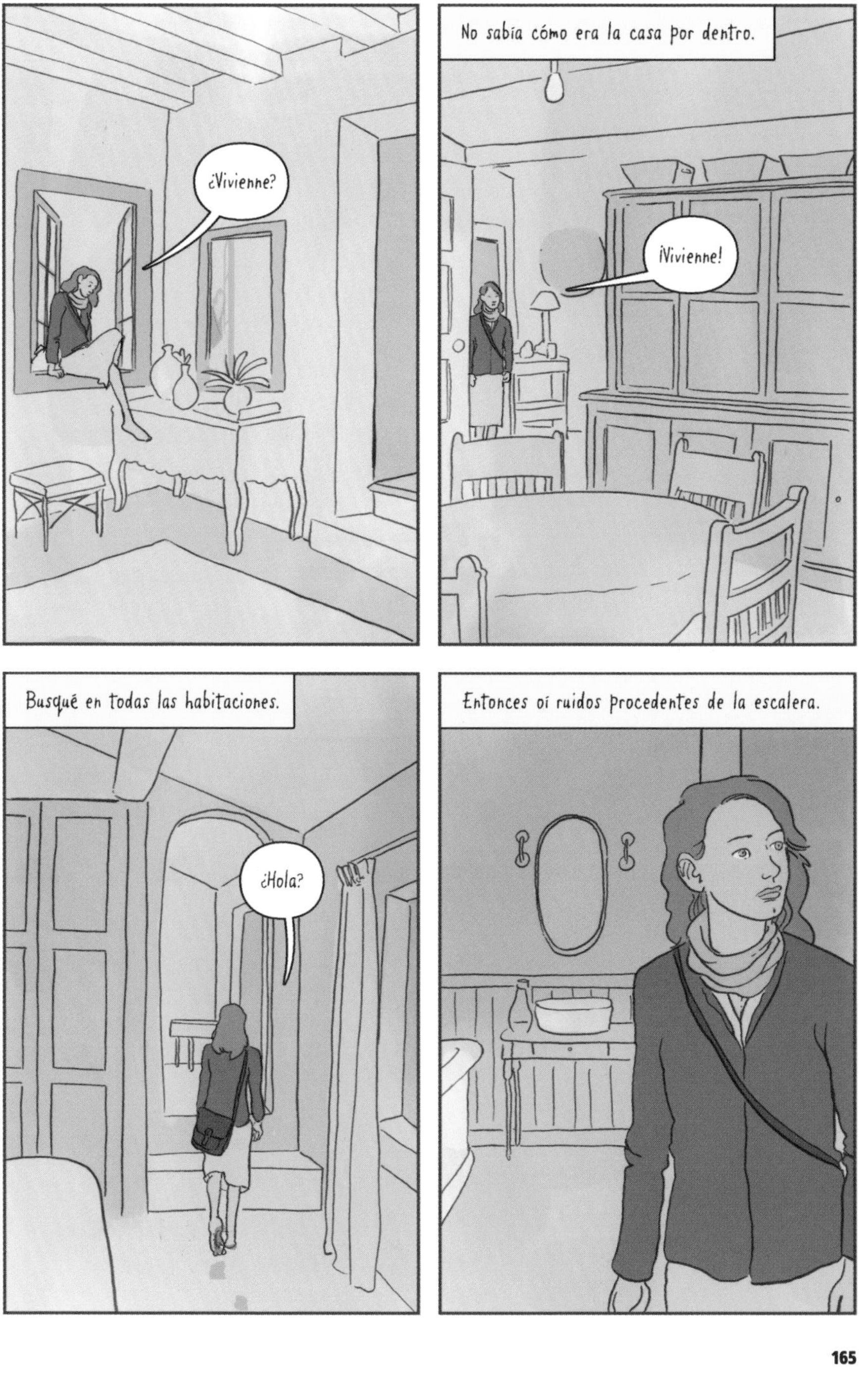
¿Vivienne?
No sabía cómo era la casa por dentro.
¡Vivienne!
Busqué en todas las habitaciones.
¿Hola?
Entonces oí ruidos procedentes de la escalera.

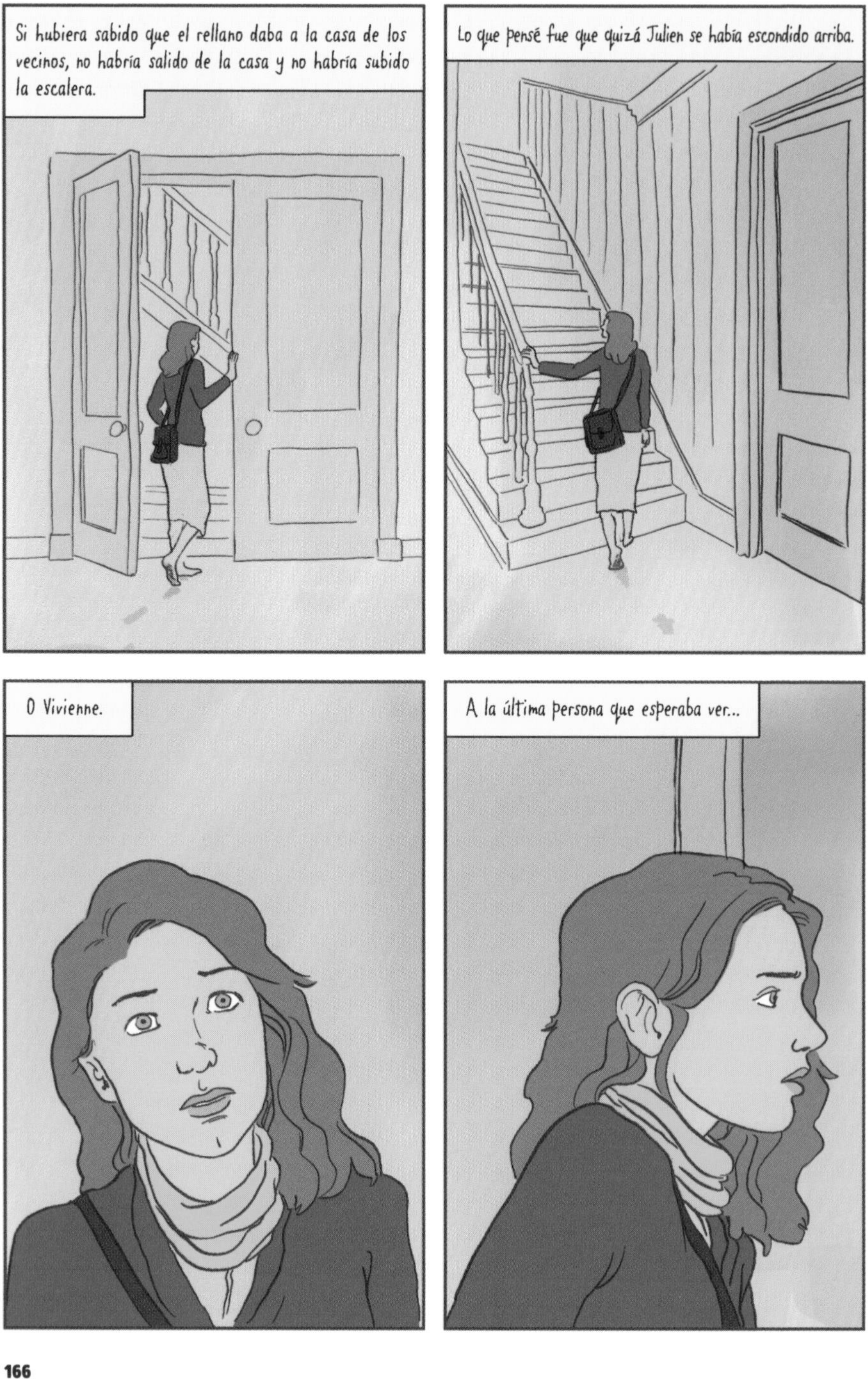
Si hubiera sabido que el rellano daba a la casa de los vecinos, no habría salido de la casa y no habría subido la escalera.
Lo que pensé fue que quizá Julien se había escondido arriba.
O Vivienne.
A la última persona que esperaba ver...

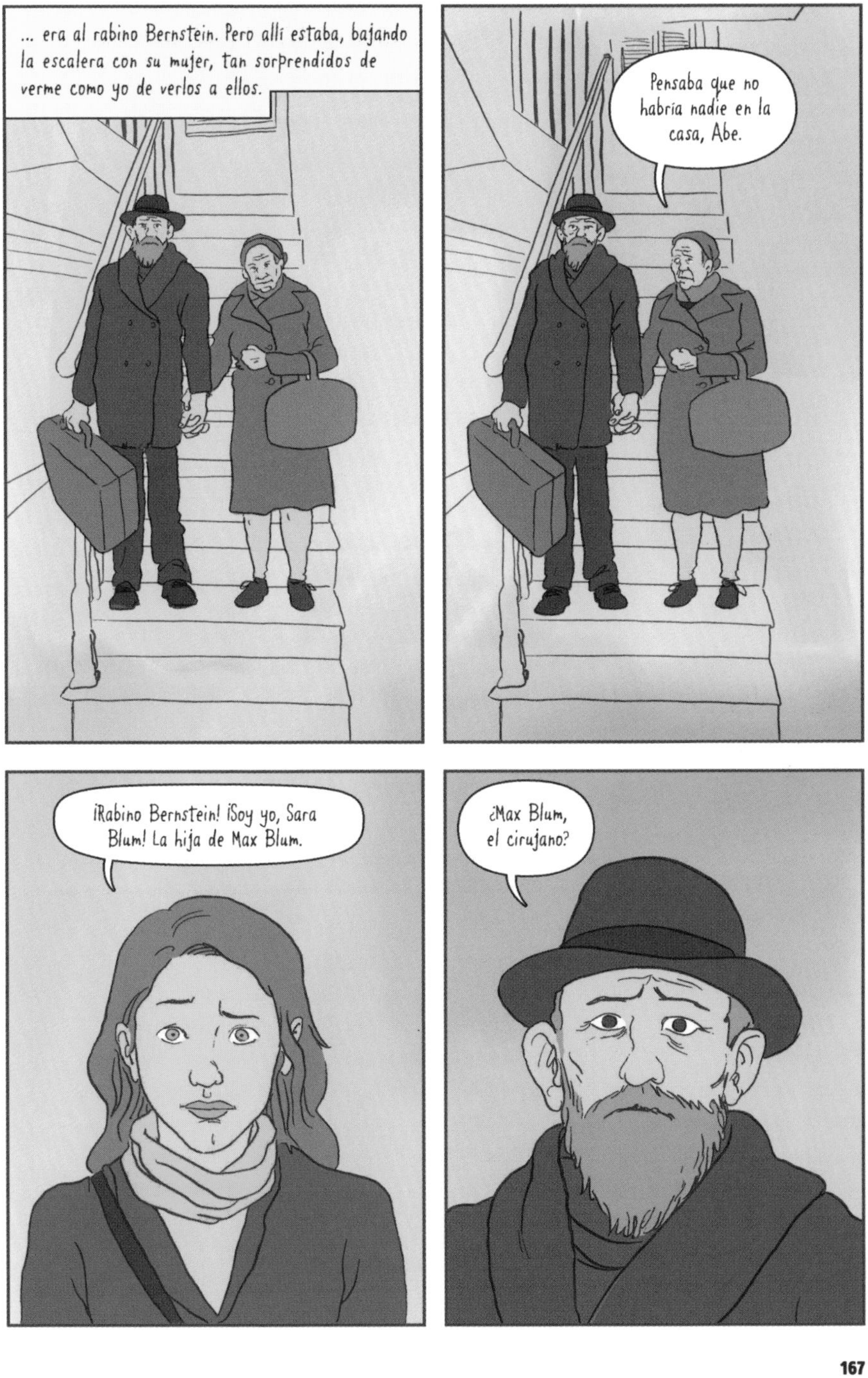
... era al rabino Bernstein. Pero allí estaba, bajando la escalera con su mujer, tan sorprendidos de verme como yo de verlos a ellos.
Pensaba que no habría nadie en la casa, Abe.
¡Rabino Bernstein! ¡Soy yo, Sara Blum! La hija de Max Blum.
¿Max Blum, el cirujano?

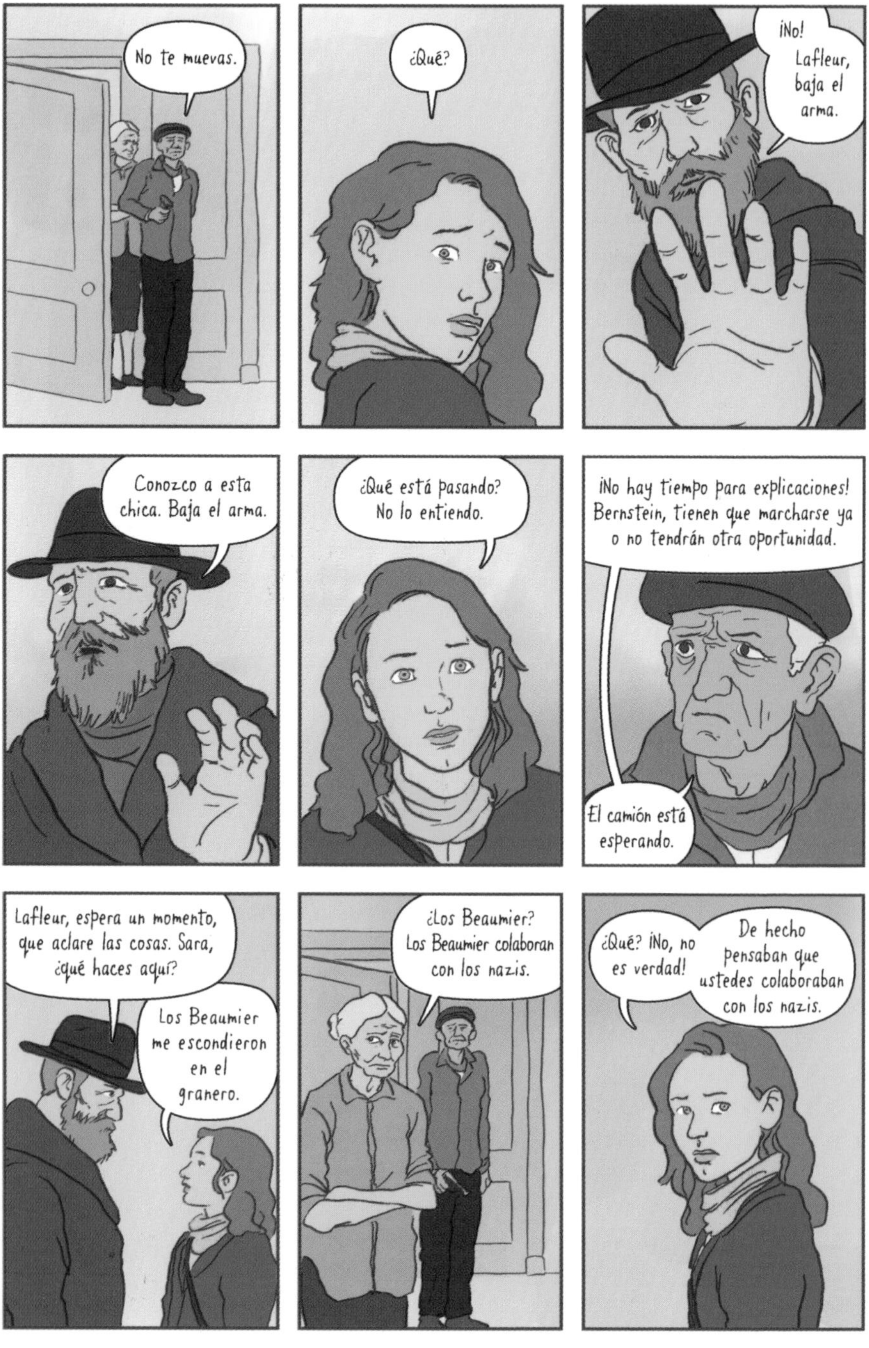
No te muevas.
¿Qué?
¡No!
Lafleur, baja el arma.
Conozco a esta chica. Baja el arma.
¿Qué está pasando? No lo entiendo.
¡No hay tiempo para explicaciones! Bernstein, tienen que marcharse ya o no tendrán otra oportunidad.
El camión está esperando.
Lafleur, espera un momento, que aclare las cosas. Sara, ¿qué haces aquí?
Los Beaumier me escondieron en el granero.
¿Los Beaumier? Los Beaumier colaboran con los nazis.
¿Qué? ¡No, no es verdad!
De hecho pensaban que ustedes colaboraban con los nazis.

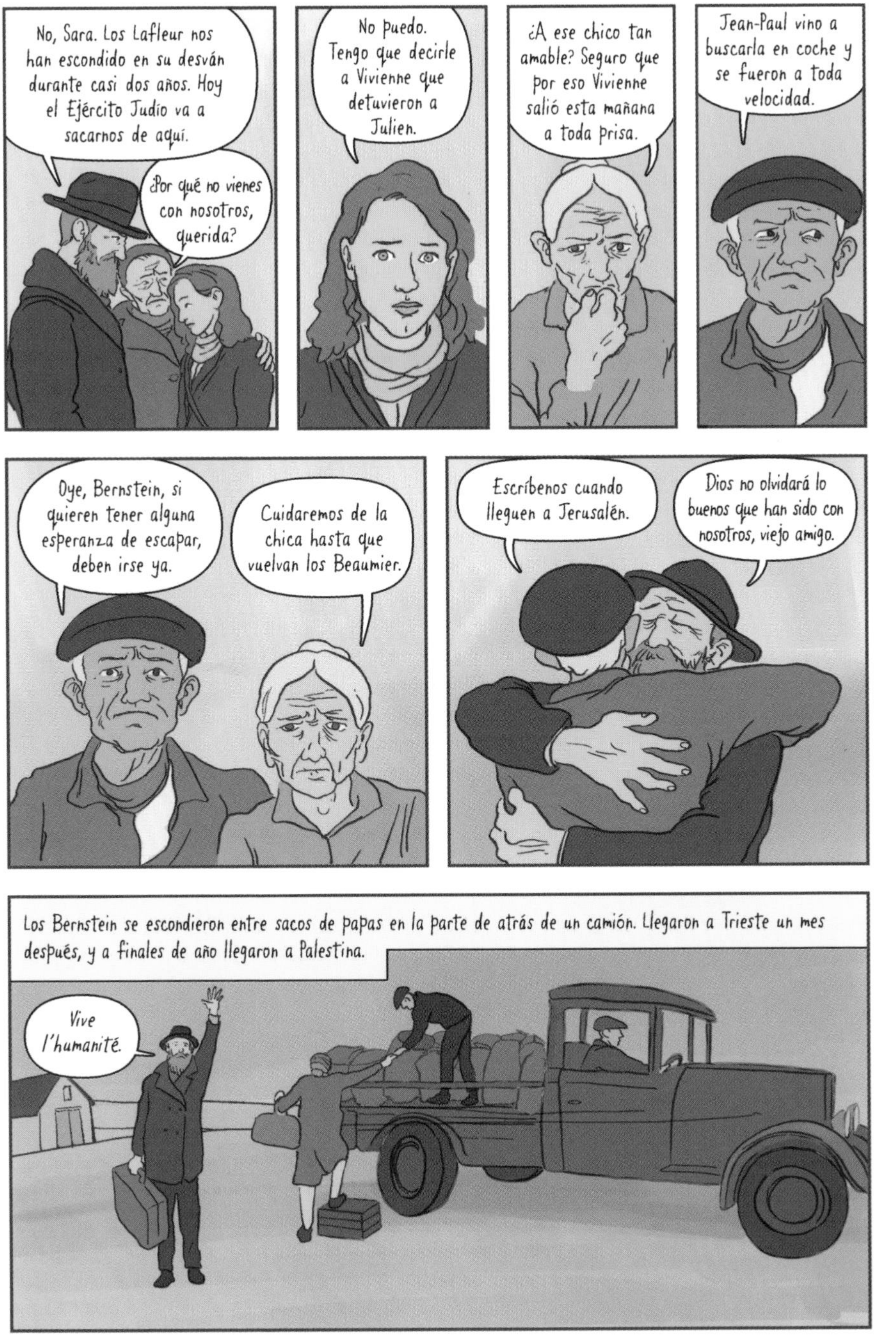
No, Sara. Los Lafleur nos han escondido en su desván durante casi dos años. Hoy el Ejército Judío va a sacarnos de aquí.
¿Por qué no vienes con nosotros, querida?
No puedo. Tengo que decirle a Vivienne que detuvieron a Julien.
¿A ese chico tan amable? Seguro que por eso Vivienne salió esta mañana a toda prisa.
Jean-Paul vino a buscarla en coche y se fueron a toda velocidad.
Oye, Bernstein, si quieren tener alguna esperanza de escapar, deben irse ya.
Cuidaremos de la chica hasta que vuelvan los Beaumier.
Escríbenos cuando lleguen a Jerusalén.
Dios no olvidará lo buenos que han sido con nosotros, viejo amigo.
Los Bernstein se escondieron entre sacos de papas en la parte de atrás de un camión. Llegaron a Trieste un mes después, y a finales de año llegaron a Palestina.
Vive l'humanité.

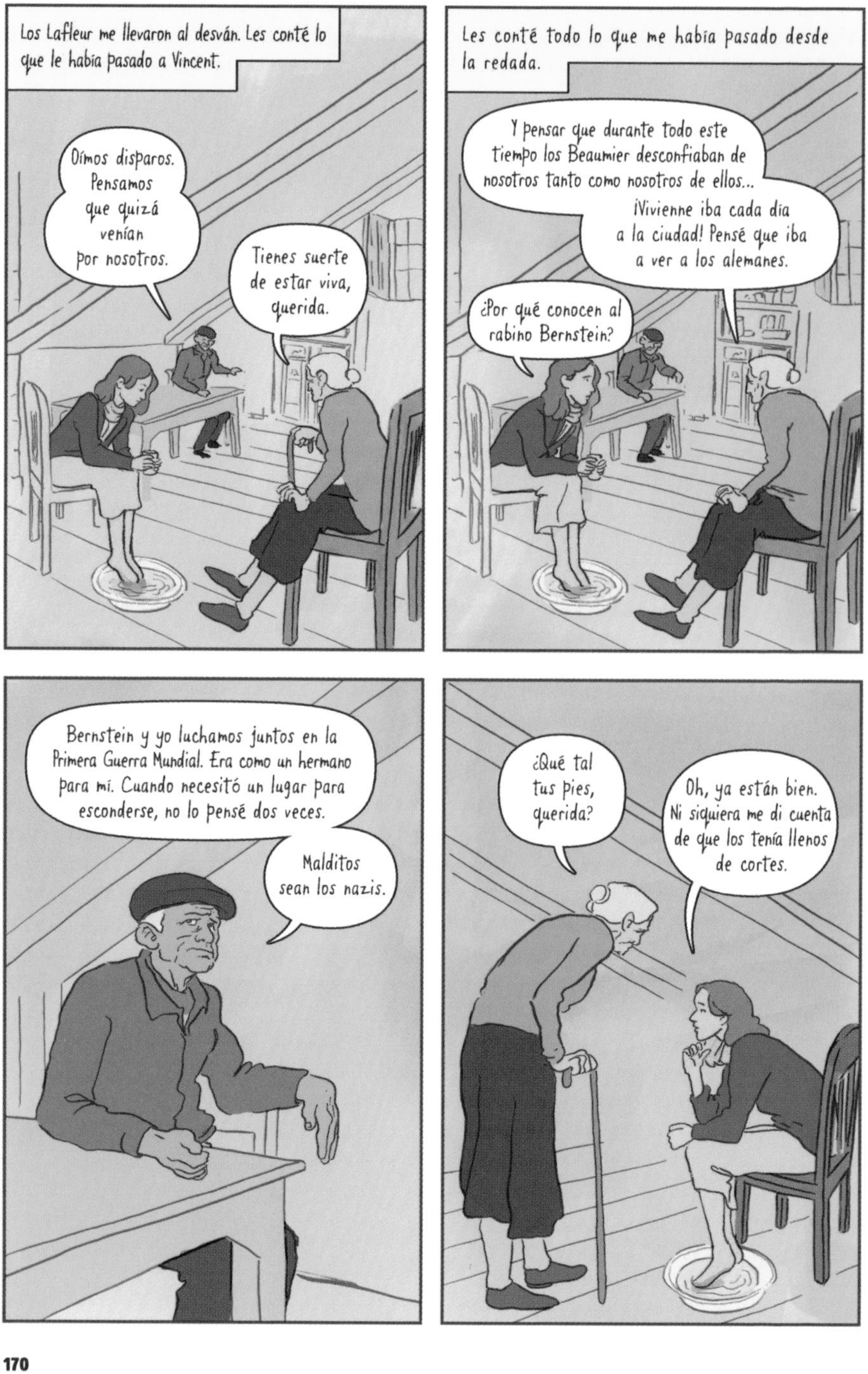
Los Lafleur me llevaron al desván. Les conté lo que le había pasado a Vincent.
Oímos disparos. Pensamos que quizá venían por nosotros.
Tienes suerte de estar viva, querida.
Les conté todo lo que me había pasado desde la redada.
Y pensar que durante todo este tiempo los Beaumier desconfiaban de nosotros tanto como nosotros de ellos...
¡Vivienne iba cada día a la ciudad! Pensé que iba a ver a los alemanes.
¿Por qué conocen al rabino Bernstein?
Bernstein y yo luchamos juntos en la Primera Guerra Mundial. Era como un hermano para mí. Cuando necesitó un lugar para esconderse, no lo pensé dos veces.
Malditos sean los nazis.
¿Qué tal tus pies, querida?
Oh, ya están bien. Ni siquiera me di cuenta de que los tenía llenos de cortes.

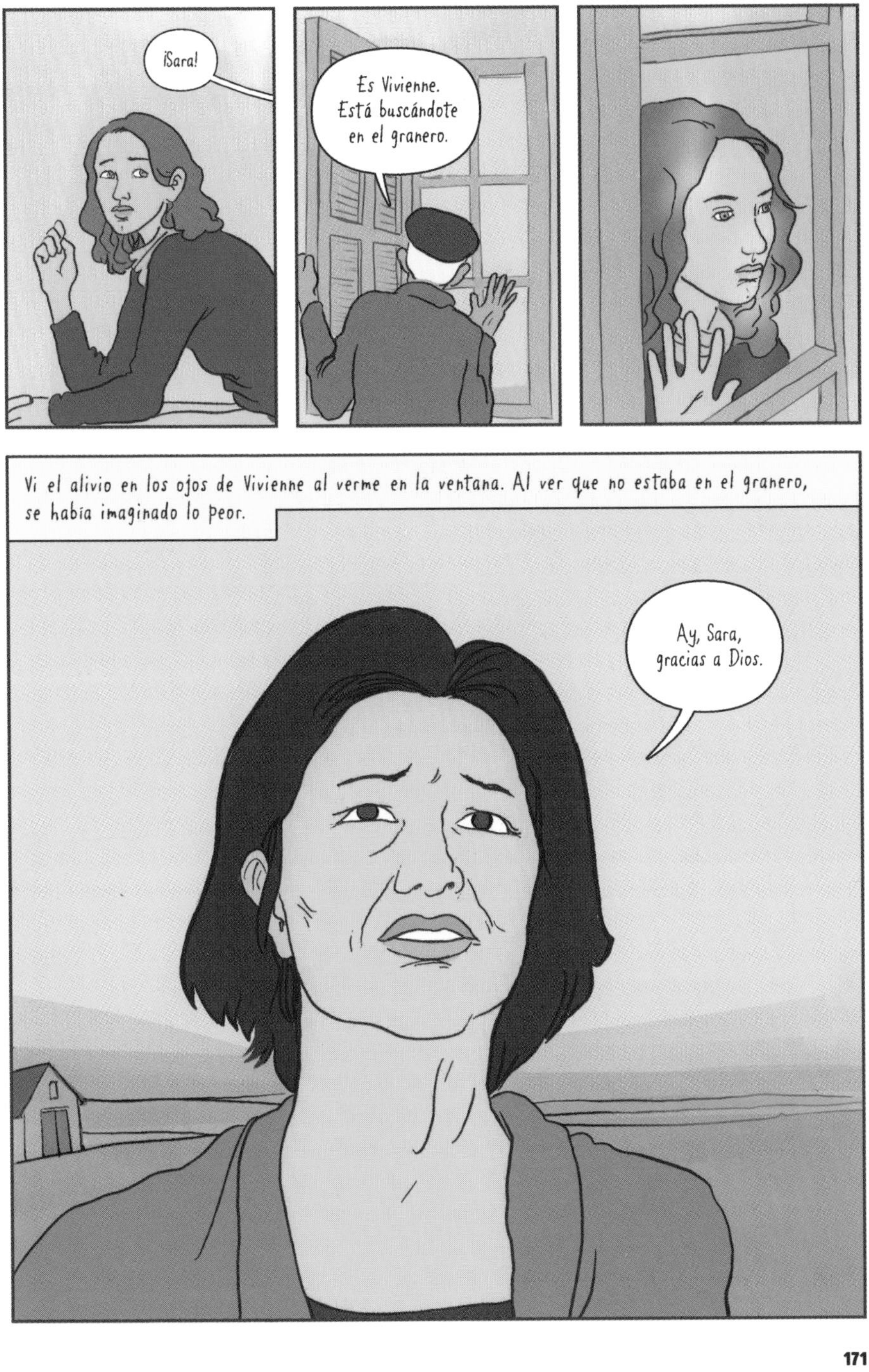
¡Sara!
Es Vivienne. Está buscándote en el granero.
Vi el alivio en los ojos de Vivienne al verme en la ventana. Al ver que no estaba en el granero, se había imaginado lo peor.
Ay, Sara, gracias a Dios.

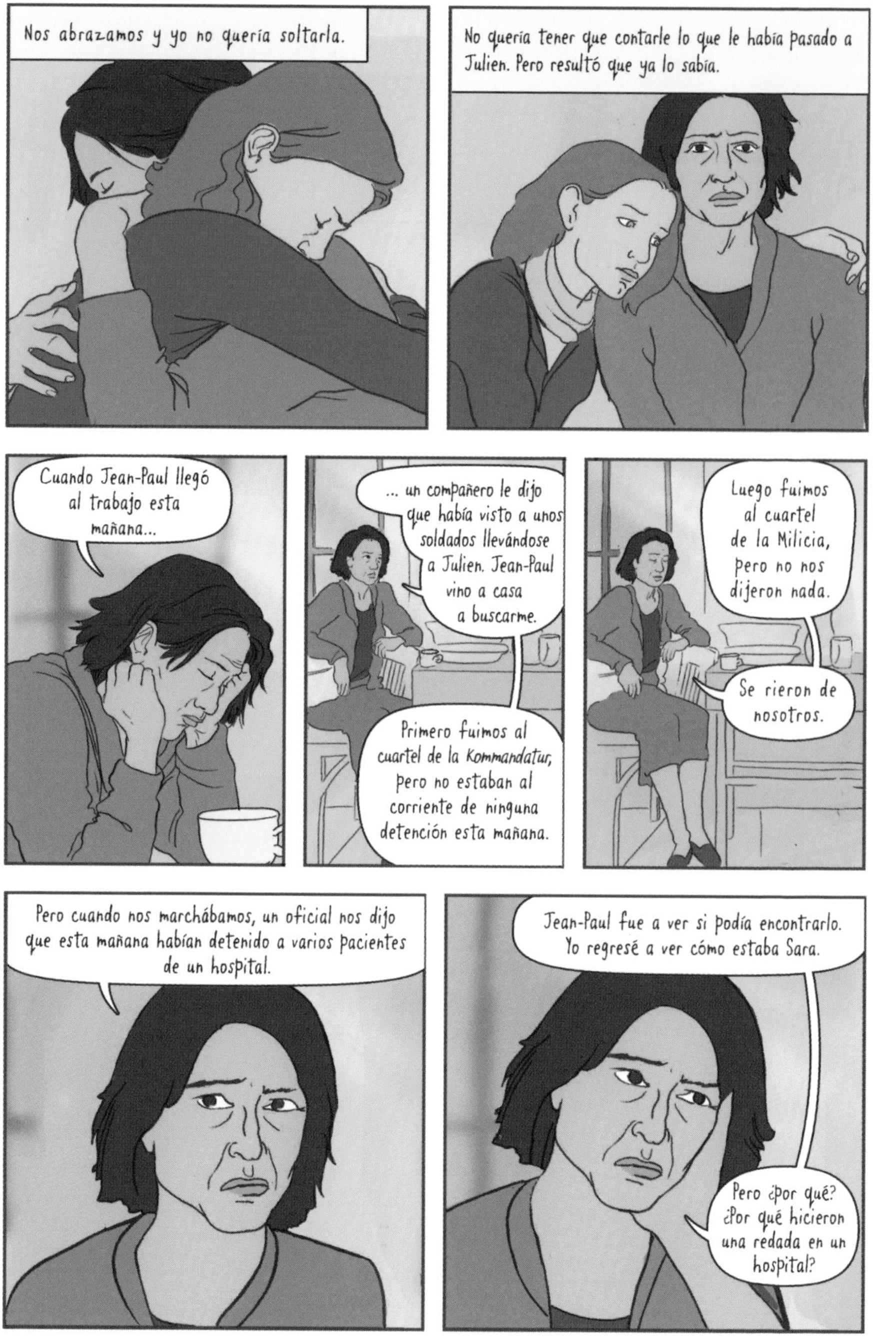

Nos abrazamos y yo no quería soltarla.
No quería tener que contarle lo que le había pasado a Julien. Pero resultó que ya lo sabía.
Cuando Jean-Paul llegó al trabajo esta mañana...
... un compañero le dijo que había visto a unos soldados llevándose a Julien. Jean-Paul vino a casa a buscarme.
Primero fuimos al cuartel de la *Kommandatur*, pero no estaban al corriente de ninguna detención esta mañana.
Luego fuimos al cuartel de la Milicia, pero no nos dijeron nada.
Se rieron de nosotros.
Pero cuando nos marchábamos, un oficial nos dijo que esta mañana habían detenido a varios pacientes de un hospital.
Jean-Paul fue a ver si podía encontrarlo. Yo regresé a ver cómo estaba Sara.
Pero ¿por qué? ¿Por qué hicieron una redada en un hospital?

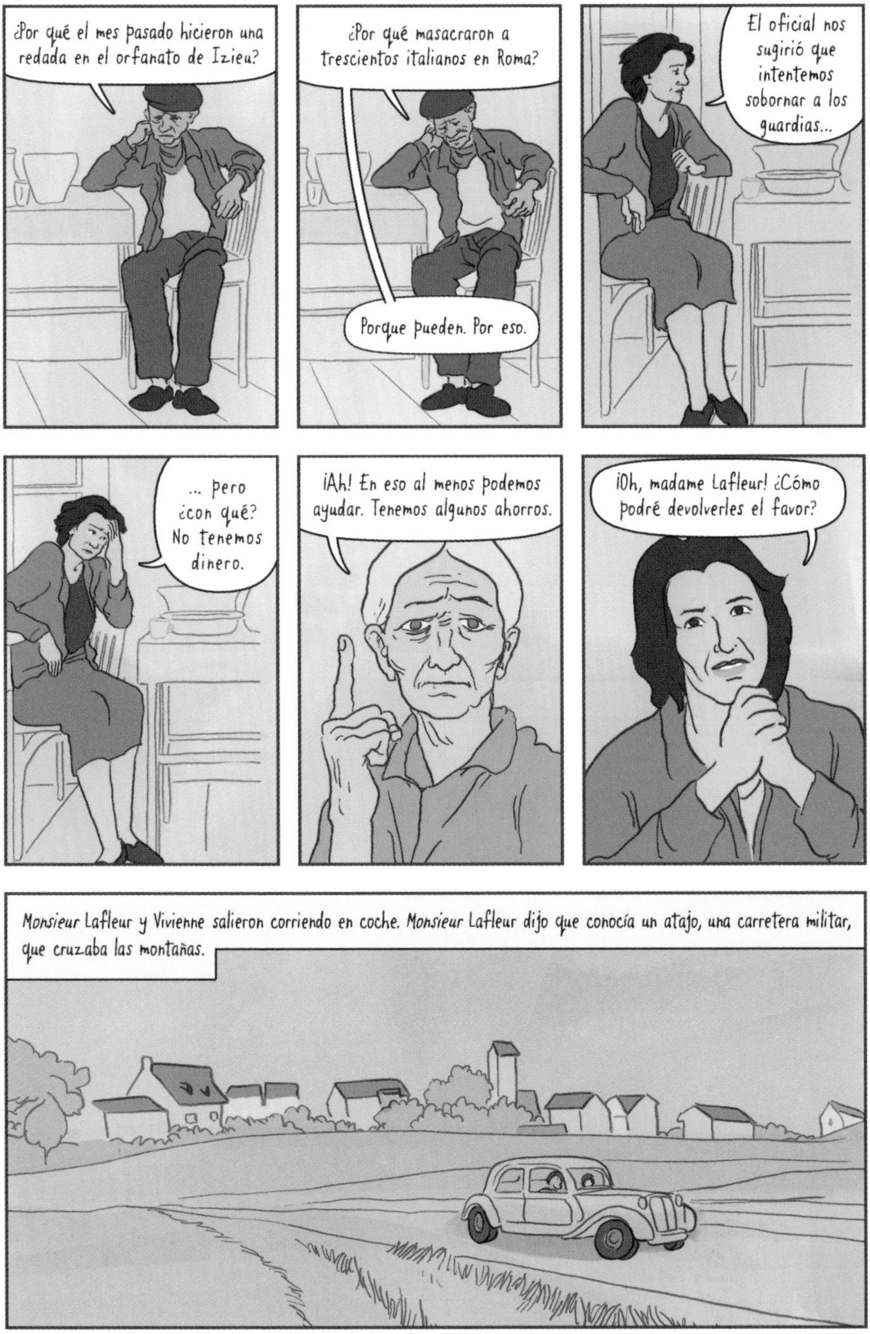
¿Por qué el mes pasado hicieron una redada en el orfanato de Izieu?
¿Por qué masacraron a trescientos italianos en Roma?
Porque pueden. Por eso.
El oficial nos sugirió que intentemos sobornar a los guardias...
... pero ¿con qué? No tenemos dinero.
¡Ah! En eso al menos podemos ayudar. Tenemos algunos ahorros.
¡Oh, madame Lafleur! ¿Cómo podré devolverles el favor?
Monsieur Lafleur y Vivienne salieron corriendo en coche. *Monsieur* Lafleur dijo que conocía un atajo, una carretera militar, que cruzaba las montañas.

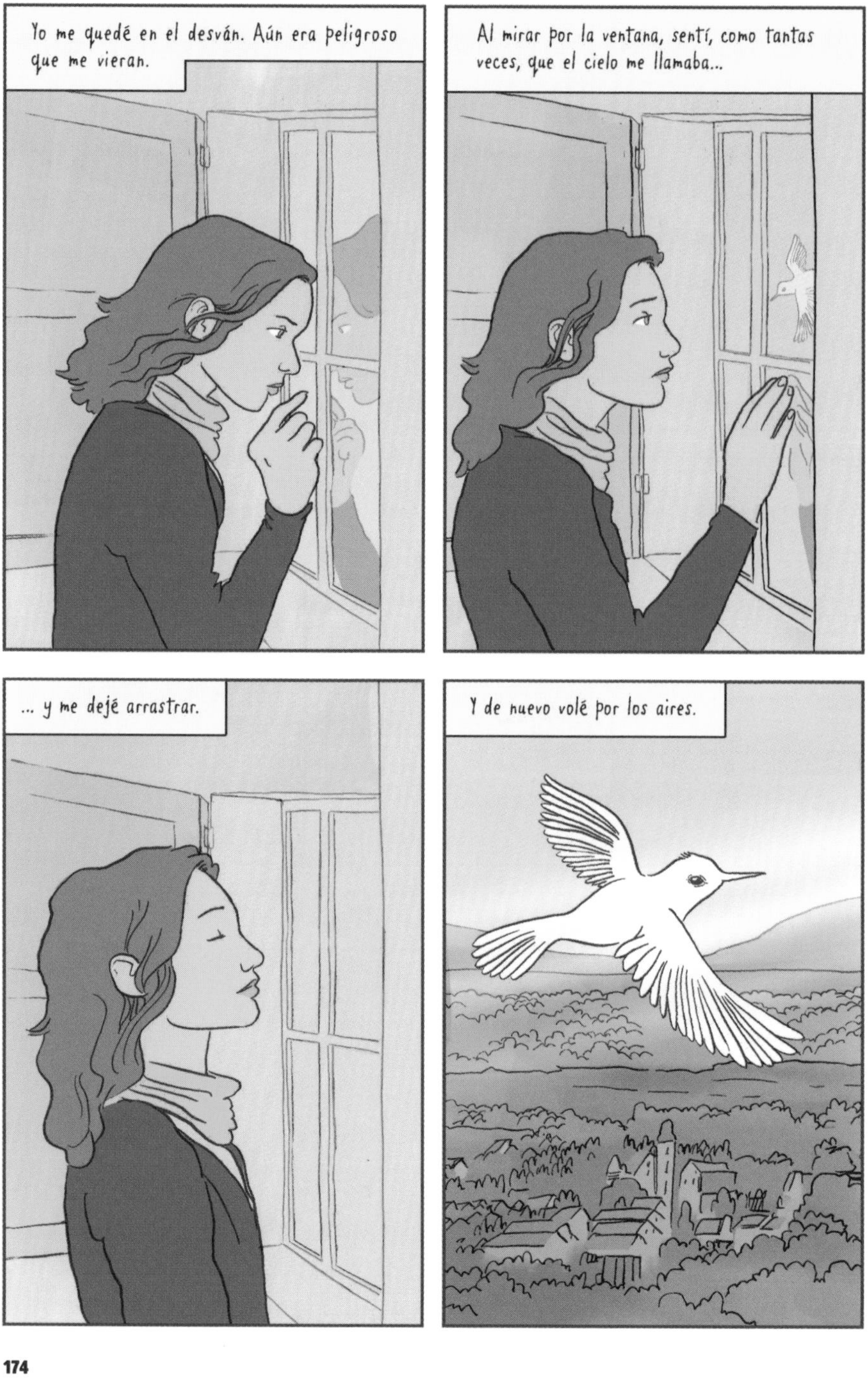
Yo me quedé en el desván. Aún era peligroso que me vieran.
Al mirar por la ventana, sentí, como tantas veces, que el cielo me llamaba...
... y me dejé arrastrar.
Y de nuevo volé por los aires.

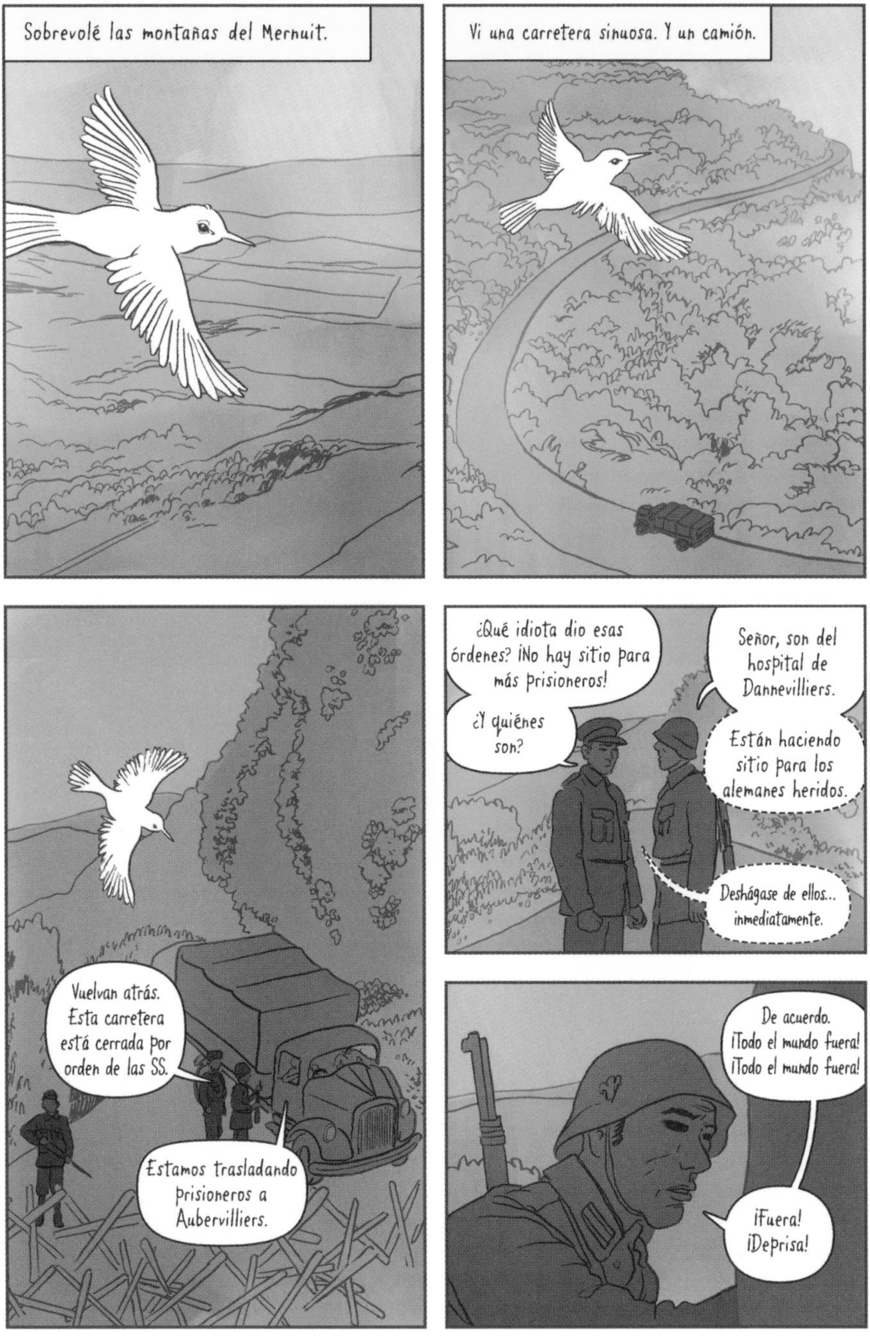

Sobrevolé las montañas del Mernuit.
Vi una carretera sinuosa. Y un camión.
Vuelvan atrás. Esta carretera está cerrada por orden de las SS.
Estamos trasladando prisioneros a Aubervilliers.
¿Qué idiota dio esas órdenes? ¡No hay sitio para más prisioneros!
¿Y quiénes son?
Señor, son del hospital de Dannevilliers.
Están haciendo sitio para los alemanes heridos.
Deshágase de ellos... inmediatamente.
De acuerdo. ¡Todo el mundo fuera! ¡Todo el mundo fuera!
¡Fuera! ¡Deprisa!

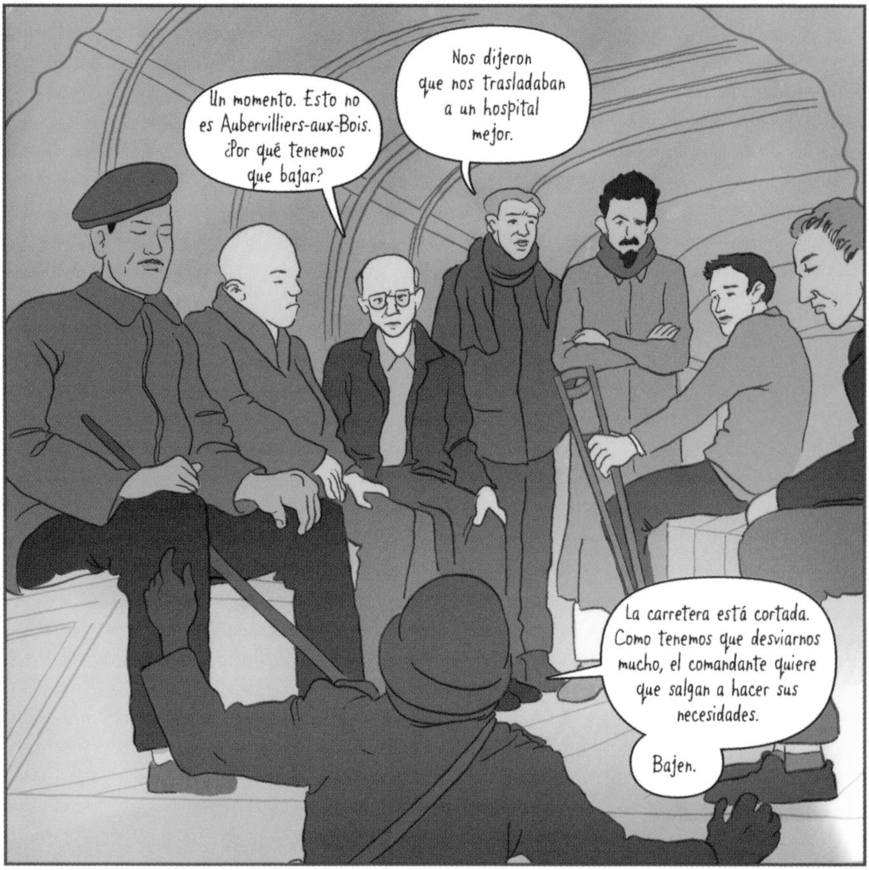
Un momento. Esto no es Aubervilliers-aux-Bois. ¿Por qué tenemos que bajar?
Nos dijeron que nos trasladaban a un hospital mejor.
La carretera está cortada. Como tenemos que desviarnos mucho, el comandante quiere que salgan a hacer sus necesidades.
Bajen.

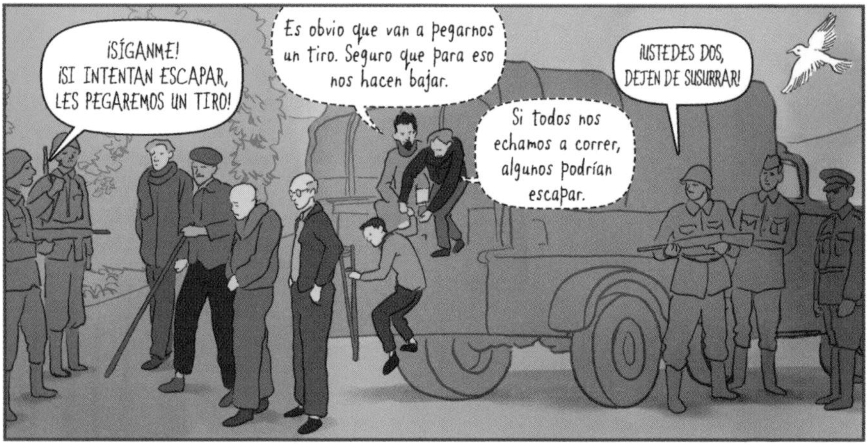
¡SÍGANME! ¡SI INTENTAN ESCAPAR, LES PEGAREMOS UN TIRO!
Es obvio que van a pegarnos un tiro. Seguro que para eso nos hacen bajar.
Si todos nos echamos a correr, algunos podrían escapar.
¡USTEDES DOS, DEJEN DE SUSURRAR!

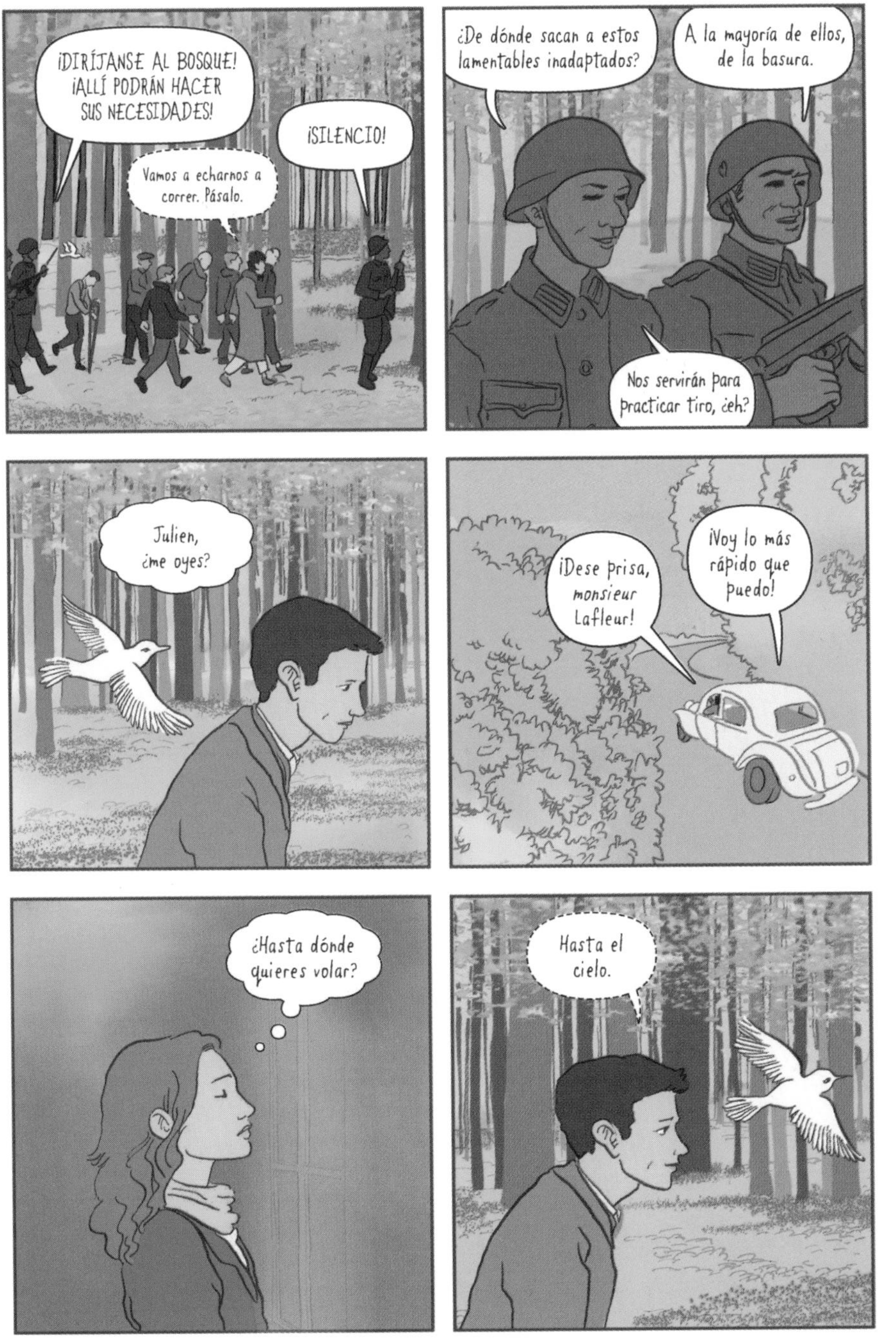
¡DIRÍJANSE AL BOSQUE! ¡ALLÍ PODRÁN HACER SUS NECESIDADES!
Vamos a echarnos a correr. Pásalo.
¡SILENCIO!
¿De dónde sacan a estos lamentables inadaptados?
A la mayoría de ellos, de la basura.
Nos servirán para practicar tiro, ¿eh?
Julien, ¿me oyes?
¡Dese prisa, monsieur Lafleur!
¡Voy lo más rápido que puedo!
¿Hasta dónde quieres volar?
Hasta el cielo.

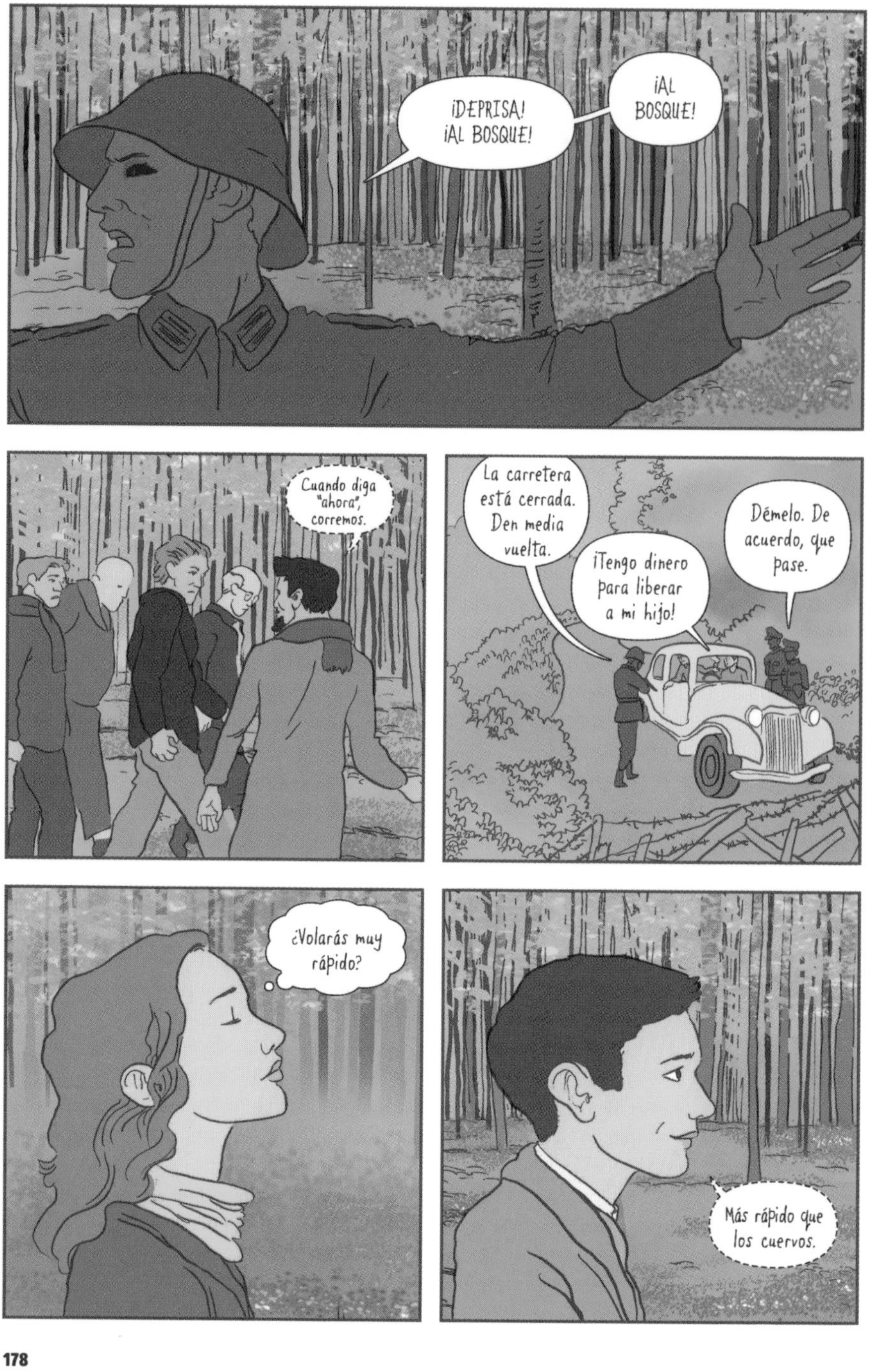
¡DEPRISA! ¡AL BOSQUE!
¡AL BOSQUE!
Cuando diga "ahora", corremos.
La carretera está cerrada. Den media vuelta.
¡Tengo dinero para liberar a mi hijo!
Démelo. De acuerdo, que pase.
¿Volarás muy rápido?
Más rápido que los cuervos.

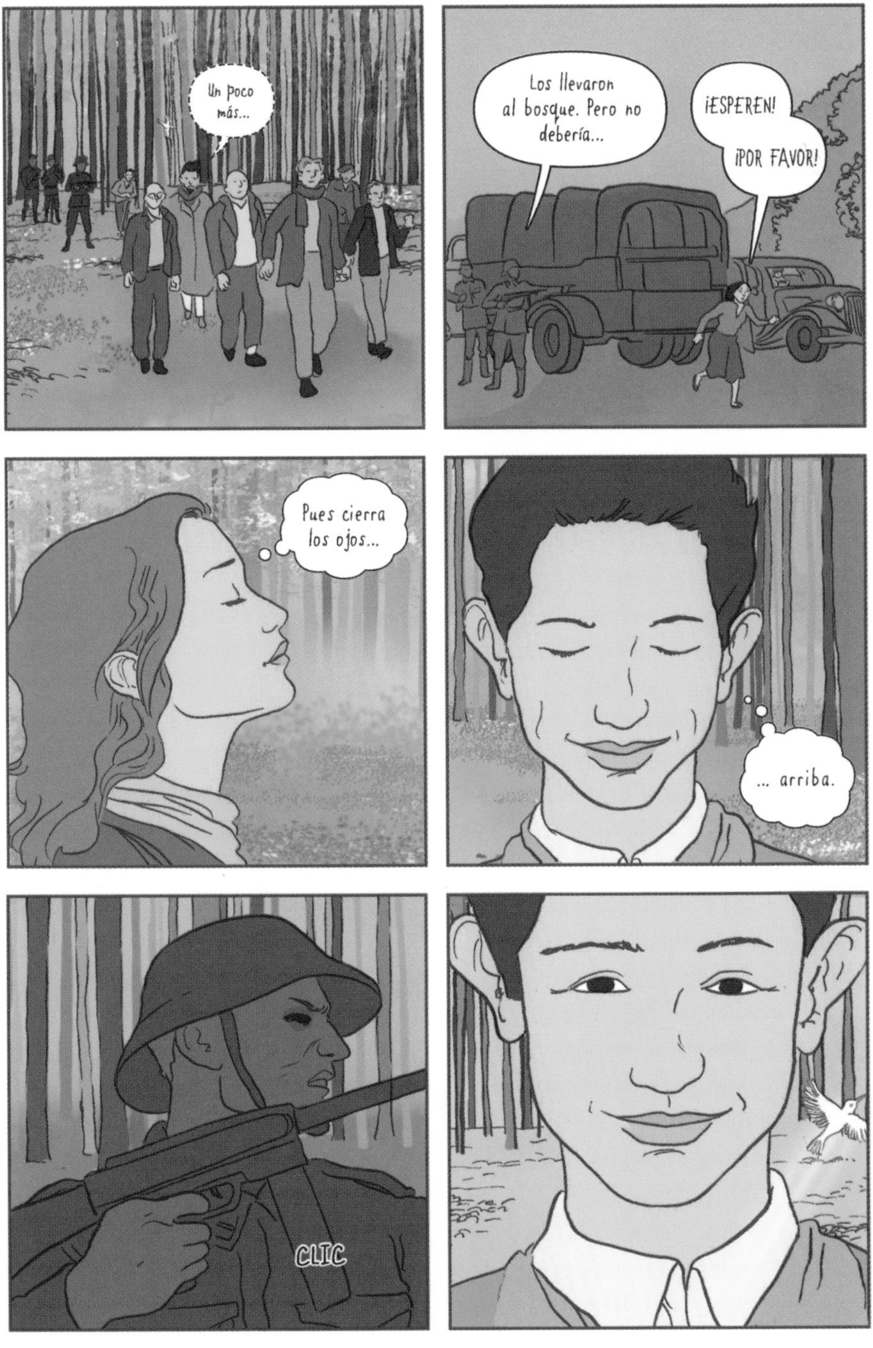
Un poco más...
Los llevaron al bosque. Pero no debería...
¡ESPEREN!
¡POR FAVOR!
Pues cierra los ojos...
... arriba.
CLIC

¡RA-TAT-TAT-TAT-TAT-TAT-TAT-TAT!
¡RA-TAT-TAT-TAT-TAT-TAT-TAT-TAT!
¡RA-TAT-TAT-TAT-TAT-TAT-TAT-
TAT-TAT-TAT-TAT-TAT-TAT
TAT-TAT-TAT-TAT-TAT-TAT-TAT-T
TAT-TAT-TA

¡NOOO!

¡JULIEN!

180

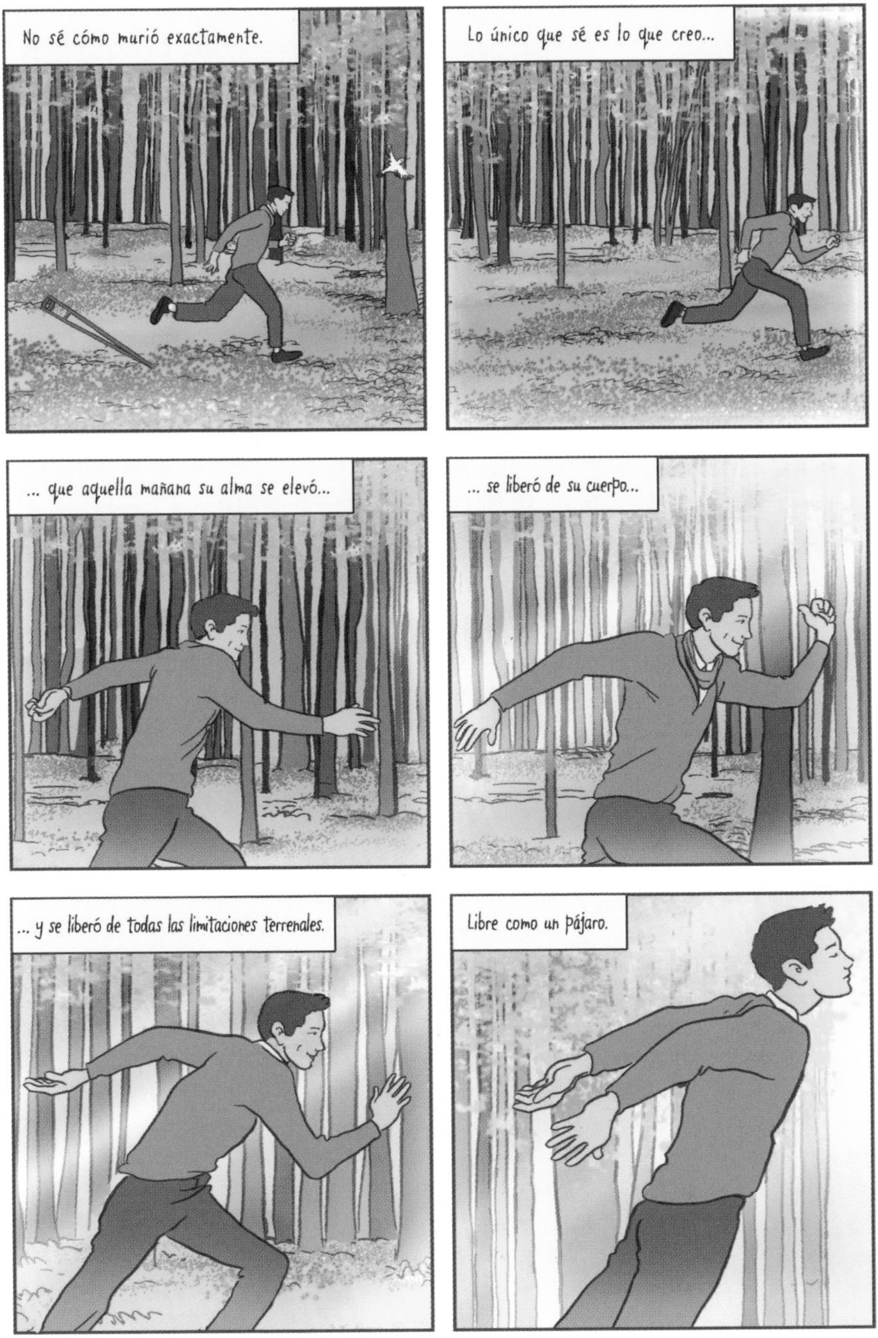
No sé cómo murió exactamente.
Lo único que sé es lo que creo...
... que aquella mañana su alma se elevó...
... se liberó de su cuerpo...
... y se liberó de todas las limitaciones terrenales.
Libre como un pájaro.

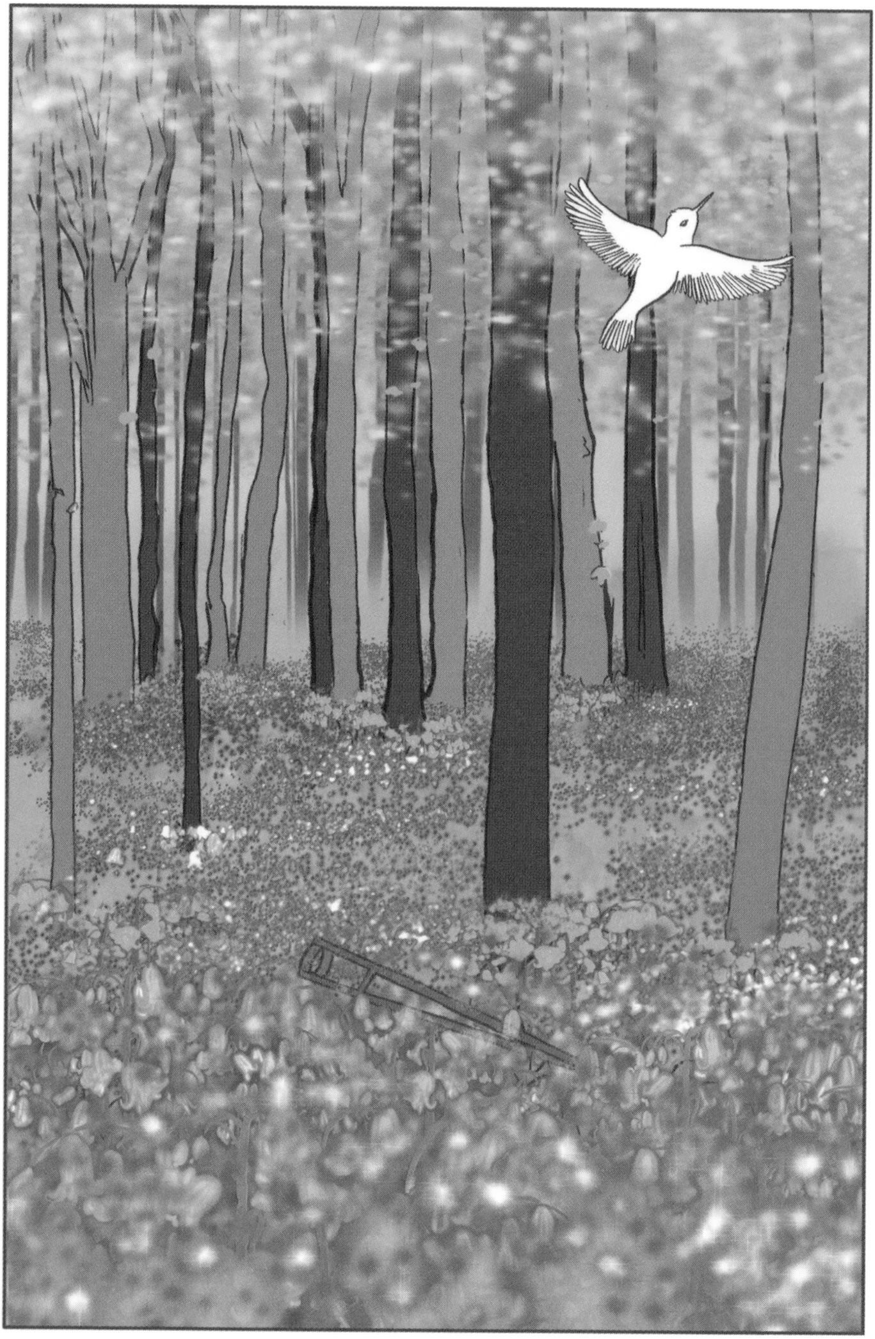

NUNCA ENCONTRARON EL CUERPO DE JULIEN. NUNCA SABREMOS SI PORQUE LOS NAZIS OCULTARON SU SUCIA ACCIÓN O PORQUE EL BOSQUE ENTERRÓ A UNO DE LOS SUYOS.

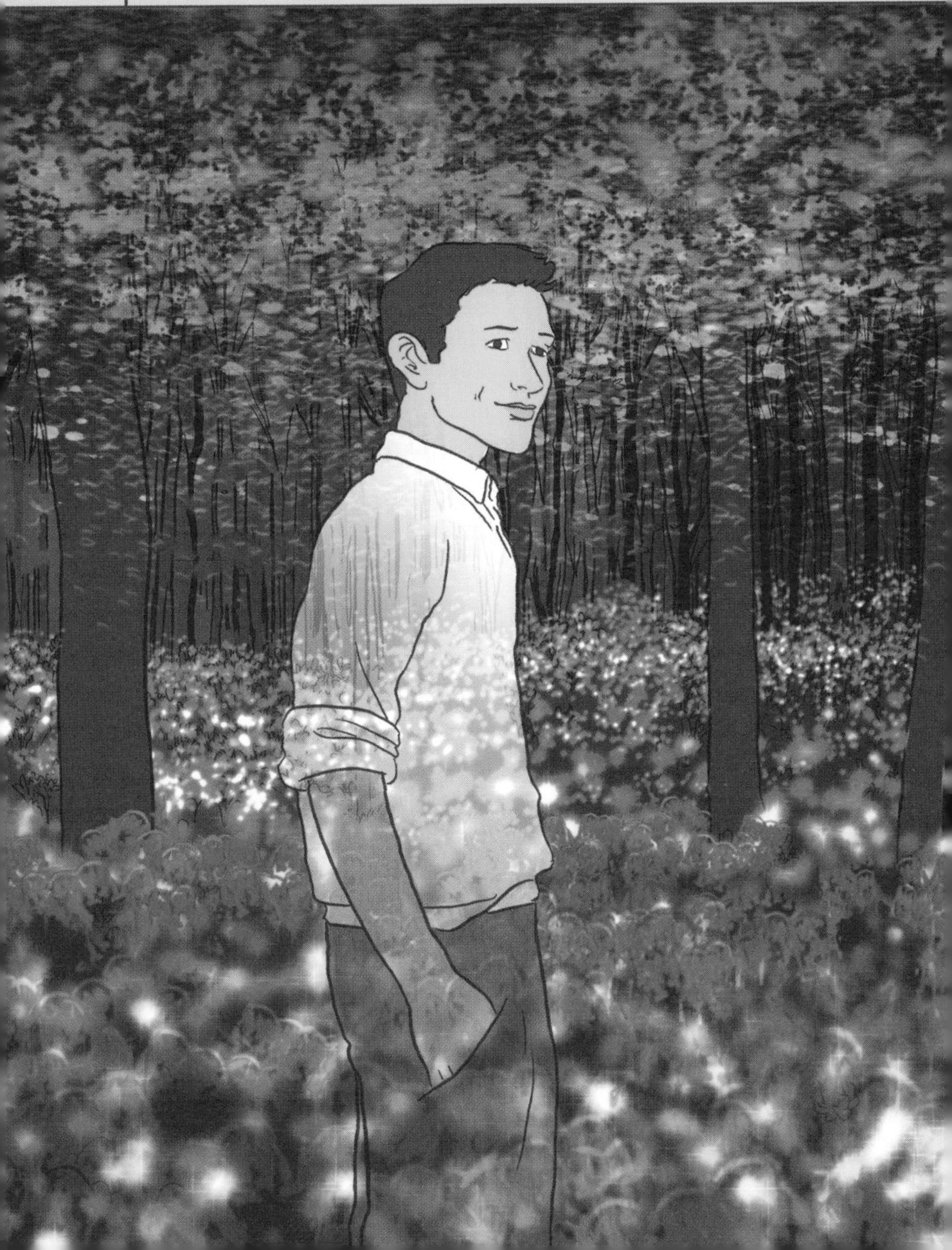

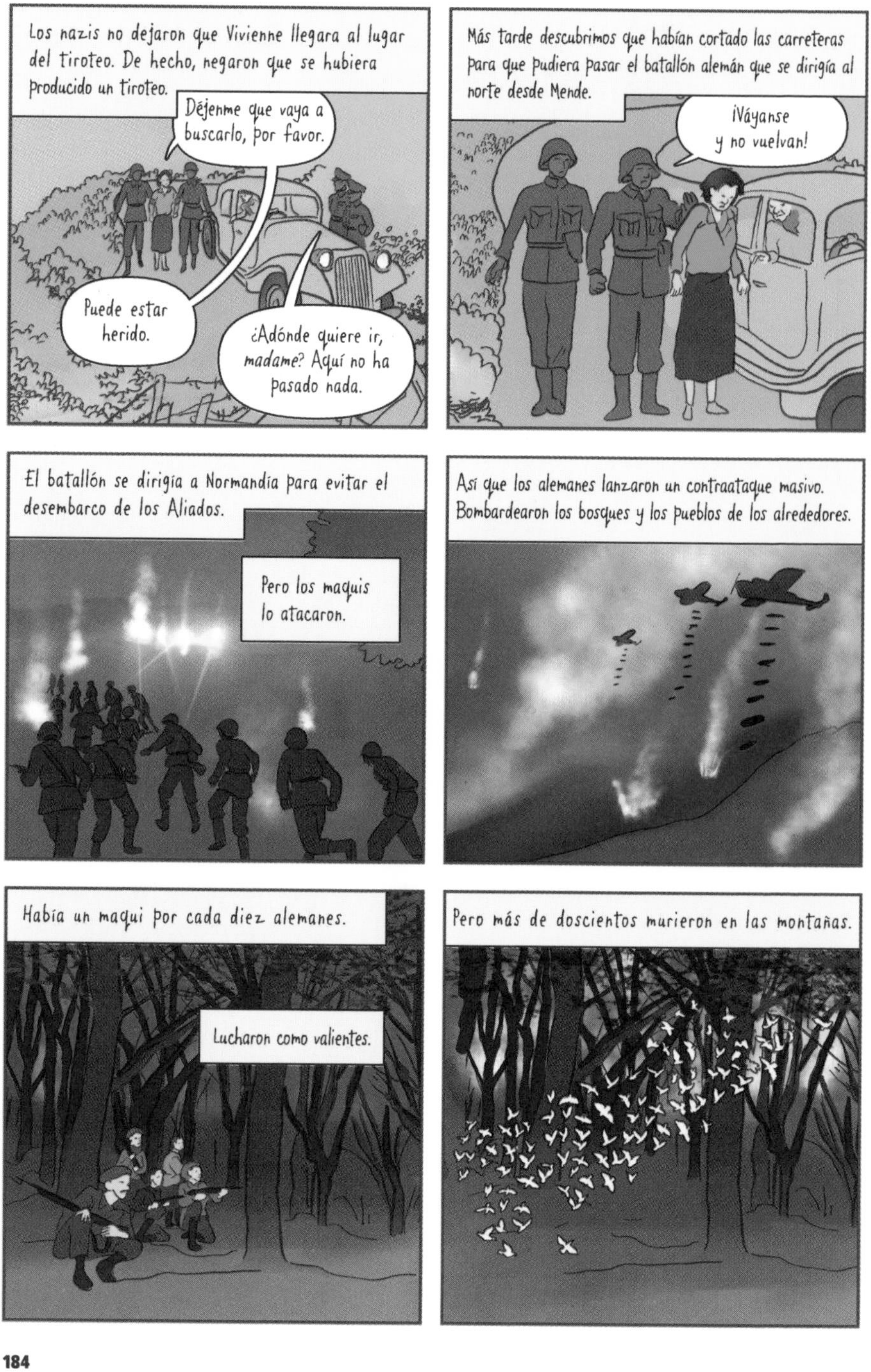
Los nazis no dejaron que Vivienne llegara al lugar del tiroteo. De hecho, negaron que se hubiera producido un tiroteo.
Déjenme que vaya a buscarlo, por favor.
Puede estar herido.
¿Adónde quiere ir, madame? Aquí no ha pasado nada.
Más tarde descubrimos que habían cortado las carreteras para que pudiera pasar el batallón alemán que se dirigía al norte desde Mende.
¡Váyanse y no vuelvan!
El batallón se dirigía a Normandía para evitar el desembarco de los Aliados.
Pero los maquis lo atacaron.
Así que los alemanes lanzaron un contraataque masivo. Bombardearon los bosques y los pueblos de los alrededores.
Había un maqui por cada diez alemanes.
Lucharon como valientes.
Pero más de doscientos murieron en las montañas.

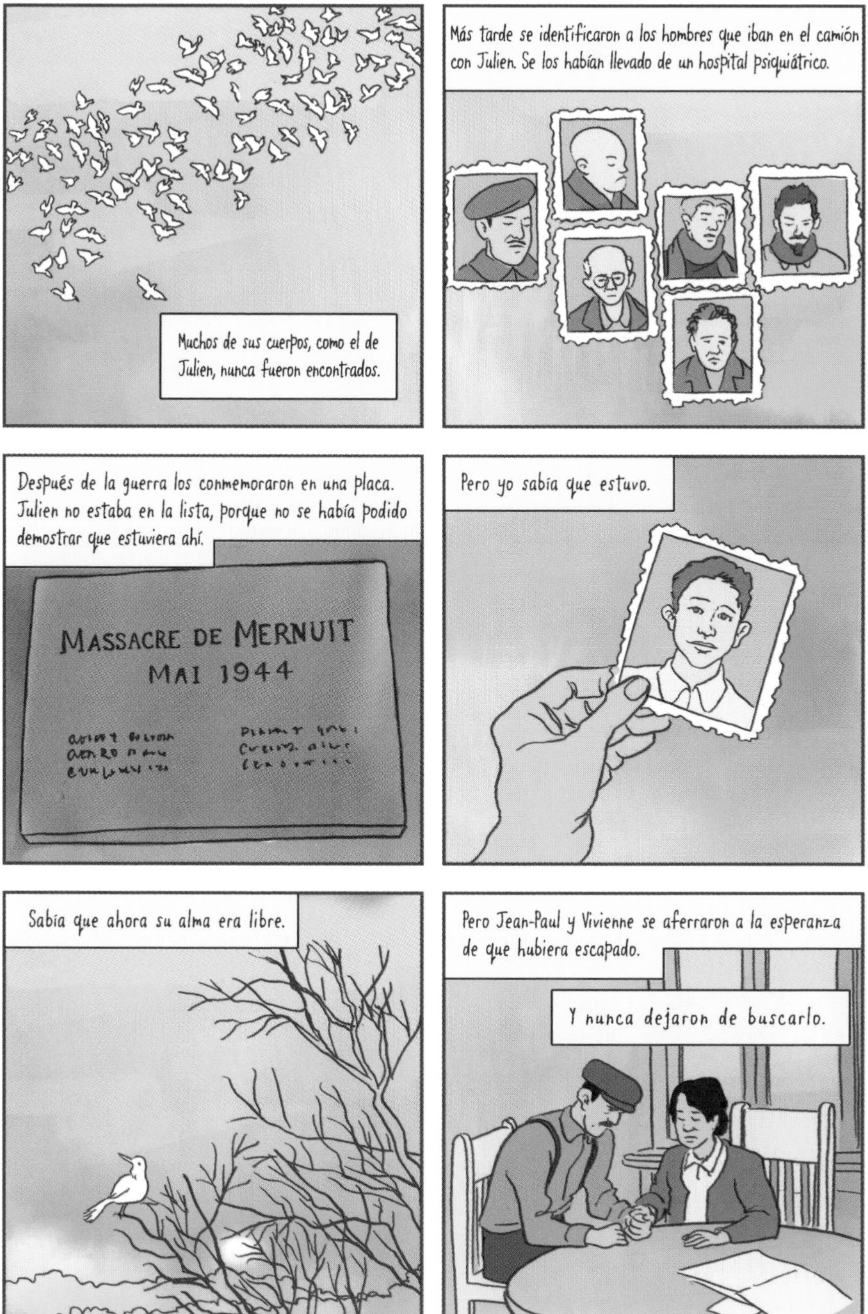
Muchos de sus cuerpos, como el de Julien, nunca fueron encontrados.
Más tarde se identificaron a los hombres que iban en el camión con Julien. Se los habían llevado de un hospital psiquiátrico.
Después de la guerra los conmemoraron en una placa. Julien no estaba en la lista, porque no se había podido demostrar que estuviera ahí.
MASSACRE DE MERNUIT
MAI 1944
Pero yo sabía que estuvo.
Sabía que ahora su alma era libre.
Pero Jean-Paul y Vivienne se aferraron a la esperanza de que hubiera escapado.
Y nunca dejaron de buscarlo.

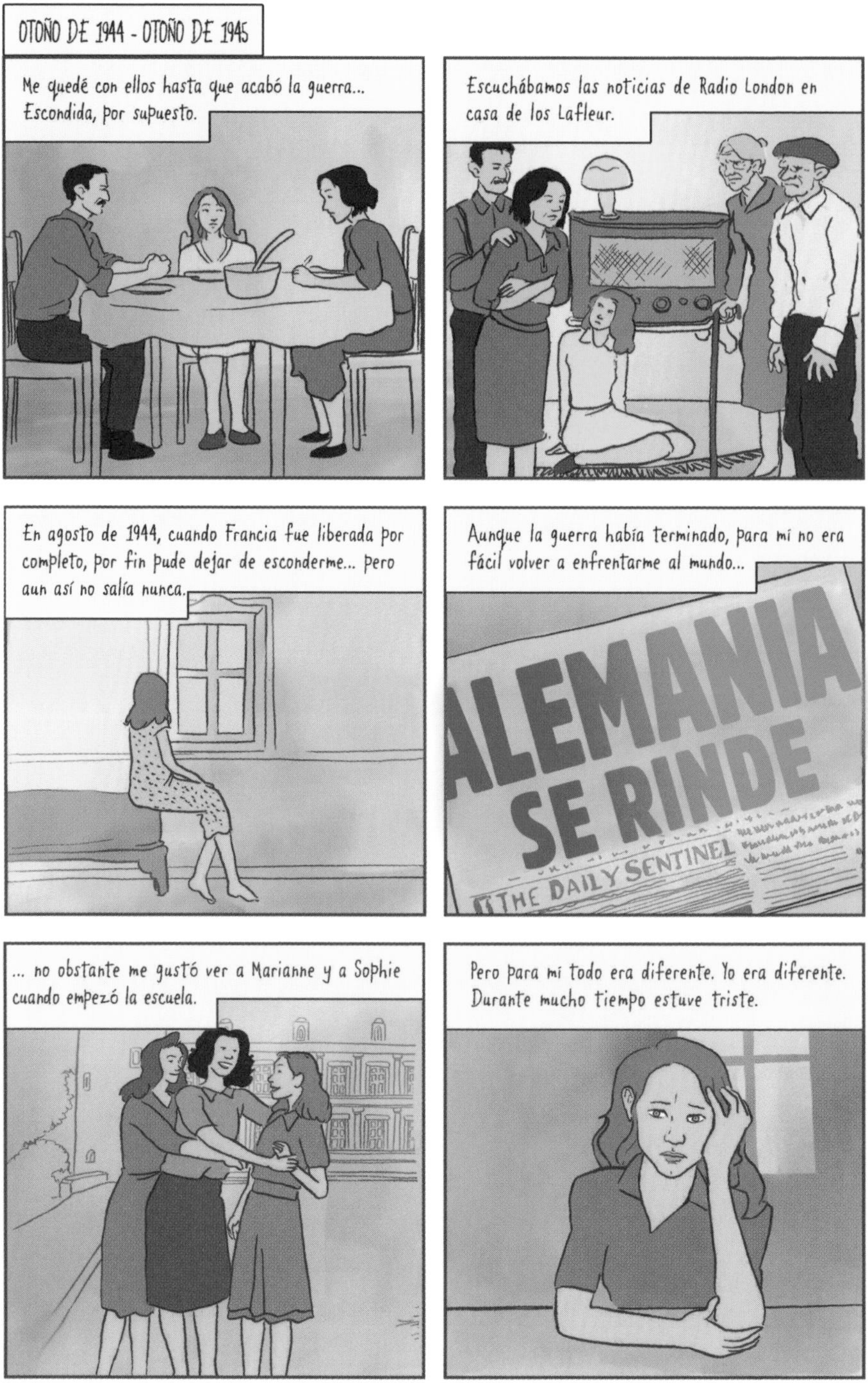
OTOÑO DE 1944 - OTOÑO DE 1945
Me quedé con ellos hasta que acabó la guerra... Escondida, por supuesto.
Escuchábamos las noticias de Radio London en casa de los Lafleur.
En agosto de 1944, cuando Francia fue liberada por completo, por fin pude dejar de esconderme... pero aun así no salía nunca.
Aunque la guerra había terminado, para mí no era fácil volver a enfrentarme al mundo...
ALEMANIA SE RINDE
THE DAILY SENTINEL
... no obstante me gustó ver a Marianne y a Sophie cuando empezó la escuela.
Pero para mí todo era diferente. Yo era diferente. Durante mucho tiempo estuve triste.

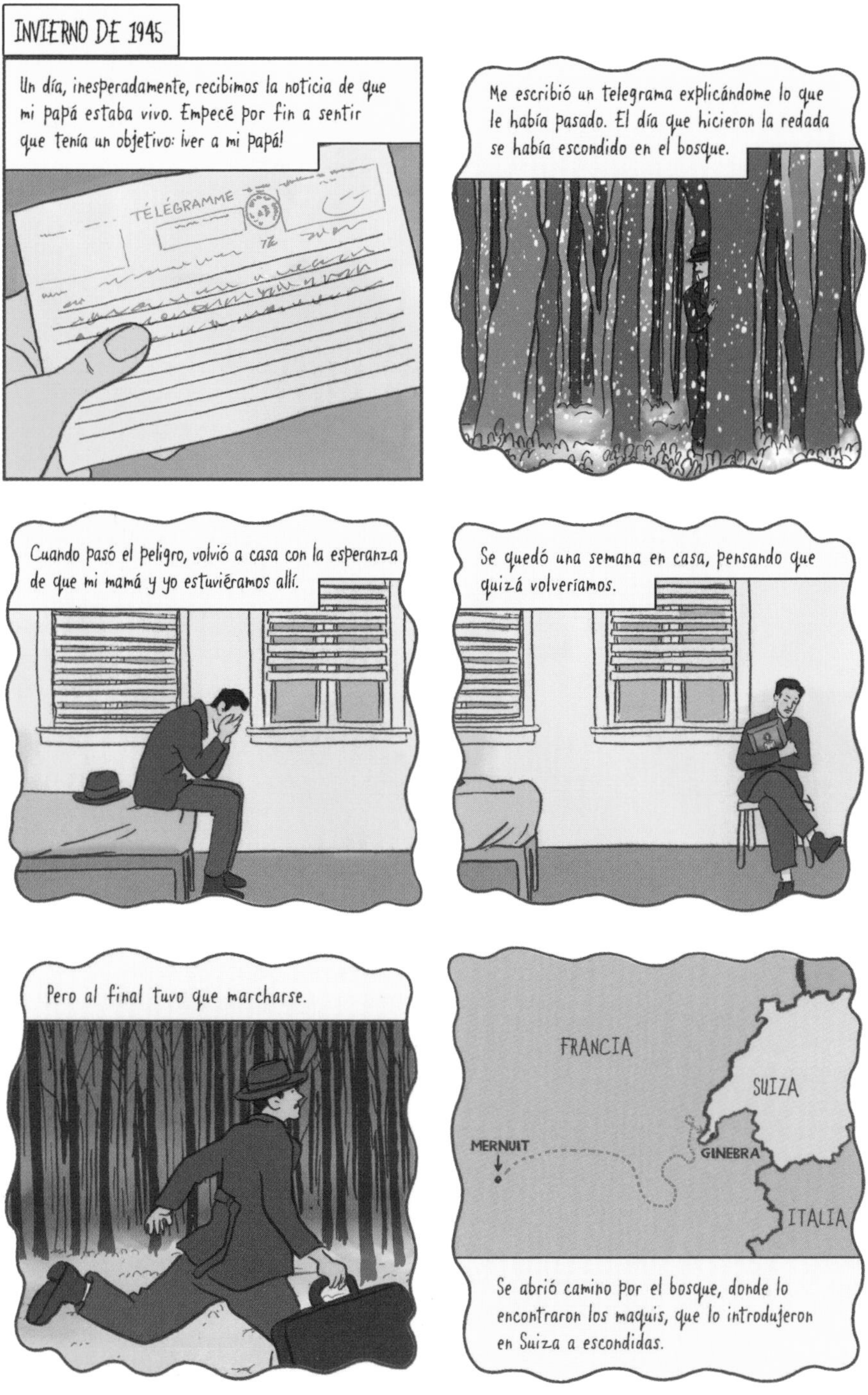
INVIERNO DE 1945
Un día, inesperadamente, recibimos la noticia de que mi papá estaba vivo. Empecé por fin a sentir que tenía un objetivo: ¡ver a mi papá!
TÉLÉGRAMME
Me escribió un telegrama explicándome lo que le había pasado. El día que hicieron la redada se había escondido en el bosque.
Cuando pasó el peligro, volvió a casa con la esperanza de que mi mamá y yo estuviéramos allí.
Se quedó una semana en casa, pensando que quizá volveríamos.
Pero al final tuvo que marcharse.
FRANCIA
SUIZA
MERNUIT
GINEBRA
ITALIA
Se abrió camino por el bosque, donde lo encontraron los maquis, que lo introdujeron en Suiza a escondidas.

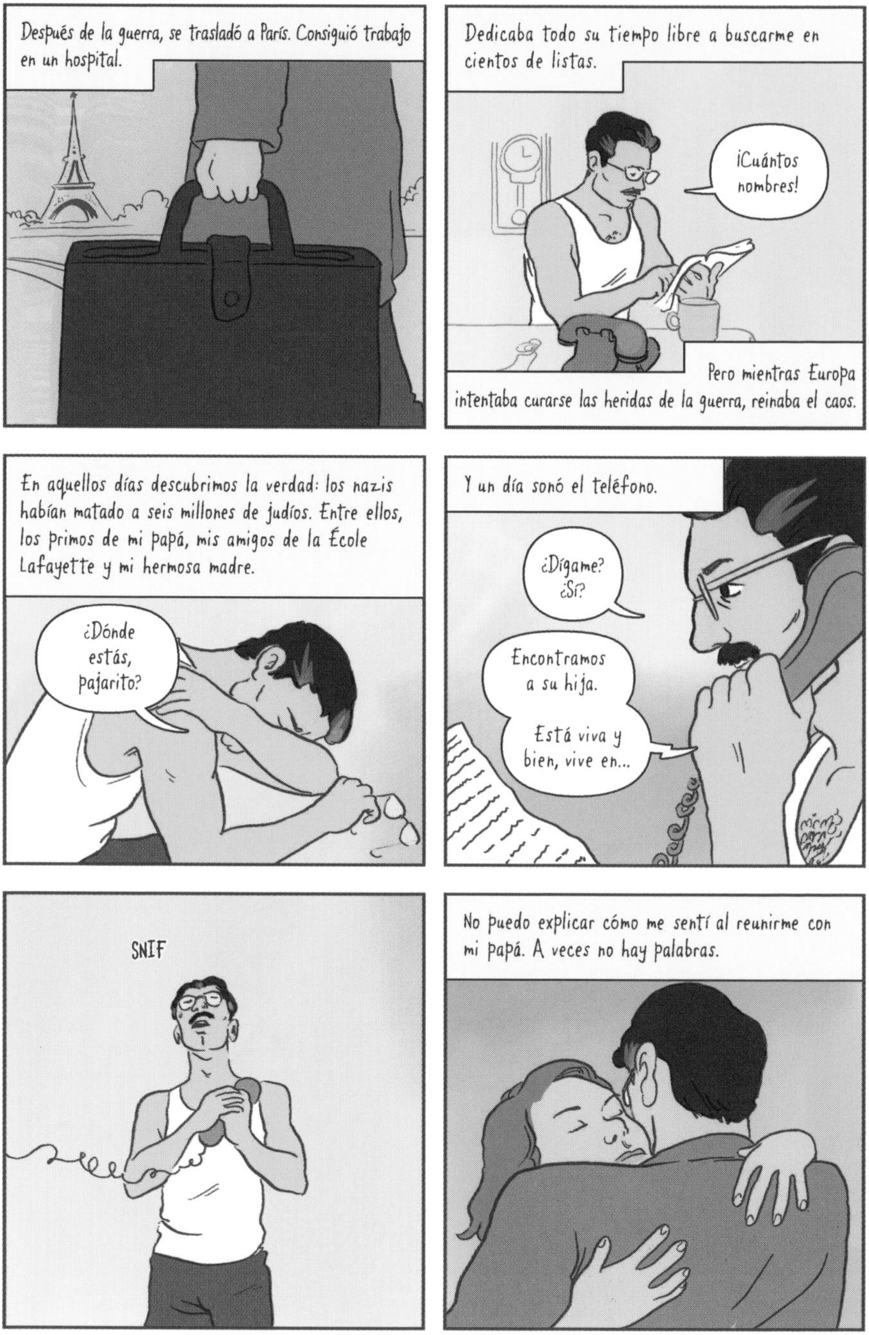
Después de la guerra, se trasladó a París. Consiguió trabajo en un hospital.
Dedicaba todo su tiempo libre a buscarme en cientos de listas.
¡Cuántos nombres!
Pero mientras Europa intentaba curarse las heridas de la guerra, reinaba el caos.
En aquellos días descubrimos la verdad: los nazis habían matado a seis millones de judíos. Entre ellos, los primos de mi papá, mis amigos de la École Lafayette y mi hermosa madre.
¿Dónde estás, pajarito?
Y un día sonó el teléfono.
¿Dígame? ¿Sí?
Encontramos a su hija.
Está viva y bien, vive en...
SNIF
No puedo explicar cómo me sentí al reunirme con mi papá. A veces no hay palabras.

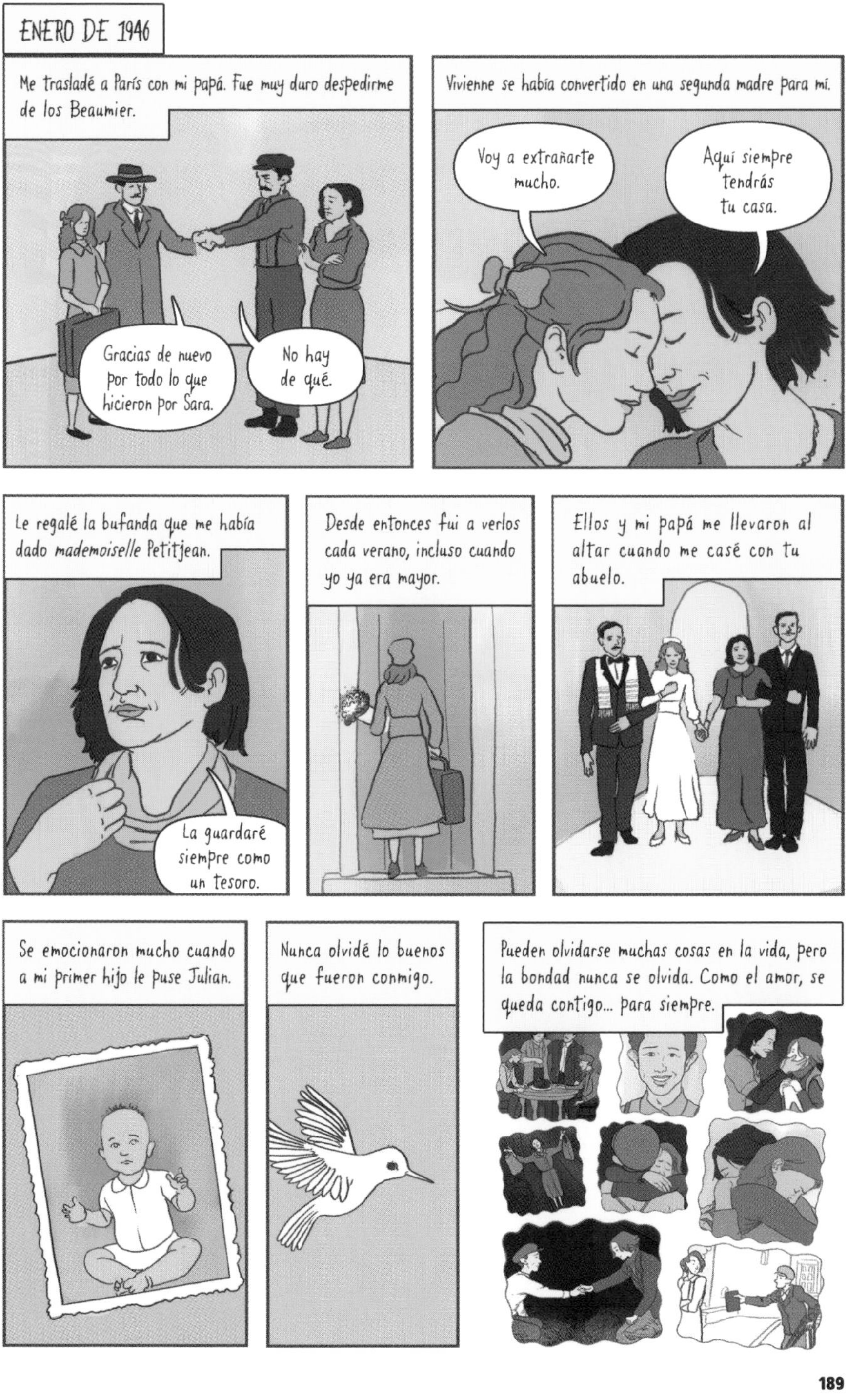
ENERO DE 1946
Me trasladé a París con mi papá. Fue muy duro despedirme de los Beaumier.
Gracias de nuevo por todo lo que hicieron por Sara.
No hay de qué.
Vivienne se había convertido en una segunda madre para mí.
Voy a extrañarte mucho.
Aquí siempre tendrás tu casa.
Le regalé la bufanda que me había dado *mademoiselle* Petitjean.
La guardaré siempre como un tesoro.
Desde entonces fui a verlos cada verano, incluso cuando yo ya era mayor.
Ellos y mi papá me llevaron al altar cuando me casé con tu abuelo.
Se emocionaron mucho cuando a mi primer hijo le puse Julian.
Nunca olvidé lo buenos que fueron conmigo.
Pueden olvidarse muchas cosas en la vida, pero la bondad nunca se olvida. Como el amor, se queda contigo... para siempre.

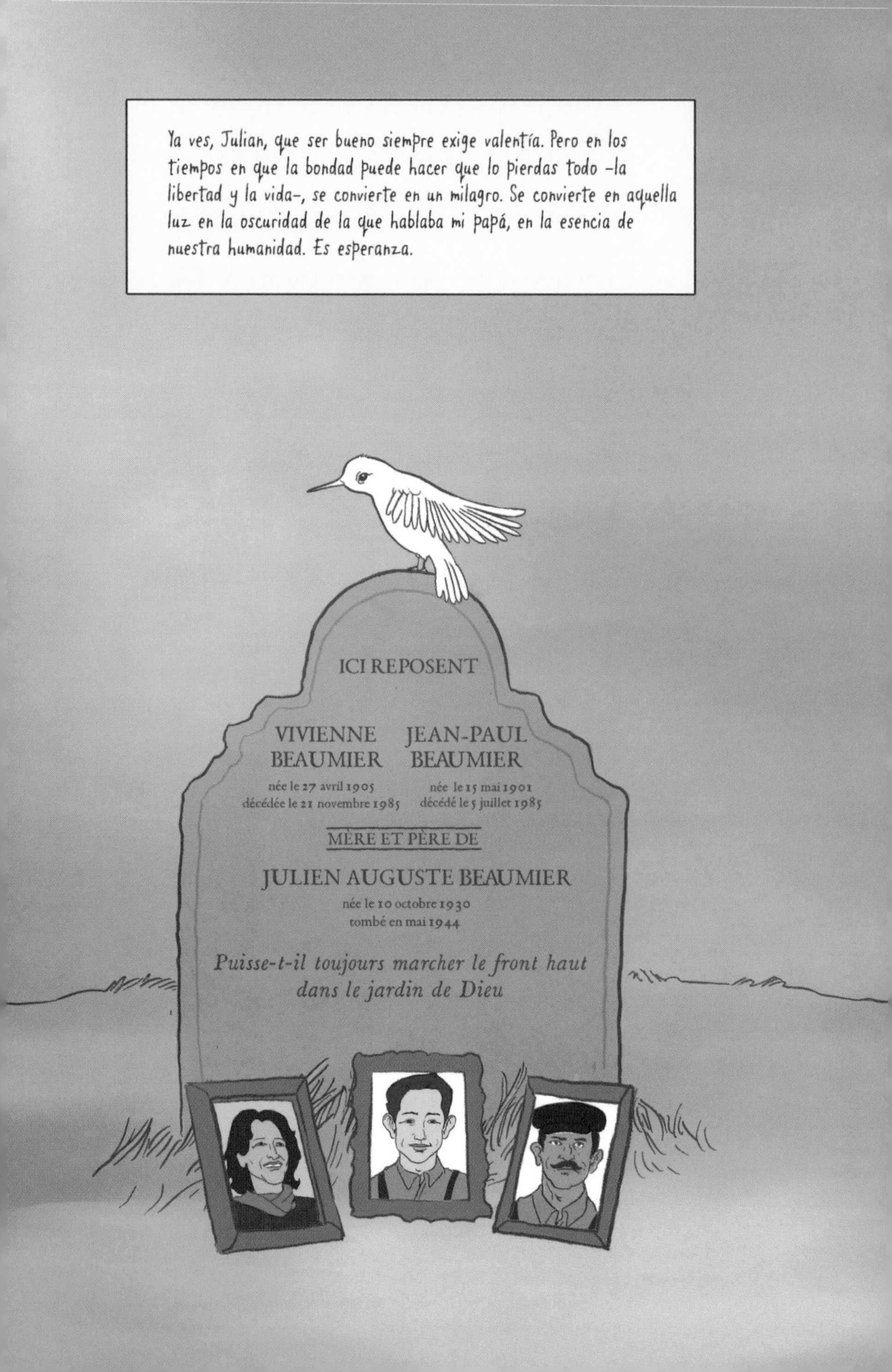
Ya ves, Julian, que ser bueno siempre exige valentía. Pero en los tiempos en que la bondad puede hacer que lo pierdas todo -la libertad y la vida-, se convierte en un milagro. Se convierte en aquella luz en la oscuridad de la que hablaba mi papá, en la esencia de nuestra humanidad. Es esperanza.
ICI REPOSENT
VIVIENNE BEAUMIER
née le 27 avril 1905
décédée le 21 novembre 1985
JEAN-PAUL BEAUMIER
née le 15 mai 1901
décédé le 5 juillet 1985
MÈRE ET PÈRE DE
JULIEN AUGUSTE BEAUMIER
née le 10 octobre 1930
tombé en mai 1944
Puisse-t-il toujours marcher le front haut dans le jardin de Dieu

EPÍLOGO

Lo hecho no se puede deshacer,
pero se puede evitar que vuelva a suceder.

Ana Frank

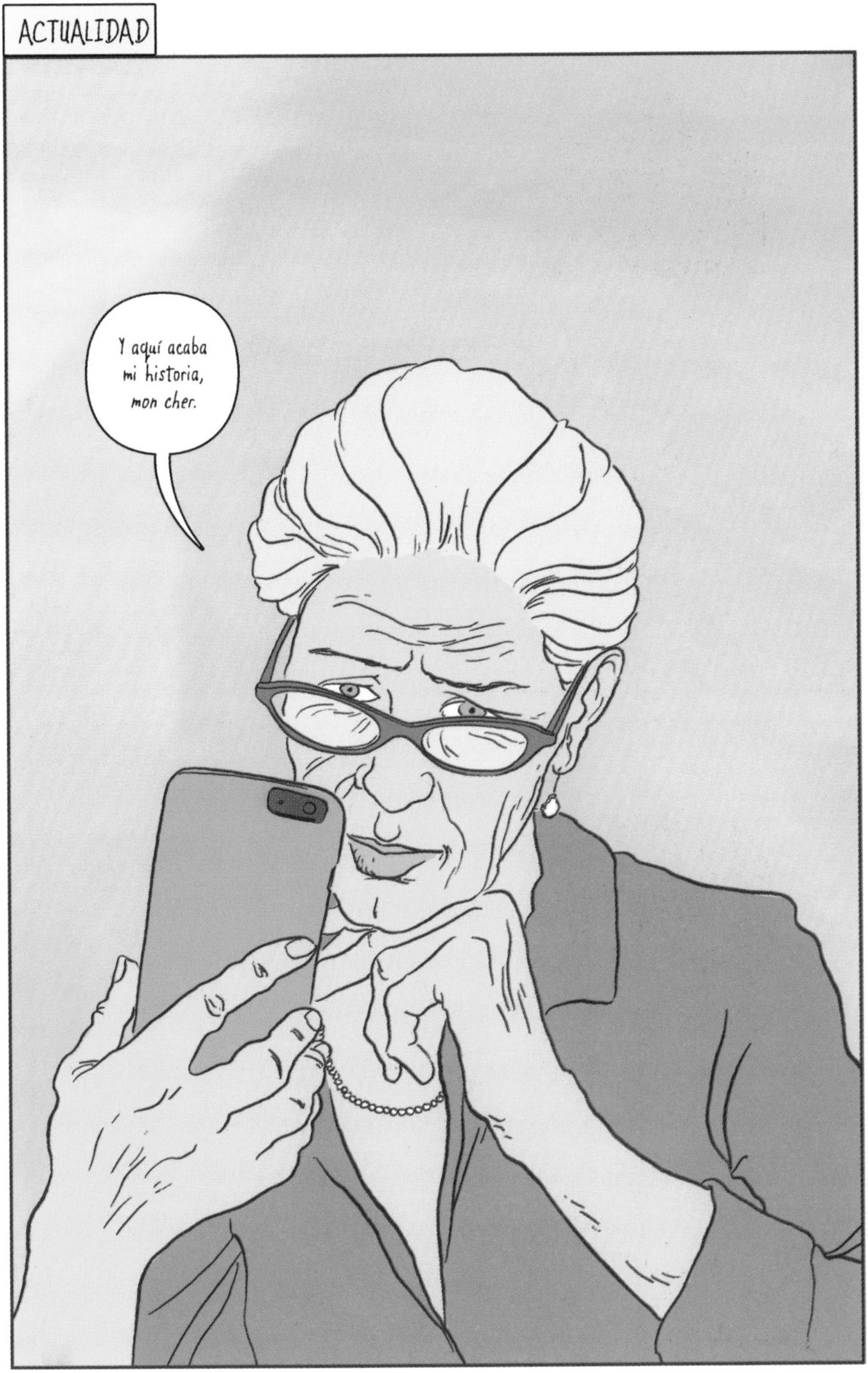
ACTUALIDAD
Y aquí acaba mi historia, mon cher.

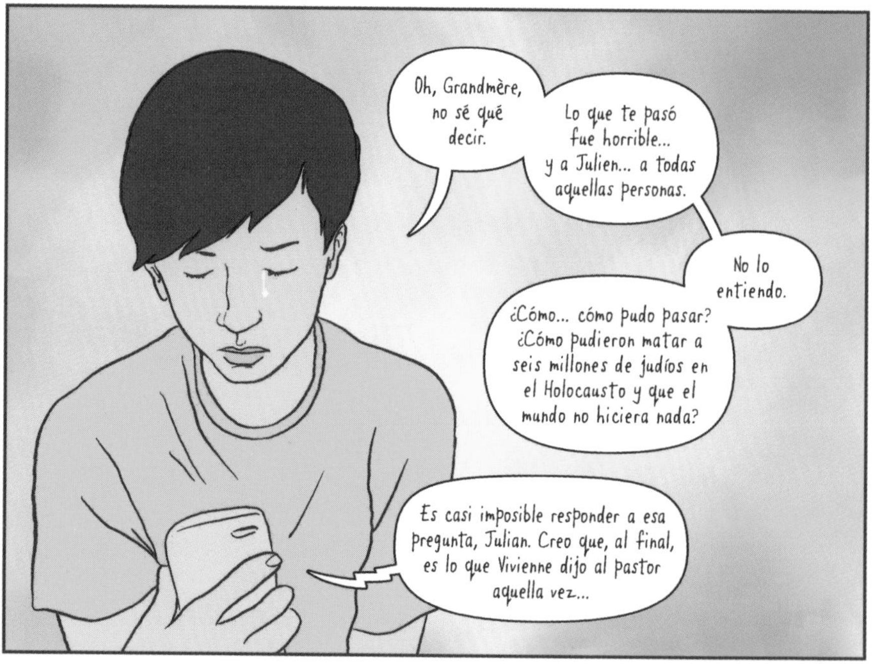
Oh, Grandmère, no sé qué decir.
Lo que te pasó fue horrible... y a Julien... a todas aquellas personas.
No lo entiendo.
¿Cómo... cómo pudo pasar? ¿Cómo pudieron matar a seis millones de judíos en el Holocausto y que el mundo no hiciera nada?
Es casi imposible responder a esa pregunta, Julian. Creo que, al final, es lo que Vivienne dijo al pastor aquella vez...

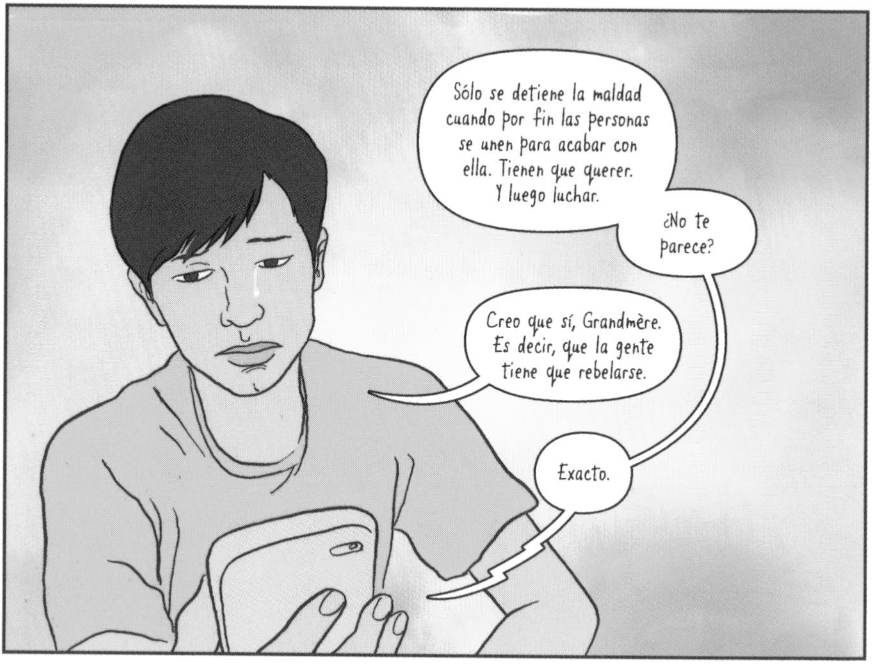
Sólo se detiene la maldad cuando por fin las personas se unen para acabar con ella. Tienen que querer. Y luego luchar.
¿No te parece?
Creo que sí, Grandmère. Es decir, que la gente tiene que rebelarse.
Exacto.

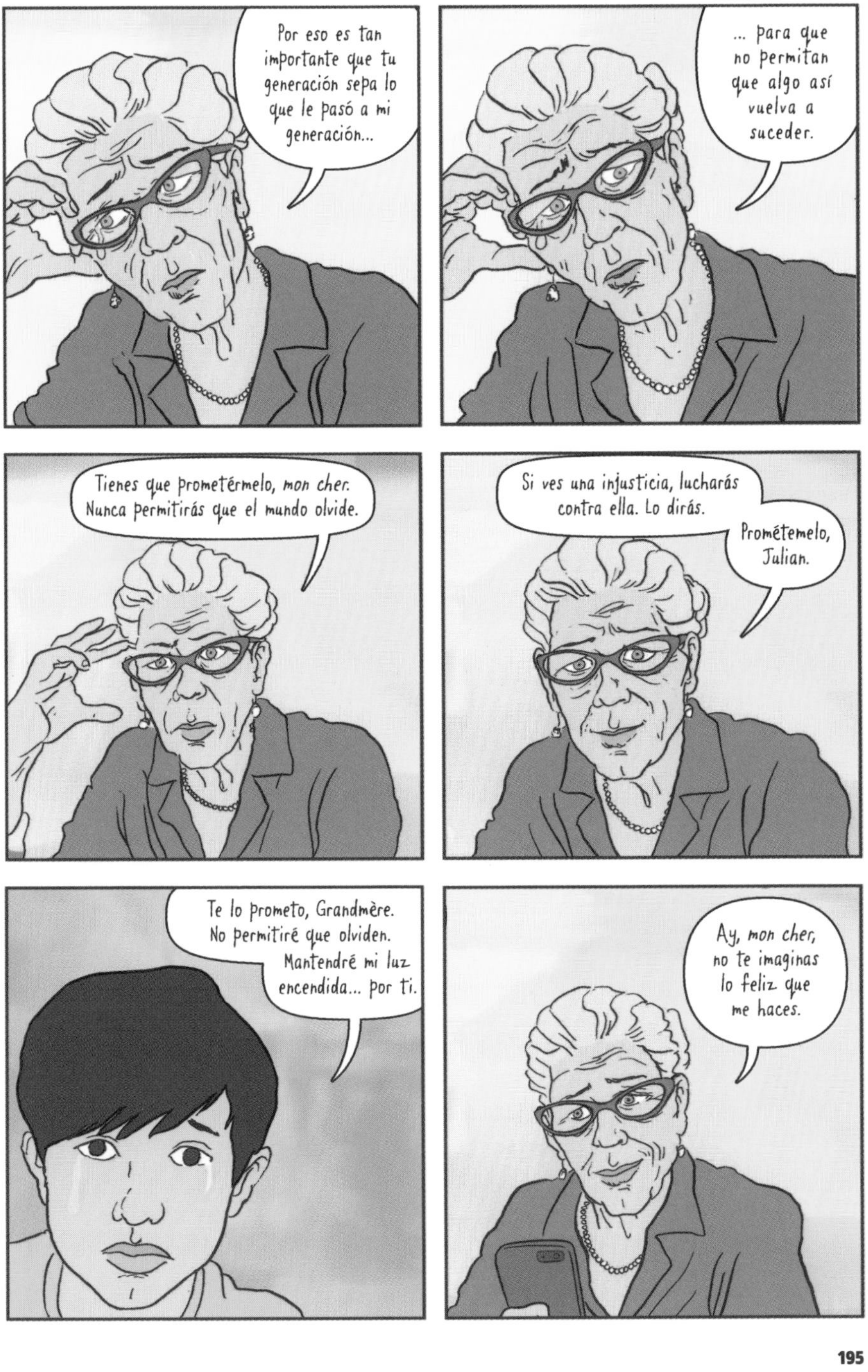
Por eso es tan importante que tu generación sepa lo que le pasó a mi generación...
... para que no permitan que algo así vuelva a suceder.
Tienes que prometérmelo, *mon cher*. Nunca permitirás que el mundo olvide.
Si ves una injusticia, lucharás contra ella. Lo dirás.
Prométemelo, Julian.
Te lo prometo, Grandmère. No permitiré que olviden.
Mantendré mi luz encendida... por ti.
Ay, *mon cher*, no te imaginas lo feliz que me haces.

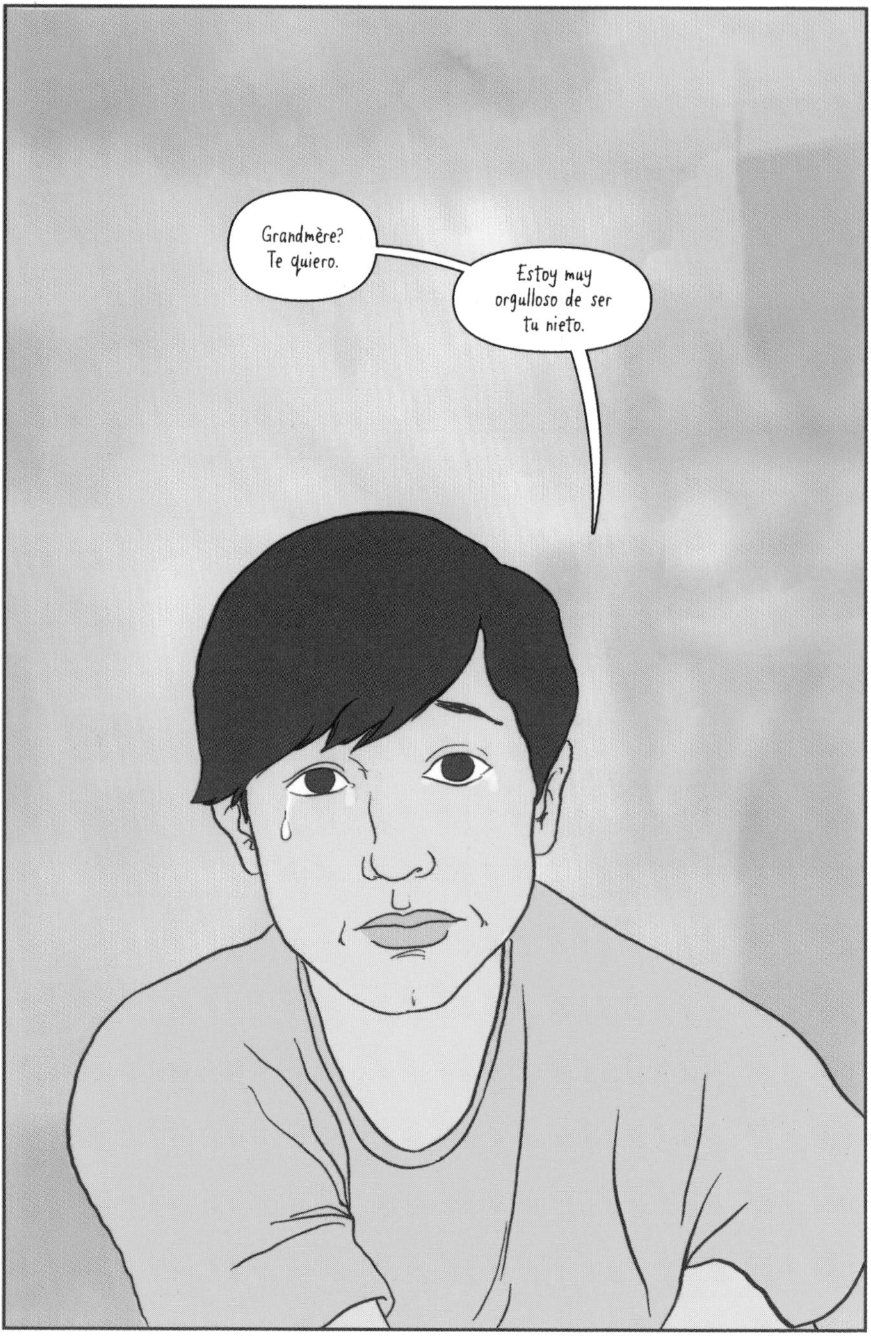
Grandmère?
Te quiero.
Estoy muy orgulloso de ser tu nieto.

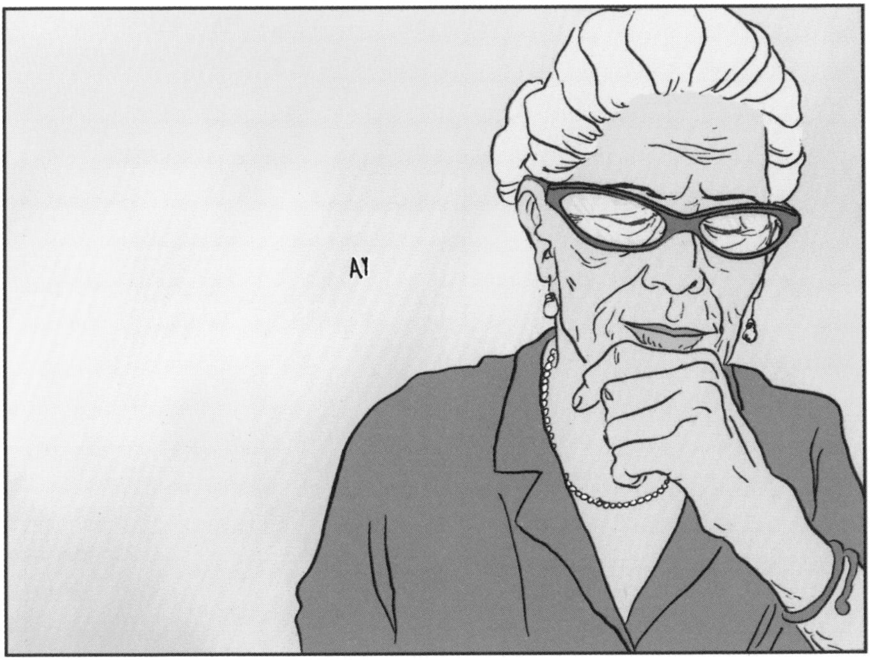
AY

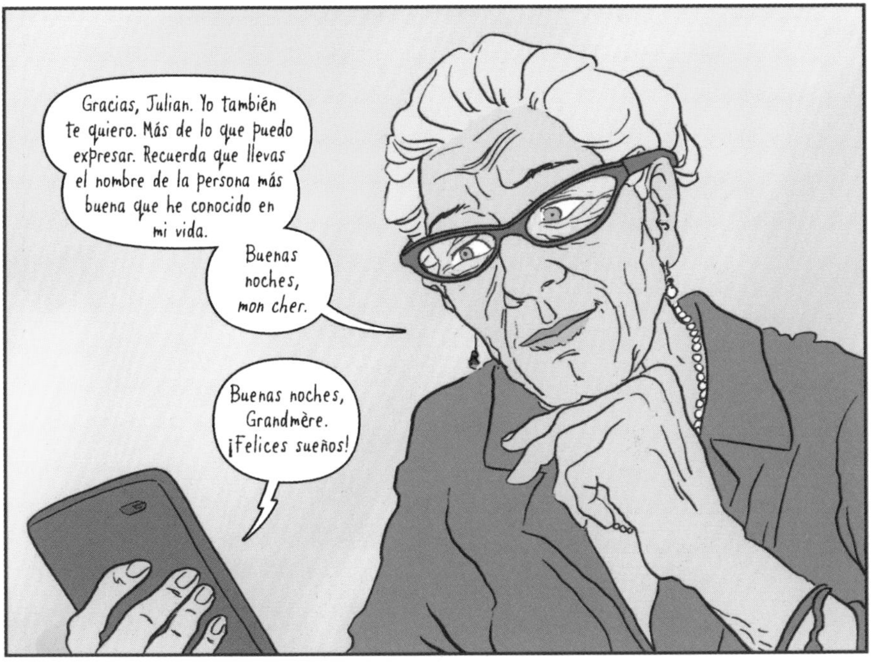
Gracias, Julian. Yo también te quiero. Más de lo que puedo expresar. Recuerda que llevas el nombre de la persona más buena que he conocido en mi vida.
Buenas noches, mon cher.
Buenas noches, Grandmère. ¡Felices sueños!

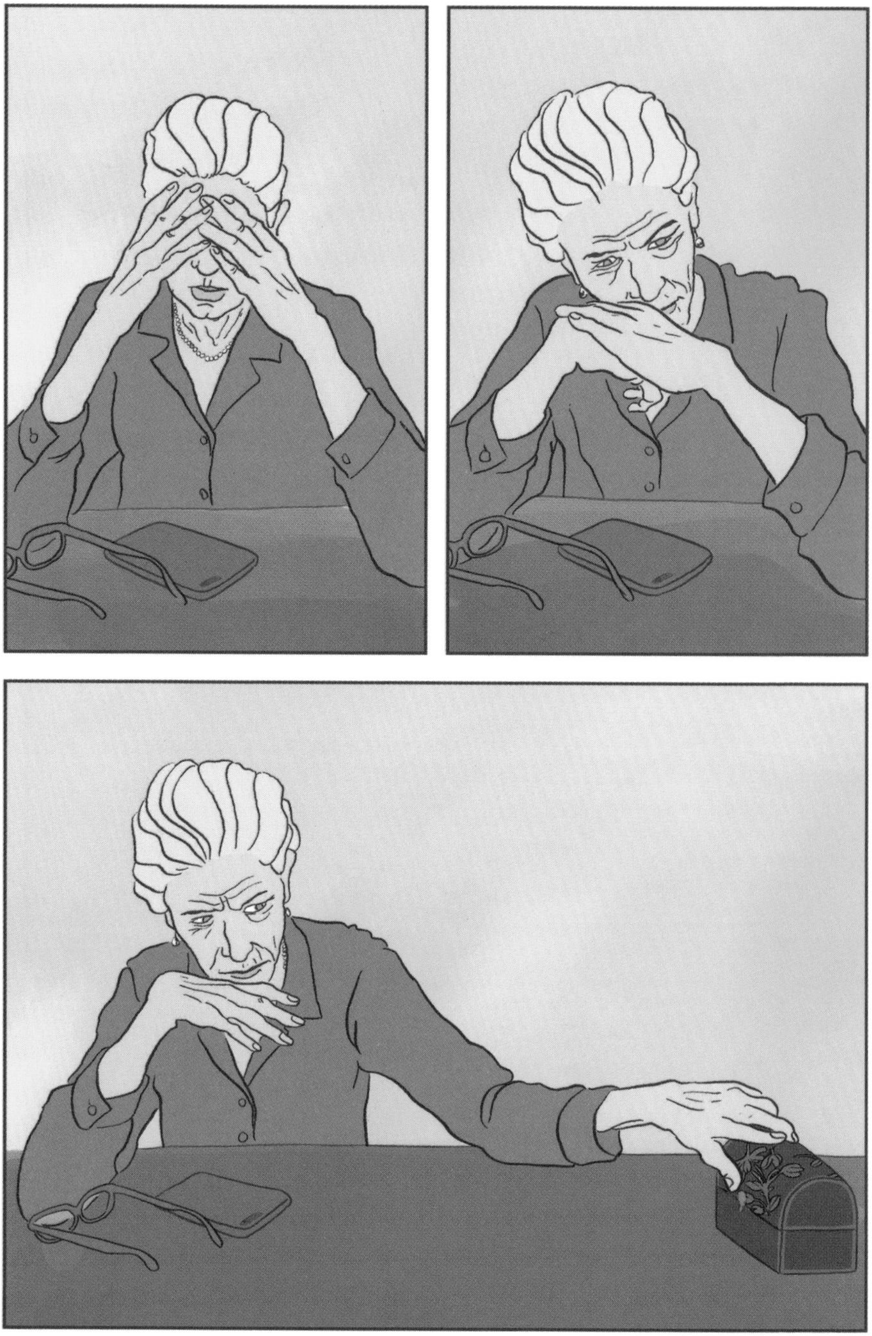

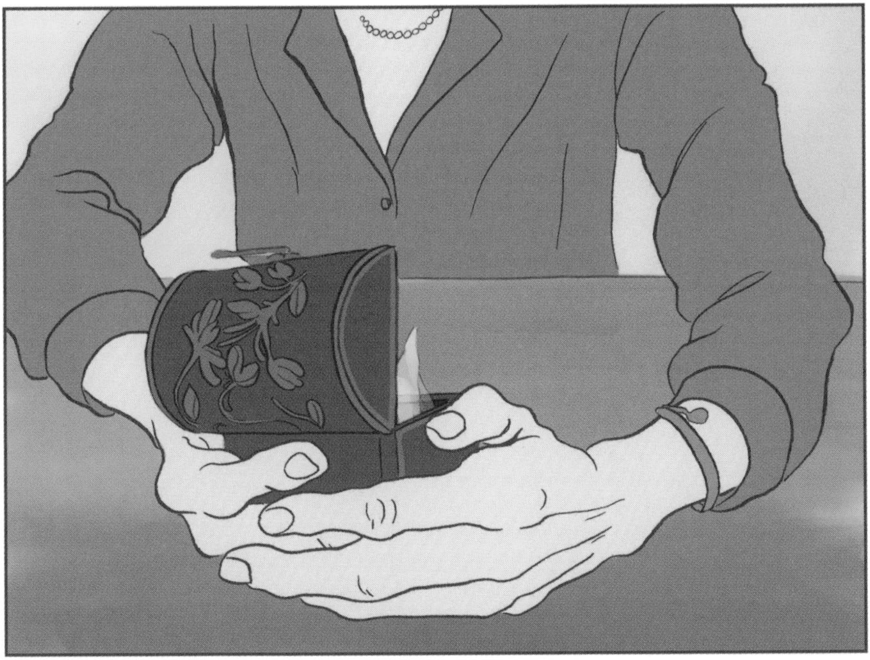

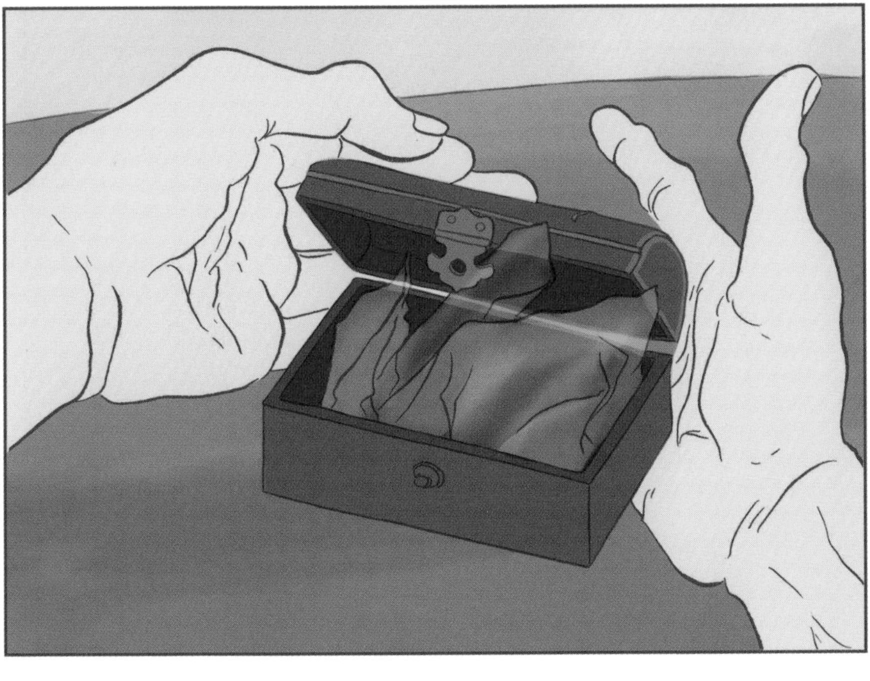

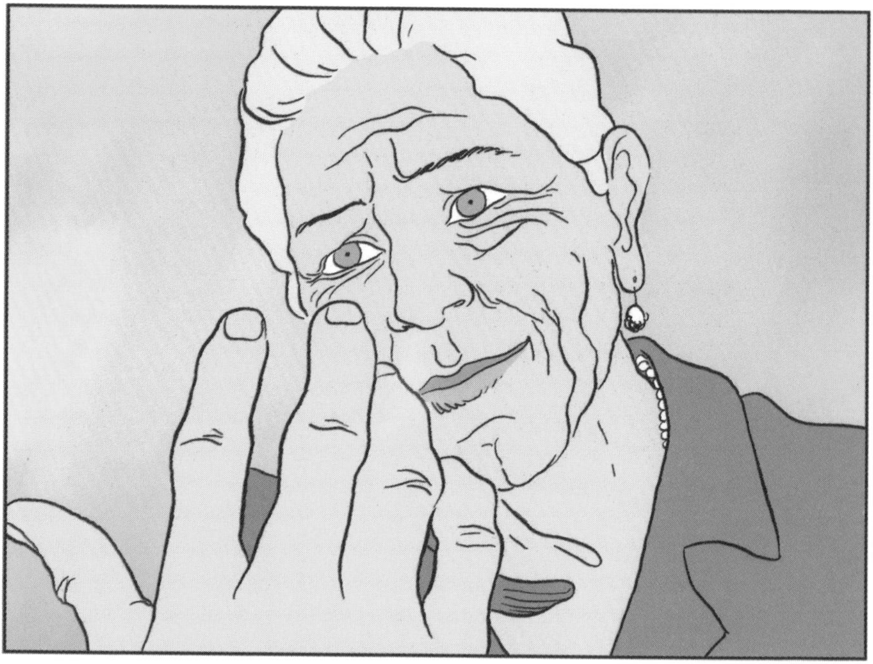

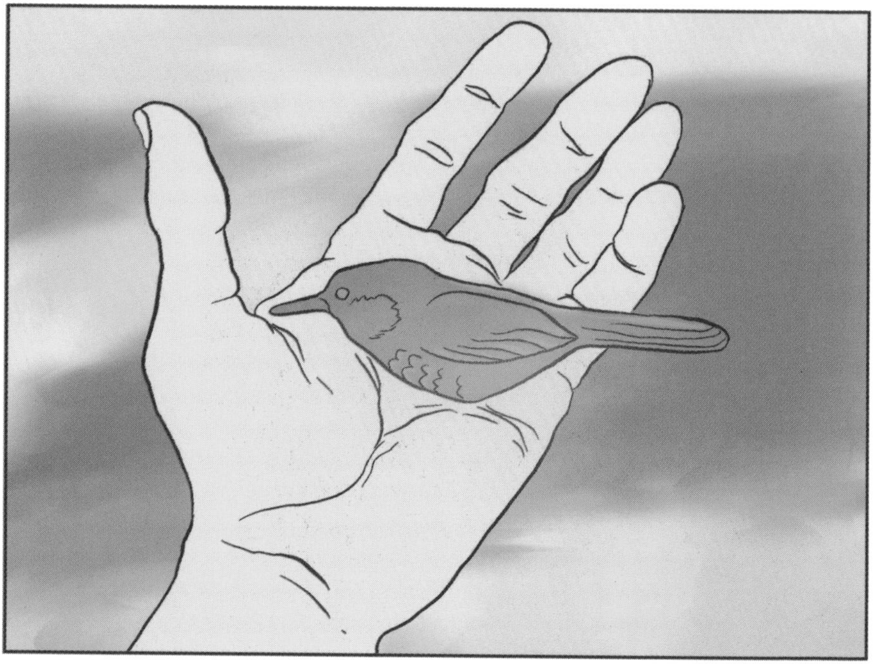

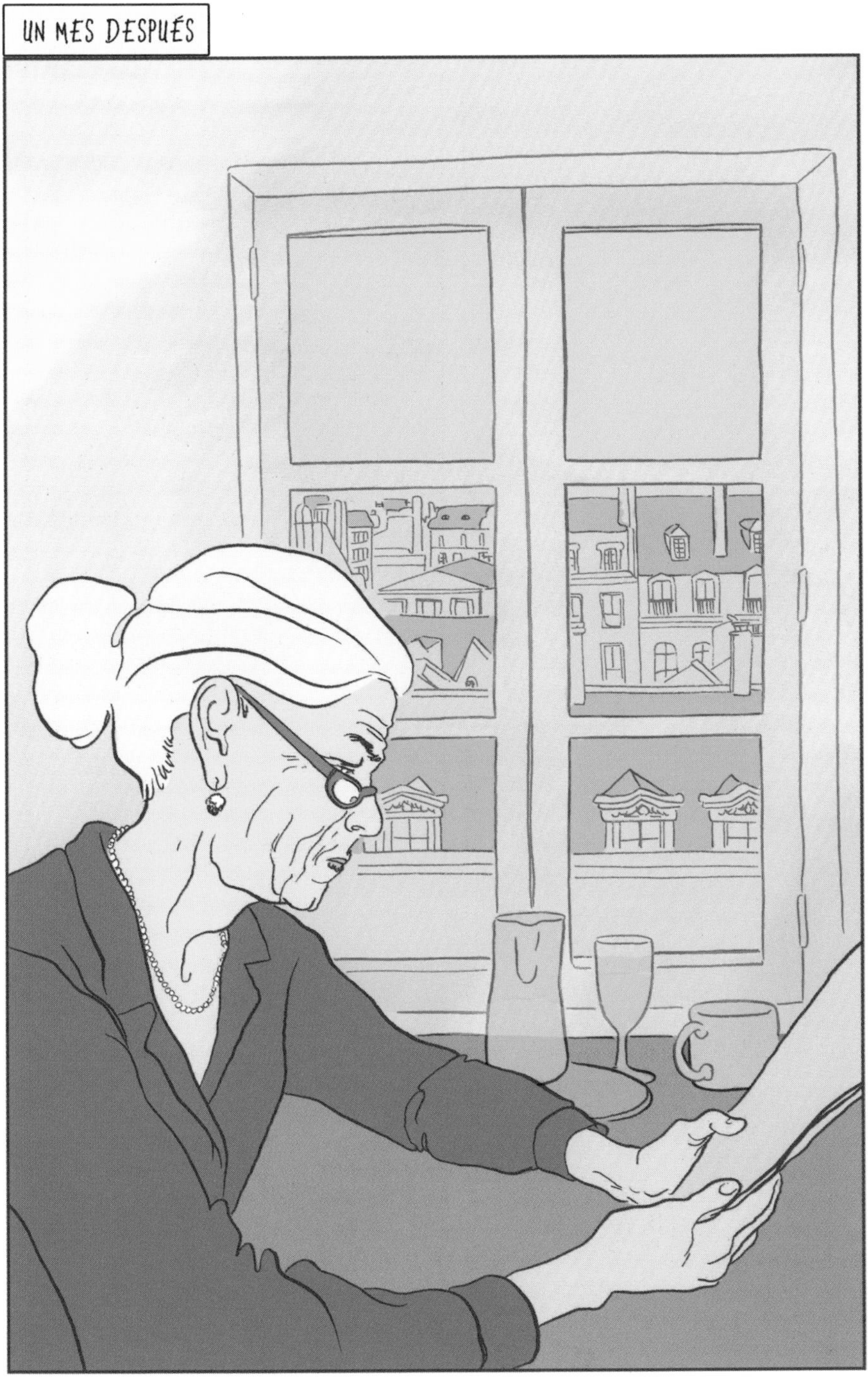
UN MES DESPUÉS

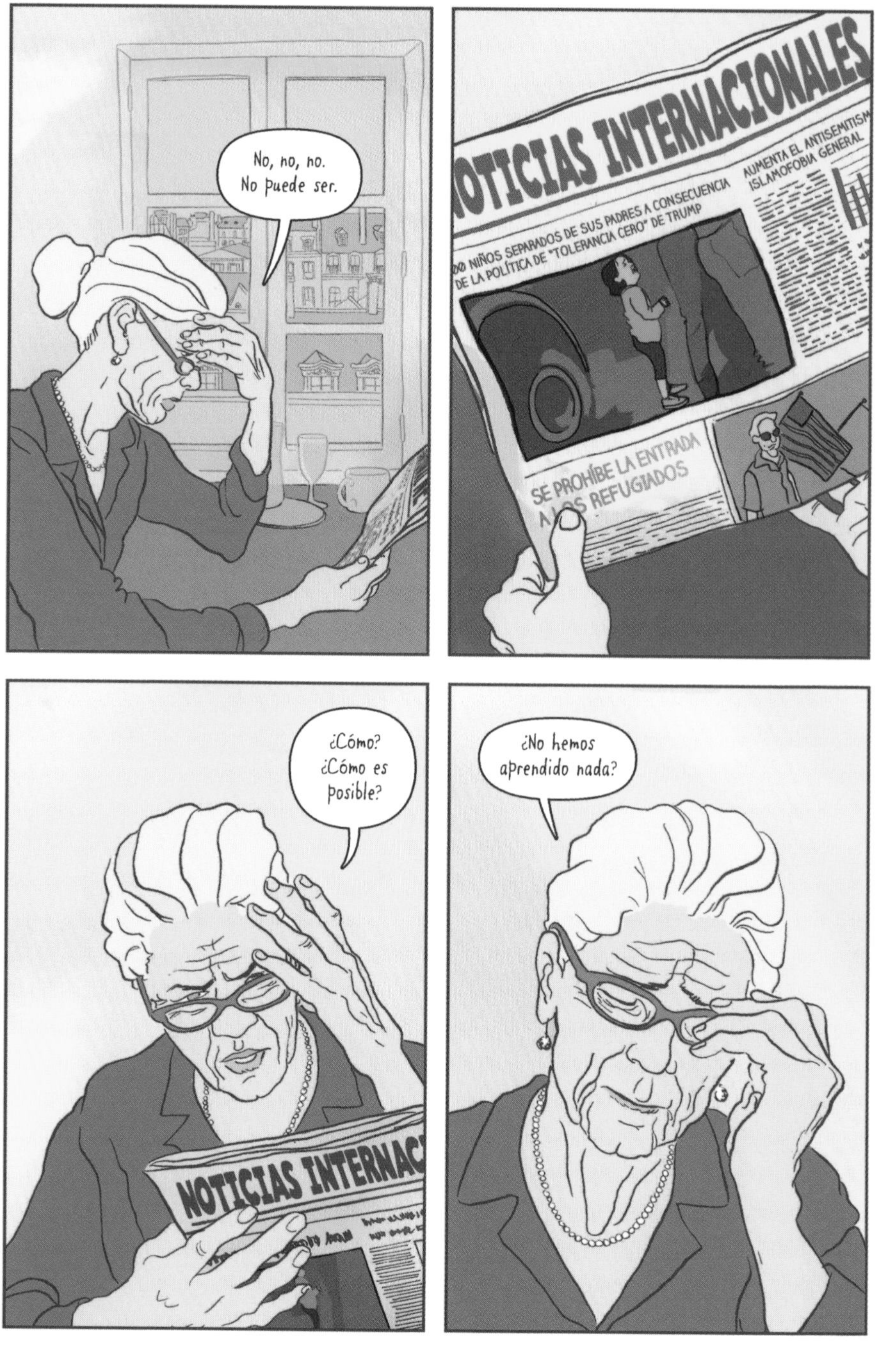
No, no, no.
No puede ser.
OTICIAS INTERNACIONALES
NIÑOS SEPARADOS DE SUS PADRES A CONSECUENCIA DE LA POLÍTICA DE "TOLERANCIA CERO" DE TRUMP
AUMENTA EL ANTISEMITISM
ISLAMOFOBIA GENERAL
SE PROHÍBE LA ENTRADA A LOS REFUGIADOS
¿Cómo? ¿Cómo es posible?
NOTICIAS INTERNAC
¿No hemos aprendido nada?

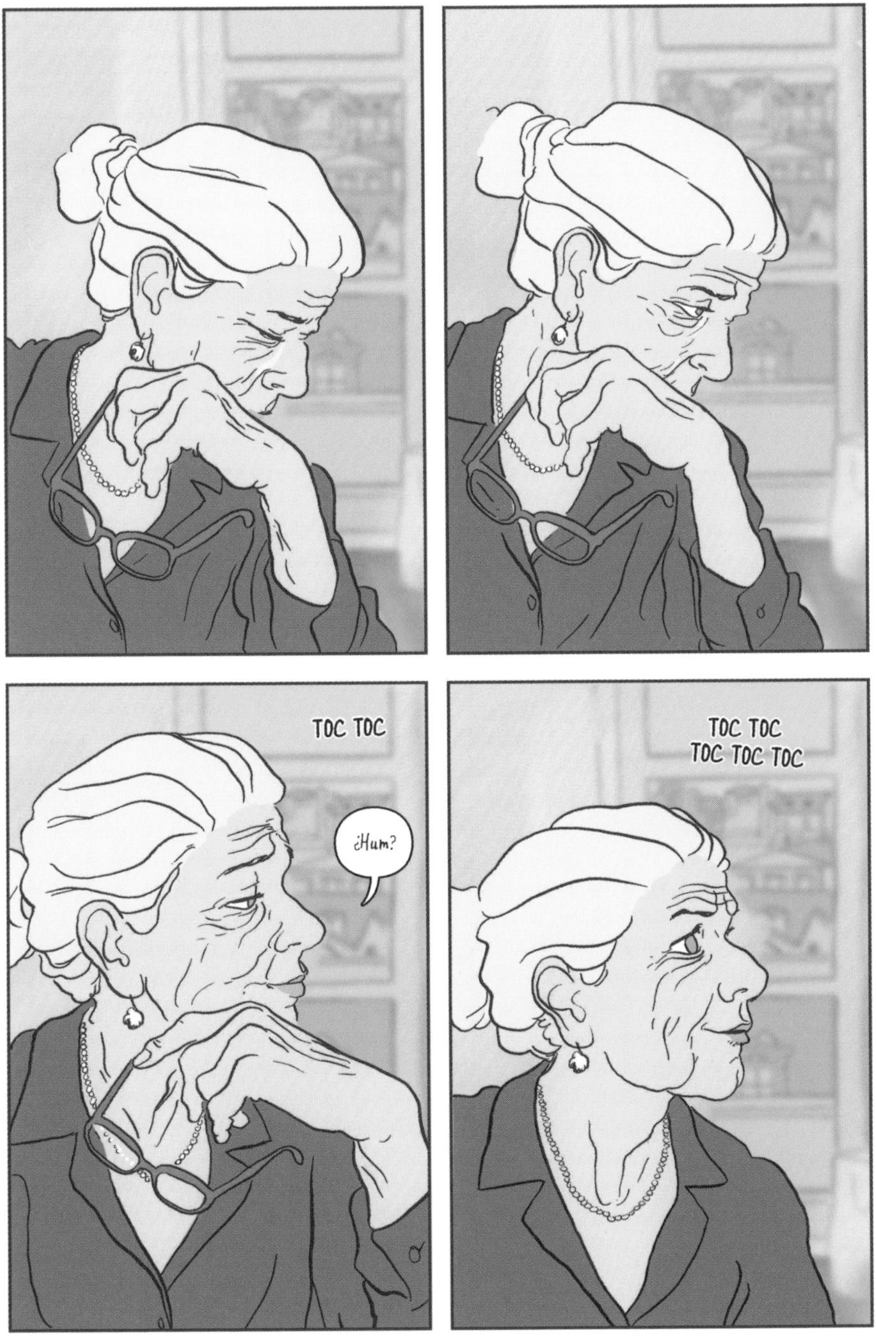
TOC TOC
¿Hum?
TOC TOC
TOC TOC TOC

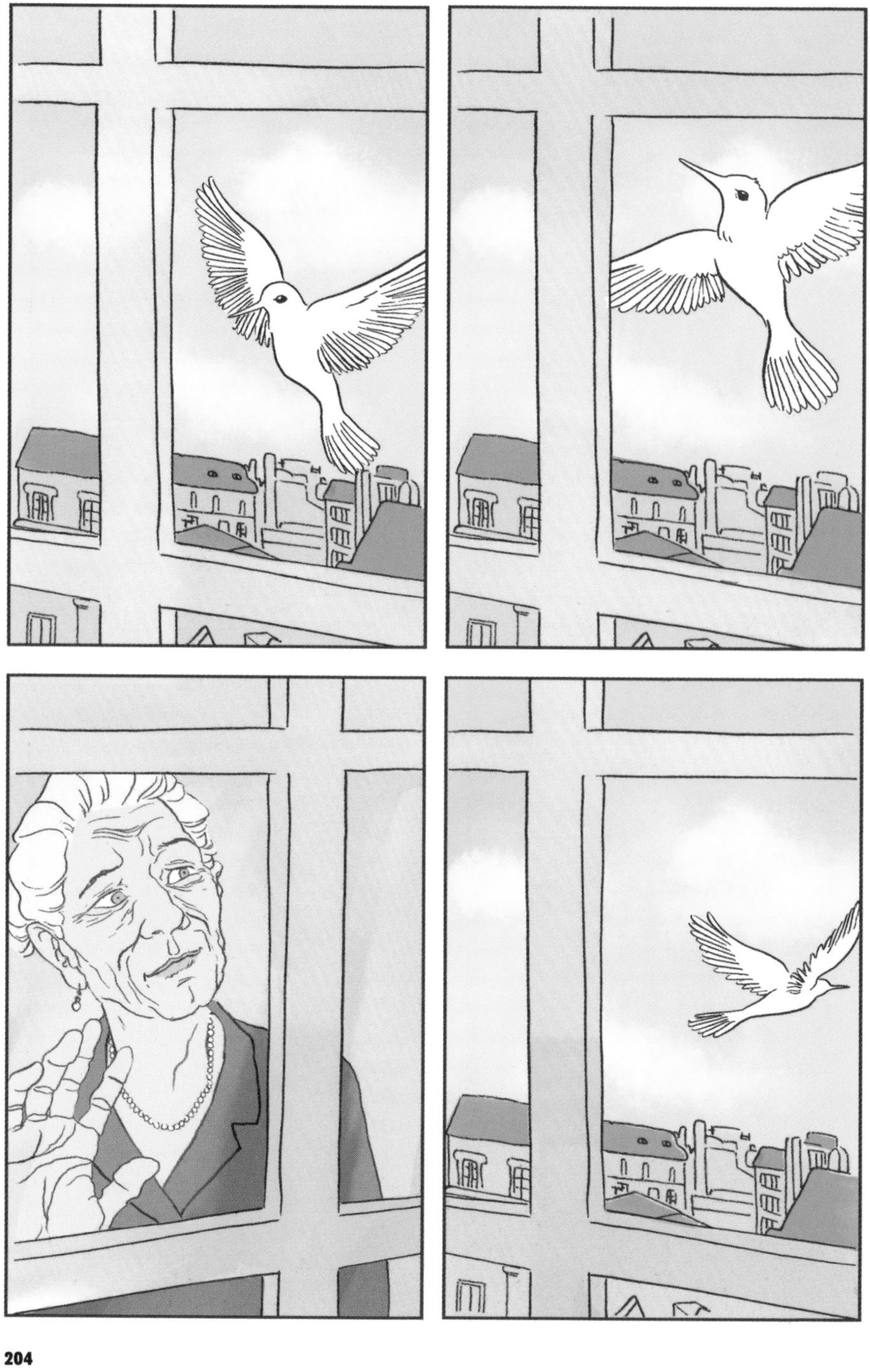

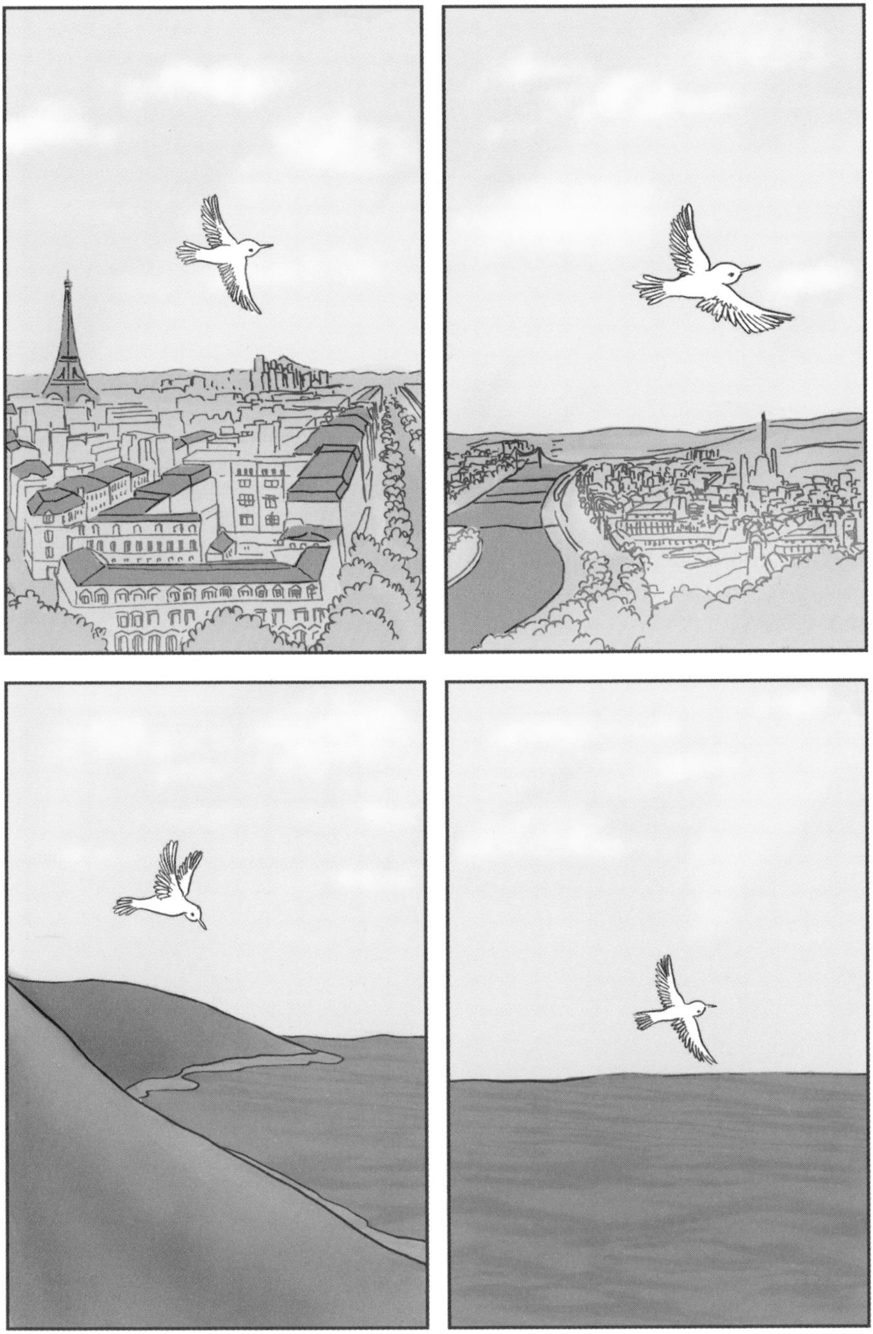

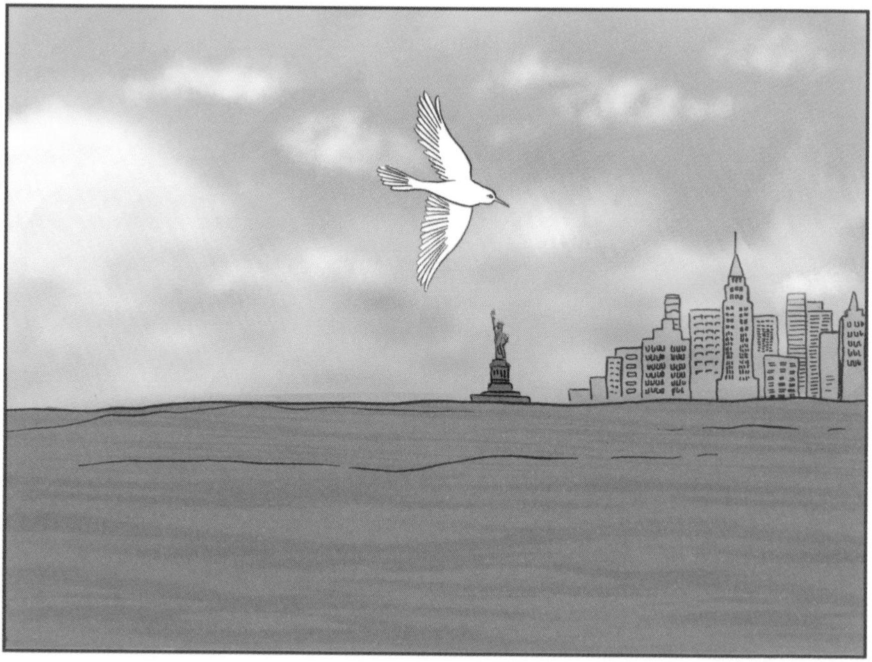

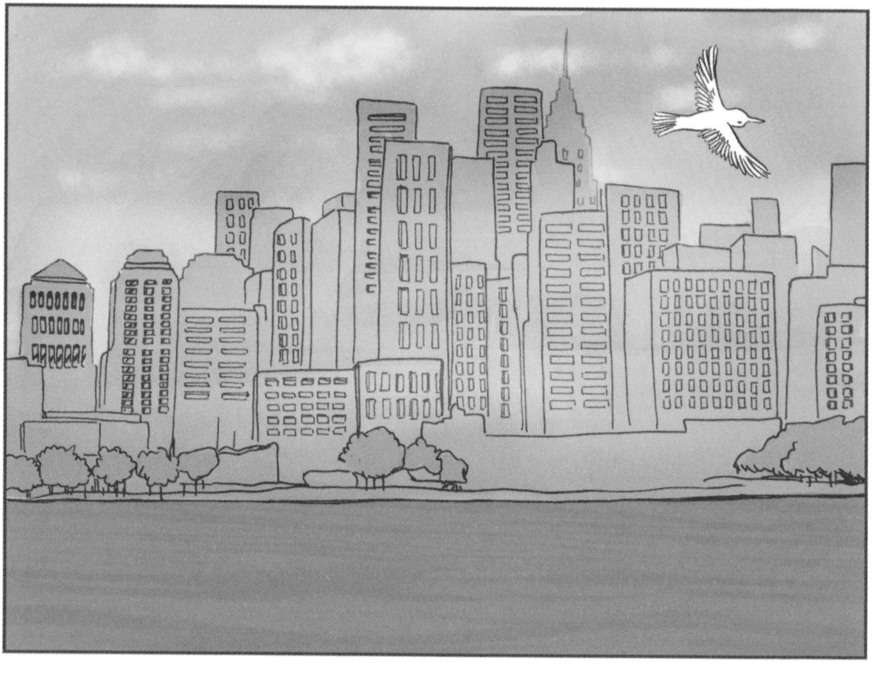

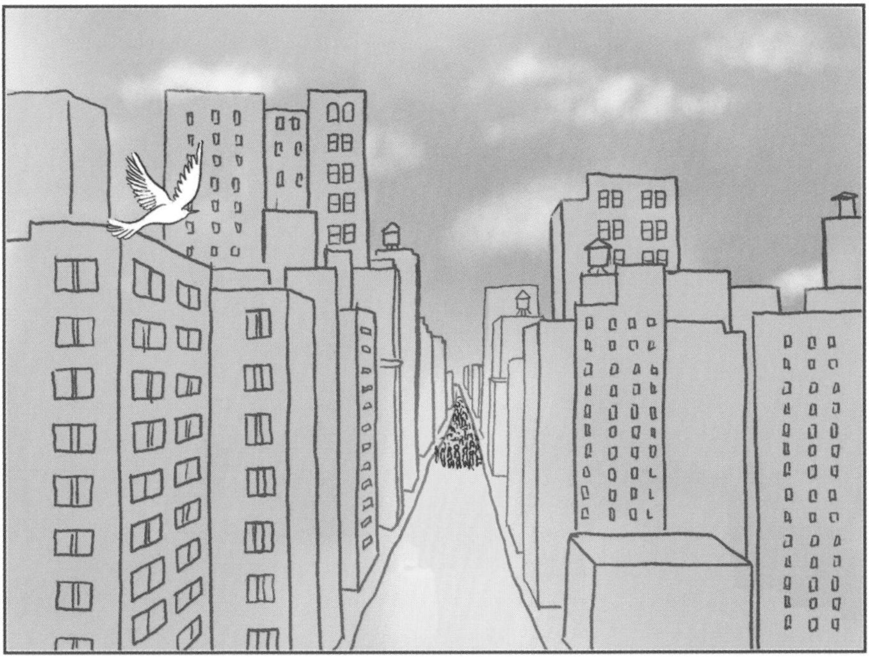

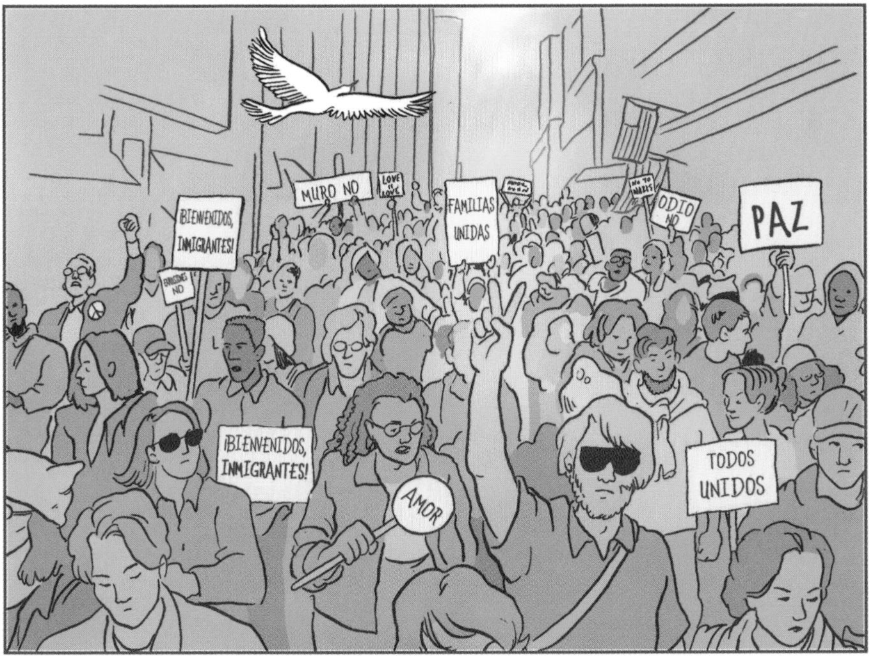
¡BIENVENIDOS, INMIGRANTES!
MURO NO
LOVE IS LOVE
FAMILIAS UNIDAS
NO TO NAZIS
ODIO NO
PAZ
¡BIENVENIDOS, INMIGRANTES!
AMOR
TODOS UNIDOS

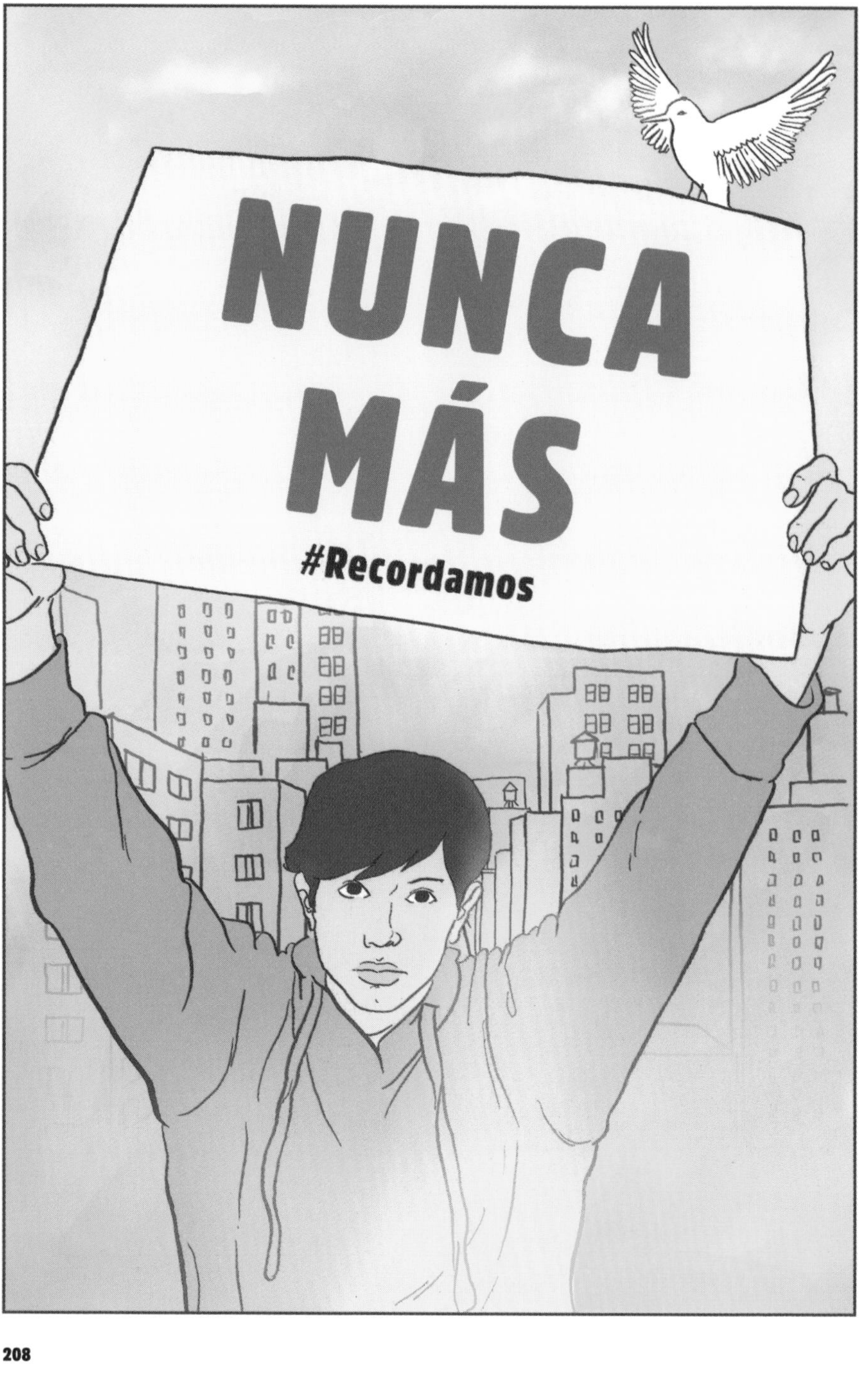
NUNCA
MÁS
#Recordamos

CONCLUSIÓN

por Ruth Franklin

Buena parte de *Pájaro blanco* tiene lugar durante la Segunda Guerra Mundial, pero hay una escena que podría suceder en cualquier escuela actual. A Sara, una artista en ciernes a la que le gusta dibujar en clase, se le cayó su valioso cuaderno de dibujos. El compañero de al lado, que lo recoge después de clase, es un chico con las piernas torcidas por la polio. Como camina de lado, sus compañeros de clase le pusieron el cruel apodo de *Tourteau*, Cangrejo. (Como muchos lectores ya sabrán, se llama Julien.) Sara no se burla de él, pero tampoco se hace amiga suya ni lo defiende. Es una espectadora. Cuando Julien se acerca a ella apoyándose con cuidado en las muletas, sus amigas empiezan a susurrar. "Uf. ¿Qué quiere éste?" "Hasta aquí llega el olor." (El padre de Julien trabaja en las alcantarillas.) Sara le da las gracias por el cuaderno, pero tolera la crueldad de sus amigas. "Sabía que no estaba siendo muy amable", dice después.

Todo el que haya leído "La historia de Julian" de *Auggie y yo*, en el que R. J. Palacio incluye las historias de varios personajes de su innovadora novela *Wonder*, recordará a este chico y el papel que desempeña en la vida no sólo de Sara, sino también de su nieto, Julian, que lleva su nombre. *Pájaro blanco* continúa con esta historia y la amplía. Empieza con una escena muy moderna, una videollamada en la que el Julian actual le pide a su abuela que le cuente con detalles su experiencia como niña judía en Francia durante la guerra. A través de los ojos de la abuela vemos cómo la amenaza nazi va ganando terreno progresivamente: las esvásticas ondeando en los edificios del pueblo, las leyes que prohíben a los judíos entrar en determinados lugares y que les exigen llevar una estrella amarilla, y las primeras terroríficas redadas y deportaciones. Pero para Sara, que vive con su familia en la zona libre, la vida sigue casi como siempre… hasta que los nazis llegan a su escuela para llevarse a todos los niños judíos.

Como *¿Quién cuenta las estrellas?*, de Lois Lowry, *Pájaro blanco* es una ficción —aunque basada en hechos históricos— sobre una niña que vive escondida y sobre el heroísmo de los que la ayudan. En este caso no se narra desde el punto de vista de los que ayudan, que no son judíos, como suele suceder en la literatura infantil y juvenil sobre el Holocausto, sino desde la perspectiva de la propia niña que vive escondida. El mensaje de *Pájaro blanco* también es peculiar. "La maldad sólo se detendrá cuando las buenas personas decidamos acabar con ella", dice Vivienne, la madre de Julien. Por su parte, Sara llegará a entender —y a lamentar profundamente— su inmoralidad al no enfrentarse a sus compañeros de clase cuando acosaban a Julien.

Cuando Sara pide perdón a Julien, él la consuela: "La verdad es que no importa cómo fueras. Sólo importa cómo eres ahora". Todos podemos aplicarnos este mensaje. ¿Quién de nosotros no ha sido en algún momento espectador del dolor de otra persona? Lo que está en juego en nuestra vida no suele ser tan importante como para Sara y Julien, pero no sabemos si podría cambiar. Aunque no podemos eliminar el dolor que hemos causado, podemos actuar de otra manera en el futuro.

El superviviente del Holocausto Elie Wiesel solía citar un versículo del Levítico: "No te quedes quieto mientras se derrama la sangre de tu vecino". Las investigaciones han demostrado que el

Holocausto no habría tenido lugar sin la participación pasiva de millones de personas corrientes que miraron hacia otro lado mientras los nazis exterminaban a sus vecinos judíos. Pero también es cierto que las buenas obras de aquellos que salvaron la vida de sus amigos y conciudadanos —muchos de ellos conmemorados en Yad Vashem, el centro de investigación en memoria del Holocausto de Israel— son inmensamente valiosas. La tradición judía enseña que si alguien salva una sola vida, es como si hubiera salvado al mundo entero.

Pájaro blanco termina con una llamada a oponer resistencia a las actuales manifestaciones de prejuicios y xenofobia, concretamente en Estados Unidos. No es necesario estar de acuerdo con la vinculación directa que traza el libro entre la Alemania nazi y la administración de Trump para rebelarse contra la tiranía y la crueldad ahí donde las encontremos, desde la separación de familias en la frontera con México hasta el acoso a un niño discapacitado en la escuela. La historia de Sara tiene el poder de transformar a su nieto de un acosador en un aliado. También podría transformarte a ti.

Ruth Franklin es crítica literaria y autora de *A Thousand Darknesses: Lies and Truth in Holocaust Fiction* y de *Shirley Jackson: A Rather Haunted Life.*

NOTA DE LA AUTORA

Aquellos que no recuerdan el pasado están condenados a repetirlo.
George Santayana

La primera vez que oí esta cita, que utilizo al principio de *Pájaro blanco*, fue en mi clase de Lengua de la secundaria. Acabábamos de leer el *Diario de Ana Frank*, y mi profesora, la señora Waxelbaum, leyó la cita en voz alta cuando estábamos comentando el libro. Desde entonces siempre la he tenido presente. Y el libro también. De hecho, diría que de todos los libros que he leído en mi vida, el *Diario de Ana Frank* es el que más me ha impactado, no sólo como escritora, sino también como persona. El *Diario de Ana Frank* es una de las razones por las que escribí este libro.

Otra razón —mucho más sutil— es un libro que encontré en una librería cuando tenía nueve años. (Fue el primer "libro para adultos" que compré para mí.) Se titulaba *The Best of LIFE* y era un gran libro de fotografías de los archivos de la revista *LIFE*. *The Best of LIFE* fue, en muchos sentidos, mi introducción a la historia del mundo. En sus páginas de imágenes con pie de foto aprendí sobre las guerras mundiales, la guerra de Vietnam, la Guerra Fría, la carrera espacial, Hiroshima y la bomba atómica. Vi fotos del movimiento por los derechos civiles, de manifestaciones pacíficas, de hippies, de personas famosas y de ciudadanos corrientes, de líderes visionarios y de dictadores. Pero las fotografías que más recuerdo, demasiado devastadoras para describirlas aquí, son las de campos de concentración. Hasta entonces nunca había oído hablar del Holocausto. Ni en la escuela, ni en mi casa. Lo único que sabía de los nazis era lo que había visto en *La novicia rebelde* y en un programa de televisión llamado *Hogan's Heroes*. Es decir, no sabía nada.

No fue el caso de mi marido. Como judío, él diría que en su vida nunca hubo un momento en el que no supiera nada del Holocausto. Todos los tíos y tías de su madre, sus abuelos y sus primos habían muerto en la Shoah (el término hebreo para el Holocausto). Para él era una realidad omnipresente. Y era una realidad omnipresente para casi todas las familias de su barrio, básicamente judío. Se enseñaba en la escuela hebrea y en la escuela dominical. Se comentaba en la sinagoga. Casi todas las personas con las que creció mi marido tenían al menos un familiar —y a veces toda una rama de la familia— que había muerto en el Holocausto.

En Estados Unidos de hoy hay niños que saben mucho del Holocausto, como sabía mi marido, y niños que saben muy poco, como fue mi caso. Es comprensible que haya diferencia entre lo que saben unos niños y otros. El Holocausto, y los acontecimientos que llevaron a la aniquilación de seis millones de judíos, es un tema enormemente complicado, tanto para los adultos como para los niños. La mayoría de las escuelas no lo tratan hasta secundaria o preparatoria, si es que lo tratan. Me lo explicó un tío de mi marido, Bernard, durante muchos años director de un colegio de Nueva York, que fue el primero en sugerirme que la historia de la Grandmère, que incluí en *La historia de Julian*, era la "introducción perfecta" —según sus palabras— al Holocausto. También por eso escribí *Pájaro blanco*. (¡Gracias, Bernard!)

Aunque de niña no sabía gran cosa del Holocausto, lo he estudiado mucho de adulta, incluso antes de escribir este libro. Es un tema en el que pienso a menudo, cosa que a algunas personas puede parecerles raro, porque, aunque estoy casada con un judío, yo no soy judía. Sé que puede haber personas que se pregunten si tengo derecho a contar esta historia, por muy ficción que sea, ya que el Holocausto no es mi historia. Mi sensación es que contar la historia del Holocausto no debería recaer sólo en las víctimas y sus descendientes. Recordar, enseñar y llorar las pérdidas debería recaer en todos. Los millones de personas inocentes que murieron fueron las principales víctimas, pero se atacó a toda la humanidad, la esencia de quiénes y qué somos como seres humanos. Después de todo, no es el pueblo judío el que debe detener el antisemitismo. Son los no judíos los que deben detenerlo en cuanto lo vean. Esto se aplica a cualquier grupo discriminado. Preservar lo bueno y lo digno de nuestra sociedad nos corresponde a todos.

En cualquier caso, es lo que creo y la razón por la que escribí este libro. Para mí, la angustia de una niña separada de sus padres, obligada a huir y a vivir con miedo a ser capturada es enormemente pertinente en este momento de la historia. Podemos relacionar el presente con el pasado. Siempre hay cosas a las que debemos oponer resistencia, donde podamos y como podamos. Soy novelista, así que *Pájaro blanco* ha sido mi acto de resistencia en estos tiempos.

El hecho de que el Holocausto tuviera lugar, de que las personas y los países permitieran que sucediera, es algo contra lo que siempre tendremos que luchar, que tendremos que hablar y conocer para asegurarnos de que no vuelva a suceder jamás. No ante nosotros.

NOTA SOBRE LA DEDICATORIA

Dediqué este libro a mi suegra, Mollie (Malka), cuyos padres, Max (Motel Chaim) y Rose (Rojza Ruchla), emigraron a Estados Unidos desde Polonia en 1921. Como cientos de miles de emigrantes judíos que huyeron de la persecución y la pobreza en su país, Max y Rose se instalaron en el Lower East Side de Nueva York, donde creció Mollie.

Todos los demás familiares de Max y Rose —sus padres, abuelos, hermanos, tíos y primos— se quedaron en Polonia. La familia de Max era de Maców Mazowiecki. La de Rose vivía cerca de allí, en Wyszków. En 1939, cuando los alemanes invadieron Polonia, el Tercer Reich se anexionó toda esa zona. De los 3 000 judíos que vivían en Maków y los 9 000 en Wyszków antes de la guerra, no sobrevivió ninguno. Lo sabemos por los archivos que guardan cuidadosamente las organizaciones que se dedican a preservar los nombres de los judíos que murieron en el Holocausto. Lo que no podemos saber es el impacto que tuvo en los padres de Mollie. Aunque nos lo podemos imaginar.

Todos nosotros tenemos cosas de nuestros antecesores. En mis hijos veo a mi marido. En mi marido veo a sus padres. En sus padres veo un pasado infinito. Dedico este libro a Mollie, una hermosa y buena mujer a la que le encantaba reírse y cantar; a sus antepasados, a los que estoy segura de que también les encantaba reírse y cantar; y a sus descendientes, incluidos mis hijos, que forman parte de un linaje que se remonta a los albores del tiempo y que llevan en sí una luz que nunca se apagará.

Retrato de la graduación de secundaria de Mollie.

GLOSARIO

Este libro es una obra de ficción. Aunque no se basa en la historia de una persona, recibió la influencia de las muchas historias que he leído a lo largo de los años sobre niños que tuvieron que esconderse durante el Holocausto y sobre los ciudadanos que los ayudaron.

Después de leer *Pájaro blanco*, algunos lectores jóvenes pueden decidir que ahora mismo no quieren saber más sobre el Holocausto, lo que me parece bien. Pero otros niños pueden desear saber algo más. Para estos niños adjunto un breve glosario de algunos términos y eventos que se mencionan en el libro, así como breves descripciones de en qué me inspiré para crear algunos personajes y situaciones que aparecen en el libro.

Antisemitismo

El antisemitismo se define como el odio a los judíos como grupo, ya sea religioso o étnico, que suele ir acompañado de hostilidad o discriminación pasiva contra el pueblo judío. El antisemitismo se remonta a la Edad Media en Europa, cuando se persiguió a las comunidades judías. Ejemplos de antisemitismo: en España, en 1492 se expulsó de todos los territorios españoles a los judíos que no se convirtieran al cristianismo; en Rusia, a partir del siglo xix las autoridades locales organizaron pogromos para saquear casas y negocios judíos. La peor manifestación de antisemitismo se produjo en el siglo xx, cuando los nazis cometieron un genocidio, el asesinato deliberado de seis millones de judíos (véase El Holocausto).

La Bestia de Gévaudan

Para el lobo de las pesadillas de Sara me inspiré en las historias sobre la Bestia de Gévaudan. Era un lobo devorador de hombres que decían que vagaba por los bosques de las montañas de Margeride en el siglo xviii. Los testigos lo describen como una bestia con dientes enormes y un rabo gigantesco. Se decía que en un lapso de tres años, de 1764 a 1767,

Grabado del siglo xviii de la Bestia de Gévaudan.

la Bestia de Gévaudan había atacado y matado a más de cien personas, entre ellas muchos niños.

Aunque nadie pudo demostrar que el mismo lobo, o incluso una manada, hubiera matado a todas las víctimas, la leyenda se convirtió en un fenómeno tan grande en Francia que se organizaron partidas de caza para encontrar y matar a la bestia. Este episodio puede haber inspirado muchos cuentos populares e historias que han surgido a lo largo de los siglos sobre una bestia con aspecto de lobo que vive en el bosque o en las montañas, como *La bella y la bestia*, la leyenda de los hombres lobo —*voirloups* en francés— e incluso "Caperucita roja". Estudios forenses recientes han llevado a científicos a especular que la auténtica Bestia de Gévaudan no era un lobo, sino una leona, un animal que quizá las personas que la vieron ni siquiera sabían que existía en esa parte del mundo.

Campos de concentración

Los campos de concentración son centros de detención en los que encarcelan indefinidamente a grandes cantidades de personas, sin causa legal y sin supervisión judicial. Durante la Segunda Guerra Mundial, los alemanes encerraron a millones de personas en campos de concentración tanto en Alemania como en territorios ocupados por los alemanes. Algunos campos de concentración eran campos de trabajo, en los que se utilizaba a los prisioneros para hacer trabajos forzados. Otros eran campos de exterminio, en los que grandes cantidades de personas murieron en cámaras de gas.

En *Pájaro blanco*, la última vez que vemos a *mademoiselle* Petitjean se dirige al campo de Pithiviers tras no haberle permitido entrar en el campo de Beaune-la-Rolande. Ambos eran campos de tránsito en Francia en los que se albergaba a los prisioneros hasta que los deportaban a campos de concentración situados más al este.

A la madre de Sara, Rose, la llevaron al campo de Drancy, que era otro campo de tránsito en Francia. De allí la trasladaron a Auschwitz, el campo de concentración más

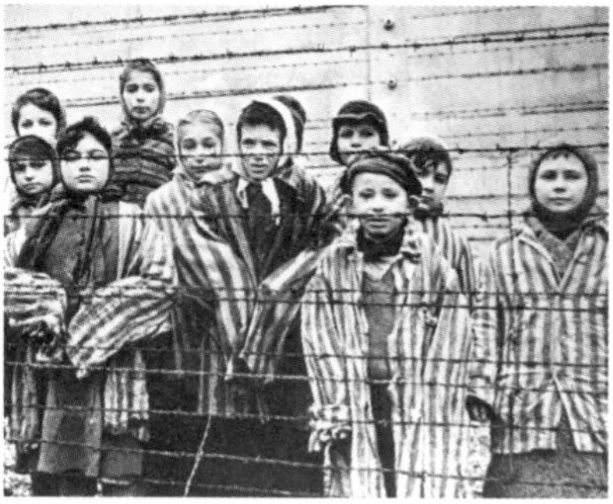

Un grupo de niños supervivientes de Auschwitz el día de la liberación del campo de concentración, el 27 de enero de 1945.

grande y famoso. Auschwitz, situado en Polonia, era un campo de trabajo y también de exterminio en el que los historiadores calculan que, hasta la liberación de los prisioneros, en enero de 1945, asesinaron a más de un millón de judíos.

Deportaciones/redadas en Francia

En *Pájaro blanco*, la familia de Sara deja de recibir cartas de sus primos de París después de la Redada del Velódromo de Invierno.

La Redada del Velódromo de Invierno tuvo lugar en julio de 1942. Detuvieron a más de 13 000 judíos —entre ellos más de 4 000 niños— y los encerraron en el recinto del Velódromo de Invierno sin comida, sin agua y sin las condiciones higiénicas adecuadas. Desde allí trasladaron a la mayoría de ellos a campos de concentración.

Aunque en la zona ocupada se llevaron a cabo otras redadas de judíos nacidos en el extranjero como parte de la colaboración del gobierno de Vichy con Alemania, la Redada del Velódromo de Invierno se considera la peor por varias razones: 1) la cantidad de personas detenidas; 2) que tuviera lugar en el centro de París, y 3) fue la primera vez que detuvieron a mujeres y a niños, además de a hombres. Por aquella época el gobierno de Vichy había publicado su "Estatuto de los judíos", que incluía las restricciones impuestas a los judíos que vivían en la zona ocupada.

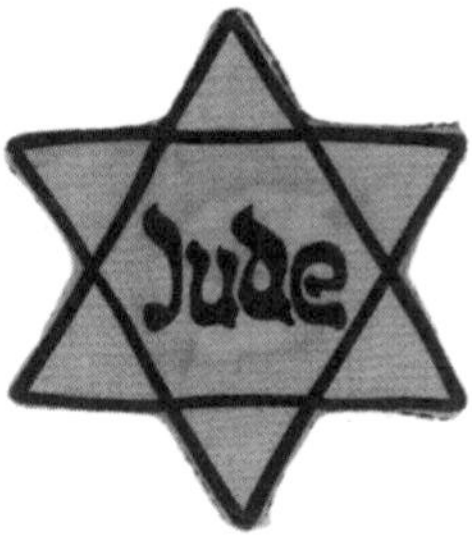
Jude

La estrella de David amarilla que debían llevar los judíos. Ésta es de 1941.

En *Pájaro blanco*, Max alude a la redada de Marsella, que tuvo lugar en enero de 1943. Fue importante porque se produjo en la zona libre. Deportaron a campos de concentración a 2 000 judíos, en su mayoría nacidos en el extranjero, y más de 30 000 judíos se vieron obligados a marcharse cuando los alemanes incendiaron esa zona de la ciudad.

La redada descrita en *Pájaro blanco*, en la que detienen a la madre de Sara, se basa en estas bien documentadas redadas, así como en otras menores que se produjeron después de que los alemanes ocuparan la zona libre, en noviembre de 1942. Aunque el gobierno de Vichy nunca autorizó la deportación de judíos nacidos en Francia, sí permitió la desnaturalización de algunos judíos no nacidos en el país. Por eso los padres de Sara, ambos nacidos fuera de Francia, pudieron acabar en una lista de deportación.

Diario de Ana Frank

Ana Frank tenía sólo diez años cuando los alemanes invadieron Holanda, donde vivía con sus padres y su hermana mayor, Margot. Como en todos los países que ocuparon, los nazis empezaron a oprimir sistemáticamente a la población judía. El padre de Ana, Otto, decidió que su familia se escondería detrás de su negocio para evitar las redadas que sabía que se producirían. Con la ayuda de su antigua empleada Miep Gies, la familia Frank, con miembros de la familia Van Pels, se trasladó al diminuto espacio. Las familias no podían hacer ruido durante el día. Miep les llevaba comida. Durante los dos años que estuvieron escondidos, Ana llevó un diario en el que anotaba sus pensamientos y sus sentimientos, y documentaba las rutinas diarias y las drásticas dificultades de estar encerrados en una pequeña habitación.

En agosto de 1944 avisaron a la policía y se descubrió el anexo secreto. Detuvieron a todos los que vivían ahí y los mandaron a campos de concentración. Deportaron a Ana, a su hermana y a su madre al campo de concentración de Auschwitz, y después a Bergen-Belsen. No sobrevivieron. Tampoco nadie más del anexo, excepto el padre de Ana.

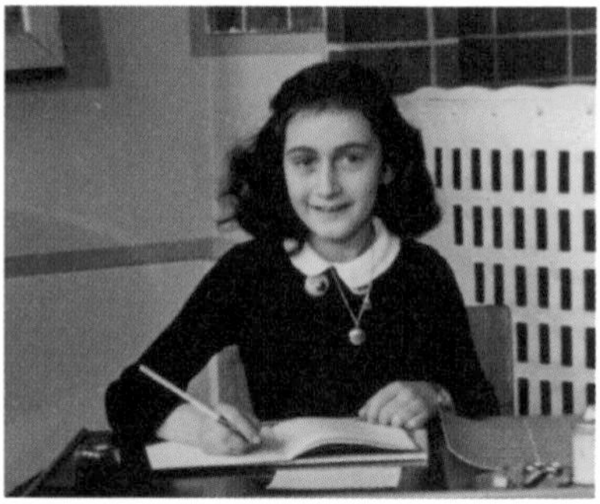

Ana Frank escribiendo su diario en 1940.

Terminada la guerra, Otto volvió a Ámsterdam, y Miep le dio el diario de Ana, que había ocultado a los nazis. El *Diario de Ana Frank* se ha publicado en más de setenta idiomas y ha impactado a millones de personas de todo el mundo.

Gendarmes

Los gendarmes eran oficiales de las fuerzas armadas francesas que hacían de policías, especialmente en ciudades pequeñas y zonas rurales en las que la Policía Nacional francesa no tenía una fuerte presencia. A menudo enviaban a gendarmes a hacer redadas —o a ayudar en las redadas— de judíos nacidos en el extranjero y refugiados.

Grandmère

El personaje de Grandmère en *Pájaro blanco* (como muchos personajes de mis historias) es una mezcla de diferentes personas a las que he conocido en mi vida. En el caso de Grandmère, tenía a tres personas en mente mientras escribía y desarrollaba el personaje. Una era mi suegra, Mollie, a la que le gustaba contar largas historias con todo detalle. La segunda era mi amiga Lisa, que fue mi modelo para ilustrar a Grandmère. La tercera era una anciana a la que no llegué a conocer, pero que imaginaba mientras escribía el personaje.

Solía ver a esta mujer cuando estudiaba en la American University de París. Yo tomaba la línea 92 de autobús hasta mi escuela, en la avenida Bosquet, y casi todos los días ella subía en la parada de Maréchal Juin. Tenía un aspecto tan altivo y elegante que era imposible no fijarse en ella. Y siempre —siempre— iba vestida de punta en blanco. Una dama vestida a la moda. Aunque nunca fue consciente de mi existencia (un día observó mi chaqueta militar y mis zuecos con tanta frialdad que fui incapaz de empezar siquiera una conversación con ella en mi mal francés), recuerdo escucharla disimuladamente. Tenía una voz sorprendente y unos penetrantes ojos grises. Una vez, hablando con otra mujer mayor, le dijo: *"Moi, j'étais une ille frivole, mais quand les Allemands sont arrivés, tout a changé"*. Es decir: "Yo era una chica frívola, pero cuando llegaron los alemanes, todo cambió". A saber por qué esta frase se me quedó grabada hasta hoy. Quizá por la sensación de tragedia que me dieron estas palabras, las infinitas posibilidades de una historia que ella nunca me contaría, pero que yo imaginaba. Pero, más de treinta años después, esta frase fue el punto de partida para mi Grandmère.

El Holocausto

El Holocausto (término que procede de una palabra griega que significa "quemarlo todo") fue el asesinato masivo de seis millones de judíos por parte de los nazis durante la Segunda Guerra Mundial.

Los nazis eran una organización política alemana que empezó poco después de la Primera Guerra Mundial. Al principio nadie se tomó en serio su ideología, que se basaba en la premisa de la superioridad alemana y en la creencia de que las personas de "raza aria" (es decir, los blancos del norte de Europa) eran superiores a las demás razas. Sin embargo, a medida que crecía el descontento con los términos en que se rindió Alemania y aumentaba la popularidad del líder del partido nazi, Adolf Hitler, los nazis fueron adquiriendo poder. Hitler aprovechó las dificultades económicas del país para avivar el antisemitismo y culpar a los judíos de todos los problemas de Alemania.

En 1933, cuando Hitler se convirtió en canciller de Alemania, lanzó una serie de medidas, entre ellas el boicot a empresas judías, prohibir a los estudiantes judíos asistir a escuelas y universidades, y expulsar a los oficiales judíos del Ejército. En septiembre de 1935 anunció las leyes de Nuremberg, que establecían que sólo podrían tener nacionalidad alemana las personas de "sangre alemana o similar" pura. Esto despojó a los judíos que habían nacido en Alemania de todos sus derechos como ciudadanos alemanes y facilitó su persecución.

A finales de 1941, los judíos alemanes que aún no habían huido se vieron obligados a vivir en guetos, que eran barrios amurallados que separaban a los judíos de la población no judía. Al final se eliminaron los guetos y se deportó a los judíos a campos de concentración (véase Campos de concentración).

A medida que las fuerzas nazis se extendían por el resto de Europa, también detenían y deportaban a los judíos de los países ocupados. El resultado fue que enviaron a millones de judíos de toda Europa a campos de concentración. Los nazis atacaron también a otros grupos, incluidos los gitanos, las personas con discapacidad y los homosexuales.

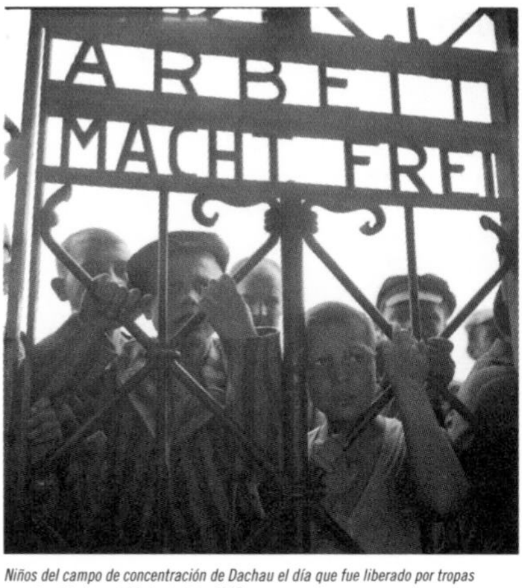
ARBEIT
MACHT FREI

Niños del campo de concentración de Dachau el día que fue liberado por tropas estadounidenses, el 29 de abril de 1945.

En junio de 1945, cuando los Aliados ganaron la guerra, los nazis habían asesinado a seis millones de judíos, dos de cada tres de los que vivían en Europa antes de la guerra. También mataron a unos 220 000 gitanos, 200 000 personas con discapacidad y una cantidad desconocida de los 5 000-15 000 homosexuales a los que habían encerrado en campos de concentración.

Después de la guerra, cuando se conocieron en toda su extensión los horrores del Holocausto, se juzgó a muchos nazis por crímenes contra la humanidad.

En cuanto a los supervivientes del Holocausto, algunos volvieron a su casa e intentaron reconstruir su vida, como Max y Sara en *Pájaro blanco*. Algunos supervivientes emigraron a Estados Unidos. Y otros se trasladaron a Palestina, donde en 1948 se fundó el estado de Israel.

Los maquis en un sendero de montaña francés en 1944.

En 2005 las Naciones Unidas establecieron un día internacional para conmemorar a las víctimas del Holocausto. Declararon: "El Holocausto, que supuso el asesinato de un tercio del pueblo judío, junto con innumerables miembros de otras minorías, siempre será una advertencia de los peligros del odio, la intolerancia, el racismo y los prejuicios".

Le Chambon-sur-Lignon

En *Pájaro blanco*, Sara y Julien viven en pueblos vecinos en el departamento del Alto Loira de Francia. Aunque Aubervilliers-aux-Bois y Dannervilliers son ficticios, se basan en un pueblo francés llamado Le Chambon-sur-Lignon, donde miles de judíos se escondieron de los nazis durante la guerra. Sus ciudadanos los escondieron en sus casas, escuelas, iglesias e incluso graneros, como en el que se escondió Sara. Yad Vashem, el centro que conmemora el Holocausto en Israel, los declaró colectivamente Justos de las Naciones por sus esfuerzos humanitarios.

Los maquis

En *Pájaro blanco*, un maqui arriesga su vida para ayudar a los niños judíos de la École Lafayette a escapar al bosque. Aunque este evento es ficticio, en la vida real los maquis eran combatientes de la Resistencia que vivían en los bosques y en las montañas, donde los nazis no podían encontrarlos. Por eso los llamaban "maquis", que significa "matorral".

Poco antes del Día D se supo que los maquis estaban agrupando fuerzas en Mont Mouchet con el objetivo de retrasar a las tropas nazis que se dirigían a Normandía. Unos 3 000 maquis se reunieron en las montañas de Margeride y atacaron a las fuerzas alemanas. Sin embargo, los alemanes organizaron un violento contraataque, que incluyó bombardeos con aviones, tanques y artillería pesada.

Al final, los 22 000 soldados alemanes superaron en número a los maquis reunidos en Mont Mouchet. Unos 300 maquis murieron en la batalla, aunque en las montañas se produjeran muchas más muertes quizá.

La Milicia

La Milicia era un grupo pronazi creado por el gobierno de Vichy para ayudar a luchar contra la Resistencia francesa. Actuaba como una fuerza policial paramilitar y trabajaba en estrecha colaboración con los nazis. Después de la guerra, muchos de ellos fueron ejecutados en represalia por sus acciones asesinas en favor de los alemanes.

Muriel Rukeyser

Muriel Rukeyser fue una poetisa judía estadounidense (1913-1980) que escribió sobre la lucha humana por el amor y la equidad en tiempos de paz y de guerra. Pacifista confesa, escribió poesía como forma de protesta, destacando la injusticia social y la falta de equidad. El título *Pájaro blanco* está tomado del poema de Rukeyser "Cuarta elegía: Los refugiados", al que recurrí como epígrafe. Está incluido en su libro de poemas *Out of Silence*, como las citas del principio de las tres primeras partes.

"Nunca más" y #Recordamos

"'Nunca más' se convierte en algo más que un eslogan. Es una oración, una promesa, un voto… nunca más la glorificación de la vulgar, fea y oscura violencia." —Elie Wiesel

La expresión "Nunca más" (*Never again*), que Julian lleva en su cartel en una manifestación al final de *Pájaro blanco*, la han utilizado muchas instituciones y organizaciones a lo largo de los años, entre ellas el Holocaust Memorial Museum de Estados Unidos, para recordar al mundo el genocidio cometido contra los judíos durante el Holocausto y para alertar contra futuros genocidios que puedan producirse en el mundo.

#Recordamos (#WeRemember) es un hashtag que surgió como parte de la campaña #WeRemember, el evento más grande del mundo en memoria del Holocausto, que se compromete a luchar contra el fascismo y a acabar con la xenofobia (véase Organizaciones y material).

Persecución de personas con discapacidad

Cuando Vincent aborda a Julien en el granero, dice varias cosas que ponen de manifiesto que conoce el programa de eugenesia instigado por los nazis, llamado T4. El principal imperativo de este programa era matar o esterilizar a las personas con discapacidad, tanto física como mental, que para la ideología nazi eran "inferiores" y "no merecían vivir". Unas 200 000 personas fueron asesinadas en Alemania como parte del programa T4.

Aunque en Francia no existía una política equivalente, se sabe que unos 45 000 pacientes de varias residencias y hospitales psiquiátricos murieron de hambre y/o por no recibir la atención adecuada durante la Segunda Guerra Mundial. Los historiadores y estudiosos franceses todavía debaten si respondió a un programa eugenésico del gobierno de Vichy o a las órdenes de directivos sanitarios absolutamente faltos de ética.

Polio

En *Pájaro blanco*, Julien camina con muletas porque la polio, que contrajo de niño, le debilitó las piernas. La polio fue una enfermedad infecciosa que mató o paralizó a millones de personas —en su mayoría niños— en la primera mitad del siglo xx. Las familias vivían con miedo a la enfermedad, porque a los niños que contraían la polio solían ponerlos en cuarentena o los separaban de su familia y los mandaban a sanatorios para recuperarse. Aunque algunos niños se recuperaban totalmente, muchos quedaban paralíticos.

En la década de 1950, el doctor Jonas Salk creó una vacuna para prevenir la transmisión de la polio. Aunque la enfermedad podría erradicarse de la Tierra, todavía se propaga en determinadas zonas del mundo en las que los niños no pueden acceder a las vacunas.

La Resistencia francesa

En junio de 1940, cuando las fuerzas nazis invadieron Francia, el gobierno francés se rindió a Alemania y firmó un armisticio en el que aceptaba dividir Francia por la mitad. Alemania administraría la zona ocupada. La zona no ocupada, o zona libre, estaría administrada por un gobierno francés aprobado por Alemania y ubicado en la ciudad de Vichy.

Poco después, el general francés Charles de Gaulle dio un discurso por radio desde Londres pidiendo a los ciudadanos franceses que opusieran resistencia a la ocupación. En aquel momento ya se habían formado en Francia muchos grupos clandestinos, compuestos por hombres y mujeres de todo el país y de todos los ámbitos sociales y económicos, incluyendo estudiantes, intelectuales, artistas, escritores, médicos, amas de casa y religiosos de todas las confesiones, que pretendían luchar como pudieran contra la ocupación nazi. El discurso de De Gaulle se convirtió en un toque de rebato para los miembros de estos grupos, cuyas acciones, grandes y pequeñas, se conocían a nivel colectivo como la Resistencia francesa. Al principio la Resistencia francesa no estaba dirigida por una autoridad central, pero al final se convirtió en una red de actividades organizadas bajo el liderazgo de Jean Moulin, un funcionario que se lanzó en paracaídas en el centro de Francia para unir las diversas facciones bajo la dirección de De Gaulle. Al final capturaron a Moulin, que murió prisionero de los nazis.

Los diferentes grupos de la Resistencia se centraban en objetivos distintos. Algunos ayudaban a rescatar, esconder o trasladar a judíos y presos políticos a lugares seguros. Otros saboteaban vías de tren o volaban puentes para detener el avance del ejército nazi. Otros establecían comunicaciones secretas con las fuerzas aliadas fuera de Francia. Otros eran espías o agentes dobles. Otros publicaban periódicos clandestinos. Y otros, como los maquis, eran guerrilleros (véase Los maquis).

Bobby, un niño con polio, utiliza un bastón y un aparato ortopédicao en agosto de 1947.

Miembros de los maquis, de la Resistencia francesa, analizan el funcionamiento y el mantenimiento de las armas lanzadas en paracaídas en el departamento del Alto Loira en 1940.

La Resistencia judía

En *Pájaro blanco*, el Ejército judío saca a escondidas de Dannevilliers al rabino Bernstein y a su mujer. Esta organización, fundada en 1942 en el sur de Francia, era un grupo que ayudaba a los judíos a escapar de Francia.

En toda Europa se formaron grupos clandestinos para luchar contra los nazis, tanto mediante insurrecciones en los campos y en los guetos como uniéndose a grupos armados, como los partisanos de Bielski en Polonia o los maquis en Francia (véase Los maquis).

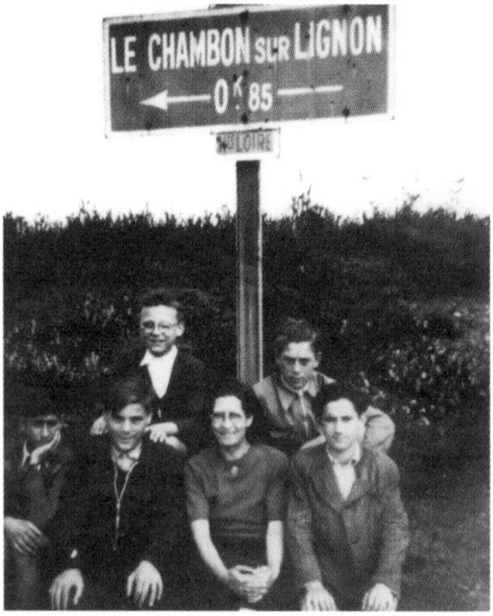
LE CHAMBON SUR LIGNON

Juliette Usach, médica y directora del hogar para niños La Guespy, con cinco niños debajo de una señal de Le Chambon-sur-Lignon en 1943.

El reverendo André Trocmé, Daniel Trocmé y la École Nouvelle Cévenol

Incluso antes de que Alemania ocupara Francia, el reverendo André Trocmé predicaba contra el nazismo desde su púlpito de Le Chambon-sur-Lignon (véase Le Chambon-sur-Lignon). La escuela que fundó con su mujer, Magda, y otro pastor llamado Édouard Theis se llamaba École Nouvelle Cévenol. Era una escuela mixta basada en los principios de tolerancia e igualdad, y en ella se inspira la École Lafayette de *Pájaro blanco*.

Cuando refugiados judíos empezaron a huir al sur de la zona ocupada, el reverendo Trocmé y Magda, junto con el pastor Theis y un maestro llamado Roger Darcissac, ayudaron a organizar a los ciudadanos para esconder a los refugiados de los nazis y/o sacarlos de Francia a escondidas. Por esta razón detuvieron a André, Édouard y Roger y los mandaron a un campo de internamiento francés, aunque al final los pusieron en libertad.

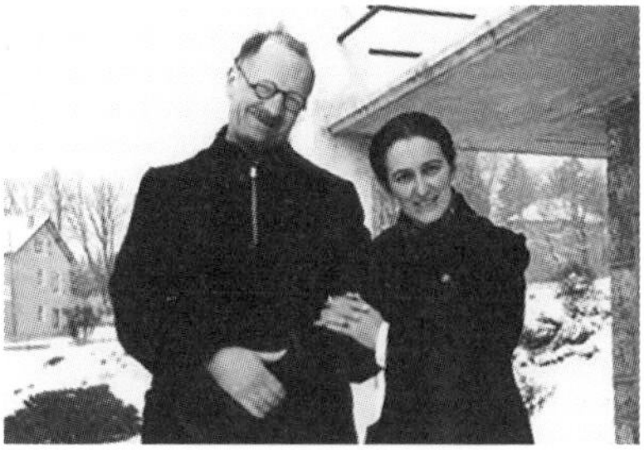

El reverendo André Trocmé con su mujer, Magda (fecha desconocida).

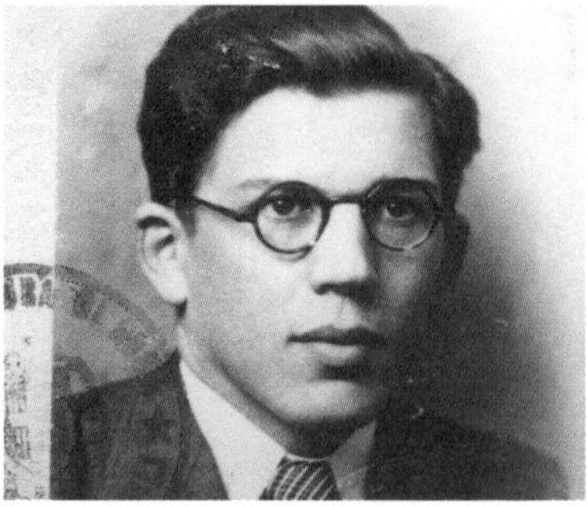

Foto del carnet de identidad de Daniel Trocmé en 1938.

El pastor Luc se inspira en el reverendo Trocmé. *Mademoiselle* Petitjean se inspira en un sobrino del reverendo Trocmé, Daniel Trocmé, maestro de una escuela cercana llamada Maison des Roches. En junio de 1943, cuando los nazis hicieron una redada en su escuela, Daniel Trocmé decidió acompañar a los dieciocho alumnos judíos detenidos, aunque a él no lo habían detenido. Su sacrificio lo llevó al campo de concentración de Majdanek, donde murió cuando aún no había pasado un año.

Yad Vashem reconoció a André, Magda y Daniel Trocmé como Justos de las Naciones por su heroísmo al salvar al menos a 3 500 judíos.

Yad Vashem

Yad Vashem, el Centro Mundial de Conmemoración del Holocausto, es una organización cuyo propósito es documentar, conmemorar e investigar el Holocausto, así como educar a personas de todo el mundo sobre lo acontecido en la Shoah. Yad Vashem otorga el título de Justos de las Naciones a los no judíos que salvaron a judíos durante el Holocausto.

LECTURAS RECOMENDADAS

Dauvillier, Loïc, Marc Lizano y Greg Salsedo, *Hidden: A Child's Story of the Holocaust*, Nueva York, First Second Books, 2014.

DeSaix, Deborah Durland y Karen Gray Ruelle, *Hidden on the Mountain: Stories of Children Sheltered from the Nazis in Le Chambon*, Nueva York, Holiday House, 2006.

Feldman, Gisèle Naichouler, *Saved by the Spirit of Lafayette: The French Righteous & the Hidden Children*, Northville (Michigan), Ferne Press, 2008.

Frank, Anne, *Diario*, Barcelona, Debolsillo, 2016.

Gleitzman, Morris, *Then*, Nueva York, Square Fish, 2008.

Gruenbaum, Michael, *Somewhere There Is Still a Sun: A Memoir of the Holocaust*, Nueva York, Aladdin Books for Young Readers, 2017.

Kustanowitz, Esther, *The Hidden Children of the Holocaust: Teens Who Hid from the Nazis*, Nueva York, Rosen Publishing Group, 1999.

Laskier, Rutka, *El cuaderno de Rutka*, Barcelona, Suma, 2008.

Leyson, Leon, *El niño de Schindler*, Barcelona, Nube de Tinta, 2015.

LeZotte, Ann Clare, *T4: A Novel in Verse*, Nueva York, Houghton Mifflin Company, 2008.

Lowry, Lois, *¿Quién cuenta las estrellas?*, Barcelona, Planeta, 2014.

Mazzeo, Tilar J., *Los niños de Irena: La extraordinaria historia del ángel del gueto de Varsovia*, Barcelona, Aguilar, 2017.

Wieviorka, Annette, *Auschwitz Explained to My Child*, Nueva York, Da Capo Press, 2002.

Wiviott, Meg, *Paper Hearts*, Nueva York, Margaret K. McElderry Books, 2016.

Zullo, Allan y Mara Bovsun, *Survivors: True Stories of Children in the Holocaust*, Nueva York, Scholastic Paperbacks, 2005.

ORGANIZACIONES Y MATERIAL

Hay muchas organizaciones e instituciones maravillosas que se dedican a educar sobre el Holocausto y a luchar contra el antisemitismo y la intolerancia. Éstas son algunas de ellas.

ANNE FRANK CENTER FOR MUTUAL RESPECT
annefrank.com

ANNE FRANK HOUSE MUSEUM
annefrank.org

THE ANTI-DEFAMATION LEAGUE
ADL.org

AUSCHWITZ MEMORIAL AND MUSEUM
auschwitz.org
Material para profesores:
auschwitz.org/en/education

THE FOUNDATION FOR THE MEMORY OF THE SHOAH
fondationshoah.org

HOLOCAUST MEMORIAL & TOLERANCE CENTER OF NASSAU COUNTY
hmtcli.org

IWITNESS
Stronger Than Hate
iwitness.usc.edu

UCL CENTRE FOR HOLOCAUST EDUCATION
holocausteducation.org.uk

UNITED STATES HOLOCAUST MEMORIAL MUSEUM
ushmm.org
Material para educadores:
ushmm.org/educators
Material para alumnos:
encyclopedia.ushmm.org

USC SHOAH FOUNDATION
The Institute for Visual History and Education
sfi.usc.edu

BIBLIOGRAFÍA

HISTORIA GENERAL DE FRANCIA, JUDÍOS EN FRANCIA, SEGUNDA GUERRA MUNDIAL Y LA OCUPACIÓN ALEMANA

Gildea, Robert, *Marianne in Chains: Daily Life in the Heart of France During the German Occupation*, Nueva York, Picador, 2003.
Lanzmann, Claude, *Shoah*, Madrid, Arena Libros, 2003.
Marrus, Michael R. y Robert O. Paxton, *Vichy France and the Jews*, Stanford (California), Stanford University Press, 1981.
Rajsfus, Maurice, *La Rafle du Vél' d'Hiv'*, París, PUF, 2002.
Rosbottom, Ronald C., *When Paris Went Dark: The City of Light Under German Occupation*, 1940-1944, Nueva York, Back Bay Books, 2015.
Vinen, Richard, *The Unfree French: Life Under the Occupation*, New Haven (Connecticut), Yale University Press, 2006.

HOLOCAUSTO Y ANTISEMITISMO

Gilbert, Martin, *The Holocaust: A History of the Jews of Europe During the Second World War*, Nueva York, Henry Holt and Company, 1987.
Lazare, Lucien, *La Résistance juive en France*, París, Stock, 1987.

BBC News, "Tel Aviv unveils first memorial to gay Holocaust victims", 10 de enero de 2014.
bbc.com/news/world-europe-25687190

Encyclopædia Britannica
britannica.com/event/Holocaust

Holocaust Encyclopedia
encyclopedia.ushmm.org/content/en/article/nazi-camps
encyclopedia.ushmm.org/content/en/article/introduction-tothe-holocaust
encyclopedia.ushmm.org/content/en/article/glossary

Montreal Holocaust Museum
museeholocauste.ca/en/history-holocaust

United States Holocaust Memorial Museum
ushmm.org

JUDÍOS EN POLONIA E HISTORIA FAMILIAR PERSONAL

Ancestry.com

JewishGen Inc. (asociada al Museum of Jewish Heritage, Nueva York) jewishgen.org

Virtual Shtetl (POLIN Museum of the History of Polish Jews) sztetl.org.pl/en

LA RESISTENCIA FRANCESA, LOS MAQUIS Y LA BATALLA DE MONT MOUCHET

Evans, Martin, "A History of the French Resistance: From de Gaulle's call to arms against Vichy France to Liberation four years later", *History Today*, 68, núm. 8 (agosto de 2018).
historytoday.com/reviews/history-french-resistance
Gildea, Robert, *Combatientes en la sombra: Una nueva perspectiva histórica sobre la resistencia francesa*, Barcelona, Taurus, 2016.
Gueslin, André, ed., *De Vichy au Mont-Mouchet: L'Auvergne dans la guerre, 1939-1945*, Clermont-Ferrand, Institut d'Études du Massif Central, Université Blaise-Pascal, 1991.
Kedward, H. R., *In Search of the Maquis: Rural Resistance in Southern France, 1942-1944*, Nueva York, Clarendon Press, 2003.
Sanitas, Jean, *Les tribulations d'un résistant auvergnat ordinaire: La 7è compagnie dans la bataille du Mont-Mouchet*, París, Les Éditions du Pavillon, 1997.

Chemins de Mémoire: Le maquis du Mont Mouchet
cheminsdememoire.gouv.fr/fr/le-maquis-du-mont-mouchet

Chemins de Mémoire: La Résistance et les réseaux
cheminsdememoire.gouv.fr/fr/la-resistance-et-les-reseaux

LOS JUSTOS DE LAS NACIONES Y LOS NIÑOS ESCONDIDOS EN FRANCIA

Bailly, Danielle, ed., *The Hidden Children of France, 1940-1945: Stories of Survival*, Albany (Nueva York), State University of New York Press, 2010.

Flitterman-Lewis, Sandy, *Hidden Voices: Childhood, the Family, and Anti-Semitism in Occupation France*, Abondance, Éditions Ibex, 2004.
Gilbert, Martin, *The Righteous: The Unsung Heroes of the Holocaust*, Nueva York, Henry Holt and Company, 2003.
Grose, Peter, *A Good Place to Hide: How One French Community Saved Thousands of Lives During World War II*, Nueva York, Pegasus Books, 2015.
Jeruchim, Simon, *Hidden in France: A Boy's Journey Under the Nazi Occupation*, Santa Barbara (California), Fithian Press, 2001.
Klarsfeld, Serge, *The Children of Izieu: A Human Tragedy*, Nueva York, Abrams, 1984.
Scheps Weinstein, Frida, *A Hidden Childhood: A Jewish Girl's Sanctuary in a French Convent, 1942-1945*, Nueva York, Pegasus Books, 2015.

YAD VASHEM

Yad Vashem - The World Holocaust Remembrance Center
yadvashem.org/righteous/resources/righteous-among-the-nationsin-france.html
yadvashem.org/righteous/stories/trocme.html
swarthmore.edu/library/peace/DG100-150/dg107Trocme.htm

MURIEL RUKEYSER

Rukeyser, Muriel, *Out of Silence: Selected Poems*, Evanston (Illinois), Northwestern University Press, 1992.

LA BESTIA DE GÉVAUDAN

Sánchez Romero, Gustavo y S. R. Schwalb, *Beast: Werewolves, Serial Killers, and Man-Eaters: The Mystery of the Monsters of the Gévaudan*, Nueva York, Skyhorse Publishing, 2016.
Smith, Jay M., *Monsters of Gévaudan: The Making of a Beast*, Cambridge (Massachusetts), Harvard University Press, 2011.
Taake, Karl-Hans, "Solving the Mystery of the 18th-Century Killer 'Beast of Gévaudan'", *National Geographic*, 27 de septiembre de 2016.
blog.nationalgeographic.org/2016/09/27/solving-the-mysteryofthe- 18th-century-killer-beast-of-gevaudan

HOSPITALES PSIQUIÁTRICOS FRANCESES EN LA SEGUNDA GUERRA MUNDIAL

Lafont, Max, *L'Extermination douce*, Lormont, La Bord de l'Eau, 2000.
von Bueltzingsloewen, Isabelle, "The Mentally Ill Who Died of Starvation in French Psychiatric Hospitals During the German Occupation in World War II", *Vingtième Siècle: Revue d'Histoire*, 2002/4, núm. 76.
cairn.info/article.php?ID_ARTICLE=VING_076_0099

CRÉDITOS FOTOGRÁFICOS

adoc-photos/Corbis vía Getty Images: 214 izquierda; Alexander Vorontsov/Galerie Bilderwelt/Getty Images: 212 izquierda, arriba; Anne Frank Fonds–Basel vía Getty Images: 212 derecha; Galerie Bilderwelt/Getty Images: 212 izquierda, abajo; Hulton-Deutsch Collection/CORBIS/Corbis vía Getty Images: 215, 216 izquierda; Keystone/Getty Images: 213; PD-US: 211, 216 derecha, arriba; R. J. Palacio: 210; United States Holocaust Memorial Museum, cortesía de Robert Trocmé: 216 derecha, abajo; United States Holocaust Memorial Museum, cortesía de Rudy Appel: 214 derecha.

AGRADECIMIENTOS

Para hacer un libro se precisa a mucha gente. Así es en cualquier tipo de libro que se publica, pero es especialmente cierto en las novelas gráficas, y muy especialmente cierto en una novela gráfica escrita e ilustrada por una persona que nunca antes lo había hecho.

La primera persona a la que quiero dar las gracias (y sin la cual no se podría haber hecho este libro) es Kevin Czap. Gracias, Kevin, por aceptar mi boceto y convertirlo en una obra hermosa, fluida y maravillosa. Fue un placer trabajar contigo.

Gracias a Isabel Warren-Lynch y a su fantástico equipo de diseño, que me orientaron y me guiaron de principio a fin en este proyecto. Gracias también a Carol Naughton, que nos ayudó a crear esta hermosa obra.

Gracias a Lisa, Josey, Russell, Desi, Willa, Gayle, Denbele, Nick y todas las personas que me hicieron de modelo para las ilustraciones. Tanto si se "reconocen" en las versiones finales de los personajes como si no, sepan que sus poses fueron fundamentales durante el proceso de ilustración. Gracias a Helen Uffner por proporcionarnos un fantástico vestuario de la época para los personajes.

Gracias a Apple por el iPad y el lápiz del iPad, y a los creadores de Procreate, que me permitieron hacer este libro.

Gracias a Artie Bennett, que, una vez más, demostró ser el mejor corrector de pruebas del mundo. Ve cosas que nadie vería. Gracias a mi equipo de investigación y a los que verifican la información (ustedes saben quiénes son). Gracias a Sarah Neilson por su cuidadosa revisión (y sus amables críticas) tanto del texto como de las ilustraciones. Tu aportación fue muy valiosa, y Julien y yo te estamos muy agradecidos. Gracias a la doctora Elizabeth B. White y a Edna Friedberg, del United States Holocaust Memorial Museum, por revisar minuciosamente los acontecimientos históricos que se describen en el libro. Las revisiones mejoraron la obra en todos los sentidos.

Gracias, como siempre, a Erin Clarke, Madame Éditeur Extraordinaire, por su infinita paciencia, su increíble intuición y su inquebrantable convicción de que había que publicar este libro. Agradezco a mi buena suerte que acabáramos juntas, Erin. Y sé que las dos agradecemos a nuestra buena suerte haber contado con Kelly Delaney, que siempre lucha por el Equipo Wonder.

Gracias a Alyssa Eisner Henkin y al equipo de Trident Media. Alyssa, tus conocimientos en todos los temas significan mucho para mí. Y tu amistad también.

Por último, gracias a mi marido, Russell, que es mi socio en todo y de cuya familia estoy muy orgullosa de formar parte. Russell, sé que Mollie te mira desde arriba y sonríe. Y gracias a Caleb y a Joseph por recordarme cada día que vale la pena luchar por este mundo.